Zofia Posmysz DERSELBE DOKTOR M.

Bibliografische Information der Deutschen Nationalbibliothek
Die Deutsche Nationalbibliothek verzeichnet diese Publikation in
der Deutschen Nationalbibliografie; detallierte bibliografische Daten
sind im Internet über http://dnb.d-nb.de abrufbar.

Zofia Posmysz

Derselbe Doktor M.

Drei Erzählungen

Aus dem Polnischen übersetzt von Sabine Leitner

Titel der polnischen Originalausgabe:
„Ten sam doktor M."
© Copyright 1981 Zofia Posmysz
Deutsche Übersetzung von Sabine Leitner
Umschlaggestaltung unter Verwendung des Bildes
„U kresu sił / Am Ende der Kraft" (1950, Öl auf Leinen) von Janina Tollik
© Copyright Dorota Tatajewska-Sysko
Herstellung und Verlag: BoD – Books on Demand, Norderstedt
Kontakt: arnt.nitschke@web.de
ISBN 978-3-7578-2218-7, Dateiversion 1, 2023

Inhalt

Die Sängerin

„Mittagsruhe." Mittagspause – eine halbe Stunde. Wir dürfen uns hinsetzen, ja sogar hinlegen. Die Julisonne steht im Zenit, die senkrecht einfallenden Strahlen blenden mit ihrem gleißenden Licht. Wenn eine von uns wie durch ein Wunder noch ihre Arbeitsschürze hat, kann sie damit ihren Kopf bedecken. Der Wald ist ganz in der Nähe, mit seinem Harzgeruch, mit seiner vielversprechenden Kühle. Es würde reichen, ein paar Meter weiterzurücken, um im Schatten zu sein. Aber keine von uns wagt es. Niemand will sich auf den Tod zubewegen. Trotz allem. Noch haben wir einen Rest an Hoffnung, dass wir es schaffen. Dass wir es schaffen, zu überleben. Oder wenigstens der SK, der Strafkompanie, zu entkommen. Der Körper ist ein Sack aus Schmerzen und Fleisch, zitternd mit jeder Faser. Der Eulenspiegel hat sich heute gelangweilt. Die Spaten mussten niedersausen, mussten, als wären sie Beile, die Wurzeln zerhacken, die dicken Wurzeln der Bäume des alten Waldes, wo wir Gräben ziehen. Nun spüre ich am Schädelansatz ein Pulsieren, ich schiebe einen am Spaten hängen gebliebenen Klumpen frischer Erde darunter.

„Vilja, oh Vilja, du Waldmägdelein", ertönt es in der sengenden Mittagshitze, in der Stille der Mittagsruhe.

„Hure", knurrt Luśka, „verdammte Hure."

Luśka verwendet als Einzige von allen Polinnen solche Worte. Nur sie trägt den schwarzen Winkel. Sie wurde wegen Prostitution verhaftet. Das gibt ihr das Recht, mit den roten Winkeln nicht solidarisch zu sein. Sie vertritt gern die Anweiserin. „Weiter, los, bewegt euch, ihr rotzigen Intelligenzlerinnen!", brüllt sie, wenn eine von uns Trudes momentane Unachtsamkeit ausnutzt, um für einen Augenblick den Rücken durchzustrecken oder sich auf den Spaten zu stützen. Luśka ist gemein und aus eigenem Antrieb bereit, andere zu quälen, und sie ist lästig mit ihrem Gossenjargon. Gegen diese Mittagskonzerte allerdings kann sie nichts ausrichten und ist daher wütend. Sie hebt den Kopf, schreit: „Ruhe!", und legt sich dann flach auf die Erde. Der Gesang verstummt nicht, hinten bei der Obstwiese, die erkennen lässt, dass hier einmal ein Wohnhaus mit Wirtschaftsgebäuden und Garten war, erhebt sich Trude. Dünne Beine mit blauen, von Abszessen stammenden Narben, ein buckliger Rücken, auf dem langen Körper ein kleiner Kopf mit gelben, dünnen Haaren. Eine Sadistin, unermüdlich im Prügeln und Töten – heute ist sie träge und schwerfällig, weil sie sich den Bauch

7

mit unseren Kartoffeln vollgeschlagen hat, und müde von der Hitze. Sie hat keine Lust herauszufinden, wer von uns die Frechheit hatte, „Ruhe" zu schreien, als ob sie selbst die Anweiserin sei. Sie ruft bloß warnend in unsere Richtung:

„Maul halten dort, sonst …"

Luśka heult beinahe:

„Ich bringe diese verdammte Sängerin um, ich erwürge sie irgendwann in der Nacht."

Schweigen folgt diesen Worten. Liegt darin Zustimmung? Ich weiß es nicht. Jedenfalls gibt es keine ablehnenden Bemerkungen. Dieses Mal regt sich niemand über Luśkas Wortwahl, über ihre Drohung gegen eine von uns auf. Noch nicht einmal mit einem Blick reagieren wir. Wir liegen reglos da. Unter der Häftlingskleidung ragen unsere Schienbeine hervor mit schlaffer, herunterhängender Haut anstelle der Waden und dick angeschwollenen Knöcheln.

Das Vilja-Lied hört endlich auf, der Schlaf kommt, wird aber sofort wieder vertrieben durch Schuberts Serenade „Leise flehen meine Lieder durch die Nacht zu dir …". Wie gut passt das zu dieser idyllischen Landschaft: zu dem von der Sonne beschienenen Wald, zu dem verwaisten, melancholischen Garten, zu dem satten Grün der frischen Wiesen. Aus dem Gedächtnis tauchen Bilder auf: ein Park im Mondenschein, eine weiße Terrasse mitten in der Nacht, der Kopf eines Pianisten über dem Klavier, der Film „Leise flehen meine Lieder" irgendwann irgendwo gesehen …

Die Sängerin singt leise, sie weiß, dass wir sie verfluchen, sie versucht, uns zu schonen, sie beginnt immer leise, mit gedämpfter Stimme, bis der Eulenspiegel sagt: „Los, sing mal anständig!", denn der Eulenspiegel weiß, was sie kann, und er mag es, wenn der Gesang ein Gesang ist und nicht bloß ein Vor-sich-hin-Summen. Also gibt es kein Entrinnen.

Jeden Tag dasselbe, auf die gleiche Weise: Eiliges Schlürfen der Brennnesselsuppe, dazu drei oder meist nur zwei Kartoffeln mit Schale, die natürlich niemand pellt, danach krampfartiges Zu-Boden-Fallen, um wenigstens für einen kurzen Moment einzunicken. Aber wenn der ersehnte Schlaf fast schon da ist, die kraftspendende Rettung für die zweite Hälfte des Tages, ertönen die Rufe der Anweiserinnen:

„Die Sängerin! Wo ist die Sängerin? Sie soll zum Rottenführer kommen!"

Und die zarte Gestalt huscht geduckt, damit sie möglichst nicht zu sehen ist, unter der Schusslinie unserer feindseligen Blicke zu dem Platz, wo der Eulenspiegel sich mit seinem Hofstaat ausgebreitet hat, sie wird verfolgt von Luśkas hasserfülltem Flüstern:

„Ich erwürge diese Hure und die jüdische Professorin gleich mit."

Dann erhebt sich zwischen den liegenden Frauen eine andere Gestalt und läuft unauffällig hinter der ersten her, möglichst weit entfernt von Luśka. Gehetzter Blick, verkrampftes Gesicht. Ema trägt eine Nummer mit einem roten Winkel und dem Buchstaben P, nicht den Stern. Im Besitz dieser arischen Kennzeichnung sieht sie eine große Chance. Abends spricht sie zusammen mit den anderen katholische Gebete, singt Kirchenlieder, erinnert sich an Weihnachten daheim und an den Tag ihrer Firmung. Sie ist Katholikin, eine von uns, hungrig und geschlagen wie alle, aber sie wird nicht deswegen geschlagen, weswegen die geschlagen werden, die den Stern tragen, nicht wegen ihrer Rasse. Darauf stützt sie ihre Hoffnung, dass sie überleben wird, und diese böse Person hier ruft ihr das schreckliche Wort „Jüdin" hinterher. Ema hat Angst vor diesem Wort, mehr Angst als vor allem anderen, es jagt ihr eine größere Angst ein als Trude und Lore, macht ihr mehr Angst als der Rottenführer. Vor denen schützt sie einstweilen die Protektion der Sängerin. Sie wissen nämlich, wer ihr all diese Lieder beibringt: *Ich tanze mit dir in den Himmel hinein, Vergiss mich, wenn du kannst, Ich küsse Ihre Hand, Madame* – Filmschlager, Arietten, aber auch Lieder von bedeutenden Komponisten, sogar Arien. Womit würde die Sängerin ihre Ohren erfreuen, wenn Ema nicht wäre? Der Rottenführer hatte sehr schnell genug gehabt von den polnischen Liedern und forderte:

„Sing mal deutsch!"

Aber die Sängerin kannte nichts in deutscher Sprache. Also wurde sie weggeschickt, aber Trude riet ihr großmütig:

„Du kannst doch etwas lernen, oder nicht?"

Und die Sängerin lernte – dank Ema. Ema bietet ihr das, was der Rottenführer sich wünscht. Nun weiß sie, wofür die sorgfältige Erziehung, die musikalische Ausbildung, derentwegen sie sogar nach Wien gegangen war, und der echte Bechstein in dem großen Salon in der Dietl-Straße in Krakau gut waren. Sie erteilt einer Unterricht, die sterben sollte, aber nicht gestorben ist, weil sie Talent hat. Ema hat ebenfalls Talent. Und auch sie wird leben. Sie wird von der Sängerin gebraucht, das wissen alle. Denn was für ein Repertoire hat diese vorher gehabt? Ein paar völlig primitive Liedchen. Erst Ema hat sie herangezogen, mehr noch: Sie hat ihr eine Position verschafft. Ja, eine Position. Sie hat aus ihr die Sängerin der Strafkompanie in Budy gemacht. Sie hat dabei keine Mühe gescheut und sich um den

Schlaf gebracht. Der Unterricht findet nämlich immer nachts statt, in der Latrine. Sie hocken auf den Fersen, denn zu stehen ist unmöglich nach der Schinderei den ganzen Tag über und sich auf den Beton zu setzen ist gefährlich, weil man sich den Unterleib verkühlen kann. Ema trommelt mit den Fingern in die Luft und gibt Töne von sich, die die Klavierbegleitung imitieren sollen: „Pa-ram-pam-pam-pam-pam, pa-ram-pam-pam-pam-pam." Und nach dieser Einleitung summt sie: „Leise flehen meine Lieder durch die Nacht zu dir." Die Sängerin wiederholt die Melodie zusammen mit dem Text und macht das so gut, dass Ema ganz benommen ist. Vor Rührung über die Gelehrigkeit der Schülerin, so meint sie, in Wirklichkeit aber vor Hunger. Der Gesang der Sängerin wird vorläufig nicht belohnt und somit auch der Unterricht nicht. Die einzige Vergütung ist die Hoffnung. Beim Essensnachschlag, bei der Einteilung zur Arbeit und bei jeder anderen Gelegenheit, die in der Strafkompanie in Budy darüber entscheidet, wie schnell der Tod erfolgt. Das nämlich ist die Perspektive für uns alle. Irgendein bestimmtes Ereignis beschleunigt die Sache nur. So war das mit unseren sieben Toten. Und so war das mit der Sängerin, obwohl heute das erschöpfte, dezimierte Kommando sich nicht daran erinnern will, dass sie das Los ihrer ermordeten Vorgängerinnen teilen sollte, dass sie von Anfang an dazu verurteilt war.

Im Montelupich-Gefängnis war sie noch nicht die Sängerin. Wir waren nicht gegen sie, obwohl sie wie kaum eine von uns ständig von ihrer Unschuld sprach. „Es kann nicht sein, dass ich hier festgehalten werde, das ist unmöglich, ich habe doch gar nichts getan, das muss ein Missverständnis sein." So redete sie, als sie weinend in die Zelle gepfercht wurde, und auch später, als schon einige Tage vergangen waren und sie nicht freigelassen worden war, und noch später, als sie sah, wie die anderen Frauen, ihre Zellengenossinnen, misshandelt von den Verhören zurückkamen.

Gegen sie wurde keine Anklage erhoben. Schon gar keine politische. Sie war bei einer Razzia aufgegriffen worden, die bei ihrem Schuster stattgefunden hatte. Man brachte sie zur Gestapo, obwohl sie hoch und heilig versicherte, dass sie bloß Schuhe zum Besohlen hatte abgeben wollen. Sie war entsetzt und schockiert, aber sie hörte nicht auf zu glauben, dass sich das Missverständnis aufklären und die Gestapo sie freilassen werde, sobald sie sich von ihrer Unschuld überzeugt habe. Als nach zwei Monaten Gefängnisaufenthalt die

Aufseherin Ula Ślązaczka ihren Namen aufrief, warf sie sich ihr an den Hals. „Nach Hause! Ich kann nach Hause!", stieß sie hervor. „Du kommst nach Auschwitz", hörte sie als Antwort. Da sagte sie wieder: „Das ist nicht möglich. Das muss ein Irrtum sein. Ich will mit dem Kommandanten sprechen. Ich habe nichts getan." Sie rief ihr „Ich habe nichts getan", bis eine der Gefangenen, die Frau eines Offiziers mit einer sehr schwerwiegenden Anklage wegen Waffenbesitzes, zu ihr sagte: „Gib endlich Ruhe! Du musst nichts getan haben. Es reicht, dass du Polin bist."

Im Montelupich-Gefängnis erging es ihr einigermaßen. Sie bekam zwar keine Päckchen – vielleicht wusste die Familie nichts von ihrem Schicksal oder sie war zu arm, um sie zu unterstützen –, aber als Häftling ohne konkrete Anklage wurde sie zum Putzen der Büroräume des Gefängnisses abgestellt, von wo sie immer Zigaretten zum Tauschen oder ein Stück Brot mitbrachte. Abends jedoch sang sie. Übrigens nicht nur sie. Es war erstaunlich, wie viele Sängerinnen es in der Zelle gab, wie viele Neigungen, ja sogar künstlerische Talente in dieser schrecklichen Zeit zum Vorschein kamen – eine formte aus Brot oder Seife Figuren, eine andere rezitierte Gedichte, eine dritte wiederholte Sketche aus Radiosendungen und alle, fast alle erzählten.

Die Kunst des Erzählens gehörte zu den am meisten geschätzten Fähigkeiten in Zelle sechsundzwanzig des Montelupich-Gefängnisses. Es wurden Filme erzählt, Theaterstücke, Bücher und Geschichten, die man gehört hatte. Über eines aber wurde nicht gesprochen: über die Angelegenheit, derentwegen man hier gelandet war, und über die Angst und darüber, wie es einem das Herz zusammenzog, wenn sich die Schritte des Wächters der Zelle näherten. Dieses Thema war verboten, auch in unseren Gedanken. Und so wurden verschiedene Künste in Zelle sechsundzwanzig zum Besten gegeben, wobei das Singen die höchste Anerkennung genoss.

Damals liebten wir es, ihren Gesang zu hören. Wir baten die Sängerin um Lieder. Und sie hatte ein unterhaltsames Repertoire; es war ein heilloses Durcheinander, meinten diejenigen, die sich auskannten. Sie sang fromme Lieder, Gassenhauer im Stil von „Stach, komm zurück, ich vergeb' dir deine Schuld", ukrainische Dumki, die besonders in Südpolen beliebt waren, Pfadfinderlieder und patriotische Lieder, wie wir sie von der Schule kannten – alles mit derselben Ergriffenheit. Das Frauengefängnis in der Montelupich-Straße befand sich im sogenannten Helcel-Haus, das vor dem Krieg als Altersheim gedient hatte. Die ehemaligen Schlafräume waren zu Zellen umgebaut und die hohen Fenster mit Gittern versehen worden. Der Blick hinaus aber war uns nicht genommen. Vor unseren nach Freiheit dürstenden Augen erstreckte sich ein Garten mit Reihen von Obstbäumen, die nun im Mai mit Blüten übersät waren. Wir sahen diesen Zauber der Natur und sagten: „Sing was!" Sie ließ sich nicht lange bitten. Und schon erklang „Warum hat er mich vergessen" oder eine ähnlich sentimentale Klage eines verlassenen Mädchens und die inhaftierten Frauen, bedroht von Verhör, Folter und Tod, dachten verwundert, wie weit doch all das weg war, wie lächerlich und dumm das war, und fragten sich selbst insgeheim, ob sie irgendwann, wenn sie überlebten, erneut von so etwas gerührt sein würden. Manchmal stellte sich die Sängerin auf die Fensterbank und hielt sich mit beiden Händen am Gitter fest. Vielleicht konnte sie so besser singen oder vielleicht mochte sie es, wenn das Echo ihrer Stimme von der Begrenzungsmauer widerhallte. Gelegentlich rief der Wächter im Innenhof: „Du, geh mal runter!" Singen war nämlich streng verboten. Aber es kam vor, dass er zur Seite trat und zuhörte. Die Sängerin war die Primadonna des Montelupich-Gefängnisses.

In Auschwitz war sie plötzlich ein Niemand. Die Nacht im Lager – von zweiundzwanzig Uhr bis drei Uhr morgens – war zu kurz, um wegen irgendwelcher Gesangsdarbietungen nicht zu schlafen. Zumal man ohnehin alle paar Minuten aufgeweckt wurde durch die Flöhe oder durch das Gejammer und Angstgeschrei derjenigen, die aus einem Alptraum erwacht waren und sich in dem anderen, tausendfach schlimmeren Alptraum der Realität wiederfanden. Die Tage hingegen waren erfüllt entweder von der Stille des Appells oder vom Schreien und Fluchen der Sklaventreiber. Der Gesang hatte keinen Platz in dieser Wirklichkeit, so wie auch die Hoffnung keinen Platz darin hatte.

Die Sängerin aber machte sich noch immer etwas vor. Im Gegensatz zu den anderen, die davon überzeugt waren, dass nur das Ende des Krieges oder der Einfluss der Weltöffentlichkeit das Schicksal der Häftlinge wenden könnte. Sie hingegen wartete auf eine eigene, eine persönliche Befreiung. Die Befreiung aus dem Konzentrationslager Auschwitz. Sie rechnete immer noch damit. Sie hatte doch nichts getan, sie war doch unschuldig. Hartnäckig glaubte sie an das Einschreiten irgendwelcher Mächte, die das ordnungsgemäße Vorgehen der nationalsozialistischen Justiz überwachten, an einen übernationalen, systemübergreifenden Gerechtigkeitssinn, demzufolge ein Mensch, der keiner konkreten Straftat bezichtigt wurde, nicht in ein Lager gesteckt werden darf, sie glaubte also letztendlich an die Menschlichkeit der Mörder.

Dazu hatte sie im Übrigen eine gewisse Veranlassung. Ihr waren nämlich unbegreifliche Dinge geschehen, ihr gegenüber war Mitleid gezeigt worden. Einmal hatte mittags ein lettischer SS-Mann ihr den Rest seiner Suppe gegeben und ihr bei dieser Gelegenheit einen kosmetischen Rat erteilt: Sie möge, um Sonnenbräune zu vermeiden und um ihre wunderbare Hautfarbe zu bewahren, ihr Gesicht mit Urin einreiben. Ein anderes Mal interessierte sich ein Rottenführer dafür, wie alt sie sei und weshalb sie eigentlich hierhergebracht worden war. Und schließlich, als sie ohnmächtig war und wir sie auf einem Holzkarren ins Lager zurückbrachten, zeigte sogar die Lagerführerin Langefeld, die die Kommandos beim Einmarsch zählte, Mitleid mit ihr, indem sie Worte äußerte, die völlig unglaublich waren: „Mein Gott, so jung …" Die Sängerin zog nämlich die Aufmerksamkeit auf sich durch ihr kindliches Aussehen, durch ihre sehr helle Haut, durch ihren verwunderten Gesichtsausdruck, der aufgrund der weit oben liegenden und immer wie hochgezogen wirkenden Augenbrauen entstand und etwas Hilfloses und Entwaffnendes hatte. Der Vorfall aber, der sie am meisten in ihrer Überzeugung bestärkte, dass ein Mensch, selbst ein SS-Mann, nicht fähig ist, das menschliche Element in sich völlig zu beseitigen, ereignete sich im Wasserkommando – so wurde die zweihundertköpfige Gruppe von Frauen genannt, die die Fischteiche säuberte. In dem Moment, als ich zum ersten Mal diese Teiche sah, die zwischen den grünen Dämmen wie Spiegel glänzten, überkam mich plötzlich die Erinnerung an den Heiligabend. Mein Vater, ein Eisenbahner, mochte es, wenn er in der Woche vor Weihnachten nach Oświęcim fahren musste, wo man billig Karpfen kaufen konnte. Oświęcim bedeutete damals für die Familien von Eisenbahnern: viel Fisch beim Essen am Heiligabend. Wer hätte ahnen können, wofür dieser Name einige Jahre später stehen sollte?

In den Fischteichen, die verwildert waren und mit Schilf zugewachsen, arbeiteten wir nun schon zwei Wochen. Es war sehr kühl, ein für Juni untypisches Wetter. Zum Hunger kam also noch die Qual der Kälte hinzu. Wir wateten manchmal hüfthoch durchs Wasser, es half nicht, dass wir unsere Kleider und Hemden hochrafften, am Ende des Tages war sowieso alles nass. Und natürlich wurden die Sachen in der Nacht nicht trocken.

Jeden Morgen, wenn wir die Häftlingskleidung anzogen, die steif war wie Leder, trösteten wir uns mit dem Gedanken, dass wir vielleicht heute zu einer anderen Arbeit eingeteilt werden würden. Oder dass die Sonne sich zeigen würde. Aber weder das eine noch das andere geschah. Wir traten zum Appell an, mit klappernden Zähnen, dann kam der Abmarsch und das unvermeidliche, kalte Wasser, in das man hineinmusste, und die Schinderei den ganzen Tag im Schlamm; die scharfen Gräser hinterließen blutige Schnitte an Armen und Beinen und die Wasserinsekten saugten sich an diesen Wunden fest. Und dazu die Gewissheit, dass sich nichts ändern würde. Weder morgen noch in einer Woche – nie. Nie mehr würde die Sonne scheinen und nie mehr würde unsere Kleidung trocknen.

In der Nacht, unter der Decke, die genauso stach wie die Flöhe – unsere Sachen hatten wir aufgehängt, damit sie wenigstens ein bisschen Feuchtigkeit verloren –, versuchten wir vergeblich einzuschlafen. Alle paar Augenblicke wurde man wach, weil die Blase schmerzte oder weil ein lang anhaltender und durchdringender Schrei ertönte, wie das Quietschen von Rädern auf Schienen. Das waren aber keine bremsenden Waggons, wie ich dachte, als ich dieses Geräusch zum ersten Mal hörte. So einen Schrei gibt ein Mensch von sich, der einen Stromschlag bekommt. Während wir zum Morgenappell antraten, hatten wir im Stacheldrahtzaun hängende Gestalten vor unseren Augen, die in seltsamen Verrenkungen erstarrt waren. Wir bemühten uns, sie nicht zu sehen. Zumindest am Anfang vermieden wir, in die Richtung zu schauen, wo jemand diesen Akt der Befreiung vollzogen hatte. Im Wasserkommando aber lernten wir, den Blick nicht abzuwenden und uns mit dem Gedanken an so ein Ende vertraut zu machen.

An diesem Tag herrschte eine bittere und gar noch durchdringendere Kälte. Es regnete. Unter eisernem Schweigen bewegte sich das Kommando von der Mitte des Teiches zum Ufer und wieder zurück. Kein Wort, kein Blickwechsel. Nur so konnte man es ertragen: indem man in den Augen der anderen nicht das Spiegelbild der eigenen Verzweiflung sah, indem man in den Stimmen der anderen nicht den Widerhall des eigenen Schmerzes hörte. Am Tag zuvor hatte ein Hund eine Gefangene gebissen, weil sie nicht schnell genug ins Wasser gegangen war. Heute konnten wir, dank des Regens, wenigstens ab und zu ein bisschen verschnaufen. Der Aufseher und die Aufseherin hatten es sich unter seinem Tuchmantel und ihrer schwarzen Pelerine unter einer Weide auf dem Damm bequem gemacht. Der Hund war in ihrer Nähe, er lag in sicherer Entfernung von uns auf der Lauer. Das Kommando bewegte sich fast im Laufschritt. Es musste niemand ins Wasser gejagt werden. Denn dort war es trotz allem wärmer.

Ich trug zusammen mit der Sängerin eine Trage. Sie ging vorne, vor mir hatte ich ihren mageren gebeugten Rücken und, wenn wir ans Ufer kamen, ihre Beine. Blut lief daran herunter, in feinen Rinnsalen, manchmal auch in dickeren Klümpchen. Die Blätter der Kletten konnten Monatsbinden nicht ersetzen. Die Sängerin weinte. Ich hob den Kopf, um nicht auf ihre Beine schauen zu müssen, und da sah ich, wie ihre Schultern unter ihrem Schluchzen bebten. Ich schwieg, denn was hätten irgendwelche Worte ihr geben können? Ich hatte solche Worte nicht. Ich hatte überhaupt keine Worte.

Am Nachmittag trieb uns der Kapo zum anderen Ende des Damms. Wir mussten an dem Hund vorbeigehen, der Damm war nicht breit. Ich überlegte, wie ich das machen könnte, ohne die Aufmerksamkeit dieser Bestie auf mich zu ziehen. Die Sängerin weinte die ganze Zeit. Der Posten bemerkte zunächst dieses befremdliche, ungehemmte Weinen und dann den Grund dafür. Er murmelte: „Schweinerei", und wandte den Kopf ab. Ich sah, wie sein Gesicht einen beschämten Ausdruck annahm. Als wir zurückkamen, hielt er uns an und befahl der Sängerin, am Ufer zu bleiben. Er war Aufseher und nicht Kommandoführer und hatte somit keine Befugnis, jemanden von der Arbeit freizustellen. Und doch … Sie solle sich ins Gebüsch setzen und warten, sagte er. Und dann murmelte er wieder sein „So 'ne Schweinerei …". Die Aufseherin, dieselbe, die am Tag vorher den Hund auf einen Häftling gehetzt hatte, protestierte nicht. Und so glaubte die Sängerin weiterhin an diesen Funken Menschlichkeit, der nicht völlig erloschen war.

Es hörte schließlich auf zu regnen und es wurde sofort heiß. Nun war das Wasserkommando besser als andere Kommandos. Die Arbeit verlief ruhiger, da wir weit weg waren von den Kapos, die selbst bei dieser Hitze nicht in den Teich gingen. Aber dann wurden wir ausgerechnet bei der Heuernte eingesetzt. Der Marsch vom Lager dorthin dauerte über eine Stunde. Das Gestrüpp, neben dem wir uns aufhielten, erinnerte an das Dickicht von Flussweiden, aber hinter diesem Strauchwerk waren die Umrisse eines zweistöckigen Gebäudes zu erkennen, das kein Dach und keine Fenster hatte – es war die Ruine eines ausgebrannten Schlosses. Später, als ich die Grasschwaden unter den Sträuchern zusammenrechte, kam ich näher an das Gebäude heran und sah eine Terrasse, die noch nicht ganz verfallen war, und eine schöne Treppe, die in einen Park mit alten Bäumen führte. Durch die Fenster- und Türöffnungen schien das Blau des Himmels und dieser Anblick, der etwas Nostalgisches hatte und an romantische Aquarelle erinnerte, entriss mich für einen Augenblick der Wirklichkeit, in der ich mich befand.

Diese Tage bei der Heuernte am Fluss Soła waren beinahe wie die Sommerferien bei den Großeltern, wo man aus eigenem Antrieb den Rechen in die Hand nahm. Der lange Marsch erschöpfte einen zwar und der Hunger setzte einem von Tag zu Tag mehr zu, aber das Grasrechen selbst konnte man aushalten. Viel schlimmer war es gewesen, die steinharten, trockenen Erdschollen der schweren Böden mit der Hacke zu zerschlagen oder das Schilf herauszuschneiden. Und auch die Anweiserinnen quälten uns weniger als in den vorherigen Kommandos, obwohl wir in kleine, zehnköpfige Gruppen eingeteilt worden waren und daher besser beaufsichtigt werden konnten. Der Mensch ist von Natur aus optimistisch. Er braucht nicht viel, um sich in Bezug auf sein Schicksal etwas vorzumachen. Uns reichte diese kleine Linderung, wie eine Frau aus den Bergen es nannte, um zuversichtlicher in die Zukunft zu blicken.

Leider endete das Ganze plötzlich und dramatisch. Eine Polin floh aus dem Kommando. Sie war während der Suppenausgabe ohnmächtig geworden und die Aufseherin befahl nach einigen vergeblichen Versuchen, sie wieder zu sich zu bringen, sie in den Schatten zu legen, entweder würde sie von selbst das Bewusstsein erlangen oder eben sterben. Anfangs sahen die Anweiserinnen noch nach ihr, später vergaßen sie sie. Sie erinnerten sich erst an sie, als wir ins Lager zurückkehren sollten und als sich herausstellte, dass ein Häftling fehlte. Unter dem Baum, unter den man sie gelegt hatte, war nur eine Spur aus zerdrücktem Gras zu sehen. Es wurde Alarm geschlagen. Wir hörten die Explosion von Raketen und dann – weiter weg – die Sirenen: im Lager und in der Stadt.

Flucht. Aus unserem Kommando. Also auch das mussten wir durchmachen. Dass jemand geflohen war, davon hatten wir bisher nur gehört. Es flohen ausschließlich Männer und auch das kam nicht oft vor. Und nun war es bei uns geschehen. Gelähmt vor Angst warteten wir auf die Ankunft des Kommandanten. Dezimierung. Was konnte man tun, um dem Schicksal zu entgehen? Die einen beteten, die anderen verfluchten die geflohene Person, wieder andere weinten. Nur die Sängerin schien sich nicht zu fürchten. Hatte sie den Ernst der Lage nicht erkannt oder war sie schon so abgestumpft? Weder das eine noch das andere. Sie glaubte einfach nicht an die Dezimierung.

„Es gibt keinen Grund dafür", sagte sie. „Sind wir denn schuld? Wir sind doch nicht geflohen. Haben wir etwa davon gewusst? War einer von uns befohlen worden, auf sie aufzupassen? Das muss ihnen doch einleuchten." So argumentierte sie, nachdem der Posten, der an unseren Reihen entlanggegangen war, sich entfernt hatte. Sie warnte uns: „Malt den Teufel nicht an die Wand mit eurem dummen Gerede." Sie meinte, es sei nicht möglich. Es sei einfach nicht möglich.

Dieses Mal konnte sie triumphieren. Ihre naive Erwartung, die sich angesichts der Logik der KZ-Rechtsprechung auf irrationale Annahmen stützte, sollte sich bestätigen. Denn es erfolgte keine Dezimierung. Nach einigen Stunden der Ungewissheit wurde uns – dann schon im Lager – die Entscheidung mitgeteilt. Sie kam angeblich direkt aus Berlin. Vor der Dezimierung rettete uns die Tatsache, dass die geflohene Person ein krimineller Häftling war und kein politischer. In unserem Kommando hingegen waren überwiegend politische Häftlinge. Und so wurden wir nur zum Haarescheren und zur Strafkompanie verurteilt. Die Sängerin wiederholte:

„Na, seht ihr? Seht ihr?"

Der Verlust unserer Haare traf uns schmerzlich. SK? Strafkompanie? Das sagte uns nichts. Was hatten wir schon zu befürchten? Wir hatten unsere Rekrutenzeit im Lager in Feld- und Wasserkommandos überstanden. Was konnte noch Schlimmeres kommen? Budy – was sollte sich dahinter schon verbergen? Es war der Name eines der hiesigen Dörfer oder Ansiedlungen. Mehr nicht. So wie das Wort Oświęcim einst die Bezeichnung für eine Stadt war, eine Stadt unter tausend anderen, keine besondere Stadt, aber auch nicht die allerschlechteste. Bis dieser Name durch ein anderes Wort ersetzt wurde: Auschwitz. Da begann die andere Geschichte von Oświęcim, die sich von jener unterschied, die jahrhundertelang das ruhige Dasein dieses Ortes geprägt hatte, und die die verbrecherischste aller verbrecherischen Ideen beinhaltete: den Völkermord. Uns, unserem Kommando, das aus zweihundert Polinnen und zweihundert Jüdinnen bestand, fiel es zu, die ersten Seiten der Geschichte der Strafkompanie in Budy zu schreiben. Damals ahnten wir nicht, wie blutig diese Geschichte sein sollte. Überwältigt von dem Wunder, dank dessen wir der Dezimierung entgangen waren, zerbrachen wir uns nicht den Kopf über den nächsten Tag. Wir konnten nicht voraussehen, dass das Kommando nach nicht ganz zwei Monaten ins Lager zurückkehren würde mit Verlusten, die um ein Vielfaches größer waren als die, die durch die Dezimierung entstanden wären.

Die Tage im Juni sind lang. Und lang, furchtbar lang war der Marsch nach Budy. Das Kommando schleppte sich auf Feldwegen dahin, über Wiesen und Äcker, völlig abgestumpft durch Erschöpfung und Hunger. Die Ration für das Abendessen und das Frühstück war nicht ausgegeben worden, wir sollten sie erst am neuen Bestimmungsort bekommen. Der Gedanke daran gab uns Kraft. Wir wollten zu diesem Brot und verwünschten diejenigen, die nur mühsam vorankamen und das Tempo verlangsamten.

Noch wurde der Himmel vom Schein der untergegangenen Sonne erhellt. Noch waren nicht alle Lerchen verstummt. Die Grillen zirpten zu beiden Seiten des Weges, sonst waren – außer uns – keine Menschen und keine Tiere weit und breit zu sehen. Nur Obstbäume deuteten darauf hin, dass hier früher Gehöfte gewesen sein mussten. Manchmal erinnerte ein noch nicht ganz abgerissenes Haus daran, dass das „Interessengebiet" des Konzentrationslagers erst seit kurzem hier existierte. Ein paar einzelne Häuser waren dennoch zu sehen. Das waren prachtvolle Gebäude, die vom Wohlstand ihrer Besitzer zeugten. Bestimmt hatte die Lagerführung ihnen irgendeine Funktion zugeteilt, die sie zu erfüllen hatten.

Es war schon völlig dunkel, als vor uns ein Gebäude auftauchte, das von einem drei Meter hohen, doppelten Zaun aus Stacheldraht umgeben war. Das war das Lager der Strafkompanie.

Die Sängerin trat mit einem Lächeln durch das Tor. Mit diesem ihr eigenen Lächeln, das aufgrund ihrer hochgezogenen Augenbrauen etwas Verwundertes, Zuversichtliches und Entwaffnendes hatte. Sie konnte sich selbst nicht sehen. Sie wusste nicht, wie sehr die geschorenen Haare ihr Äußeres verändert hatten. Sie sah nicht mehr hübsch und frisch aus und auch nicht mehr jung. Ihr Gesicht mit den an der Stirn hochstehenden, ungleichmäßig geschnittenen Borsten war von Schmach gezeichnet und erweckte keinerlei Assoziationen mehr mit einem verletzbaren Kind. Das Lächeln auf so einem Gesicht rief Empörung hervor, als sei es etwas Unschickliches, etwas, das sich nicht gehörte. Der Kommandant der Strafkompanie, ein junger Unterscharführer mit feinen, edlen Gesichtszügen, unterbrach das Zählen. Mit dem Griff seiner Peitsche schob er das Kinn der Sängerin so hoch, dass auf ihrem mageren Hals die Adern hervortraten.

„Hier gibt's nichts zu lachen", sagte er, ohne die Stimme zu heben. „Hier ist SK." Und dann wiederholte er laut und ließ dabei seinen Blick über die Reihen schweifen: „SK. Und nicht das Sanatorium Auschwitz. Merkt euch das!"

Uns wurde befohlen, ins Gebäude zu gehen. Es war einst eine Schule gewesen. Eine dieser entzückenden, aus vier Klassen bestehenden Dorfschulen, mit zwei oder drei Unterrichtsräumen und einer Wohnung für den Lehrer. Erst vor kurzem war in diesen Räumen noch rezitiert worden: „Dein Vaterland, Kind, ist das ganze Land …" Oder gesungen: „Lerche, graues Vögelein, warum lässt du unsere Felder allein?" Nun befanden sich in diesen Räumen anstelle von Schulbänken Strohsäcke auf dem Boden, einer neben dem anderen, blank, ohne Decken. Wir stürzten los, um die Strohsäcke zu belegen. Es entstand sofort ein Tumult, denn die Strohsäcke reichten nicht für alle. Wir wurden angewiesen, uns zu zweit auf einen Strohsack zu legen. Diejenigen, für die unten kein Platz mehr war, kamen auf den Dachboden. Die hatten es übrigens letztendlich besser. Sie waren weiter weg vom Knüppel der Blockältesten.

Brot haben wir an diesem Abend nicht bekommen. Wir haben überhaupt nichts zum Essen oder zum Trinken bekommen. Mit einer Mahlzeit konnten wir frühestens am nächsten Tag zu Mittag rechnen. Und das war das Schlimmste. Wir hatten schon vergessen, dass wir der Dezimierung entgangen waren. Wir legten uns hin. Aber der Hunger, an den wir immer denken mussten, ließ uns nicht einschlafen. Wir verspürten ein Würgen in der Kehle, also setzten wir uns auf, um uns nicht zu übergeben, aber mit flatterndem Herzen sanken wir auf den Strohsack zurück. Und so ging es die ganze Zeit. Gegen Morgen wurde es außerdem noch kalt, denn wir hatten ja nichts zum Zudecken. Angeblich sollten wir die Decken, so wie auch das Essen, am nächsten Tag bekommen, wenn das Kommando formell in den Bestand des Lagers in Budy aufgenommen werden würde. Instinktiv rückten wir enger zusammen, um uns gegenseitig zu wärmen. Aber bevor die Benommenheit in Schlaf überging, ertönte der Gong und die Stubenältesten stürmten in den Raum. Sie rannten an den liegenden Frauen entlang und schlugen blindlings mit ihren Stöcken auf sie ein.

„Los! Aufstehen! Aber schnell! Los!"

Das war die SK. Die Strafkompanie. Die Strafkompanie in Budy.

Die Frau wollte nicht sterben und das Töten zog sich hin. Deshalb konnte das Kommando ein wenig verschnaufen und deshalb gab es kein weiteres Todesopfer. Trude und Lore waren immer noch mit der dort beschäftigt, die sich als verdammt zäh herausstellte. Verschwitzt kamen sie aus dem Erlenwäldchen und ließen in Richtung der Wiese, auf der wir das Gas zusammenrechten, ein paar ihrer üblichen Drohungen los und dann verschwanden sie wieder zwischen den Bäumen. Abwechselnd. Einmal die eine, einmal die andere. Um sich nicht zu verausgaben. Über der Wiese trällerten die Lerchen. Es mussten viele sein, vielleicht einige hundert. Wir konzentrierten uns auf ihren Gesang, um nicht die Geräusche hören zu müssen, die aus dem Erlenwäldchen zu uns herüberdrangen: Schläge, als würde Getreide gedroschen, und das Stöhnen der Sterbenden. Der Mensch in uns beschwor uns, dorthin zu gehen und einzugreifen und zu verhindern, was geschah. Man musste ihn mit etwas ablenken, beruhigen. Jedes Mal, wenn eine der beiden Schinderinnen auf der Wiese erschien, sagten wir uns, es ist zu Ende, in der Hoffnung, dass es nun still werden würde in dem Erlenwäldchen, dass das Gezwitscher über uns wieder das sein würde, was es von Natur aus war, nämlich Vogelgesang und nicht die Begleitmusik zu einem Mord.

Die fast zu Tode Gequälte trugen wir auf eine Weise ins Lager zurück, die wir uns noch im Stammlager von den männlichen Häftlingen abgeschaut hatten: wie ein Heiligenbild bei einer Prozession. Die Rechen, die wir uns auf die Schultern gelegt hatten, dienten als Stangen und quer darüber hing die Sterbende. Die Frau – sie stammte aus den Bergen – war noch nicht tot. Sie röchelte. Aus ihrem offenen Mund tropfte Blut. Wir beteten für sie. Wir flehten zu Gott, zum Teufel und zu allen Heiligen und zum reinen, strahlenden Blau des Himmels, dass sie sterben möge, bevor wir das Lager erreichten. Denn Trude und Lore kreisten wie Hyänen ständig um die vier herum, die die Misshandelte trugen, ihre Arme hatten sich wieder erholt, sie waren erneut bereit, mit ihren Stöcken auf sie einzudreschen. Wir sagten zu ihnen: „Sie ist tot." Und wir beteten zum großen Unbekannten, sie möge schon tot sein.

(Als einige Jahre später ihr Sohn mich fragte, woran seine Mutter gestorben sei, sagte ich, an Herzversagen. Das tröstete ihn, denn es stimmte mit der offiziellen Benachrichtigung überein. Aber gleichzeitig war er verwundert, seine Mutter sei gesund gewesen, sie habe nie einen Arzt gebraucht … Ich erwiderte, dass sie an Fleckfieber erkrankt sei und das habe den Herzmuskel geschädigt. Das überzeugte ihn. Er dankte mir und ging beruhigt fort.)

Unsere erste Tote. Aus unserem Transport, aus unserem Kommando. Sie stammte aus einem Dorf in den Bergen. Sie war gesund und kräftig, sie hielt die schwere Arbeit aus, sie war unempfindlich gegen Kälte und immun gegen Krankheiten. Die Wunden an den

Füßen, die sie sich auf der gemähten Wiese zugezogen hatte, trockneten sofort und heilten, ihr drohten weder eiternde Blasen noch Hautentzündungen. Sie hatte wie keine andere von uns die Chance zu überleben. Wenn sie außerdem noch hätte hungern können …
Die drei Pellkartoffeln, die sie zusätzlich mittags zu der Brennnesselbrühe bekam, waren alle verfault. Zuerst weinte sie, dann bat sie Lore, sie gegen andere auszutauschen. Die Anweiserin sah sich die schwarzen, stinkenden Knollen genau an.

„Was gefällt dir daran nicht?", fragte sie leise mit ihrer vom Schreien heiseren Stimme. Aber die Frau aus den Bergen kannte sich mit Tonfällen nicht aus.

„Ist kaputt", beschwerte sie sich. „Bitte, ich Hunger." Sie zeigte auf ihren Bauch.

Da rammte ihr Lore mit voller Wucht den Ellbogen in den Magen. Die Frau krümmte sich und rief:

„Warum? Warum schlagen?"

„Waruuum?", krächzte Lore und stürzte sich auf sie. Die Frau stieß sie zurück. Unglücklicherweise war sie stark. Sie wurde unsere erste Tote. Sie bildete den Anfang der unheilvollen Zahl von zweihundertdreiundvierzig Opfern in den ersten beiden Monaten des Bestehens der Strafkompanie in Budy.

Die Sängerin sagte:

„Sie ist selbst schuld. Auf so eine Art etwas fordern? Sich mit der Anweiserin anlegen?"

In diesen Sätzen war erneut der Versuch enthalten, die Wirklichkeit des Lagers und seiner Regeln logisch zu interpretieren. Trotz allem, entgegen allem. Und vor allem trotz der eigenen Zweifel. Denn in ihren Augen waren diese Zweifel schon zu sehen. Die Zweifel und auch der Wahnsinn. Keine von uns ließ sich auf eine Diskussion ein. Denn wir wollten ja, dass sie Recht hatte. So wie damals vor der vermeintlichen Dezimierung. Nichts wünschten wir mehr, als ihr zu glauben. Die nächsten, die mit einem Stock oder mit dem Knüppel zu Tode geprügelt wurden, wehrten sich nicht, wenn der erste Schlag kam, sie versuchten noch nicht einmal, sich zu schützen. Und trotzdem erfüllte sich ihr Schicksal gemäß dem Gesetz der Strafkompanie, das mit diesem Ausdruck umschrieben wurde: dran sein. Ein Häftling, der einmal geschlagen worden war, musste sterben. Der erste Schlag war wie ein Stempel, so wie man einen Baum kennzeichnet, den man fällen, oder ein Tier, das man schlachten will. Die Leiche der betreffenden Person wurde irgendwann ins Lager getragen – wenn nicht an dem Tag, dann am nächsten. Denn seit der ersten Toten gab es keinen Tag mehr, an dem nicht eine Leiche prozessionsartig ins Lager zurückgetragen wurde. Eine oder mehrere.

Auch sie war dran, unsere Sängerin aus dem Montelupich-Gefängnis. Es geschah bei der Heuernte, in der dritten Woche unseres Aufenthaltes in Budy. Das war der Anfang vom Ende. Die kargen Rationen, die wir in Auschwitz bekommen hatten, wurden hier noch einmal um die Hälfte reduziert. Es gab keine Zulage, also keine Extraportion für schwer Arbeitende, die in Auschwitz manche Kommandos erhalten hatten. Die Funktionshäftlinge klauten wie die Raben. Das Kommando bekam nur das, was sie nicht gemeinsam mit den SS-Leuten aufessen konnten. Denn mit denen standen sie auf gutem Fuß. Sie teilten sich mit ihnen unsere Verpflegung und erwiesen ihnen auch Dienste anderer Art. Sie sprachen ja die gleiche Sprache wie sie.

Wir wussten, dass das Kommando verurteilt war. Wir wurden im Morgengrauen aufs Feld gejagt und mussten lange bis nach Sonnenuntergang schuften. Vier Plagen – der Hunger, die Hitze, die Kälte und die mörderische Arbeit – setzten uns zu. Nur die Angst gab uns Kraft, sie zwang uns, uns aufzuraffen, wenn auch in immer geringerem Maße. Der Rottenführer hieß Hans. Mit seinem rotbackigen, runden Gesicht, seinen schlauen, bösen Augen und seinen abstehenden, spitzen Ohren sah er aus wie Eulenspiegel. Er hatte Fäuste wie ein Boxer. Ein Schlag und man war sofort bewusstlos. Das Opfer stand in der Regel nicht mehr auf. Dann traten Trude und Lore in Aktion, Lore, die wegen ihrer goldenen, lockigen Haare Lorelei genannt wurde. Der Einsatz der beiden endete immer auf die gleiche Weise: mit einer Prozession.

An diesem Tag waren die Bewegungen der Sängerin langsamer, ihre Reflexe schwächer. Sie bemerkte nicht, dass sie beobachtet wurde. Sie hatte Durchfall. Um ihn zu bekämpfen, hatte sie nichts gegessen. Trotzdem hatte der Durchfall nicht nachgelassen. Unglücklicherweise vermochte die Kranke es nicht, sich in aller Öffentlichkeit zu erleichtern. Dieses Kunststück hatte sie noch nicht gelernt, sie hatte noch keine tierischen Verhaltensweisen angenommen. Sie musste auf die Seite gehen, was in Budy durch spezielle Regeln abgesichert war, es bedurfte der Begleitung eines Aufsehers. So einer stand neben ihr, während sie sich hinhockte, er sah auf die Uhr, er schlug ihr mit einem Stock auf den nackten Hintern. „Mach schneller, Mensch!"

Er stand schon das sechste Mal neben der Sängerin, das konnte ihm nicht gefallen. Er merkte sich sie und zählte mit. Nicht deshalb hatte man schließlich Siege an allen Fronten Europas errungen, um diese stinkenden Kreaturen beim Austreten zu bewachen. Vor allem, weil die da es gar nicht nötig hatte. Er sah, was sie zurückließ. Das war so gut wie nichts. Er verpetzte sie beim Eulenspiegel. Und als sie das nächste Mal, sich den Bauch haltend, zu dem Posten lief, schickte der sie zu ihm. Es gab keinen Ausweg, sie musste folgen. Der Schlag gegen den Kopf warf sie zu Boden, ein paar Meter weiter von der Stelle, an der sie gestanden hatte. Sie kam dennoch wieder auf die Beine, offenbar war der Stoß nicht präzise genug gewesen. Taumelnd versuchte sie strammzustehen. Einen Moment lang sah der Eulenspiegel sie an. Trude und Lore hatten sich schon neben ihm eingefunden und warteten, sie waren einsatzbereit. Er sagte:

„Heb den Rechen auf!"

Wie durch ein Wunder verstand sie ihn. Sie beugte sich jäh nach vorn, wurde schwindlig und fiel auf die Knie, sie stand jedoch wieder auf. Er ging zu ihr. Den Rechen hält man so und nicht so. Sie nickte eifrig mit dem Kopf.

„Jawohl, jawohl, Herr Rottenführer."

Sie fing an zu rechen, hastig, mit aller Kraft, die sie in den Armen hatte, und so schnell sie atmen konnte. Sie taumelte. Er machte einen Schritt zurück und beobachtete ihre Bewegungen, die immer langsamer wurden. Nach dem nächsten Schlag stand sie nicht mehr auf. Sie war bewusstlos. Er trat gegen ihren regungslosen Körper. Wir konnten aufgrund der Geräusche ausmachen, wohin er traf. Kopf, Schultern, Hüften. Toni, die dritte Anweiserin, sagte:

„Jetzt geht's aber los!"

Es lag ein wenig Mitleid darin. Die fröhliche Toni, die einzige unter den Anweiserinnen der Strafkompanie, die sich einen Funken Menschlichkeit bewahrt hatte – sie hat sich nie an den Morden beteiligt.

An diesem Tag kehrte die Sängerin aber noch aus eigener Kraft ins Lager zurück. Das verdankte sie der Hitze. Oder vielleicht der Tatsache, dass Samstag war? Oder verdankte sie es möglicherweise noch etwas anderem? Zum Beispiel den Bedürfnissen, die sich in den SS-Männern an diesem nach gemähtem Heu duftenden Julitag regten? Bis zum Abmarsch jedenfalls fand in dem Wäldchen ein Trinkgelage mit den Wachposten statt. Da der Leiter der Landwirtschaftsbetriebe im Konzentrationslager Auschwitz, der SS-Obersturmbannführer Caesar, die gemeine Angewohnheit hatte, den arbeitenden Kommandos gelegentlich hoch zu Ross einen Besuch abzustatten, stand die fröhliche Toni Wache, um bei Gefahr zu warnen. Das bedeutete zwar nicht, dass sie selbst sich von derartigen Vergnügungen fernhielt, aber jetzt überließ sie ohne Bedauern ihren älteren und hässlicheren Kameradinnen das Feld. Also bestimmt auch diesem Freundschaftsdienst verdankte die Sängerin die Tatsache, dass sie an jenem Tag noch nicht aus dem Personenbestand des Lagers gestrichen wurde. Trude und Lore ließen sie nämlich in Ruhe und widmeten sich einer Beschäftigung, die sie letztendlich wohl doch dem Töten vorzogen.

In der Nacht aber regnete es und der Regen hörte bis zum Morgenappell nicht auf. Bis wir durchgezählt waren, trieften wir vor Nässe. Das Wasser lief uns am Körper und an den Beinen hinunter bis in die Pantinen und floss aus ihnen heraus, sodass an der Stelle, wo das Kommando stand, sich eine große, bis an die Knöchel reichende Pfütze bildete. Auf diesem Hof hatten einst Kinder fröhlich getobt und gespielt, waren Rufe wie „Franek!"und „Jasiek!" erklungen, bis das Klingelzeichen sie alle wieder zurück in den Unterricht rief. Was war mit all dem geschehen und würde hier irgendwann erneut eine Schule sein?

Der Regen ließ nicht nach. Den Himmel bedeckten dichte, tiefe Wolken, sie lagen auf den Wipfeln der Bäume des nahen Waldes, der im Dunst kaum zu sehen war. Was bedeutet eine Minute, die man im Regen, in der Hitze oder in der Kälte stehend verbringen muss? Niemand wusste, wie lange man uns hier so festhalten würde. Die Posten mit den Hunden, die die Kommandos bei der Arbeit überwachten, erschienen nicht. Der Unterscharführer war, eingehüllt in eine Pelerine, mit dem Fahrrad irgendwohin gefahren. Als er zurückkam, wurden wir angewiesen, in den Block zurückzukehren. Wir wrangen unsere Kleider und Hemden aus, so gut es ging, hängten sie auf, wo Platz war, und krochen unter unsere Decken. Wer durch den Hunger nicht am Einschlafen gehindert wurde, schlief. Und war zu beneiden. Die anderen lagen da und beteten, wieder andere fingen Läuse. Und alle lauschten, ob der Regen wohl nicht aufgehört hatte, dieser gesegnete Regen, der ewig hätte dauern sollen, der dieses Stück Erde hätte überschwemmen, der die Wachtürme hätte umstürzen, der den Stacheldrahtzaun hätte wegspülen sollen und uns ermöglichen, das Gefängnis zu verlassen.

Der Dachboden, auf dem wir hausten, versank im Halbdunkel. Die beiden Giebelfenster waren nicht besonders groß, wie das auf Dachböden so ist, und ließen nur wenig Licht herein. Die hellen Plätze belegten natürlich die Deutschen, die Funktionshäftlinge. Direkt unter einem Fenster hatte Lore ihre Schlafstelle. Nachts, wenn der Unterscharführer nicht im Lager war, drängten sie und die anderen sich an den zwei Fenstern, um mit dem Posten lange Gespräche zu führen. Das sah geradezu romantisch aus: Er auf dem Holzturm, sie an diesen Fenstern wie gefangene Königstöchter im gläsernen Berg, die versuchten, den sie bewachenden Drachen für sich einzunehmen. Sie fragten den Drachen, woher er komme, vom Land oder aus der Stadt, ob er Geschwister habe, was er von Beruf sei. Und sie erzählten rührselige Märchen über sich, mit weicher und zärtlicher Stimme schütteten sie ihr Herz aus in Worten, die aufrichtig klangen. Sie beklagten die Ungerechtigkeit des Schicksals. Sie sprachen über ihre Sehnsucht nach dem Elternhaus, nach der Mutter, nach der Freiheit. Sie gurrten wie Tauben. Und tagsüber mordeten sie. Sie waren keine Bestien, denn eine Bestie tötet nicht ohne Grund, sondern Monster, einzigartige Kreaturen der KZ-Erziehung.

An diesem Sonntagmorgen waren sie so ausgelassen wie Mädchen in einem Pensionat. Die gestrigen Erlebnisse mit den SS-Männern waren der Mittelpunkt ihrer Gespräche. Sie erinnerten sich, gaben poetische oder zynische Bemerkungen von sich und lachten rau. Und sie fraßen und fraßen und fraßen. Sie hatten eine unbegrenzte Menge an Margarine, Brot und Wurst. Abgezweigt von unseren Rationen. Sie machten sich Brote, wie in der Freiheit, sie beschmierten die Schnitten dick mit Margarine und belegten sie mit Wurst und Scheiben aus gekochten Kartoffeln, die waren gesalzen, denn sie hatten auch Salz aus der Küche, die von deutschen Häftlingen geführt wurde. Sie hantierten vor den Augen der aushungerten Frauenmenge. Ohne zu befürchten, dass diese aufspringen und sich ihren Anteil holen würde. Sie waren sich ihrer Sache gewiss. Schließlich waren sie fertig und legten sich auf ihre Strohsäcke.

Da griff eine von ihnen nach ihrer Schürze, die sie zu einem Bündel gefaltet hatte. Sie stand auf, holte ein paar Krümel heraus und streute sie zwischen die liegenden Frauen, so, wie man Hühner füttert. Und wie Federvieh hüpften die Häftlinge zu diesen Resten, sie drängten sich, sie schubsten sich, sie traten sich, sie beschimpften sich. Dieser Anblick machte die schon schläfrig gewordenen Funktionshäftlinge wieder munter. Sie griffen nach den Vorräten, die sie gesammelt hatten – die Brotscheiben waren ganz offensichtlich für unsere Rationen geschnitten worden, sie waren verschimmelt oder vertrocknet –, und warfen sie der menschlichen Hühnerschar vor die Füße. Was war das für ein Spaß! Was für ein triumphierendes Gelächter beim Anblick dieser vom Hungerdelirium erfassten Wesen, die miteinander um die letzten Krumen kämpften und sie vom staubigen Lehmfußboden des Dachbodens aufklaubten.

Ich war nicht dabei. Zum Glück war ich imstande, auf meinem Platz zu bleiben. Noch war ich dazu imstande. Ich sagte mir: du bist zu schwach, um etwas zu erwischen, etwas zu ergattern. Und so bewegte ich mich nicht von der Stelle. Nicht weit von mir lag Monika, im früheren Leben die Frau eines Generals, im Lager gelegentlich Übersetzerin, ab und zu Vorarbeiterin. Vor Budy, in den vorhergehenden Kommandos, hatte sie manchmal diese Funktion erfüllt. Wer in ihre Gruppe kam, konnte damit rechnen, den Tag zu überleben. Man arbeitete dort ruhig und so viel, wie nötig, um nicht unangenehm aufzufallen. Wenn keine von den Deutschen in der Nähe war, konnte man sich ausruhen, indem man sich auf den Spaten stützte. Monika passte auf und warnte:

„Der Kapo kommt, weitermachen!"

In der Strafkompanie aber waren alle Funktionen, sogar die niedrigsten, den deutschen Häftlingen vorbehalten. Und Monika arbeitete so wie wir alle, sie war denselben Gefahren ausgesetzt. Jetzt wandte sie die Augen von diesem erbärmlichen Anblick ab:

„Oh Gott, wie weit ist es mit uns gekommen!"

Die Sängerin, die neben ihr zusammengekrümmt dalag und sich den Bauch hielt, sah sie an:

„Was haben Sie denn? Die sind halt hungrig", sagte sie leise. Zu Monika sagten wir nämlich Sie. Sogar Luśka traute sich nicht, sie zu duzen.

„Wir sind alle hungrig. Die da drüben unterm Dach auch." Monika zeigte auf die Häftlinge, die auf der gegenüberliegenden Seite saßen. „Und ich und sie und du ebenfalls."

Die Sängerin, die damals noch nicht die Sängerin war, sondern bloß eine von uns, erwiderte:

„Ich habe Durchfall." Und sie drehte sich auf den Bauch, das Gesicht zum Boden.

Plötzlich ertönte in dem Tumult Lores raue Stimme:

„Jetzt aber Ruhe!" Und zusammen mit ihr brüllten auch die anderen:

„Ruhe! Habt ihr gehört? Maul halten, ihr Saupolacken!" Und schon bewegten sie sich mit ihren Knüppeln auf die aufgewühlte Menge zu. Die zerstob im Handumdrehen. Verschwand wie Ratten in ihre Löcher. Die Funktionshäftlinge zogen sich zurück. Gut gesättigt schliefen sie nach diesem amüsanten Vergnügen sofort ein.

Es regnete immer noch. Gleichmäßig, unablässig, rhythmisch, aber nicht mehr so stark. Das Mittagessen bekamen wir glücklicherweise im Lager. Die Suppe wurde wie immer von der Blockältesten zusammen mit dem Stubendienst verteilt. Jetzt aber standen Trude und Lore daneben und betrachteten aufmerksam jede, die zum Kessel ging. Bei einigen kontrollierten sie die Nummer. Sie blickten in die Gesichter der Häftlinge, besonders in die Gesichter derjenigen, die den Buchstaben P trugen. Es war nicht schwer, sich den Grund zu denken. Sie suchten das gestrige, nicht getötete Opfer. Als ich vom Kessel zurückkam, ging ich an der wartenden Schlange vorbei. Ich sah die Sängerin nicht. Ich fand sie auf dem Dachboden, zusammengekrümmt, sich den Bauch mit den Händen wärmend. Ich fragte sie, ob sie sich kein Mittagessen hole. Sie antwortete, nein, denn sie habe Durchfall.

Sie war nicht so schwach, nicht so willenlos, wie es uns später erschien. Für einen hungernden Menschen ist es das Schwerste, auf Essen zu verzichten. Diese Therapie durchzuführen – die einzige, die unter den bestehenden Bedingungen hier möglich war – gelang kaum jemandem. Deshalb brachte der Durchfall eine reiche tödliche Ernte ein, bevor der radikalere, effektivere Schnitter kam: das Fleckfieber. Ich sagte ihr, sie solle nicht nach unten gehen, solange die Ausgabe des Mittagessens andauere. Sie verstand.

„Suchen sie mich?", fragte sie. Sie bewegte ihre Lippen nur mit großer Mühe.

Ich erwiderte, dass ich es nicht wisse, aber dass es nicht auszuschließen sei. Jedenfalls lungerten sie neben der Blockältesten herum und sähen jeder herantretenden Polin ins Gesicht.

„Wenn nicht heute, dann morgen", flüsterte sie. Aber sie verzog sich sofort in die dunkelste Ecke, in den Spalt direkt unter den Dachbalken.

Ich wickelte sie in die Decke ein und legte mich selbst so hin, dass ich sie mit meinem Körper verbarg. Gleichzeitig dachte ich aber, dass das nichts änderte. Anders wäre es gewesen, wenn sie gesund gewesen wäre und nicht zur Latrine hätte runtergehen müssen. Ich lauschte auf die Geräusche, die vom Hof kamen, dem Scheppern der Kessel konnte ich entnehmen, dass das Mittagessen beendet war. Ich sagte ihr, dass sie, wenn sie rausgehen wolle, mir Bescheid geben solle, dann würde ich nachsehen, ob unten keine ihrer Verfolgerinnen sei. Sie wehrte mit einer Handbewegung ab. Und dann erklärte sie mir:

„Weißt du, ich gehe schon gar nicht mehr so oft raus. Ich würde es überstehen, wenn ..." Sie beendete den Satz nicht.

Als auf dem Dachboden die Blockälteste auftauchte und anordnete, dass die Polinnen antreten sollten, schien es, dass der Zeitpunkt gekommen sei. Trude und Lore wollten mit irgendetwas den langweiligen Sonntagnachmittag füllen.

„Steh nicht auf!", sagte ich. Und als ich sah, dass sie zögerte, fügte ich hinzu: „Du hast nichts zu verlieren."

Aber es ging nicht um sie. Es stellte sich heraus, dass dieser Sonntag, der einzige freie Sonntag in der Strafkompanie, uns aufgrund eines anderen, eines ungewöhnlicheren Ereignisses in Erinnerung bleiben sollte. Die Blockälteste übermittelte uns die Anordnung des Lagerkommandanten: Die polnischen Häftlinge sollten einen Brief nach Hause schreiben, an die Ihren in der Freiheit. Selbstverständlich auf Deutsch. Und sie begann, Postkarten mit dem Aufdruck „Frauenkonzentrationslager Auschwitz" zu verteilen. Wir nahmen die Postkarten, auch die Sängerin nahm eine.

Und sofort wurde es still auf dem Dachboden. Nach Hause schreiben … Das erste Mal nach so vielen Monaten? Was sollten wir schreiben? Dass wir umkamen? Dass wir noch ein oder zwei Wochen zu leben hatten? Einige weinten und dann, wie das auf Beerdigungen der Fall ist, weinten alle. Monika, die mit der Blockältesten noch über irgendetwas gesprochen hatte, klatschte in die Hände:

„Hört mal zu! Die Karten müssen innerhalb von drei Tagen abgegeben werden. Denen, die kein Deutsch können, helfen die, die es können. Ich auch. Am besten wir fangen heute schon mit dem Schreiben an, denn morgen wissen wir nicht …" Sie hielt einen Moment inne und dann fuhr sie fort: „Morgen wissen wir nicht, wann wir vom Feld zurückkommen."

„Und ob wir überhaupt zurückkommen", hörte ich neben mir die leise Stimme der Sängerin. „Ich kann mir das eigentlich sparen. Sie werden an meiner Stelle schreiben."

Ich erwiderte nichts. Was hätte ich sagen sollen? Dass man hoffen soll, solange man lebt? Trotz meines Schweigens bat die Sängerin als Erste Monika darum, ihr beim Schreiben der Karte behilflich zu sein.

„Bloß, wie soll ich es ihnen zu verstehen geben …?"

„Du gibst ihnen gar nichts zu verstehen, denn dann wird die Karte überhaupt nicht abgeschickt. Das weiß ich von der Blockältesten. Man darf nicht über Krankheiten, Hunger, schwere Arbeit und dergleichen schreiben."

„Worüber darf man dann schreiben?", fragte die Sängerin.

„Darüber, dass du lebst, arbeitest und gesund bist. Damit sich die Deinen keine Sorgen machen. Du fühlst dich wohl und wenn der Krieg vorbei ist, kommst du nach Hause."

Einige Häftlinge umringten Monika.

„Schreiben Sie auch für mich?"

Sie sagte:

„Der Reihe nach." Dann wandte sie sich wieder an die Sängerin:
„Also, was soll ich schreiben?"

Diese betrachtete eine Weile die leere Postkarte, die sie in der
Hand hielt. Schließlich reichte sie sie Monika:

„Hier. Bitte schreiben Sie so, wie Sie vorgeschlagen haben. Liebe
Tante! Ich bin gesund und fühle mich wohl."

Sie wandte den Kopf ab und fing an zu weinen. Ohne sie anzusehen, begann Monika:

„Liebe Tante! Ich bin gesund und fühle mich wohl …"

Es ging ihr besser. Am nächsten Tag musste sie kaum noch austreten. Anstatt beiseitezugehen, hockte sie sich ein- oder zweimal
an Ort und Stelle hin, verdeckt von einer Reihe Häftlinge, die die
Heuhaufen aufrichteten. Der Durchfall plagte sie nicht mehr, aber
sie war derart schwach, dass sie sich kaum auf den Beinen halten
konnte. Wir versteckten sie, so gut wir konnten, wir wiesen sie an,
sich in den Heuhaufen zu verbergen, und achteten auf jede Bewegung der Funktionshäftlinge und des Eulenspiegels. Denn die Gefahr
war nicht vorüber. Trude und Lore hatten das nicht getötete Opfer
nicht vergessen. Wie Jäger ein verwundetes Tier aufspüren, indem
sie der Blutspur folgen, so suchten sie sie, indem sie aufmerksam in
jedes Gesicht sahen, um blaue Flecken oder geschwollene Stellen zu
entdecken. Bedroht waren alle, die Durchfall hatten, sie musterten
nämlich jede, die zur Seite trat. Das ging seit dem Morgen so und
mit der Zeit, als die Stunden verstrichen, verwandelte sich das Ganze
in eine Art Spiel, in eine Kraftprobe nicht mehr bloß zwischen der
Sängerin und ihren Verfolgerinnen, sondern zwischen ihnen und
dem gesamten Kommando, in ein Versteckspiel, an dessen Ende
entweder der Tod stand oder ein weiterer Tag Leben. Unsere Aufgabe wurde dadurch erleichtert, dass die Sängerin nicht gezeichnet war. Wie durch ein Wunder, wahrscheinlich weil sie die Arme
schützend davorgehalten hatte, war das Gesicht vor Verletzungen
bewahrt worden. Die Spuren der Misshandlung hätte man am Körper suchen müssen, denn das Opfer am Gesicht zu erkennen, war
ziemlich ausgeschlossen. Die Sängerin hatte nämlich die gleichen
Züge wie wir alle, ihr Gesicht war aufgedunsen vom Hunger, derb
und dreckig wie die Gesichter von Heiligenfiguren, die an Straßen-
rändern stehen. Man hätte jede andere für sie halten können. Das
wussten wir. Und wir nutzten dieses einheitliche Aussehen aus und
tauschten mit ihr die Gruppe, ließen sie dahin, wo die Anweiserin

nachlässiger war. Am Ende der ersten Hälfte des Tages, vor dem Mittagessen, befand sich die Sängerin in Tonis Gruppe. Es schien, als hätte das Kommando diese Runde gewonnen. Während die Suppe ausgegeben wurde, sahen Trude und Lore wieder aufmerksam in jedes Gesicht. Das überraschte aber niemanden, das taten sie immer, um diejenigen ausfindig zu machen, die sich ein zweites Mal anstellen wollten. Die Sängerin nahm keine Suppe. Sie kaute nur langsam eine trockene Brotrinde, die sie infolge des tagelangen Fastens noch übrig hatte.

Am Nachmittag begann der Alptraum aufs Neue. Trude und Lore trieben sich ständig im Kommando herum, sie waren wütend und unerbittlich, nicht für einen Moment durften wir den Rücken durchstrecken und verschnaufen. Uns wurde schwarz vor Augen von dieser Schinderei und obwohl es kühl war, rann uns der Schweiß am Körper hinab. Das Spiel ums Leben hörte auf, uns zu vergnügen. Vor allem, weil es dabei um das Leben einer jeden von uns ging. Wir wussten, wenn sie die eine nicht finden würden, dann würden sie sich die Erstbeste herausgreifen. Wir wagten nicht, uns anzusehen. In unseren Blicken lag Entsetzen. Und später, nachdem ein paar Stunden vergangen waren, auch der Wille zum Verbrechen. Dem Verbrechen, mit dem Tod von jemandem einverstanden zu sein.

Haben sie sie vielleicht deshalb am Ende gefunden? Wahrscheinlich nicht, trotz allem – deshalb wahrscheinlich nicht. Denn niemand, keine von uns hat sie verraten. Bloß waren wir weniger engagiert beim Beschützen, weniger einfallsreich bei unseren Täuschungsmanövern, weniger erfinderisch beim Überlisten der beiden Harpyien und beim Ablenken von der Verfolgten, denn Letzteres bedingte, dass wir die Aufmerksamkeit auf uns selbst zogen. Aber dazu waren wir nicht bereit. Uns fehlte der Mut dazu. Und so fanden sie sie, ganz am Ende des Tages. Ihre Schwäche hatte sie verraten. Sie rechte nur, während die anderen mit ihren Gabeln Heubündel auf die Haufen warfen.

„Du sollst auch eine Gabel nehmen", sagte Lore.

Sie nahm eine Gabel, aber sie kam mit dem Heubündel nicht zurande. Sie war noch nicht einmal in der Lage, die leere Gabel hochzuheben. Wütend stürzten Trude und Lore sich auf sie.

Dennoch schafften sie es nicht, die Sache zum Abschluss zu bringen. Der Pfiff und der Befehl zum Antreten hinderten sie daran. Die Sängerin kehrte auch an diesem Abend gehend ins Lager zurück. Sie wurde zwar von den Kameradinnen gestützt, aber nicht getragen. Sie hatte noch eine Nacht vor sich. Nur noch diese eine Nacht. Das wusste sie genauso, wie das ganze Kommando es wusste. Die Worte der Blockältesten während der Brotausgabe – „du brauchst ja kein Fressen mehr" – waren eine Bestätigung des zwar nicht verkündeten, aber bereits gefällten Todesurteils. Trotzdem oder vielleicht gerade deshalb forderte sie ihre Ration. Mit erhobener Stimme. Als ob sie bewirken wollte, dass das Urteil jetzt schon vollstreckt würde, damit sie nicht bis zum Morgen warten musste. Aber weder Trude noch Lore waren in der Nähe und die Blockälteste, dick und kurzatmig, schonte sich. Die Verurteilte bekam ihr Brot. Gierig begann sie, es zu essen. Aber dann hielt sie plötzlich inne. Sie gab ihr Brot dem Häftling neben ihr und verließ den Block.

Sie bewegte sich in Richtung des doppelten Stacheldrahtzauns, geradewegs auf den Posten zu, der auf der anderen Seite patrouillierte. Nachts lief zwischen den beiden Zäunen ein Hund. Jetzt war er noch nicht da. Noch war der Himmel über dem nahen Wald rosa gefärbt vom Tageslicht. Aber der Wald selbst war schon dunkel. Ihm wandte sie ihr von blutigen Striemen überzogenes Gesicht zu, ein Auge war blau angeschwollen und nicht zu sehen. Wie damals an den Fenstergittern der Zelle hielt sie sich nun mit beiden Händen am Stacheldrahtzaun fest. Hatte sie vergessen, dass der Zaun in Budy nicht elektrisch geladen war? Sie sang. So wie in der Zelle im Montelupich-Gefängnis: „Haltet ein, ihr Herren Ritter, einer raubt mir das Herz, einer hält es in seiner Hand, ei-ei-ei." Der Wald wiederholte: ei-ei-ei.

Der Wachposten blieb stehen. Und aus dem Block kam schon die Blockälteste in schwerem Trab, sie wurde überholt von den mit Stöcken bewaffneten Funktionshäftlingen. Die Sängerin sang. Und der Wald begleitete sie. Er warf ihre Stimme zurück. Das vervielfachte Ei-ei-ei erfüllte den Hof der ehemaligen Schule, die nun eine Folterkammer war.

„Sie soll singen", sagte der Posten, bevor der erste Stockhieb sie treffen konnte.

Die Furien erstarrten.

„Ist verboten, Herr Posten", begann die Blockälteste.

„Hau ab, du alte Kriminalistin", sagte der Posten ohne Ärger. „Ich weiß besser, was verboten ist." Und dann fügte er, um sie zu besänftigen, hinzu: „Sie singt schön, finden Sie nicht?"

Dieses „Sie" bremste die Blockälteste etwas.

„Ja, aber die Lagerruhe", fing sie wieder an und Trude pflichtete ihr sofort bei:

„Ja, die Häftlinge wollen schlafen, sie haben den ganzen Tag gearbeitet."

Während sie sprach, streckte er den Arm aus und zeigte auf seine Uhr. Es war noch nicht neun. Zögernd gingen sie und die anderen weg. Dabei sahen sie sich um, bereit zurückzukehren, sobald der Posten sich entfernen würde.

Die Sängerin sagte:

„Sie wollen mich umbringen."

Er verstand sie nicht, denn sie hatte es auf Polnisch gesagt. Also zeigte sie ihm sein Gesicht.

„Ich tot. Sie wollen, ich kaputt. Tot." Sie hatte das Wort gleich parat, das im Lager ebenso zur Alltagssprache gehörte wie „antreten", „aufstehen", „schnell", „los", „stehen bleiben", „arbeiten", „Maul halten", „fressen" ... Zu diesem gängigen Wortschatz gehörte auch der Ausdruck „tot". „Ich schlage dich tot", das begriff jede von uns. Also wiederholte sie noch einmal, damit der Posten sie verstand: „Sie wollen mich totschlagen." Sie wusste nicht, dass sie den Satz so formulierte wie jemand, der die Sprache unter anderen Bedingungen gelernt hatte als sie. (Zum Beispiel in so einer Schule wie der hier, wo die Klasse sicher oft von den Stimmen der Kinder widergehallt hatte, die gemeinsam die Aussprache von Wörtern wie „die Tafel", „die Tinte", „das Tintenfass", „die Kreide", „der Bleistift" gelernt hatten, um sich viele, viele Jahre später an dem Wohlklang folgender Verse zu erfreuen: „Nach Frankreich zogen zwei Grenadier', die waren in Russland gefangen ...")

Der Posten schien jedoch immer noch nicht zu verstehen. Er setzte seinen Gang entlang des Stacheldrahtzauns fort. Zuerst begleitete sie seine Schritte, dann aber setzte sie sich auf die Erde, neben den Zaun. Als er zurückkam, fand er sie an der gleichen Stelle vor. Er sagte:

„Nix Block gehen, hierbleiben." Der Posten sprach gebrochen Deutsch, vielleicht deshalb, weil das nicht seine Muttersprache war, oder wollte er, dass sie ihn verstand?

Jedenfalls erkannte sie ihn in diesem Moment. Es war derselbe Lette, der ihr einst, zu Beginn ihres Lagerweges, geraten hatte, ihr Gesicht mit Urin einzureiben, um so ihre helle, empfindliche Haut vor den schädlichen Auswirkungen der Sonne, des Windes, des Regens und sonstiger Wetterlaunen zu schützen. Sie wollte es ihm sagen, dann aber überlegte sie es sich anders. Sie hatte ja auf seinen Rat nicht gehört. Sie führte die Hände zum Gesicht, ihre Finger berührten eine noch blutende Wunde. Sie ging zum Block und hockte sich, an die Wand gelehnt, auf ihre Fersen. So verbrachte sie die Nacht.

Am Morgen fand eine Umgruppierung des Kommandos statt. Die Heuernte ging allmählich zu Ende, es reichte die Hälfte der Häftlinge, um damit fertig zu werden. Beim Abmarsch aus dem Lager wurden die ersten zehn Fünferreihen abgezählt. Diese Gruppe wurde mit den Anweiserinnen Trude und Lore und unter der Aufsicht eines neuen Rottenführers noch einmal für die Heuernte abgestellt. Die übrigen sollten mit den Anweiserinnen Frieda und Toni und unter der Führung des Eulenspiegels im Wald Gräben ziehen. Trude bemerkte sofort, dass die Sängerin nicht in ihrer Gruppe war. Sie sah die Fünferreihen von Toni durch und fand sie.

„Du gehst zu mir", sagte sie.

Die Sängerin machte keinen Schritt, sie bewegte sich nicht von der Stelle.

„Du sollst zu mir gehen!", brüllte Trude.

„Nein", erwiderte die Sängerin.

Trude stürzte in die Mitte der Reihen und stieß dabei die anderen Häftlinge zur Seite.

„Was hast du gesagt?" Sie fasste sie am Kittel und zerrte sie zu sich.

Die Sängerin gab jedoch nicht auf. Sie warf sich auf den Boden und schrie:

„Nein! Nein! Nein!"

Da mischte sich überraschenderweise Toni ein:

„Lass sie in Ruhe!", sagte sie.

„Sie soll bei mir sein", knurrte Trude.

„Nein, sie bleibt bei mir", verkündete Toni.

Trude brüllte herum, sie wollte Recht bekommen. Da sagte Toni:

„Oder soll ich vielleicht den Rottenführer fragen?"

Daraufhin schwieg Trude. Sie erinnerte sich: Gestern hatte Toni die Tatsache ausgenutzt, dass sie und Lore mit der Jagd auf diese Dreckspolin beschäftigt waren, und hatte Hans in den Hosenschlitz gegriffen. Sie war ihnen beiden zuvorgekommen. Sie begnügten sich mit den dahergelaufenen Wächtern, aber Toni machte sich gleich an den großen Fisch heran. An den Rottenführer. Und jetzt wurde sie frech. Trude verließ die Reihen. Ihre gelben, schrecklichen Augen blickten in das übel zugerichtete Gesicht der Sängerin.

„Wir treffen uns noch, meine Liebe. Du wirst schon noch bei mir singen."

Ihre Drohung sollte sich jedoch nicht erfüllen. Die fröhliche Toni stellte sich nämlich auch als umsichtig heraus. Sie beschloss, sich gegen mögliche, ja sehr wahrscheinliche Intrigen ihrer Kolleginnen abzusichern. Noch vor Ablauf der ersten Tageshälfte berichtete sie dem Eulenspiegel etwas, das ihr ungewöhnlich vorkomme. In ihrem Kommando befinde sich eine Sängerin. Eine richtige Sängerin, eine Opern- oder Operettensängerin, jedenfalls so eine, die auf richtigen Bühnen aufgetreten sei. Gestern Abend habe sie im Lager gesungen und die Posten auf den Wachtürmen hätten gesagt, sie sei nicht schlechter als Marika Rökk. Hans' Reaktion war wohl ganz in Tonis Sinne gewesen, denn während sie an den Gräben ziehenden Häftlingsreihen entlangging, sagte sie zu der Sängerin:

„Du kannst dich ein bisschen hinsetzen …" Und mittags, als der Eulenspiegel seine Mahlzeit einnahm, ertönten auf der Waldlichtung die Rufe der beiden Anweiserinnen: „Die Sängerin! Wo ist die Sängerin? Sie soll zum Rottenführer kommen!"

Sie lag neben mir, auf dem Rücken, die Arme von sich gestreckt. Sie war schon fällig für die Prozession. Die Sonnenstrahlen, die ihre Haut durchleuchteten, zeigten das, was darunter war: eine Masse blutigen Fleisches. Eine Augenbraue war durchtrennt, darunter befand sich eine geschwollene Stelle in der Größe einer Faust. Das Auge war darin nicht zu sehen. Sie reagierte nicht auf die Rufe der Anweiserinnen, sie bewegte sich nicht einmal. Vielleicht schlief sie? Oder vielleicht brachte sie die Rufe nicht mit sich in Verbindung? Ich hatte anfangs auch nicht begriffen, an wen sie gerichtet waren. Die Sängerin? Es gab keine Sängerin in unserem Kommando. Es gab nur singende Frauen. Und von denen war sie die musikalisch am wenigsten ausgebildete, sie war die laienhafteste unter all diesen Sängerinnen. Ich dachte an das Ende des Tages und an das, was geschehen würde, wenn wir von der Arbeit zurückgekehrt sein würden. Trude und Lore, die ihre Sache auf dem Feld nicht vollenden konnten, würden nicht zögern, sie im Lager zum Abschluss zu bringen. Der Lette würde in dieser Nacht nicht da sein und die anderen Wachposten mischten sich bestimmt nicht ein. Sie regten sich zwar manchmal auf, wenn die Funktionshäftlinge die ihrer Willkür ausgelieferten Gefangenen misshandelten, aber sie griffen nie ein. Sie wollten ihre Befugnisse nicht überschreiten. Und Toni? Konnte man auf sie zählen? Sie hatte sich Trude aus Trotz widersetzt und vielleicht auch ein bisschen, um ihre neue Position zu verdeutlichen. Abends im Lager aber würde wieder das Gesetz der Strafkompanie gelten, demzufolge eine Person, die einmal geschlagen worden war, so lange geschlagen wurde, bis sie starb. Letztendlich gehörte Toni zu denen da und bestimmt war sie in Zeiten, in denen der Kontakt zum anderen Geschlecht nicht so einfach gewesen war wie in Budy, die „intime Freundin" der ein oder anderen Prominenten gewesen, mit diesem euphemistischen Ausdruck nämlich wurde eine lesbische Beziehung unter deutschen Frauen bezeichnet. „Intime Freundin" oder „Vertraute" – das klang sogar elegant.

Unsere Sängerin musste dasselbe gedacht haben. Dass es für sie keine Rettung gab. Sie hatte aufgehört, auf irgendjemanden zu zählen. Sie hatte anscheinend das Gesetz des Lagers und die besondere Logik seiner Mechanismen begriffen. Niemand hörte mehr von ihr, dass sie unschuldig sei, dass sie nichts gegen das Reich verbrochen habe und dass es also keinen Grund gebe, warum man sie hätte umbringen sollen. Sie war nun bereit. Schon seit gestern, als sie ihre Brotration abgegeben hatte. Sonst hätte sie Trude nicht widersprochen.

Toni wandte sich an das Kommando:

„Sucht sie mal! Die kleine Blonde. Mit dem blauen Fleck im Gesicht."

Die Frauen schwiegen. Sie hatten nicht verstanden oder taten so, als ob sie nicht verstanden hätten, um wen es ging.

„Sie hat gestern Abend im Lager gesungen", erklärte Toni, während sie zwischen den Liegenden umherging.

Ich sagte zu der Sängerin:

„Toni sucht dich."

Sie antwortete nicht. Sie lag auf dem Bauch, das Gesicht in den Armen verborgen. Toni kam zu uns und sagte:

„Sie braucht keine Angst zu haben. Der Rottenführer will hören, wie sie singt." Ich übersetzte ihr die Worte der Anweiserin.

„Vielleicht solltest du gehen?", sagte ich.

Sie sah mich mit dem einen Auge an und stand auf. Toni nahm sie an der Hand, wie eine jüngere Schwester oder eine Freundin, und führte sie dorthin, wo der Rottenführer Hans, der wegen seines komischen Aussehens und seiner abstehenden Ohren Eulenspiegel oder auch Fledermaus genannt wurde, seine Mittagspause genoss.

Nach einer Weile hörten wir Gesang: „Ach, für den Zauber deiner Augen, die so leuchtend glänzen …" Von all dem, was sie in das Montelupich-Gefängnis mitgebracht hatte – von dem verwunderten Ausdruck ihrer veilchenblauen Augen, dem zuversichtlichen, etwas wehrlosen Lächeln und der hellen Haut –, war ihr nur die Stimme geblieben. Dunkel und tief vibrierte sie nun in der Luft und war hier unpassend und widersinnig, so wie es der Anblick einer Dame im Reifrock oder eines Herrn im Smoking gewesen wäre. Ich fragte mich, wie sie wohl aussah, als sie sang, mit diesem geschwollenen Auge, und ob der Fledermaus-Eulenspiegel in ihr die wiedererkennen würde, die er beinahe umgebracht hatte. Aber was hatte das schon zu bedeuten, ob er sie erkannte oder nicht? Der Wald, an dessen Rand wir die Mittagspause verbrachten, war ein guter Resonanzkörper, wie ein nach den Gesetzen der Akustik gebauter Konzertsaal. Der Klang des Gesanges stieg empor und breitete sich aus. Nach dem ersten Lied wollte der Eulenspiegel ein weiteres Lied hören und dann noch eines. Die Mittagspause dauerte länger als sonst. Das meinten zumindest einige. Denn eigentlich wusste es niemand genau. Nur der Rottenführer hatte eine Uhr.

Und so fing es an.

Noch war sie nicht außer Gefahr. Noch hatten Trude und Lore nicht aufgegeben. Das Kommando war wieder zusammengelegt worden, also hielten sich die beiden stets in ihrer Nähe auf und warteten auf das kleinste Anzeichen eines Sinneswandels des Eulenspiegels. Dem aber gefielen die Gratiskonzerte sehr, die ihm das Radio oder das Grammophon ersetzten. Vielleicht war er ein großer Musikliebhaber? So schien es jedenfalls, nach der Beharrlichkeit zu urteilen, mit der er Tag für Tag sein Quantum Musik forderte. Mit nach der üppigen Mahlzeit gerötetem Gesicht (unsere Wurst, in unserer Margarine gebraten, hatte das Mittagessen aus der SS-Küche ergänzt) fläzte er sich in den Schatten, machte den Gürtel auf und befahl:

„Ruft mal die Sängerin!"

Sogar sein Hofstaat musste leise sein, weil er zuhören wollte. Und er hörte zu, ja, er hörte zu. Er hörte wirklich zu. Manchmal hob er sein Hinterteil, um eine Blähung entweichen zu lassen, die Anweiserinnen sagten: „Prosit!" Und dann war es wieder still, nur die Melodie floss dahin, bis zur nächsten Entladung. Es kam auch öfters vor, dass er einschlief. Aber wenn der Gesang verstummte, wachte er auf und fragte:

„Was ist denn los? Bist du vielleicht müde?"

Sicherlich war sie müde. Weniger müde jedoch als das Kommando. Sie wurde jetzt bei der Arbeit geschont. Sie stand unter Tonis Schutz, die stolz darauf war, so eine Attraktion für den Kommandoführer gefunden zu haben. Wir aber … Wir hatten davon nur, dass die kurze Erholung, der ein paar Minuten während Schlaf ausfiel. Aber noch machte niemand der Sängerin aus diesem Grund Schwierigkeiten. Noch waren die blauen Flecken und Wunden nicht aus ihrem Gesicht verschwunden, die Male, die davon zeugten, dass sie dazu bestimmt gewesen war, umgebracht zu werden. Sie war gerettet worden, wenigstens eine von uns. Und wenn das deshalb geschehen war, weil sie sang, dann sollte sie ruhig singen.

Die Erste von den Funktionshäftlingen, die die neue Situation akzeptierte, war Lore, die goldblonde Lorelei, die ziemlich hübsch war, trotz der etwas vorstehenden oberen Schneidezähne. Nach einigen Tagen fragte sie die Sängerin:

„Kennst du das?" Und sie summte mit der rauen, versoffenen Stimme einer Hafenhure: „Was du mir erzählt hast von Liebe und Treu', das war Lüge, alles Lüge."

Dabei sah sie Toni an, die vor aller Augen mit dem Eulenspiegel schäkerte, als wolle sie ihr etwas zu verstehen geben, sie an etwas erinnern. Die Sängerin kannte das Lied nicht. Überhaupt kannte sie keine deutschen Lieder. Lore zeigte ihre Unzufriedenheit:

„Immer diese polnischen Scheißlieder …", murmelte sie verdrießlich.

Trude schloss sich sofort ihrer Kritik an:

„Du könntest einmal deutsch singen", sagte sie so laut, dass es der Eulenspiegel mitbekam. Und sie erreichte, was sie wollte.

„Klar", erwiderte er sofort, „klar."

Am nächsten Tag gab es kein Konzert. Der Rottenführer wollte keine polnischen Lieder hören. Tonis Bemerkung, dass nicht die Worte wichtig seien, sondern die Melodie, Hauptsache also, die Melodie sei schön, nützte nichts. Mehr Anerkennung fanden bei ihm die Argumente der Rivalinnen.

„Wenn sie eine Sängerin ist, muss sie ja deutsche Lieder kennen", sagte Lore.

„Oder sie ist es nicht und gibt sich nur für eine Sängerin aus", fügte Trude hinzu.

„Oder vielleicht will sie als Polin nicht auf Deutsch singen", hetzte sie weiter.

Die Sängerin wurde auf ihren Platz zurückgeschickt, das Kommando musste auf die Beine. Die Mittagspause war bedeutend kürzer. Nicht alle schafften es, aufzuessen. Wir wurden angetrieben, die Arbeitswerkzeuge zu holen, manche tranken ihre Suppe im Laufen, direkt aus der Schüssel. Es kündigte sich ein schwerer Nachmittag an, in gewohnter Manier des Eulenspiegels. Und so war es auch. Der Eulenspiegel, der in letzter Zeit etwas träge oder vielleicht sogar weich geworden war, war wieder er selbst. Er befand sich überall. Er lief an den Gräben entlang und maß mithilfe des Spatens die Höhe der Haufen der ausgehobenen Erde. Er trat den Häftlingen gegen die Brust, gegen die Schultern, gegen den Kopf, wenn er einen nicht vollen Spaten sah. Und dabei ging es schon über die Kraft einer jeden von uns, allein einen halb gefüllten Spaten zu heben und die Erde auf den Rand zu werfen. Wir brachten von der Arbeit zwei Leichen ins Lager zurück und eine Person, die noch lebte, aber bewusstlos war von dem Faustschlag, der sie an der Schläfe getroffen hatte. Alle paar Meter übernahmen vier andere Häftlinge die beiden Toten und die Ohnmächtige. Infolge der zwölfstündigen, mörderischen Anstrengung trugen unsere Beine kaum den eigenen Körper. Nach einigen Wochen in der Strafkompanie dachten wir, wenn wir sahen, dass jemand geschlagen wurde, nur mehr das eine: dass wir wieder jemanden würden tragen müssen … Jetzt trugen wir sogar drei. Weil wir uns immer häufiger abwechseln mussten, waren manche mehrmals an der Reihe. Und heute war es weit bis zum Lager. In einem bestimmten Moment rief Luśka, so wie es die Anweiserinnen für gewöhnlich taten:

„Wo ist die Sängerin?" Aus ihrem Mund klang das seltsam, seltsam und bedrohlich. Schon kam Trude herbeigelaufen, sie witterte ihre Chance. Sie hörte, wie Luśka sagte: „Sie soll hier bei der Leiche mit anfassen, wenn sie schon nicht auf Deutsch singt."

„Was hat sie gesagt?", fragte Trude lauernd. „Was hat sie gesagt?"

Ich erklärte, so gut ich konnte, dass nichts weiter sei. Wir wollten uns nur beim Tragen abwechseln. Die Sängerin schlang sich ohne ein Wort des Protestes, obwohl sie gerade erst eine der beiden Leichen getragen hatte, die Arme der Ohnmächtigen um den Nacken. Trudes hellbraune Augen, die manchmal sogar fast gelb waren, leuchteten. Sie hatte verstanden, was vor sich ging.

„Ja, ist richtig so", sagte sie zufrieden und klopfte Luśka wie einer Verbündeten auf die Schulter.

In diesem Moment geschah etwas, dessen Bedeutung wir noch nicht begreifen konnten. In unserem Unterbewusstsein teilten wir Luśkas absurde Forderung an die Sängerin. Wir sagten es nicht laut, so wie Luśka, und wir waren uns wohl auch nicht einmal im Klaren darüber. Jedenfalls fand die Sängerin als Einzige von den vieren keine, die sie ablöste. Als wir ins Lager kamen, war sie so erschöpft, dass sie, nachdem sie die Sterbende an der Mauer des Blocks abgelegt hatte – dort wurden die Toten und halb Toten zum Abzählen hingelegt –, neben ihr hinfiel und da sitzen blieb, bis zum Appell gepfiffen wurde.

Am Morgen jedoch … Die Ahnung, dass auf das Kommando ein schwerer Tag wartete, sollte sich auf dreifache Weise bestätigen. Es begann mit dem Appell. Wir marschierten nicht wie sonst gleich nach dem Durchzählen los. Was im Übrigen niemanden besonders bekümmerte. Denn obwohl stehen auch nicht einfach war, war es doch nicht so schwer wie arbeiten. Wir fragten uns aber, warum wir warteten. Die Wachposten mit den Hunden waren schon da, ihretwegen verzögerte sich der Abmarsch also nicht.

„Vielleicht kehren wir nach Auschwitz zurück?", flüsterte eine.

Es gab Anzeichen, die darauf hätten hindeuten können. Wir wurden nämlich immer wieder von neuem durchgezählt, die Rottenführer fuhren auf Fahrrädern weg und kamen dann wieder zurück, die SS-Leute standen in Gruppen beieinander und sprachen mit gedämpfter Stimme. Und ebenso die Funktionshäftlinge. Etwas war geschehen oder würde geschehen, sie hatten irgendetwas vor, aber selbst Monika konnte sich aus den Satzfetzen nichts zusammenreimen.

Dem Sonnenstand nach zu urteilen musste es schon ungefähr acht Uhr sein, also standen wir bereits über zwei Stunden so da. Auf einmal ging eine Gruppe von Wachposten gemeinsam mit den beiden Rottenführern an der Umzäunung des Lagers entlang, um nach ein paar Schritten stehen zu bleiben. Sie sahen sich den Stacheldraht an, zeigten auf etwas auf dem Streifen zwischen den beiden Zäunen und schüttelten dabei die Köpfe. Es wurde immer wärmer und uns fiel es immer schwerer zu stehen, die Angst und die Hitze nahmen uns die Kraft. Schließlich kam der Lagerführer aus dem Block, er hielt irgendwelche Papiere in der Hand. Zusammen mit der Blockältesten ging er die Reihen ab und prüfte die an den Ärmeln der Kleider aufgenähten Nummern. Jeder kontrollierte Häftling trat einen Schritt nach vorne und der Lagerführer machte neben der Nummer auf der Liste einen Haken.

Da war plötzlich alles klar. Es war jemand geflohen. Aber wer und wann und von wo? Von der Arbeit sicherlich nicht, denn das wäre sonst gestern schon bekannt geworden. Also anscheinend aus dem Lager. In der Nacht. Der Flüchtling war durch den Stacheldrahtzaun entkommen, an der Stelle, wo die Aufseher sich die Spuren angesehen hatten. Aber wo war der Hund gewesen? Und wo waren die Posten von den vier Wachtürmen gewesen? Stimmt, die Nacht war außergewöhnlich dunkel, fast schwarz, wahrscheinlich waren die Posten eingeschlafen. Aber was war mit dem Hund, der immer auf dem Streifen zwischen den beiden Zäunen hin- und herlief? Die Gefangene musste schon am Abend bemerkt haben, dass er ausnahmsweise nicht da war. Wir staunten. Und uns erfüllte Zuversicht. Es gab also einen Ausweg. Wir mussten nicht warten, bis man uns mit

Stöcken totschlug. Die Geflohene hatte etwas riskiert, das sicherlich, aber war dieses Risiko größer gewesen als das Risiko, das in der Strafkompanie herrschte? Also ein Schimmer, ein Funken Freude. Aber auch Angst. Und diese wurde noch größer, als herauskam, dass es nicht nur ein Flüchtling war, es waren drei Personen geflohen. Eine Polin und zwei Deutsche. Volksdeutsche. Was erwartete uns nun? Was würden sie mit unserem Kommando machen?

Was hätten sie noch mehr machen können, als sie ohnehin schon gemacht haben? Wir waren doch bereits in der Strafkompanie. Die Dezimierung, der wir nach der ersten Flucht entgangen waren, war nicht notwendig. Die Strafkompanie erledigte das von alleine und viel effektiver. Nicht ohne Bedeutung war sicherlich auch, dass zwei der Geflohenen zum Herrenvolk gehörten. Es kam daher niemand von den höheren Behörden. Der Lagerführer war wieder zum Telefonieren weggefahren und als er zurückkehrte, fand der Abmarsch statt. Das Kommando bekam für diesen Tag eine spezielle Aufgabe.

Im Frühjahr hatte man im Wald geschlägert und die Baumstämme waren nicht weggeräumt worden. Sie lagen herum und waren bis zur Hälfte in die Erde eingesunken. Wir mussten sie hochheben und ein paar Meter weit tragen, um sie an einer bestimmten Stelle zu stapeln. Das alles nur mit den Händen, denn wir hatten keine Arbeitsgeräte, es gab noch nicht einmal Stangen, mit denen wir die Stämme hätten herausheben können. Zu der Zeit betrug Luśkas Gewicht, und sie war die Größte und die am kräftigsten Gebaute, keine fünfzig Kilogramm. Von uns anderen ganz zu schweigen. Die Baumstämme waren mindestens fünf Meter lang, manche sogar noch länger. Dass ein Dutzend Frauen sich an einem Stamm zu schaffen machte, erleichterte die Aufgabe nicht. Denn sie traten sich dabei gegenseitig auf die Füße, stolperten übereinander und fielen hin und die Stämme glitten ihnen aus den Händen. Der Eulenspiegel brüllte, schlug und trat. Es brüllten, schlugen und traten auch die Anweiserinnen – Trude, Lore und noch eine dritte, die „Kuh" genannt wurde wegen ihres rechteckigen Gesichts, ihrer flachen, gebrochenen Nase und ihrer gedrungenen Gestalt. (Als einige Monate später das Fleckfieber die „Kuh" zur Strecke gebracht hatte, sprachen die in Block siebenundzwanzig liegenden ehemaligen Häftlinge der Strafkompanie Dankesgebete.)

Die Sängerin schuftete genauso wie wir. Ihr Gesang schützte sie nur vor einem: davor, geschlagen zu werden. Aber auch dieses Privileg konnte jeden Augenblick aufgehoben werden. Zumal niemand daran dachte, seinen Kopf dafür hinzuhalten. Wenn ihre

Landsmänninnen einen sadistischen Amoklauf vollführten, konnte Toni dem nichts entgegensetzen. Sie konnte bloß davon Abstand nehmen, was sie auch tat. Sie zog sich vom Schauplatz zurück, um hinter den Kulissen, sich versteckend, den Versuchen zu entgehen, sie zum Mithelfen aufzufordern. Sie war also jetzt nicht in der Nähe der Sängerin. Trude hingegen kreiste ständig um sie herum. In der Raserei des Eulenspiegels sah sie für sich selbst eine Gelegenheit und versuchte zu provozieren:

„Los, los, Sängerin! Du sollst auch arbeiten. Oder meinst du nicht?", schrie sie ab und zu und ließ dabei den Rottenführer nicht aus den Augen, um keinesfalls das ersehnte Nicken seinerseits zu übersehen. Sie hatte jedoch kein Glück. Der Eulenspiegel hängte sich an eine andere Gruppe, die aus Polinnen und Jüdinnen bestand und die mit einem Baumstamm, der kürzer war als unserer, nicht zurechtkam. An denen ließ er seine Wut aus, zu uns kam er nur von Zeit zu Zeit. Er behelligte auch nicht die sich unter der Last krümmende Sängerin, obwohl Trude sie beschuldigte, dass sie nur so tue, als würde sie schleppen, denn in Wahrheit halte sie sich bloß an dem Stamm fest. Er eilte fort, dorthin, wo ein Tumult entstanden war. Eine von den Häftlingen hatte sich das Bein gebrochen, als sie unter dem Gewicht des Stammes gestürzt war. Wir hörten ihren Schrei. Dann sahen wir, wie die Anweiserinnen sie ins Gebüsch zerrten. Sie schrie die ganze Zeit und riss sich los und hüpfte auf einem Bein, was von weitem wie ein Volkstanz aussah. Da kam der Eulenspiegel herbeigelaufen und schoss ihr von hinten in den Kopf. Aber, welch ein Wunder, an diesem schrecklichen Tag gab es nur diese eine Leiche zu tragen. Die anderen übel Zugerichteten zogen wir an den Händen hinter uns her.

Am Abend führten in der Ecke hinter der Latrine nur wenige Personen die Maßnahme aus, die Waschen genannt wurde. Der Ausdruck war natürlich übertrieben, denn man hatte nur einen Liter Wasser zur Verfügung, so viel, wie in die Essschüssel passte. Nach neun Uhr war es nicht mehr erlaubt, sich dem Brunnen zu nähern – es herrschte Lagerruhe –, vor neun aber konnte kaum jemand zu dem Brunnen vordringen. Mit diesem einen Liter Wasser also mussten wir alles erledigen. Wir schütteten das Wasser in die Handflächen und wuschen uns. Der Posten ging gleichgültig am Stacheldrahtzaun hin und her. Ihn störte der Anblick der mit gespreizten Beinen dastehenden Gestalten nicht. Und uns störte seine Anwesenheit ebenfalls nicht. Die Sängerin hatte sich aus der Freiheit noch eine wertvolle Sache bewahrt: ein großes Taschentuch. Es ersetzte Seife, Schwamm und Handtuch. Und gewährleistete eine größere Effektivität. Wenn in der Ecke zwischen der Latrine und dem Stacheldrahtzaun ein zu großes Gedränge entstanden war, mussten wir in einer Schlange warten. Sich an einer anderen Stelle zu waschen war nicht erlaubt und wurde mit Schlägen bestraft. Die Sängerin war dank ihres Taschentuches unabhängiger. Sie machte es nass und wischte sich damit das Gesicht, den Hals und den Damm ab, wo auch immer sie stand.

Bis zu dieser Zeit kannte ich Ema nicht. Ich wusste nichts über sie. Als sie mit ihrer Schüssel neben mir hockte, erblickte ich ihre Beine, die von den Füßen bis zu den Knien mit Furunkeln übersät waren. Ich hob die Augen nicht, um zu sehen, zu wem diese Beine gehörten. Ich wollte nicht näher bekannt sein mit Personen, die ich vielleicht in ein paar Tagen, über den Spatenstiel gelegt, würde tragen müssen. (Deshalb ist jetzt, da ich dies schreibe, in meiner Erinnerung kaum ein Gesicht vorhanden. Es sind Beine da, Hände, schlaffe Schenkel, herabhängende Brüste. Aber es gibt kein Gesicht. Mein Auschwitz-Denkmal hätte keine Gesichtszüge, es bestünde nur aus Knochen, wäre bloß ein Gerippe, ein Skelett.) Aber sie wollte es anders. Ich hörte, wie sie sich an die Sängerin wandte:

„Ich kann dir ein paar deutsche Lieder beibringen."

Die Sängerin schien sie nicht gehört zu haben. Verzweifelt besah sie ihr Taschentuch, das beim Auswringen zerrissen war.

„Das ist eine Chance für dich", drängte Ema. „Du lernst bestimmt schnell. Du bist musikalisch."

In diesem Moment erst sah die Sängerin sie an.

„Ich kann dich nicht bezahlen", erwiderte sie.

Sie sprachen mit gedämpfter Stimme, aber die in der Latrine versammelten Frauen hörten sie. Sie kamen noch näher heran.

„Ich habe Durchfall gehabt und bin furchtbar geschwächt. Ich kann nicht teilen, was ich bekomme, denn das ist ohnehin zu wenig für mich", fügte die Sängerin angesichts Emas Schweigens hinzu.

Aber die nahm ihre Hand.

„Das macht nichts, ich will keine Bezahlung." Nicht ganz ohne Bedauern entschloss sie sich zu diesem Verzicht. „Es reicht, wenn sie wissen, dass ich dich unterrichte."

Die Sängerin antwortete nicht. Sie zögerte, sie dachte über etwas nach.

„Warum willst du denn nicht?", fragte Ema ungeduldig. „Ich kann dir wirklich etwas beibringen. Das wird dir zugutekommen."

Sie ließ ihren Blick über die Frauen schweifen, die dem Gespräch zuhörten, und fügte mit Nachdruck hinzu: „Und übrigens nicht nur dir. Das kann allen zugutekommen."

Die anderen schlossen sich Emas Drängen an. Sie waren der Meinung, dass das Fehlen der täglichen Unterhaltung die Wut des Eulenspiegels verstärkt hatte. Warum sollte sie ihm diese Unterhaltung nicht bieten, wenn das dem Kommando etwas Ruhe brachte und ihr ebenfalls. Wenn sie nicht auf Deutsch singen würde, würde Trude sie sich erneut vorknöpfen.

Ich verdankte es dem Durchfall, dass ich Zeugin der ersten Unterrichtsstunde wurde. Sie fand nachts in der Latrine statt, so wie auch alle folgenden Unterrichtsstunden. Sie hockten dort beide auf ihren Fersen, in der dunkelsten Ecke, Ema mit ausgestreckten Armen, als hätte sie ein Klavier vor sich. Sie bemühte sich, sich an etwas zu erinnern, das nicht kompliziert war und das man innerhalb weniger Stunden erlernen konnte. Unter ihre Finger jedoch drängten sich Lieder von Schubert, Schumann und Mozart. Sie summte etwas und verwarf es dann in Panik. Die Zeit verrann. Es wurde schon Tag. Der Lichtstreifen, der durch die Türöffnung hereinfiel, schob sich immer weiter vor, bis in die Mitte der Latrine.

„Oh Gott, ich habe alles vergessen", seufzte Ema.

Die Sängerin hörte sie nicht. Sie war eingeschlafen. Die Kälte des Betonbodens weckte sie, sie öffnete die Augen und stand auf, um sich dann gleich wieder hinzuhocken und erneut einzuschlafen. Endlich fiel Ema etwas ein. Sie sang:

„Liebe war es nie, denn du hast leider doch kein Herz." Sie sang die ganze Strophe.

„Jetzt du. Sing gemeinsam mit mir."

„Zuerst die Worte", sagte die Sängerin. „Ich muss die Worte lernen. Darum geht es ihnen doch." Und sie begann, den Text Ema nachzusprechen.

Sie waren nicht allein. Auf dem Brett über der Senkgrube saßen Dutzende zusammengekauerte Gestalten. Bereits die Hälfte der Strafkompanie litt an Durchfall. Stöhnen und Ächzen und die spezifischen Geräusche der von den Gasen aufgeblähten Därme vermischten sich mit dem Gesang.

„Es war ein Märchen und Märchen sind nicht wahr …"

Dieses Lied gab die Sängerin tagsüber vor dem Eulenspiegel und seinem Hofstaat zum Besten. Ema und die Häftlinge, die am Abend zuvor in der Latrine versammelt gewesen waren, hatten Recht gehabt. Sie hätten sie nicht in Ruhe gelassen. Als die Suppe ausgegeben wurde, fragte Trude:

„Also, was ist nun mit dir? Willst du deutsch singen oder willst du nicht?" Dabei sah sie Toni, die mit abgewandtem Kopf gleichgültig und abwesend danebenstand, triumphierend an.

„Ja, ich will", antwortete die Sängerin zu Trudes Überraschung.

„Also, du kennst ein deutsches Lied?", erkundigte sie sich.

Die Sängerin bejahte auch dies. Das erschien Trude so wenig glaubwürdig, dass sie forderte, die Sängerin solle sofort hier beim Kessel zeigen, was sie könne. Aber da mischte sich Toni ein:

„Lass sie doch essen."

Kaum aber hatte sie gegessen, wurde sie zum Rottenführer bestellt. Sie sang und bekam Beifall. Lore geriet gar ins Schwärmen.

„Wenn ich auch wusste, du lügst so wunderbar ..." Sie sah den Eulenspiegel vielsagend an und befahl, das Lied noch einmal zu singen. Und danach noch einmal.

Vielleicht war es nur Zufall und nicht die Stimme der Sängerin, aber an diesem Tag verlief der Nachmittag ruhiger. Jedenfalls gab es keine einzige Tote.

Damals war das Kommando ihr dankbar, sehr dankbar. Sogar die Häftlinge, die die Situation nüchtern beurteilten, neigten zu dem Gedanken, dass durch ihren Gesang die Möglichkeit gegeben war, unser Schicksal zu erleichtern. Sie klammerten sich an diese Idee, sie wollten ihrem Eindruck Glauben schenken.

Und am Anfang schien tatsächlich vieles dafür zu sprechen. Eines Morgens sagte Toni zu der Sängerin:

„Du wirst Vorarbeiterin." Angesichts unseres großen Wunsches nach Veränderung verstanden wir das als einen Umschwung.

Eine Polin als Funktionshäftling. Aus der Zeit, als Monika Vorarbeiterin war, erinnerten wir uns, dass das eine Verminderung und Linderung unserer Qualen bedeutete. Wir wollten diesem Ereignis eine noch größere Bedeutung beimessen und es als eine Lockerung des Kurses insgesamt sehen. Vielleicht war das Schlimmste vorbei? Vielleicht würde es von nun an keine Toten, keine Schinderei, keine Misshandlungen mehr geben?

Wir waren alle darauf bedacht, uns in der Gruppe der Sängerin zu befinden. Leider wurde dieses Glück nicht mehr als zehn Häftlingen zuteil, unter ihnen waren ich, Ema und auch Luśka mit dem schwarzen Winkel, dieselbe Luśka, die nur wenige Tage später der Sängerin drohen sollte, sie zu lynchen. Das war eine gesegnete Zeit. Wir standen den ganzen Tag untätig herum und wenn die neben uns arbeitende Gruppe mit der deutschen Vorarbeiterin weiterzog, erlaubten wir uns sogar, uns hinzusetzen. Ema streckte die mit Furunkeln übersäten Beine auf dem Rand des Grabens aus. Ächzend und schwitzend, denn sie hatte Schmerzen und bestimmt auch Fieber, brachte sie der Sängerin weitere deutsche Lieder bei. Im Wald war es still, nur die Vögel zwitscherten. Diese Stille wurde heute nicht von den Stimmen der menschlichen Bestien gestört. Seit dem Morgen hatten wir weder Trude noch Lore gesehen. Man hätte meinen können, sie hätten aufgehört, sich für uns zu interessieren.

Erst gegen Mittag, als unsere Gruppe an einen anderen Arbeitsort gebracht wurde, stellte sich heraus, was los war. Am Waldrand stand eine scheinbar unbewohnte Hütte. Es war nicht klar, warum man sie hatte stehen lassen, es wurden doch viel stattlichere Gebäude abgerissen. Jedenfalls stand sie da und, was noch seltsamer war, aus dem Schornstein stieg Rauch. Dieser Anblick presste einem das Herz zusammen. Irgendwelche Menschen hatten hier früher gelebt, hatten Mahlzeiten zubereitet, die sicherlich nicht sehr üppig waren, aber auf zivilisierte Art eingenommen wurden, indem man am Tisch saß und über alltägliche Dinge sprach, über die nahe und ferne Zukunft, deren Erscheinungsform man sich nicht einmal in den schlimmsten Träumen hätte vorstellen können. Es kam der Tag, an dem sie ihr bescheidenes Anwesen verlassen mussten. Die Felder wurden in das Gebiet des Konzentrationslagers Auschwitz eingegliedert, die Kühe und Schweine wurden von den Landwirtschaftsbetrieben des Konzentrationslagers Auschwitz übernommen, das Baumaterial der niedergerissenen Stallungen wurde bei der Errichtung von Baracken im Konzentrationslager Auschwitz verwendet. Nur diese Hütte hatte man stehen lassen, vielleicht damit sie bei Regen den Aufsehern des Konzentrationslagers Auschwitz als Unterstand dienen konnte oder vielleicht auch nur, weil man es noch nicht geschafft hatte, sie abzureißen.

Jetzt war Leben in der Hütte. Der Kamin rauchte fröhlich, Gelächter war zu hören, es spielte sogar eine Mundharmonika. Nun war klar, welchem Umstand wir die gesegnete Abwesenheit der Anweiserinnen zu verdanken hatten. Sie steckten hier. Der Eulenspiegel gönnte sich heute ein großes Kopulieren. Am stärksten dabei im Einsatz waren Toni und Lore (Lore verzieh Toni in diesem Moment ihre zeitweilige Abtrünnigkeit), Trude stand Wache, ab und zu rief sie anfeuernde Bemerkungen durch das Fenster, die „Kuh" spielte auf der Mundharmonika und brutzelte etwas. Der Wind trug den Geruch von gebratenen Kartoffeln und Würsten herüber. Uns knurrte der Magen. Die Völlerei der Funktionshäftlinge vor dem Mittagessen hatte aber auch ihr Gutes. Es wurden für sie weniger Schüsseln mit der ganz von unten geschöpften, dickflüssigeren Suppe zur Seite gestellt. Höchstens je eine. Dank dessen reichte es für einen Nachschlag. Nicht nur für einzelne Auserwählte, sondern für alle. Jede im gesamten Kommando bekam eine halbe Schöpfkelle zusätzlich. Von so einem Glück konnte es einem ganz schwindlig werden. Nachdem wir gegessen hatten, fühlten wir uns einen Moment lang beinahe satt. Einige behielten, um den Genuss zu verlängern, die Flüssigkeit (denn im Grunde genommen war es nur eine Flüssigkeit) eine Weile im Mund, bevor sie sie schluckten. Andere bewahrten sich etwas davon für später auf, für das Ende der Mittagspause. Aber alle assoziierten diese unfassbare Tatsache des Nachschlags mit der Person der Sängerin. Und als sie wie jeden Tag zum Rottenführer gerufen wurde, begleiteten die zarte, sich auf die Hütte zubewegende Gestalt überaus wohlwollende Blicke. Luśka ging sogar so weit, ihr einen eigentümlichen Ratschlag mit auf den Weg zu geben:

„Sing ihm so vor, dass er Lust hat, auch die andere Hälfte des Tages zu vögeln." Und sie freute sich, als die erste Zeile des Liedes erklang: „Ich tanze mit dir in den Himmel hinein, in den siebenten Himmel der Liebe." Sie fletschte mit einem schiefen Lächeln ihre breiten, auseinanderstehenden Zähne. „Liebe. Sie singt ihm von der Liebe." Und dann machte sie ein Nickerchen, in dem seligen Bewusstsein, dass die Sängerin auf sie gehört hatte.

Der Gesang war heute weniger weit vernehmlich und ein paar von uns schliefen ein. Vielleicht auch deshalb, weil der Magen für diese kurzen fünfzehn Minuten gefüllt war. Oder vielleicht, weil die Hoffnung geweckt worden war, dass es ab heute so bleiben würde, dass der Suppennachschlag kein einmaliges Wunder gewesen war.

Der idyllische Zustand währte auch noch am folgenden Tag. Jedenfalls für unsere Gruppe, deren Vorarbeiterin die Sängerin war. Am Morgen wurden vor dem Abmarsch dreißig Frauen abgeteilt und unter der Aufsicht eines Wachpostens mit Hund und unter Tonis Führung als Anweiserin zum Ausbau der Fischteiche abkommandiert. Das Wetter für eine solche Arbeit war ideal, es war sonnig und heiß, das Wasser im Teich war warm. Uns erfasste die unbezähmbare Lust, im Teich zu baden und unsere Unterwäsche zu waschen, die wir seit zwei Monaten nicht gewechselt hatten. Die Sängerin trug mithilfe von Ema, die gut Deutsch konnte, diese Bitte Toni vor und die ging, ohne einen Moment zu zögern, zum Wachposten, um entsprechend auf ihn einzuwirken. Es gelang ihr. Der Posten erteilte die Erlaubnis. Er riskierte nicht viel. Nur auf dem

Teichdamm wuchsen Korb- und Trauerweiden, ansonsten war das Gelände gut einsehbar, es gab keine Gebäude und keine Bäume, hinter denen unbemerkt ein gefährlicher Besucher hätte auftauchen können. Der Posten verlangte lediglich, dass, falls sich jemand nähern sollte, wir uns sofort anziehen sollten, auch wenn unsere Klamotten vor Nässe trieften. Dann setzte er sich zusammen mit Toni unter eine gabelförmige Weide, um das offene Terrain im Blick zu haben, wir dagegen begaben uns auf die andere Seite des Damms an das Ufer des Teiches.

Und es begann ein großes Säubern und Waschen. Mit einer Handvoll Schilf rubbelten wir die auf dem Gras ausgebreitete Unterwäsche oder klopften sie mit Weidenruten, die wir zu kleinen Besen zusammengebunden hatten. Diese Methode, die die meisten nur aus Büchern kannten, gefiel besonders denjenigen, die Durchfall hatten und deren Unterwäsche durch den eingetrockneten Kot steif geworden war und wie Leder aussah. Einige wagten sogar, ihre Kleider im Wasser zu waschen, obwohl sie wussten, dass diese bis zur Rückkehr ins Lager nicht trocknen würden. Auch uns selbst wuschen wir von Kopf bis Fuß, aber was war das für ein Waschen – ohne Seife! Die Feststellung, dass unsere Haare wieder nachgewachsen waren, stimmte uns irgendwie optimistisch. Wir schrubbten uns gegenseitig den Rücken mithilfe unserer Kopftücher, die wir nass gemacht und in den Schlamm getaucht hatten. Und wir lachten über die hervorstehenden Schlüsselbeine und Rippen, über die Hautlappen, die sich an der Stelle von Brust und Pobacken befanden. Man denke nur, wir konnten lachen! Noch oder wieder? Wie viel ist nötig, um das Lachen zu vergessen, und wie wenig, um sich erneut daran zu erinnern!

Plötzlich schrie eine. Sie stand etwas weiter weg, dort, wo das Wasser bis zu den Hüften reichte, und zeigte auf ein schwimmendes Lebewesen:

„Ein Biber?"

Das war kein Biber, sondern eine Wasserratte. Luśka bemerkte:

„So viel Fleisch. Wenn wir den Lump kriegen und ein Feuerchen anzünden könnten …" Luśka geriet ins Schwärmen und begann, bestimmt um die – wie sie die Akademikerinnen nannte – „Scheißprofessorinnen" zu ärgern, Überlegungen anzustellen zum Thema Schmackhaftigkeit einer gebratenen Ratte.

Und sie hätte die Sache noch weiter ausgeführt, wenn nicht Toni gekommen wäre und uns gewarnt hätte. Der Posten sei beunruhigt wegen unserer totalen Faulenzerei. Es müsse irgendeine Spur unserer Arbeit zu sehen sein, wenigstens herausgeholter Schlamm oder ans Ufer getragenes Schilf. Der Rottenführer könnte jeden Moment auftauchen und dann wären wir alle erledigt. Das musste man uns nicht zweimal sagen, ohne zu zögern, begaben wir uns in den Teich. Währenddessen trocknete unsere Wäsche in der Sonne, die gegen Mittag immer stärker wurde.

Trotz unserer Schwäche arbeiteten wir rhythmisch und genossen diesen Moment der Ruhe und der Erholung von dem Geschrei, dem Angetriebenwerden und der Gefahr. Die modrigen Gräser am Ufer verströmten einen seltsamen, unangenehmen Geruch. Wir hatten schrecklichen Hunger. Auf einmal sagte Ema:

„Angeblich sind Kalmuswurzeln essbar. Gibt es hier Kalmus? Ich kenne die Pflanze nämlich nicht, ich weiß nicht, wie sie aussieht ..."

Ich erwiderte: „Willst du etwa Durchfall bekommen?"

Ema musste nicht ins Wasser gehen. Sie sollte das von uns hochgebrachte Grünzeug auf dem Damm ausbreiten. Aber niemand forderte das von ihr. Sie saß da, die Beine mit Wegerichblättern bedeckt, die die Sängerin für sie gesammelt hatte und nun ständig wechselte. Es waren große, feuchte, kühle Blätter. Ema sagte, sie fühle, wie unter diesen Umschlägen das Pulsieren der Wunden nachgebe. Die Sängerin freute sich.

„Na, siehst du, siehst du ..."

Es war Anfang August, auf den Feldern leuchtete der Weizen goldgelb. Früher hatte ein solcher Anblick einen erfreut. Jetzt dachte man nur daran, wie viele Menschen auf diesen Feldern beim Pflügen, Säen und Düngen tot umgefallen waren und wie viele noch beim Einbringen der Ernte ihr Leben würden lassen müssen. Diese Erde nämlich, das Interessengebiet des KL Auschwitz, war tatsächlich gedüngt mit menschlichem Blut. Wenig später sollte ihr ein neues, der Welt bisher nicht bekanntes Düngemittel zugeführt werden: die Asche verbrannter Menschen.

Beim Mittagessen sank unsere Laune. Es wurde ein kleiner Kessel Suppe geschickt, der außerdem nicht richtig voll war.

„So was!", empörte sich Toni, nachdem sie den Deckel hochgehoben hatte. „Die alten Huren haben alles für sich weggeschnappt."

Der Traum von einem Nachschlag war dahin. Wir bekamen noch nicht einmal die Portion, die wir sonst immer bekamen. Dafür dauerte die Mittagspause eine ganze Stunde. Und sie war frei von Gesang. Die Sängerin konnte ein Nickerchen machen und wir anderen auch. Alles in allem also zählte dieser Tag trotz des quälenden Hungers zu den leichteren Tagen.

Und am Nachmittag gab es eine Sensation. Eine der Vorarbeiterinnen, eine Deutsche aus dem Elsass, entdeckte eine Muschel. Aufgeregt über ihren Fund, empfal sie, auf Suche zu gehen. Luśka begriff als Erste. Sie fing an, im Schlamm zu graben, wir anderen taten es ihr nach. Und wir bekamen einen Haufen Muscheln zusammen. Da wurde Toni zum zweiten Mal gebeten, ihren Einfluss auf den Posten geltend zu machen. Es ging um die Erlaubnis, ein Feuer anzuzünden. Er gestattete es, wenn auch nicht gern. Wir begannen, trockene Weidenzweige und altes Laub zu sammeln, also alles, was brennen konnte. Es wurde ein kümmerliches Feuerchen, wie Luśka sagte, und die darin gebratenen Muscheln waren halb roh. Und doch aßen wir sie. Wir verschlangen sie geradezu. Dabei ging es nicht um den Geschmack, der war im Grunde genommen widerwärtig, sondern darum, den Magen mit etwas zum Verdauen zu versorgen. Nur die Sängerin beherrschte sich und nahm an dem Festmahl nicht teil. Sie hatte Angst, dass sie wieder Durchfall bekommen würde.

(Viele Jahre später verblüffte ich in Belgien eine Tischgesellschaft, als ich angesichts einer Platte mit nach Gewürzen und Kräutern duftenden Muscheln sagte, dass ich noch eine andere Art der Zubereitung kenne, die einfachste nämlich: das Braten im Feuer. Und zwar in so einem Feuer, das man auf einem Ausflug anzündet oder das die Hirten früher auf der Weide zu entfachen pflegten. Man brät darin die Muscheln genauso wie Kartoffeln. Die Dame des Hauses wandte sich an ihren Mann: „Man sagt, dass die Polen Muscheln nicht kennen und nicht besonders mögen. Und dabei sind sie so populär, dass man sie im Feuer brät wie Kartoffeln.")

An jenem Abend aß ich nicht wie sonst die ganze Portion Brot. Ich konnte mich zurückhalten und hob mir etwas davon für das Frühstück auf.

Am dritten Tag endete der idyllische Zustand, wir waren wieder in der Strafkompanie. Das hinzunehmen war umso schrecklicher, als wir schon an eine Besserung geglaubt hatten, daran, dass wir gerettet seien. Der Rückfall in die alten Verhältnisse erforderte eine neuerliche Anpassung. Es kam die Erntezeit. Das Kommando wurde zusammengelegt, die Vorarbeiterinnen wurden abgesetzt und in unsere Reihen zurückgeschickt. So erging es auch der Sängerin. Trude und Lore übernahmen das Regiment, unterstützt von der „Kuh", die ihnen letztendlich besser gefiel als die weiche,

gutherzige Toni. Sie hatten nun freie Hand. Professionelle Kunst-
stücke, die sie, die Diven der Hafenspelunken, wie Kochrezepte
während der abendlichen Beratungen untereinander im Vertrau-
en austauschten, befriedigten eine Zeit lang die sexuellen Bedürfnisse des Eulenspiegels, bevor seine Gelüste sich wieder auf das
Vergnügen richteten, das ihm nie langweilig wurde: das Schlagen
und Töten von Menschen.

Es war eine blutige Ernte. Nicht weniger blutig als die Heuernte.
Wir mussten vor Sonnenaufgang aufstehen und oft lange bis nach
Sonnenuntergang auf dem Feld arbeiten. Und das immer im Laufschritt. Die Pantinen, die wir an den bloßen Füßen trugen, scheu-
erten. Also versuchten einige, barfuß zu gehen. Aber die scharfen
Getreidestoppeln verletzten die Haut und das tat ebenfalls weh. So
oder so entstanden Wunden und aus den Wunden wurden Eitergeschwüre. Denn dort wurde jeder kleinste Kratzer eitrig.

Ernte. Der Weizen wurde von männlichen Häftlingen geschnitten, wir weiblichen Häftlinge mussten die Garben binden und auf
Fuhrwerke laden. Das war nichts Besonderes. Millionen Bauern auf
der ganzen Welt verrichten diese Tätigkeit. Wir aber dachten an jene
friedliche Zeit zurück, in der wir nur wenige Tote vom Feld weg-
getragen hatten. Wir waren im Übrigen selbst schuld. Wir starben
zu schnell. Nicht so wie die erste Getötete, die aus den Bergen, bei
der sich die Mörderinnen den ganzen Tag abgemüht, abgerackert
hatten. Jetzt war es anders. Der zweite Monat unseres Aufenthaltes
in der Strafkompanie neigte sich dem Ende zu. Zwölf Stunden am
Tag schwere Arbeit für zwei Scheiben Brot und einen halben Liter
wässrige Suppe taten das Ihre. Die Faust des Eulenspiegels brachte
die Sache im Grunde genommen nur zum Abschluss. Wir verloren
schnell, leicht und gern das Bewusstsein. Und ebenso rasch starben
wir. Ein Schlag gegen die Schläfe erledigte im Allgemeinen das Opfer
sofort, der Todesstoß war nicht nötig. Trude, Lore und die „Kuh"
hatten also ihre Aufgabe verloren und gingen in Eigeninitiative zu
spontanen Aktionen über.

Und nachmittags erhob sich über dem sterbenden Kommando
der Gesang: „Vilja, oh Vilja, du Waldmägdelein", denn unsere von
ihrer hervorragenden Lehrerin instruierte Sängerin sang bereits
solche Lieder. Der Gesang gehörte leider zum Tagesablauf. Das
war ein Ritual, das sorgfältig eingehalten wurde. Egal ob der Eulenspiegel gute oder schlechte Laune hatte. In letzter Zeit hatte er in
der Regel eher schlechte Laune. Tag für Tag besuchten Offiziere aus
dem Stammlager die Strafkompanie, manchmal kam bei Sonnen-

untergang der großartige Reiter, der Obersturmbannführer Caesar höchstpersönlich, auf seinem Pferd vorbei. *Ave Caesar, morituri te salutant*, dachte man bei seinem Anblick, auch wenn das eine zu große Ehre für diesen feigen und verachtenswerten Menschen war, der sich vor der Front drückte, indem er sich in Konzentrationslagern nützlich machte. Die Inspektionen verursachten eine Hysterie bei den Aufsehern vor Ort. Der Eulenspiegel spielte verrückt, die Anweiserinnen standen ihm bei und waren schon völlig heiser vom Herumschreien.

Aber je blutiger der Vormittag war, desto zudringlicher forderten sie während der Mittagspause:

„Die Sängerin! Los, zum Rottenführer!"

Erschöpft wie wir alle musste sie eilig dem Befehl folgen und im Stehen singen. Wenn sie ihr dafür wenigstens eine zusätzliche Portion Suppe gegeben hätten von den Portionen, die sie abgezweigt und für sich selbst beiseitegestellt hatten. Aber nein, das geschah nicht und wenn doch, dann nur sehr selten. Sie begann mit ihrem deutschen Repertoire, das stets um neue Stücke erweitert wurde. Es kam vor, dass sie den Text nicht richtig beherrschte oder die Worte verwechselte und zum Beispiel „bei leichter Musik" sang anstatt „bei leiser Musik". Dann war die ganze Truppe vor Spaß völlig außer sich.

„Was für Musik? Mensch!" Und sie klopften sich auf die Schenkel, stießen sich gegenseitig mit den Ellenbogen und lachten dabei krächzend, wiehernd und winselnd. Die Anweiserinnen überkreuzten auf unverkennbare Art ihre Beine und gaben damit zu verstehen, dass sie sich vor Lachen gar in die Hose machten.

Dann erlaubte sich die Sängerin sich hinzusetzen und zu warten, bis sie sich ausgetobt und sie zur Genüge beschimpft hatten. Das waren wertvolle Momente der Erholung. Wer weiß, vielleicht gab sie mit Absicht solche Irrtümer zum Besten. Meistens gingen sie jedoch unbemerkt durch. Die Sängerin bemühte sich unnötigerweise um ein abwechslungsreiches Repertoire. Die Hälfte dessen oder sogar noch weniger hätte gereicht. Der Rottenführer, in Zivil ein Bursche vom Dorf, der sicherlich kein schlechter Bauer war und anständig Schweine und Kälber geprügelt hatte, bevor er dazu überging, Menschen zu töten, verstand nicht viel von den Kompositionen seiner großen Landsleute. Während sie sang, sprach er wie üblich mit den Anweiserinnen über das stets für ihn attraktive Thema des Pufflebens, dessen Bilder sie vor ihm mit Vergnügen und Sachkenntnis ausbreiteten. So etwas, das würde ihm natürlich gefallen. Er fragte nach Details, nach Abartigkeiten, brüllte vor Lachen, rülpste, wälzte sich im Gras, bekam Schluckauf. Die *Träumerei* von Schumann interessierte ihn genauso wenig wie die Gefangene, der er während der Verteilung des Mittagessens das Auge ausgeschlagen hatte. Angeblich hatte sie sich ein zweites Mal in die Schlange gestellt und die „Kuh" hatte sie dabei ertappt. Nachdem der Eulenspiegel die Sache erledigt hatte, wischte er sich die Hand im Gras ab und kehrte zu seinem Essen zurück, das er für einen Moment hatte stehen lassen. Aber es gab trotzdem keine Mittagspause ohne Lieder, Operettenarien, Zigeunerromanzen und Schlager. Uns fiel es immer schwerer, diese Konzerte zu ertragen. Die kostbaren Augenblicke der Erholung entfielen und wir sahen keinerlei Vorteile. Die Vorteile, die wir bis dahin bemerkt hatten, vergaßen wir in der grauenvollen Gegenwart sehr schnell.

Noch keine drei Wochen waren vergangen seit dem Tag, an dem die Sängerin zum ersten Mal vor dem Rottenführer aufgetreten war. Niemand hatte ihr das damals übel genommen, noch nicht einmal Luśka, die später blind war vor Hass. Damals wusste das Kommando: Sie kämpfte um ihr Leben, um das Hinauszögern ihres Endes, das trotz allem unvermeidbar schien. Die musikalischen Begierden des Rottenführers würden nicht stärker sein als die Ordnung und das Gesetz der Strafkompanie, demzufolge ein Häftling, der einmal geschlagen worden war, von da an weitergeschlagen wurde bis zum gewünschten Ergebnis, bis sich sein Schicksal erfüllte. Doch daran dachten wir jetzt nicht. Es zählte nur noch das eigene Leben und nicht mehr das Leben von irgendjemand anderem. Und sie war nun weniger gefährdet als wir alle. Zwar konnte der Durchfall sie umbringen, ihr Herz konnte infolge der Schufterei aussetzen, das Blut konnte kochen vor Hitze, aber vor dieser einen Art zu Tode zu kommen, nämlich durch die Faust des Eulenspiegels, durch den Knüppel der Anweiserinnen, war sie gefeit.

„Diese verfluchte Sängerin", sagte Luśka einmal, als sie aus ihrem kurzen Schlaf gerissen wurde. Von da an nannte niemand mehr sie anders als „die Sängerin". Auf diese Weise hatten wir ihr ihren Platz zugewiesen. Und dabei sahen wir doch, wie sie sich nach der Verteilung der Suppe in den am weitesten entfernten Reihen versteckte, wie sie versuchte, die Aufforderung zu singen nicht zu hören. Sie hatte Angst vor der Mittagspause, wer weiß, vielleicht fürchtete sie sie genauso, wie sie einst den Knüppel von Trude und Lore gefürchtet hatte. Sie bezahlte die Verlängerung ihres Daseins teuer. Wir sahen die Qual in ihrem Gesicht, wenn sie verstohlen zwischen den nebeneinanderliegenden Frauen hindurchhuschte. Trotzdem spuckte ihr die ein oder andere vor die Füße. Wir hatten kein Mitleid mit ihr. Und auch kein Erbarmen. Und wenn der Eulenspiegel sie irgendwann wieder zu Boden geschlagen hätte, hätte so manch eine gedacht: Jetzt ist mittags endlich Ruhe.

Nur Ema war auf ihrer Seite. Treu und beharrlich. Sie zwang die Sängerin zu den nächtlichen Übungsstunden in der Latrine.

„Du tust nichts Schlechtes. Du kämpfst um dein Leben. Jede von uns kämpft darum, so gut sie kann. Es gibt hier eine berühmte Malerin aus Krakau. Sie malt Pferde für den Rottenführer. Ihr Glück ist, dass man das nicht hört. Dich hört man. Da kann man nichts machen. Du darfst auf keinen Fall sagen, dass du nicht mehr singen wirst. Niemand würde das tun. Keine von denen, die dich beschimpfen. Vor allem diese Prostituierte nicht. Das ist deine Chance. Um die Strafkompanie zu überleben. Im Lager gibt es ein Orchester. Wenn wir aus Budy zurückkehren, werden wir versuchen, dort reinzukommen. Und wenn wir aus Auschwitz rauskommen, dann mache ich aus dir eine Sängerin. Du wirst sehen, du wirst eine Sängerin werden. Wir müssen bloß zurückkehren, du und ich."

Sie sprach von Rückkehr. Ausgerechnet sie. Mit ihren von Eitergeschwüren zerfressenen Beinen. Auf welches Wunder hoffte sie? Dass sie die Lehrerin der Sängerin war, half ihr zwar. Dank dessen hatte sie in Tonis Gruppe gelangen können, in der es sogar in der schlimmsten Zeit ruhiger zuging als in den anderen Gruppen und in der man Wegerich für nächtliche Umschläge sammeln konnte. Aber der Schmerz und auch das Fieber verschwanden dadurch nicht. Während des Marschierens schwitzte sie derart, dass selbst an kühleren Tagen ihre Kleidung völlig durchnässt war. Und genauso verschwitzt war dann die Sängerin, die Ema beim Gehen stützte. Wenn sie nicht die Lehrerin der Sängerin gewesen wäre, hätte sie sicherlich nicht mehr gelebt. Solange der Eulenspiegel diese mittäglichen Konzerte wünschte, ertrugen Trude und Lore den hässlichen Anblick von Emas Beinen. Jedoch wie lange konnte das noch dauern? Die Sängerin und Ema lebten beide zwischen Hoffnung und Verzweiflung. Anders als das Kommando, das die Hoffnung längst aufgegeben hatte.

Es geschah bei einem der Abendappelle. Der Lagerführer, jener blasse junge Mann mit den edlen Gesichtszügen und den aristokratischen Manieren, nahm den Rapport entgegen. Danach, während er seinen Blick über die Reihen schweifen ließ, fragte er leise, so wie es seine Art war, leiser, als es der offene Raum vertrug:

„Wer ist die Sängerin? Austreten!"

Der Moment zwischen dem Befehl und ihrem Erscheinen kam mir entsetzlich lang vor. Hatte sie nicht gehört? Oder hatte sie vielleicht Angst? Jedenfalls holte Lore sie aus der Reihe heraus.

„Zum Unterscharführer", sagte sie und schubste sie leicht.

„Jaaa ...", murmelte dieser, als die Sängerin sich zur Stelle meldete, und sogar so etwas wie ein Lächeln huschte über seine schmalen Lippen. „Zeig, was du kannst."

Sie sang die *Serenade* von Schubert, das Ergebnis der letzten nächtlichen Lektionen in der Latrine. Ema, die sich mit beiden Händen an meinen Schultern festhielt, flüsterte:

„Wie sie singen kann ..."

Der SS-Mann lehnte sich an die Mauer des Gebäudes, das früher einmal eine Schule gewesen war. Er hörte mit gesenktem Kopf zu und zeichnete mit der Spitze seines glänzenden Schuhs irgendwelche Linien in die festgestampfte Erde.

Das Lied schien nicht enden zu wollen. Geschwächt durch Erschöpfung und Hunger dachten wir verzweifelt an das Brot, das sich endlich, endlich in unseren Händen befinden sollte, das sich aber immer noch – samt den Messern – in den Händen des Stubendienstes befand, der nie genug hatte, sich nie zurückhalten konnte. Eine von uns wurde ohnmächtig und fiel zu Boden, aber keine der Anweiserinnen wagte es, das Vorsingen zu stören. Schließlich war das Lied zu Ende und der Lagerführer, der weiterhin mit seinem Schuh die Erde zerfurchte, sagte gedehnt:

„Na ja ... Du singst ganz gut." Er hob den Kopf und streifte die Sängerin mit einem flüchtigen Blick. „Aber krepieren musst du sowieso", fügte er hinzu, zum Glück jedoch so leise, dass es außer der Sängerin niemand hörte. Und was am wichtigsten war, die Anweiserinnen und die Blockälteste hörten es nicht. Sie sahen bloß, dass er nickte. Die Tatsache, dass der Lagerführer von der Existenz der Sängerin wusste und sie billigte, entschied alles. Kaum hatten wir begonnen auseinanderzugehen, lief Lore zu ihr.

„Du wirst bei mir schlafen." Das hieß: in ihrer Nähe. Denn wir hausten alle gemeinsam mit Lore auf dem Dachboden, bloß dass sie zusammen mit einigen deutschen Frauen, die für ihren Schutz zuständig waren, einen privilegierten Platz besetzt hatte: unter dem Fenster. Jetzt sollte in diesen für Auserwählte vorbehaltenen

Bereich die Sängerin einziehen. Ema, die erneut an ihrer Schulter hing, weinte:

„Ich bin es gewesen, die dich unterrichtet hat. Lass mich nicht im Stich. Rette mich."

Wir gingen wortlos an den beiden vorbei und hatten Luśkas zynischen Kommentar im Ohr, der unzweideutig angab, was Lore damit bezweckte, dass sie die Sängerin in die Nähe ihres Schlafplatzes holte.

Luśka irrte sich. Das Schlimmste sah sie nicht voraus. Lore wollte die Sängerin an ihrer Seite haben, damit diese für sie sang. Ausschließlich deshalb.

„Abends bin ich immer so traurig", erklärte sie einer anderen Deutschen, die der Gedanke beunruhigte, die goldhaarige Lorelei könne sich eine intime Freundin suchen, welche einem fremden Volk angehörte. Nicht genug damit, dass dieses Volk niedriger stand, es war zudem ein feindliches Volk. „Sie ist ruhig und auch sauber", beschwichtigte Lore sie.

Leider hatte Lore während dieser zwei Wochen angefangen, den Gesang der Sängerin zu mögen. Jedenfalls hatte sie sich daran gewöhnt. Genauso wie der Eulenspiegel. Und so wurden die mittäglichen Konzerte fortgesetzt, mit einem zweiten Teil in den Abendstunden. Die Akustik des Dachbodens bewirkte, dass der Gesang, auch wenn er ganz leise war, überall zu hören war. Luśka, die ebenfalls auf dem Dachboden wohnte, spie unflätige Wörter in ihren Strohsack, die die Sängerin, ihre Familie und ihre Lehrerin Ema betrafen, sowie die gesamte verfluchte, verfi…te Intelligenz bis in die vierte Generation. Die anderen Häftlinge schwiegen. Sie umwickelten bloß mit dem, was sie hatten, so gut es ging ihren Kopf, um nicht oder so wenig wie möglich die Stimme der Sängerin hören zu müssen und auch nicht die von Luśka, welche, um jene zu übertönen, sich in ihrer Ecke eigene, konkurrierende künstlerische Produktionen erlaubte in der Art von: „Vier Jahre ist sie mir auf der Spur, die verdammte alte Hur', will an meine Eier nur." Und so weiter, in diesem Stil, bis zu dem großartigen Refrain: „He, schneid die Eier ab, dem Bua." Einmal sang sie, hingerissen von ihrer eigenen Kunst, jenen Refrain etwas zu laut, was Lore wütend machte.

„Ruhe dort!", brüllte sie und erhob sich von ihrem Schlafplatz. Auch ihre Leibwächterinnen standen auf und näherten sich ein paar Schritte. „Ihr sollt die Klappe halten, wenn die Anweiserin zuhört."

Luśka zischte durch die zusammengebissenen Zähne:

„Ich bringe diese Hure um, ich bringe sie um. Und diese verfluchte Lehrerin auch."

Luśkas Wahn übertrug sich auf das gesamte Kommando. Immer mehr Augen folgten den Schritten der Sängerin. Es gab immer mehr feindselige, nichts Gutes verheißende Blicke. Eines Abends, als wir uns auf den Dachboden begaben, entstand ein Gedränge. Die Sängerin, die als Letzte hochkletterte, wurde geschubst und fiel die steile Treppe hinunter. Dieses Mal war ihr nichts passiert. Aber es konnte ihr jeden Moment etwas passieren. Die Idee war nun vorhanden. Und auch das Wie: ein Unfall. Nun reichte es nicht mehr, sich vor Luśka in Acht zu nehmen. Jede, selbst die Schwächste, konnte mit der Sängerin abrechnen. Was war leichter, als sie in der Senkgrube zu ertränken? Es genügte, die auf dem Brett Sitzende nach hinten zu stoßen, das musste noch nicht einmal heftig sein …

Sie begriff ihre Lage nicht. Sie benahm sich so, als ob ihr keine Gefahr drohte. Das Kommando aber … Immer wenn ich die Sängerin nachts in der Latrine traf, machte ich den Mund auf, um ihr zu sagen, sie solle den Block nicht verlassen, sobald es dunkel ist. Aber ich sagte nichts. So wie das ganze Kommando.

Die Tage vergingen furchtbar langsam, die Anspannung wurde immer größer. Zwar war es mit der Arbeit leichter – die Ernte war vorbei und wir wurden nicht schon bei Sonnenaufgang aufs Feld gejagt –, aber in unserem erschöpften Zustand war jeder Schritt eine Anstrengung, die über unsere Kräfte ging. Die Strafkompanie machte uns mehr und mehr zu Muselmänninnen – dutzendfach, scharenweise. Eines Abends fiel Ema auf den Schlafsack und sagte:

„Ich stehe nicht mehr auf. Sollen sie mich umbringen. Mir ist alles egal."

Sie erhob sich nicht von ihrem Platz, um das Abendessen zu holen, und als ihr die Sängerin Brot brachte, rührte sie es nicht an. Sie trank nur den Kräutertee, alles, was sie im Becher hatte, und bat um mehr. Später streckte sie ihre Arme aus und begann, die Finger zu bewegen, so wie Pianisten es tun, bevor sie die Tasten berühren.

„Wir spielen jetzt das Klavierkonzert in b-Moll von Tschaikowski", sagte sie. Sie hatte Fieber.

Die Sängerin wagte etwas Ungeheuerliches. Sie bat Lore um Fürsprache bei der Blockältesten. Es ging darum, Ema einige Tage davon zu befreien, zur Arbeit gehen zu müssen. Die Blockälteste hatte nichts dagegen. Sie erinnerte sich an den Auftritt der Sängerin neulich vor dem Lagerführer und an sein anerkennendes Kopfnicken. Ema wurde vorübergehend dem Bestand des Lagerpersonals zugerechnet.

Die Nachricht von dem erfolgreichen Ergebnis der Bemühungen der Sängerin elektrisierte das Kommando. In Budy hatten nur die deutschen Häftlinge das Recht, krank zu sein. Einmal in der Woche kam aus dem Stammlager in Auschwitz ein Krankenwagen und nahm sie ins Revier mit. Die Jüdinnen, die Polinnen und überhaupt alle Nicht-Deutschen mussten immer zur Arbeit gehen. Nichts konnte sie davon befreien. Und sie gingen, gestützt von den Kameradinnen. Und wenn sie bei der Arbeit nicht starben oder versehentlich nicht umgebracht wurden, schleppte man sie auf die gleiche Weise wieder ins Lager zurück. Man zog sie hinter sich her, denn zum Tragen hatte niemand mehr die Kraft, und legte sie als Tote oder als solche, die innerhalb der nächsten Stunden sterben sollten, zum abendlichen Abzählen vor den Block. Dass eine, die krank war, tagsüber im Block blieb, war undenkbar. Ema wurde als Erster unter den Polinnen dieses Privileg, diese geradezu unerhörte Bevorzugung zuteil. Und der Hass des Kommandos auf die Sängerin wurde schwächer. Vielleicht zählte die ein oder andere auf eine ähnliche Unterstützung. Oder vielleicht stellte diese einzelne Tatsache wieder einmal einen Hoffnungsschimmer für alle dar. Wie auch immer es sich verhielt, der Sängerin wurde jedenfalls nicht mehr vor die Füße gespuckt, wenn sie verstohlen zu dem täglichen Mittagskonzert huschte. Sogar Luśka verfluchte sie momentan nicht. Es schien, als hätte man ihr verziehen, dass sie lebte. Und vielleicht auch, dass sie sang.

Unabhängig davon gab Emas Situation keinen Anlass, zuversichtlich in die Zukunft zu blicken. Es bestand ständig die Gefahr, dass sie wieder zur Arbeit geschickt würde. Solange nichts Dringendes auf den Feldern zu tun war, hatte die Blockälteste die Möglichkeit, zu taktieren und einige Häftlinge aus dem Kommando als Hilfskräfte abzustellen für die Deutschen beim Stubendienst, die mit dem Ordnungmachen im Lager nicht zurechtkamen, weil sie zu faul waren, um selbst zu arbeiten, und daran gewöhnt, andere anzutreiben. Damit konnte aber jederzeit Schluss sein. Emas Beinen jedoch konnten nur das Skalpell eines Chirurgen, Krankenhaus und Verbände helfen. Hier hatte sie nicht einmal ein winziges Stückchen Lappen. Als das erste Eitergeschwür platzte, riss sie das Bein ihrer langen Unterhose ab, um damit die Wunde zu verbinden. Gemäß der Lagerordnung wurde so ein Vorgehen als Sabotage betrachtet.

Ich hörte, wie die Sängerin mit der Blockältesten sprach. Sie flehte sie an, sie möge mit dem nächsten Krankentransport auch Ema ins Revier im Stammlager schmuggeln. Die Blockälteste lehnte das ab. Sie tue ohnehin schon zu viel, indem sie sie im Block versteckt hielt. Andere, deren Beine in einem schlimmeren Zustand seien, gingen aufs Feld.

„Und wenn ich den Unterscharführer bitte?", fragte die Sängerin mit Rat suchendem Tonfall.

Die Blockälteste sah sie an, als sei sie verrückt geworden.

„Ja … Das kannst du immer", erwiderte sie nach einer Weile und entfernte sich dann eilig.

Da sagte ich zu der Sängerin:

„Besteh nicht auf dem Revier. Das ist keine gute Lösung."

Sie blickte mich überrascht an. In letzter Zeit hatte niemand außer Ema mit ihr geredet.

„Und was ist eine gute Lösung? Hier kann sie jeden Tag aufs Feld geschickt werden", entgegnete sie.

„Das Schlimmste hat sie hinter sich. Der Eiter muss abfließen, dann heilen die Beine", sagte ich.

„Aber sie hat vier solche Eiterbeulen, verstehst du? Was hat sie davon, wenn eine platzt?", rief sie. Und dann ging sie weg und bewegte sich auf die Ecke hinter der Latrine zu, die als Waschraum diente.

Es wurde Abend. Zwischen den beiden Stacheldrahtzäunen lief ein Hund. Seit der anscheinend gelungenen Flucht jener drei Häftlinge wurde er nicht mehr entfernt. Ich ging hinter der Sängerin her, um vom Brunnen Wasser zu holen.

„Hör mir mal zu", sagte ich, „es ist wichtig. Bemüh dich nicht um das Krankenrevier für Ema."

„Aber wenn sie mich doch darum bittet!", rief sie und nach einer Weile fügte sie leiser hinzu: „Sie sagt, dass ich etwas für sie tun muss, dass ich ihr etwas schuldig bin."

Sie hatte es nicht begriffen. Sie hatte es immer noch nicht begriffen. Warum haben wir alle es gewusst, nur sie nicht? Ich hatte keine andere Wahl, ich musste es ihr sagen:

„Hör mal, Ema sollte alles tun, um nicht ins Revier zu kommen. Das heißt, du solltest alles tun, damit sie nicht dorthin kommt. Wenn du willst, dass sie lebt."

Sie sah mich mit versteinertem Blick an. Also legte ich die Karten auf den Tisch:

„Ema hat Eitergeschwüre. Kranke mit Eitergeschwüren werden nicht behandelt. Die werden mit einer Spritze ins Herz getötet."

Ihre Lippen bewegten sich und flüsterten so etwas wie: „Das ist nicht möglich." Aber vielleicht schien es mir auch nur so. Denn nach einer Weile hörte ich:

„Aber Ema … Ema hat doch eine polnische Nummer. Mit dem Buchstaben P."

„Kranke mit einer solchen Nummer werden auch mit Spritzen getötet", erwiderte ich. „Ich kann dir diejenigen aus unserem Transport nennen, die auf diese Art umgebracht wurden."

Erneut flüsterte sie etwas, das an ihr vorheriges „Das ist nicht möglich" erinnerte. Aber bestimmt hatte ich mich verhört. Sie sagte diesen Satz schon lange nicht mehr, nicht mehr, seitdem wir in der Strafkompanie waren. Sie hatte ihn vergessen und verwendete ihn nicht mehr. Auch später nicht mehr, nach diesem Gespräch. Jedenfalls habe ich diesen Satz von ihr nie mehr gehört. Oder doch, ein einziges Mal noch …

Der zweite Monat unseres Aufenthaltes in Budy ging zu Ende. Es gab wohl keinen Häftling mehr, der nicht Queckenwurzeln, Vogelbeeren oder rohe Kartoffeln aß. An diese Dinge heranzukommen war nicht schwer, seitdem das Kommando beim Kartoffelroden eingesetzt wurde. Rüben und Kohl gehörten zu den Leckerbissen, die nur selten zu ergattern waren. Einige erlernten sogar die Kunst, Muscheln roh zu essen. Der Durchfall holte sich seine Opfer.

Das Kommando stank. Seit der Ankunft in Auschwitz Ende Mai hatten wir weder neue Kleidung noch frische Unterwäsche bekommen. Die langen Unterhosen und die Hemden wuschen wir während der Mittagspause, wenn das Essen in der Nähe einer Wasserstelle stattfand. Das Waschen erfolgte ohne Seife, nur mithilfe von Mitteln, die vor Ort zugänglich waren, mit Kies oder Sand, wenn wir an der Soła oder an der Weichsel arbeiteten, oder mit Bündeln von Wassergräsern, wenn wir uns an einem Teich aufhielten. Das Waschen war ein geistiger Akt, eine Demonstration unseres Lebenswillens. Im zweiten Monat unseres Aufenthaltes in Budy zeigte sich dieser Lebenswille nur noch in gelegentlichem, vereinzeltem Aufbäumen, und auch das immer seltener. Wir hatten so wenig Kraft, dass die kaum ausreichte, um nach draußen auf die Latrine zu gehen. Diese nächtlichen Wanderungen vom Dachboden auf den Hof, das waren fast Odysseen. Wer Durchfall hatte, schaffte es meist nicht bis zum Ziel. Schon seit langem hatten wir es aufgegeben, die Menstruationsflecken auf der Unterwäsche oder der Kleidung auszuwaschen. (Damit hatten übrigens zum Glück nur noch wenige zu tun, bei den meisten war in diesem Fall der Organismus barmherzig.) Die Kittel, die von der Taille bis zum Saum mit dem verkrusteten Kot des Durchfalls verdreckt waren, zeichneten auf den schlaffen Waden rote Striche, die sehr bald zu eitern anfingen.

Manchmal versuchte eine, den vertrockneten Kot zu zerbröseln. Aber auch das kam immer seltener vor. Selbst für das Waschen des Gesichts morgens und abends hatten wir keine Energie mehr. Es wurde von einer seltsamen Schicht bedeckt, wie eine Art Moos. Wir sahen das nicht. Wir bemerkten unseren Gestank nicht. Deshalb wohl ertrugen wir in unserer Stube (so nannten wir den Abschnitt zwischen zwei Dachsparren) Emas Anwesenheit mit ihrem Bein, aus dem literweise Eiter herauskam, und ihren stinkenden Strohsack, auf dem es von Ungeziefer nur so wimmelte. Nur manchmal rief Emas direkte Nachbarin nachts:

„Nimm dein Bein weg, du machst mir die Decke schmutzig!"

Lediglich die Sängerin blickte mit Entsetzen auf diesen Strohsack. Denn sie hatte Grund zur Angst. Jeden Moment konnte die Blockälteste das faulige Lager entdecken. Emas Fieber war gesunken und der Schmerz hatte nach dem Platzen der Geschwüre nachgelassen. Die Sängerin fasste Mut, sie wünschte sich Emas Rettung. Deshalb sah sie mit einer solchen Angst auf deren Strohsack und auf uns. Sie begriff ihre Schuld uns gegenüber. Nur sie allein hatte noch Hoffnung, als niemand mehr Hoffnung hatte. Wie der Sterbende diejenigen betrachtet, die am Leben bleiben, so betrachteten wir sie. Mit einer Missgunst, die dem Hass nahekam. Das wusste sie. Aber das Ausmaß war ihr immer noch nicht klar. Schließlich sagte ich zu ihr:

„Tu etwas, damit du nicht singen musst."

Sie antwortete nicht. Hatte sie die Worte, die Aufforderung nicht verstanden?

„Wenigstens für ein paar Tage … Du musst etwas unternehmen!"

Da fragte sie mit Vorwurf in der Stimme, als ob ich von ihr etwas Unmögliches verlangt hätte:

„Wie denn? Wie soll ich das machen?"

Ich zuckte mit den Achseln.

„Du kannst doch vorgeben, dass dir der Hals wehtut."

Sie schüttelte den Kopf.

„Das habe ich schon versucht. Sie haben mir nicht geglaubt. Sie haben mir befohlen zu singen."

„Du hättest Heiserkeit vortäuschen müssen."

„Das lässt sich nicht vortäuschen", stöhnte sie.

„Versuch es! Versuch es noch mal!", sagte ich.

„Jetzt? Jetzt kann ich das nicht tun. Es geht um Ema."

Wieder musste ich ihr etwas klarmachen. Ihre Lage nämlich.

„Nein, es geht um dich. Wenn du nicht aufhörst zu singen, werden sie dich umbringen."

Sie hatte nicht verstanden und begann:

„Aber ich singe doch, damit …"

Ich unterbrach sie:

„Nicht sie. Das Kommando wird dich umbringen."

Sie muss sehr blass geworden sein, wenn ich diese Blässe durch den moosigen Belag erkennen konnte, der ihr Gesicht ebenso bedeckte wie das Gesicht einer jeden von uns. Würgend und sich verschluckend wiederholte sie einige Male:

„Das ist unmöglich. Unmöglich."

Ich erwiderte:

„Es kann jederzeit geschehen."

Sie glaubte mir nicht.

„Polinnen?", fragte sie.

„Ja", antwortete ich. „Polinnen. Sie werden dich umbringen, wenn du nicht aufhörst zu singen."

Das Einzige, was uns retten konnte, sowohl vor der Selbstjustiz als auch vor dem Sterben des restlichen Kommandos, das war die Rückkehr ins Stammlager. So dachten wir. Wenn wir uns ab und zu an eine menschliche Sprechweise erinnerten, dann machten wir gelegentlich Aussagen zu diesem Thema. Über die Rückkehr nach Auschwitz redeten wir so, wie wir früher über die Rückkehr nach Hause geredet hatten. Solche Gespräche kamen aber immer seltener vor. Die eine wie die andere Möglichkeit der Rückkehr verschob sich immer mehr in den Bereich der Träume.

Und doch kam es zu einer Rückkehr. Völlig unerwartet, als wir bereits aufgehört hatten, daran zu denken. An diesem Tag mussten wir, noch bevor es dunkel geworden war, zum Appell antreten und das Feld verlassen. Aber das machte uns noch nicht stutzig. Erst als wir uns dem Lager näherten … Vor dem Tor standen Posten mit Hunden. Wir durften nicht auseinandergehen, wir bekamen kein Abendbrot. Ins Herz schlich sich erneut die alte, vertraute Unruhe darüber, was der nächste Moment bringen würde. Da erlauschte eine aus der Gruppe der Deutschen die Worte: „Nach Auschwitz."

Noch glaubten wir es nicht. Die, die das gehört hatte, hatte wohl eine akustische Halluzination gehabt. Doch trotz dieser nüchternen Stimmen verstummte das fieberhafte Flüstern nicht: „Nach Auschwitz." Die Posten standen gleichgültig und gelangweilt hinter dem Stacheldrahtzaun. Über dem Wald wurde die bleiche Sichel des Mondes sichtbar. Bald darauf kam der Krankenwagen. Und dann wurde die unglaubliche Nachricht bestätigt. Der Wagen sollte die Kranken und nicht Gehfähigen mitnehmen.

„Die mit Fieber und mit schlechten Beinen", teilte der Unterscharführer mit.

Es entstand ein großes Durcheinander. Wie üblich befanden sich die deutschen Häftlinge in den ersten Reihen. Es sah so aus, als ob außer ihnen niemand in den Krankenwagen hineinkäme. Kranke aber gab es viele, besonders unter den nicht deutschen Häftlingen. Der Unterscharführer übernahm also persönlich die Auswahl derjenigen, die wirklich nicht gehen konnten. Zur Verwunderung des Kommandos entfernte er aus dieser Gruppe die deutschen Häftlinge. Und sogar die, die nicht ganz gesund waren.

„Ihr seid ja gesund", antwortete er mit seiner leisen Stimme, als sie sich beklagten.

„Der erste gerechte Piefke", sagte eine zur Sängerin. Diese stimmte eifrig zu. Ich sah in ihren Augen den mir bekannten Ausdruck. Er tauchte in ihnen immer dann auf, wenn eine der Bestien, die über uns Macht hatten, irgendeine menschliche Eigenschaft zeigte, und sei sie noch so erbärmlich.

In dem Krankenwagen war aber nicht so viel Platz, als dass er alle Kranken hätte mitnehmen können. Ema wurde unruhig. Tatsächlich war der Wagen schon voll, bevor der Unterscharführer zu ihr kam. Als Letzte zwängte sich Luśka, die seit zwei Tagen Fieber hatte, hinein. Ema war verzweifelt.

„Setz dich für mich ein, ich schaffe es doch mit meinen Beinen nicht", flehte sie die Sängerin an.

Die aber schwieg. Nicht einmal die deutschen Funktionshäftlinge wagten es, beim Unterscharführer eine Bitte vorzubringen, weil er bekannt dafür war, dass er jeder mit der Peitsche ins Gesicht schlug, die sich unterstand, unaufgefordert den Mund aufzumachen. Zu reden hatte man nur dann, wenn er fragte. Nur dann. Auf diese Weise sorgte er dafür, dass sich niemand beschwerte.

„Du hast vor ihm gesungen, er erinnert sich bestimmt an dich, unternimm etwas, rette mich!" Ema zerrte sie hysterisch am Arm, die Sängerin konnte aber den Mut nicht aufbringen.

„Irgendwie wirst du es schon schaffen, ich werde dich stützen", versprach sie.

„Ich schaffe es nicht, es geht nicht! Tu was, ich flehe dich an, bitte ihn ..."

„Aber dort ist doch gar kein Platz mehr", druckste die Sängerin herum.

„Aber es sind welche drin, die nicht so krank sind wie ich! Hab Erbarmen!" Ema fing an zu schluchzen.

Der Fahrer hatte schon den Motor angelassen. Wir sahen, wie die Sängerin aus der Reihe heraustrat. Angespannt verharrten wir und glaubten, dass nun vollendet würde, was der Eulenspiegel vor einigen Wochen begonnen hatte, als er sie mit der Faust wie mit einem Hammer zu Boden geschlagen hatte. Ab dem Moment, als sie aus der Reihe hervorgetreten war, hatte der Unterscharführer in ihre Richtung gesehen, als warte er darauf, dass sie sich näherte. Sie stand kerzengerade vor ihm. Wir hörten nicht, ob sie etwas sagte. Er sah sie eine Weile an, dann fragte er mit seiner leisen Stimme:

„Na, Sängerin? Willst du mir vielleicht ein Abschiedslied singen?"

Sie stand mit dem Rücken zu uns, ihre Antwort war nicht zu verstehen, wir vernahmen nur wieder seine seltsame Stimme:

„Oder bist du vielleicht auch krank?" Und dann lauter: „Wer? Sie soll heraustreten."

Ema trat schnell vor. Sie stank fürchterlich. Wir konnten es trotz unseres eigenen Gestanks riechen. Sie hatte klugerweise vorher den gefährlichen Verband, den sie aus ihrer langen Unterhose angefertigt hatte, entfernt, der Eiter floss ungehindert aus den offenen Geschwüren und lief in gelben Rinnsalen in ihre Pantinen. Als sie vortrat, schmatzte es. Der Unterscharführer machte einen Schritt zurück:

„Mensch, du stinkst aber!", bemerkte er und dann wandte er sich an die Sängerin:

„Ist sie deine Mutter?" Er lächelte beinahe, als er ihre Antwort hörte. „Professorin der Musik! Na, das ist ja allerhand!"

Er ging zum Krankenwagen und mit einer eleganten Handbewegung öffnete er die nicht ganz geschlossenen Türen sperrangelweit. Mit einem Wink seiner Peitsche befahl er Luśka, die zuhinterst stand, abzusteigen, mit einem zweiten Wink rief er Ema zu sich.

„Bitte, Madame." Und dann fügte er – schon weniger vornehm – hinzu: „Aufsteigen, aber schnell!"

Sie konnte nichts mehr sagen, sie drehte sich nur zur Sängerin um und für einen Moment sahen wir ihr glücklich lächelndes Gesicht, dann warf der Unterscharführer eigenhändig die Türen zu und der Krankenwagen fuhr los.

Luśka stellte sich in der Reihe an Emas Stelle, neben die Sängerin. Eine Weile schaute sie mit starrem Blick vor sich hin. Sie begriff nicht, was geschehen war. Dann stürzte sie sich plötzlich auf die Sängerin.

„Ich werde verrecken, aber du verreckst auch, du Hure, dafür, was du mir angetan hast!", stieß sie mit heiserer Stimme hervor.

Die Sängerin schaffte es nicht, sich zu ducken. Sie versuchte, sich zu wehren. Ich sah, wie sie sich bemühte, Luśkas Hand von ihrem Hals zu lösen, aber sie war zu schwach. Ihre Beine gaben nach, sie fiel zu Boden und Luśka mit ihr. Die Reihen wichen zurück. Sie standen unbeweglich da, aber das war nur eine scheinbare Unbeweglichkeit. Alle nahmen an dem teil, was sich da auf der Erde abspielte, und wahrscheinlich waren alle auf Luśkas Seite. Die Wut und der Hass konnten jede Sekunde zum Ausbruch kommen. Das Verhalten der SS-Leute wirkte anspornend, denn die dachten gar nicht daran, sich einzumischen. Der Unterscharführer rauchte in aller Ruhe eine Zigarette, die Posten unterhielten sich und beachteten das Kommando nicht, nur die Hunde knurrten. Aber die knurrten immer, wenn irgendetwas los war. Es war klar: Niemand würde etwas unternehmen, um die Sängerin zu schützen. Und nur das interessierte uns, nichts weiter. An das, was anschließend geschehen würde, dachten wir nicht. Jeden Moment konnten sie die Hunde loslassen, konnten anfangen zu schießen. Aber wir erinnerten uns nicht daran, wie die SS-Leute Situationen auszunutzen pflegten, die auch nur im Geringsten einem Aufruhr ähnelten. Der Selbsterhaltungstrieb hatte aufgehört zu funktionieren.

Plötzlich begann der Unterscharführer zu lachen. Er ging zu den beiden sich auf der Erde wälzenden Häftlingen und trat Luśka mit der Spitze seines Schuhs in den Hintern. Nicht zu fest, man hätte sogar sagen können, sanft und irgendwie scherzhaft.

„Blöde Kuh", sagte er, „du alte, blöde Kuh." Und er lachte, immer lauter, immer heftiger. Die Posten machten es ihm nach und dann auch die Anweiserinnen. Wir sahen ihn an und versuchten, die Bedeutung dieses Lachens zu verstehen. Schließlich rief eine von uns:

„Seid ihr verrückt geworden? Sollen wir etwa sieben Kilometer eine Leiche schleppen?"

Wir verstanden. Ohne Erlaubnis und ohne an die Konsequenzen zu denken, stürzten wir uns auf Luśka, um sie von der Sängerin wegzuzerren. Sie ließ von der aber nicht ab und raufte weiter. Erst das Argument, dass sie sie allein bis Auschwitz würde tragen müssen, wirkte. Die Sängerin lag auf der Erde. Wir mussten sie hochziehen, ihr auf die Beine helfen, sie festhalten, denn aus eigener Kraft konnte sie nicht stehen. Der Unterscharführer lachte immer noch. Er lachte auch noch, als das Kommando den Folterort Budy durch das Lagertor verließ.

Wir kehrten nicht nach Auschwitz zurück. Das gesamte Frauenlager war nach Birkenau verlegt worden. Diese Neuigkeit, die sie
vom Posten erfahren hatte, teilte uns Toni mit. Gleich nachdem wir
Budy verlassen hatten, kam sie zu der Reihe, in der sich die halb
tote Sängerin dahinschleppte. Die fröhliche Toni hatte für sie einen
konkreten Vorschlag: Sie müsse nur ihre Zustimmung geben und
dann würde sie, Toni, sie in einem deutschen Block unterbringen.
Dort würde sie vor Luśka und vor all diesen anderen schrecklichen
Polinnen, die sie heute beinahe gelyncht hätten, sicher sein. Sie
beteuerte ihr, dass das absolut realistisch sei. In einem deutschen
Block befänden sich immer ein paar nicht deutsche Häftlinge.
Toni könne also der Sängerin helfen. Sie kenne eine Blockälteste,
die sich mit talentierten Personen umgebe. Sie habe eine Malerin
bei sich, die Porträts von ihr anfertigte, und eine Schauspielerin,
die deutsche Dichtung rezitierte, bestimmt nehme sie auch gerne
eine Sängerin.

Die Sängerin schwieg. Es schien, als habe es ihr die Sprache
verschlagen, denn kein einziges Wort kam aus ihrem Mund. Sie
schüttelte nur verneinend den Kopf und wiederholte diese Bewegung sogar, als die beleidigte Toni zu ihrer Reihe an der Spitze des
Kommandos zurückkehrte. Was dachte sie, wie stellte sie sich ihre
Zukunft vor? Aber vielleicht dachte sie überhaupt nichts mehr,
sondern konzentrierte bloß ihre geistigen und körperlichen Kräfte
darauf, mit unserer Fünferreihe Schritt halten zu können, um nicht
zurückzufallen, dorthin, wo Luśka marschierte.

Die Sonne ging unter. Die riesige, feurige Scheibe sank am Ho-
rizont und färbte den Himmel und die Erde scharlachrot. Wir, die
nach der blutigen Ernte in der Strafkompanie übrig geblieben waren, zogen auf einem Feldweg dahin, auf dem zwischen den Gräsern
einzelne in den Lichtschein getauchte Steine wie Rubine glänzten,
einem Weg zwischen Haferfeldern, Stoppeläckern und Brachen, die
in Rosa, Rot und Bordeaux leuchteten.

Da erklang ein Lied. „Wenn die Sonne scheint, Annemarie",
sangen die vier Fünferreihen der Deutschen an der Spitze der Kolonne. Das war ein schöner Gesang, sehr harmonisch und sicherlich besser zum Marschieren geeignet als das Pfadfinderlied, das
vor nicht allzu langer Zeit auf solchen Wegen erklungen war: „Wie
gut, in tiefer Nacht zu wandern, auf breiter Straße hellem Band, am
Himmel glänzt ein Stern am andern, wir sind dem Schicksal zuge-
wandt." Melodisch breitete sich der Gesang über die im Abendtau
daliegenden Wiesen aus und machte uns das Gehen leichter. Erneut

kam Toni zu unserer Fünferreihe. Sie hatte ihren Groll vergessen und war schon wieder fröhlich. Sie sagte:

„Wir gehen nicht nach Auschwitz, sondern nach Birkenau. Ins neue Frauenlager." Ihre weißen Zähne blitzten, als sie lächelte, sie freute sich über die Wirkung, die ihre Worte hervorriefen. „Jedenfalls wird es besser als in Budy." Dann fragte sie die Sängerin, die, wie zu sehen war, die Neuigkeit interessierte, denn sie hob die Augen: „Willst du in meine Reihe? Komm!" Und sie streckte die Hand aus.

Aber die Sängerin schüttelte wie vorher verneinend den Kopf. Die Sonnenscheibe verschwand nach und nach und das purpurfarbene Abendrot erlosch allmählich. Wir gingen schweigend und dachten über die Neuigkeit nach. Vor uns lag wieder etwas Unbekanntes.

Es war Nacht, als wir in Birkenau ankamen. Wir wurden in Block sieben gepfercht, der schon voll belegt war. Im Tumult und in der Dunkelheit dieser riesigen Baracke, in der sich auf den Pritschen jeweils fünf oder sechs Frauen befanden, verlor Luśka die Sängerin aus den Augen. Man musste sich irgendwo hineinzwängen, irgendwo für sich einen Platz ergattern, für offene Rechnungen war jetzt keine Zeit. Später, nachdem sie sich eingerichtet hatte, fing Luśka an, die Gänge zwischen den Pritschen abzulaufen, um andere Häftlinge aus der Strafkompanie zu finden und sie zum Rachenehmen anzuspornen. Aber die Strafkompanie hatte aufgehört zu existieren. Sie war auseinandergefallen, war in den Tiefen der Kojen verschwunden, hatte sich aufgelöst. Umsonst ging Luśka von Stube zu Stube. Ihre Beschimpfungen an die Adresse der Sängerin, ihre Drohungen interessierten niemanden mehr. Sie musste die Sache auf den nächsten Tag verschieben.

Aber am nächsten Tag gab sie ihr Vorhaben auf. Von alleine, aus eigenem Willen. Denn am nächsten Tag erfuhren diejenigen, die ihre Liebsten suchten, welche der Krankenwagen aus Budy mitgenommen hatte, von der Blockältesten, dass deren Nummern nicht in den Bestand des Blocks aufgenommen worden waren. Es war weder Emas Nummer vorhanden noch die Nummern der anderen zwanzig, die auf so komfortable Weise nach Birkenau transportiert worden waren.

„Vielleicht hat man sie sofort ins Revier gebracht? Sie sind doch krank."

Die Blockälteste antwortete nicht, sie sah die Sprechende bloß auf eine seltsame, geheimnisvolle Art an. Am Abend dieses Tages wurde bekannt, dass die Kranken auch nicht im Revier waren. Dass sie überhaupt nirgendwo waren. Sie hatten das Lager Birkenau nie betreten. Der Krankenwagen hatte sie von Budy direkt zum Krematorium gebracht. Ins Gas.

Geschrieben im Jahr 1960.

Ave Maria

Der Arzt schien zuzuhören, er unterbrach den Mann nicht, er sah ihn noch nicht einmal an. Man konnte nicht sicher sein, ob er seine Worte tatsächlich vernahm. Von Zeit zu Zeit blickte er aus dem Fenster auf die Kastanie, deren Laub sich herbstlich färbte, oder er zeichnete etwas auf das Blatt seines Notizblocks. Erst als der Mann verstummte und im Behandlungszimmer für einen längeren Moment Schweigen eintrat, fragte er:

„Und Sie haben im Verhalten Ihrer Frau nie etwas bemerkt, das Ihnen ungewöhnlich vorkam?"

„Nie", versicherte der Mann, ohne zu zögern. „Man trifft selten auf Menschen, die so beherrscht und ausgeglichen sind wie meine Frau."

„Ausgeglichen oder beherrscht?" Der Arzt wandte den Blick von der in der Sonne glänzenden asphaltierten Allee und richtete ihn auf den Mann.

Die Frage brachte ihn in Verlegenheit.

„Ich wollte sagen, dass ich bei meiner Frau nie etwas bemerkt habe, das das, was passiert ist, angekündigt hätte."

„Noch ist nichts passiert", sagte der Arzt. „Zumindest meiner Meinung nach. Nach dem Aufnahmegespräch mit Ihrer Frau denke ich, dass es sich um eine vorübergehende Depression handelt. Mehr dazu wird Ihnen Frau Doktor Krotoska sagen. Sie wird gleich hier sein."

Durch das offene Fenster kam eine Wespe herein, kreiste summend durch das Zimmer und flog dann wieder hinaus.

„Ist das die Ärztin, die sich um meine Frau kümmert?"

„Ja. Sie ist eine erfahrene Psychiaterin. Und was noch wichtiger ist, sie ist mit Ihrer Frau befreundet."

„Befreundet? So schnell?", wunderte sich der Mann. „Meine Frau war nie besonders schnell ..."

„Also wissen Sie doch etwas über Ihre Frau", bemerkte der Arzt und fügte, um keinen unangenehmen Eindruck zu hinterlassen, sogleich hinzu: „Dieses Mal ist Frau Doktor Krotoskas Verdienst dabei nicht groß. Die Damen kannten sich schon vorher."

„Wie bitte?" Erst jetzt verriet der Mann eine gewisse Unruhe. „Ich weiß nichts davon, dass meine Frau Bekannte in diesen Kreisen hat."

„Und zu welchen Kreisen gehören Ihre Freunde und Bekannten, wenn man fragen darf?"

„Im Allgemeinen zu meinen. Also, eigentlich zu unseren. Sie haben eher mit Musik zu tun."

„Ihre Frau ist Musikerin, so wie Sie?"

„Ich bin Musikwissenschaftler und meine Frau … Ihr Name sagt Ihnen offenbar nichts … Nun ja, sie war noch nicht sehr bekannt", gab er sich selbst zur Antwort.

Der Arzt schwieg und drehte den Kugelschreiber zwischen den Fingern. Der Mann hielt einen Moment inne, vielleicht erwartete er eine Frage, schließlich aber fuhr er fort:

„Als ich meine Frau kennen lernte, legte sie gerade ihre Aufnahmeprüfung an der Musikhochschule ab. Sie haben sicherlich bemerkt, dass ich um einiges älter bin als meine Frau." Er erhielt keine Antwort und sprach daher weiter: „Dreizehn Jahre. Ich war damals schon Assistent. Und meine Frau legte ihre Aufnahmeprüfung ab. Sie war furchtbar aufgeregt. Übrigens war sie im Allgemeinen … Nun, sie war einfach noch nicht geformt. Auch ihr Benehmen war nicht perfekt. So als ob sie von irgendwoher gekommen wäre … Aus einem kulturellen Niemandsland."

„Aber so war es nicht?", warf der Arzt ein.

„Nein. Zumindest wenn man danach urteilt, dass sie eine Empfehlung hatte von unserer großartigen Sängerin, Frau A. S. Kennen Sie sie?"

Der Arzt nickte.

„Sie hat sogar bei ihr gewohnt, solange sie noch keinen Platz im Studentenwohnheim hatte. Sie hatte aber ziemlich große Lücken in ihrer Ausbildung und wer weiß, ob man sie zugelassen hätte, wenn sie nicht diese Stimme gehabt hätte. Nachdem sie vorgesungen hatte, entschied die Prüfungskommission einhellig, dass man sie zulassen müsse, unter der Bedingung, dass sie ihre theoretischen Kenntnisse vervollständigt. Wie ich bereits gesagt habe, ich war damals Assistent. Nun, und ich habe dafür gesorgt, dass diese Vervollständigung stattfand. Und zwar recht gründlich. Drei Jahre später waren wir verheiratet. Ihr Talent entfaltete sich bestens. Übrigens nicht nur ihr musikalisches Talent. Innerhalb weniger Jahre hatte sie Französisch und Englisch gelernt, ganz zu schweigen von Deutsch, dessen Grundkenntnisse sie im Lager erworben hatte."

„Ihre Frau war im Lager?" Der Arzt hörte auf, mit dem Kugelschreiber herumzuspielen.

„Ja, in Auschwitz. Als ganz junges Mädchen."

„Lange?"

„Genau weiß ich das nicht." Der Mann war verlegen. „Ich glaube, zwei Jahre. So in etwa."

„Hat sie Ihnen von ihren Erlebnissen dort erzählt?"

„Ja, natürlich. Wir haben oft darüber gesprochen. Besonders am Anfang. Später auch noch, aber dann nur mehr bei bestimmten Gelegenheiten."

„Hat Ihre Frau ohne Hemmungen darüber gesprochen?"

„Ja. Die Sache war überwunden. Es fiel ihr relativ leicht, glaube ich. Sie hat sehr viel gearbeitet, sie hatte ein Ziel, na ja, und sie hatte mich, unsere …" Er zögerte einen Moment, aber dann beendete er den Satz: „Unsere Liebe. Ich geniere mich nicht, dieses Wort zu verwenden. Wir sind seit fast zwölf Jahren verheiratet. Wir führen eine gute Ehe, wir verstehen uns, wir lieben uns." Er schwieg und schaute sich mit ungläubiger Verwunderung im Behandlungszimmer um. „Umso … Umso schrecklicher ist das, was …", begann er leise und verstummte.

Der Arzt sah ihn nicht an. Wieder drehte er den Kugelschreiber zwischen den Fingern.

„Also, Ihrer Meinung nach hat Ihre Frau kein KZ-Syndrom?"

„Nein, meiner Meinung nach nicht." Der Mann sah den Arzt gespannt an, wobei er mit seinem Blick nach dem fragte, wonach er mit Worten sich nicht zu fragen traute.

„Sehen Sie", sagte der Arzt nach einer Weile, „ich habe ziemlich lange mit Ihrer Frau gesprochen, ich habe so eine Art Interview mit ihr gemacht. Sie hat das Lager gar nicht erwähnt. Nicht mit einem Wort."

„Das würde doch das bestätigen, was ich sage", erwiderte der Mann schnell. „Finden Sie nicht, Herr Doktor?"

„Vielleicht", entgegnete dieser zögernd. „Vielleicht. Ich muss Frau Doktor Krotoska fragen, was sie zu diesem Thema weiß." Er stand auf. „Oh, dort ist sie ja. Wahrscheinlich kommt sie gerade von Ihrer Frau."

Auf der mit Blättern bedeckten Allee ging, die Hände in die Taschen ihres Kittels gesteckt, mit schnellen Schritten eine zierliche, schlanke Frau. Sie kam dem Mann bekannt vor, besonders ihr Gang erinnerte ihn an jemanden. Eine Zeit lang betrachtete er sie, dann fragte er:

„Sind auch im Park Krankenpavillons?"

Der Arzt verneinte.

„Ihre Frau wohnt nicht zusammen mit den Patienten", erklärte er. „Wir haben sie im ehemaligen Gärtnerhäuschen untergebracht, das auch als Unterkunft für Besucher dient."

„Ach so!" In den Augen des Mannes spiegelte sich Hoffnung. „In dem Fall darf man also annehmen, dass es nicht so schlecht um sie steht."

„Ihre Frau hält sich hier als Gast von Frau Doktor Krotoska auf", antwortete der Arzt ausweichend. „Nicht als Patientin. Und ich habe Grund zu der Behauptung – ich wiederhole das noch einmal –, dass sie keine Patientin werden wird."

„Ich danke Ihnen, Herr Doktor, ich danke Ihnen für diese Worte …" Der Mann machte einen Schritt nach vorne, mit ausgebreiteten Armen, als ob er dem Verkünder der guten Nachricht um den Hals fallen wollte.

Aber in dem Moment klingelte das Telefon und der Arzt nahm den Hörer ab. In der Stille des Behandlungszimmers ertönte, wenn auch gedämpft, eine klare, vernehmliche Stimme und schlug dem Arzt eine Angeltour vor. Ein Bekannter habe gesagt, dass im Oberlauf der Raba Aale aufgetaucht seien, es würde doch nichts schaden, das zu prüfen, oder? Der Arzt sah keinen Hinderungsgrund, außer einem: Um wie viel Uhr würde er aufstehen müssen? Falls um vier oder fünf Uhr, dann käme der Ausflug für ihn nicht in Frage. Er lege sich um ein oder zwei Uhr schlafen und habe keine Kraft, um …

Die Tür ging auf und die Ärztin betrat das Zimmer. Mit schnellen, gewandten Schritten ging sie auf den Mann zu.

„Guten Tag!", sagte sie und streckte die Hand aus.

Nun erkannte er sie. Er konnte seine Überraschung nicht verbergen.

„Sie?"

„Na bitte, Sie kennen sich also auch!" Der Arzt hatte gerade den Telefonhörer aufgelegt.

„Wir haben gemeinsam eine Schiffsreise mit der Transilvania gemacht", erklärte der Mann etwas unsicher.

Er sah diesen Tag in Karthago wieder vor sich, erfüllt von dem dortigen gold-blauen Licht, die azurfarbene Tiefe des Meeres, das sich an den sanften Bogen des grünen Ufers schmiegte, und darauf die beiden, erstarrt, verzaubert, als seien sie versunken in etwas, als befürchteten sie, etwas aufzuschrecken, einen Schatten vielleicht oder eine Stimme aus der Vorzeit – Maria und diese Frau, von der ihm bekannt war, dass sie Ärztin war. Anfangs jedoch hatten alle sie für eine Altertumsforscherin gehalten, weil sie so viel wusste, weil sie so viel sagen konnte zur Geschichte der besichtigten Städte, unvergleichlich mehr als die jeweiligen Fremdenführer. Maria wich ihr nicht von der Seite, sie sah alles mit ihren Augen, sie saugte jedes ihrer Worte auf und betrachtete es als Gunst des Schicksals, so jemanden um sich zu haben. Er war sogar ein bisschen eifersüchtig, es kam ihm vor, als würde diese Frau ihm etwas wegnehmen, als sei er durch sie im gemeinsamen Erleben der Reise mit seiner Frau begrenzt, eingeschränkt. Sie schauten von oben auf die Bucht, aus der, wie der Fremdenführer erzählte, Hannibal mit seiner Flotte zum Krieg gegen Rom ausgelaufen war, und er hörte Marias Worte, die an jene Frau gerichtet waren: „Dasselbe hätte auch mit Warschau passieren können. Dann wäre nur ein Flecken Erde zurückgeblieben. Das Ufer der Weichsel, so wie hier die Küste des Meeres." Die Ärztin antwortete: „Ja, es hätte nicht viel gefehlt." Und sie fügte hinzu: „Gerade während des Krieges habe ich angefangen, mich in die Geschichte des Römischen Reiches einzulesen."

„Ich habe Ihren Namen nicht mit Ihrer Person in Verbindung gebracht, Entschuldigung", sagte er. „Ich habe natürlich gewusst, dass Sie Ärztin sind, aber Ihr Fachgebiet war meiner Aufmerksamkeit entgangen." Plötzlich fiel ihm ein: „Hat meine Frau schon damals ..."

Sie verneinte, obwohl er seinen Verdacht nicht ausgesprochen hatte. Und sogleich fügte sie hinzu, dass es überhaupt keinen Grund zur Beunruhigung gebe. Maria sei einfach nur zu Besuch gekommen und dann habe sie irgendwie das Zeitgefühl verloren und sei der Täuschung erlegen, dass seit ihrer Ankunft noch keine Woche vergangen sei. Man habe daher an ihrer Stelle entscheiden und ihn benachrichtigen müssen, für den Fall, dass sich ihre Anwesenheit hier verlängern würde.

„Heißt das, dass sie sich verlängern wird?", fragte er und schluckte.

Dieses Geräusch war so deutlich zu hören, dass es alle irritierte. Der Arzt richtete sich auf, so als ob er aufstehen wollte, aber er rückte nur ein paar Dinge auf seinem Schreibtisch zurecht, die Ärztin nahm ihre Brille ab und begann, sorgfältig die Gläser zu putzen.

„Ich denke, ja. Noch um ein paar Tage", sagte sie.

„Um ein paar Tage?", wiederholte er. „Ich dachte, dass ich zusammen mit meiner Frau von hier wegfahre."

„Vorläufig", entgegnete sie erst nach einer Weile, „ist es besser, dies nicht in Betracht zu ziehen. Es ist besser, zu warten, bis sie selbst diesen Wunsch äußert."

„Glauben Sie, dass Maria ...", begann er und verbesserte sich dann, „dass meine Frau nicht nach Hause zurückkehren will?" Er hätte beinahe gelacht.

„Ich glaube, dass es momentan nicht richtig wäre, sie danach zu fragen."

Der Mann setzte sich, zog ein Taschentuch hervor und trocknete sich mit einer mechanischen, schnellen Bewegung die Stirn.

Durch das Fenster im Behandlungszimmer der Ärztin konnte man die Hauptallee der Einfahrt sehen und daneben, etwas weiter hinten, unter einer ausladenden Baumkrone, das rote Dach des Gärtnerhäuschens. Das Dach, mehr nicht. Ihn überkam der Gedanke, dass das alles nicht wahr sei, dass dieses Dach nur eine Attrappe sei, unter der sich nichts befinde und schon gar nicht seine Maria. Und das unterschwellige Gefühl, das ihn erfasst hatte seit dem Moment, da er das Krankenhausgelände betreten hatte, wurde deutlicher und nahm Gestalt an: Es war Angst.

„Ich muss meine Frau sehen", sagte er und stand auf, als ob er schon jetzt, jetzt sofort gehen wollte.

Die Ärztin rührte sich nicht, sie nahm sein Vorhaben offenbar nicht ernst. Das ärgerte ihn.

„Was soll das Ganze eigentlich?" Er hob unwillkürlich die Stimme. „Das sieht nach einer Verschwörung aus!" Und sogleich setzte er sich wieder, beschämt und gedemütigt, durch ihren Blick zur Räson gebracht, diesen typischen, unangenehmen Blick des Psychiaters. „Bitte entschuldigen Sie", murmelte er.

Sie ignorierte es.

„Nein, Karol", sagte sie. Sie verwendete seinen Vornamen – so wie damals beim Bridgespielen auf der Transilvania. „Es gibt keine Verschwörung. Natürlich sind Maria und ich in Verbindung geblieben, aber dieser Kontakt beschränkte sich, wie Sie sicherlich wissen, auf Postkartengrüße von Reisen und auf Wünsche zu den Feiertagen … Ich war selbst erstaunt, als sie bei mir auftauchte. Also, natürlich nicht hier, sondern bei mir zu Hause. Und noch erstaunter war ich, als sie sofort nach der Begrüßung erklärte, dass sie Hilfe brauche. Sie drückte es so aus, geben Sie Acht: ‚Noch bin ich nicht verrückt geworden, aber ich bin auf dem besten Wege dahin. Und wenn ich aus dieser Falle nicht herauskomme …'"

„Falle? Was meint sie denn damit? Welche Falle? Sie hat nie etwas gesagt, kein einziges Wort … Sie war so ruhig, man kann sogar sagen", er zögerte, „sorgenfrei."

„Vielleicht gerade deshalb?"

„Und was habe ich damit zu tun? Was habe ich mir zuschulden kommen lassen, dass sie von mir weggelaufen ist?"

„Es ist nicht klar, ob das mit Ihnen zu tun hat."

„Warum erlauben Sie mir dann nicht … Warum darf ich dann", verbesserte er sich, „warum darf ich sie dann nicht sehen?"

„Bitte haben Sie Verständnis … Ich darf nichts unternehmen, was das Vertrauen, das sie zu mir hat, erschüttern könnte."

Er wirkte sehr bedrückt.

„Sagen Sie mir noch", entgegnete er nach einer Weile, „wie ist das geschehen, dass sie hierhergekommen ist? Sie haben erwähnt, dass Maria Ihnen einen Besuch, wenn man das so nennen kann, zu Hause abgestattet hat."

„Ja. Und wie ich auch schon gesagt habe, sie hat um Hilfe gebeten. Genauer gesagt, hat sie sich eine gründliche psychiatrische Untersuchung gewünscht. Was ein gutes Zeichen ist und Anlass zu Hoffnung gibt. Psychisch Kranke tun so etwas selten."

„Doktor Jakubowski meint, dass die Untersuchung keine wesentlichen Abweichungen vom Normalzustand ergeben hat."

„Das stimmt. Und darauf stützt sich unsere Überzeugung, dass es sich um eine vorübergehende Depression handelt, deren Symptome mangelnde Lebensenergie, Bedrücktheit, Niedergeschlagenheit und Melancholie sind. Wenn Sie sie sehen würden, wie sie am Fenster sitzt … Jetzt ist es ohnehin schon besser, denn sie macht das Fenster auf. Am Anfang hat sie das nicht getan. Sie hat noch nicht einmal die Vorhänge beiseitegeschoben. Es sah so aus, als ob sie sich von der Welt abschirmen wollte, von dem, was draußen ist."

„Mir scheint, es gibt so eine Krankheit …"

„Agoraphobie? Daran habe ich auch schon gedacht. Das ist es aber wahrscheinlich nicht. Es fehlen einige typische Symptome."

„Also, ist es vielleicht wirklich so, wie Doktor Jakubowski gesagt hat?"

„Ich neige auch zu dieser Annahme. Aber Depressionen sind oft Vorboten einer ernsteren Erkrankung. Jedenfalls entstehen sie nicht ohne Grund. Wenn wir diesen Grund kennen, können wir Ihre Frau vielleicht schneller entlassen." Sie wartete eine Weile, aber da er schwieg, so als ob er nichts dazu zu sagen hätte, fuhr sie fort: „Vorläufig tappe ich im Dunkeln. Und ich muss vorsichtig sein, wenn ich ihr Vertrauen nicht verlieren möchte. Deshalb habe ich Ihrer Frau nicht gesagt, dass ich Sie über ihren Aufenthalt hier informiert habe."

„Ich war überzeugt, dass sie bei ihren Verwandten in den Bieszczady ist."

„Eben. Umso weniger dürfen Sie daher … Sie verstehen sicherlich?"

Sie schwieg und schaute auf die Uhr. Er bemerkte jedoch diesen diskreten Hinweis auf die bereits vergangene Zeit und auf ihre noch anstehenden Verpflichtungen nicht. Er saß vornübergebeugt da und stützte die Stirn in die Hände, als sei ihm der Kopf zu schwer geworden.

„Nicht zu fassen", sagte er, „es ist einfach nicht zu fassen. Sie ist nie ohne mich irgendwohin gefahren. Das wollte sie nicht." Er hob den Kopf und blickte aus dem Fenster, wo zwischen den herbstlich verfärbten Kronen der alten Eschen das rote Dach des Gärtnerhäuschens zu sehen war. „Wir sind so viele Jahre verheiratet und ich kann mich nicht erinnern, dass sie aus freien Stücken ohne mich irgendwann irgendwohin gefahren wäre. Im Gegensatz zu mir. Ich bin immerzu herumgereist und mache das auch jetzt noch. Ich halte Vorlesungen und Vorträge in anderen Städten …"

„Kam sie mit Ihrer häufigen Abwesenheit gut zurecht?"

„Ich glaube, ja. Jedenfalls hat sie sich nicht beschwert. Manchmal schien es mir sogar, dass …"

Er verstummte auf eine Weise, dass sie es für angebracht hielt, ihn zu fragen:

„Dass was?"

Er schwieg weiter, als wäre er unangenehm überrascht von der Entdeckung, die sich ihm aufdrängte, also kam sie ihm zu Hilfe:

„Dass sie es gemocht hat, wenn Sie weggefahren sind?"

„Nicht, dass sie es gemocht hat." Er sah sie verdrossen an.

„Aber dass sie so was wie Erleichterung verspürt hat?"

„Wollen Sie mir einreden, dass …?"

„Ich will Ihnen gar nichts einreden. Ich versuche nur, aus Ihnen herauszuholen, was Ihnen selbst in den Sinn gekommen ist. Bitte haben Sie Verständnis dafür, dass alles wichtig ist. Ich habe vorhin die Suche nach dem Grund erwähnt. Verzeihen Sie bitte den Vergleich, aber das ist so, wie wenn man bei Ermittlungen nach dem Motiv für ein Verbrechen forscht."

„Nun, also", gab er zu, „es war so etwas in ihrem Verhalten. Als ob meine Person manchmal …"

„Ihr ein wenig zur Last fiele, sie erdrückte?"

„Na ja, das vielleicht nicht gerade, aber … Sie hat es immer befürwortet. Sie hat gesagt, dass sie die Wohnung aufräumen wird, dass sie in Ruhe lesen wird."

„Sie hat ‚in Ruhe‘ gesagt?"

„Aber, Frau Doktor, das ist doch nur so eine Redensart! Unser Zuhause gehört …"

„Aber Sie erinnern sich daran, dass sie es so formuliert hat?", unterbrach die Ärztin ihn.

„Natürlich. Das habe ich ja schon gesagt."

„Jedes Mal, wenn Sie wegfuhren?"

„Ich kann mich nicht erinnern, ob jedes Mal. Übrigens, was für eine Rolle spielt das überhaupt?"

„Ich weiß nicht. Wahrscheinlich keine", gab die Ärztin ihm Recht und schaute auf die Uhr, dieses Mal offenkundig.

Die Mittagszeit nahte, vom Gang her war der Lärm der Servierwagen zu hören, auf denen das Essen transportiert wurde. Die Ärztin nahm das Mittagessen normalerweise zusammen mit Maria ein. Wenn sie heute nicht käme, könnte Maria unruhig werden und – wer weiß – sie vielleicht suchen. Gestern hatte sie zum ersten Mal beschlossen, das Haus zu verlassen, und einen kleinen Spaziergang um das Blumenbeet gemacht. Wenn sie es heute wagte hierherzukommen, wäre das schlimm. Die Ärztin hatte aber nicht den Mut, dies dem unglücklichen Mann zu sagen, der im Grunde genommen die Situation immer noch nicht begriffen hatte.

„Aber sie hat sich nie allein auf eine Reise begeben", ereiferte er sich, als ob das irgendetwas rechtfertigen oder wenigstens erklären würde. „Deshalb war ich jetzt, als sie auf einmal ohne Vorwarnung weggefahren ist, sofort beunruhigt. Ich habe mir aber gedacht, dass vielleicht etwas in der Familie vorgefallen ist, das sie mir nicht mitteilen wollte."

„Wie hat sie Sie über ihre Abreise informiert? Telefonisch?"

„Nein. Ich war beruflich unterwegs, ich musste einen Vortrag halten. Als ich zurückkam, fand ich einen Brief vor."

„Den haben Sie nicht zufällig dabei?"

„Natürlich habe ich ihn dabei."

Er zog aus der Brusttasche ein etwas zerknittertes Kuvert hervor und reichte es der Ärztin. Sie entfaltete den kleinen Briefbogen, auf dem nur wenige Zeilen standen.

„Lieber Karol, bitte nimm mir diese plötzliche Abreise nicht übel, aber ich konnte nicht anders. Ich hatte einfach auf einmal das starke Bedürfnis, im Wald zu sein, in meiner früheren Heimat. Ich komme wahrscheinlich in ein paar Tagen zurück, vielleicht bleibe ich auch länger. Bitte sei mir nicht böse und bitte mach dir keine Sorgen. Wenn mein Aufenthalt sich verlängern sollte, gebe ich dir Bescheid. Küsse. Maria."

„Wann sind Sie von Ihrer Reise zurückgekehrt?"

„Wann ich zurückgekehrt bin? Moment … Heute ist der vierzehnte … Am vierten Oktober. Am dritten habe ich den Vortrag gehalten. Ich bin mit dem Nachtzug zurückgefahren, am Morgen war ich zu Hause. Und da habe ich nur diesen Brief vorgefunden."

„Bei mir ist Maria am sechsten aufgetaucht. Daraus folgt, dass sie nicht sofort zu mir gefahren ist. Vielleicht hatte sie gar nicht die Absicht, zu mir zu kommen? Vielleicht ist erst dort, wo sie sich die zwei Tage aufgehalten hat, etwas vorgefallen, was sie veranlasst hat, mich aufzusuchen?"

Sie stand auf und ging ins Hintere des Zimmers. Sie konnte den Ausdruck der Hoffnung nicht ertragen, der plötzlich in den Augen des Mannes erschienen war.

„Aber ja! Ja, das ist sehr wahrscheinlich! Vielleicht hat sie einen Schock erlitten? Eben dort! Sie ist so viele Jahre nicht dort gewesen. So eine überstürzte Heimkehr hat manchmal auch ein überstürztes Ende. Ich muss meine Frau unbedingt sehen. Sie hat ja geschrieben, dass sie mir, wenn ihr Aufenthalt sich verlängert, Bescheid gibt."

Die Ärztin erwiderte nichts.

„Es sind inzwischen zehn Tage vergangen, also müsste sie das nun eigentlich tun."

„Hören Sie bitte", sie sah ihn immer noch nicht an. „Heute, als Doktor Jakubowski mich angerufen und mir gesagt hat, dass Sie gekommen sind, bin ich zu Maria gegangen, um mich über ihren Zustand zu orientieren und um sie eventuell darauf vorzubereiten …"

„Warum", unterbrach er sie, „sagen Sie immer ‚Maria' und nicht ‚Ihre Frau'? Sie ist immerhin noch meine Frau, wenn ich Sie daran erinnern darf. Oder etwa nicht? Wissen Sie vielleicht etwas, das belegen würde, dass dem nicht so ist?"

Mit zitternden Fingern versuchte er, eine Schachtel Zigaretten zu öffnen. Die Ärztin hielt ihm ihre Schachtel hin, aber er lehnte schroff ab. Also wartete sie, bis er eine Zigarette herausgeholt hatte, und gab ihm Feuer. Er zündete die Zigarette an und sagte:

„Entschuldigung, ich benehme mich sehr dumm. Aber das alles hat mich ziemlich durcheinandergebracht."

„Sie müssen sich nicht entschuldigen", entgegnete sie und zündete sich ebenfalls eine Zigarette an. „Wir hier sind an so etwas gewöhnt. Wir müssen daran gewöhnt sein. Das ist unser Beruf. Darf ich nun meine Ausführungen beenden?"

„Bitte."

„Ich habe also versucht herauszufinden, ob Maria, Entschuldigung, ob Ihre Frau es nicht für angebracht hielte, Sie hierherzubitten. Ich habe mich sogar bemüht, ihr dafür Gründe nahezulegen. Na ja, dass sie den Urlaub bei einer Freundin verbringt, in einer malerischen Gegend, in einem schönen Park … Sie hat nein gesagt."

„Was genau hat sie gesagt?"

„Dass sie es nicht möchte, dass sie Sie nicht sehen kann."

„Dass sie nicht möchte oder dass sie nicht kann?" Wieder hob er die Stimme.

Auch die Ärztin hob die Stimme.

„Bitte beruhigen Sie sich! Wörtlich hat sie es so ausgedrückt: ‚Ich möchte ihn nicht sehen.' Sie hat das ziemlich heftig gesagt. Und dann hat sie – schon etwas ruhiger – hinzugefügt: ‚Ich kann es noch nicht.'" Als sie seine Geste sah, eine Geste, die man hier oft zu sehen bekam – die Arme nach oben geworfen –, ging sie zu dem Sessel, in dem er saß. „Geben Sie ihr noch etwas Zeit, Karol. Und mir auch. Sie müssen mir helfen und vielleicht wird dann alles gut für Maria und für Sie."

Sie begleitete ihn zu seinem Auto, um ihm den Weg zu dem anderen Tor zu zeigen, der nicht am Gärtnerhäuschen vorbeiführte.

Auf den ersten Blick wirkte es völlig normal: Sie saßen in einer Art Cafeteria und unterhielten sich, übrigens nicht unbedingt über Dinge, die man „Frauensachen" nannte. Die Ärztin sprach über ein Theaterstück, das sie am Abend zuvor gesehen hatte. Es war das Ereignis der Saison, eine Sensation, ein Aha-Erlebnis. Das Stück war unheimlich und komisch zugleich, Drama und Groteske in einem, um am Ende schließlich alle diese Elemente zu verbinden und in einem grausamen, befreienden Gelächter zusammenzuführen. Maria hörte zu, sie fragte nicht nach Einzelheiten, sie zeigte weder Interesse noch Desinteresse, sie wirkte höflich und abwesend. Durch die gardinenlose Fensterscheibe strömte das helle Licht des herbstlichen Nachmittags in den Raum, matt und gedämpft durch das Weiß des sich ankündigenden Winters. Es waren nicht mehr viele Blätter auf den Bäumen, sie fielen auf den Rasen wie große, in der Sonne kupfern glänzende Schmetterlinge und bildeten zwischen den schwarzen Stämmen rostbraune, dicke Teppiche, die bei stärkeren Windstößen mit einem eigenartigen, trockenen Geräusch raschelten, das einen an Friedhöfe erinnerte. Die kahlen Bäume zeigten nun ihre wahre, bisher verborgene Gestalt, eine andere Art von Schönheit: fantastische, teils harmonische, teils dramatische Konstruktionen aus Ästen und Zweigen, die nach oben ragten und ein kunstvolles Geflecht bildeten, das wie ein gigantisches Spinnennetz aussah. Maria hörte zu, von Zeit zu Zeit schaute sie aus dem Fenster und lächelte dann leise und kaum merklich, wie jemand, der heimlich auf den ebenfalls heimlichen

Gruß einer anderen Person reagiert. Das entging der Ärztin nicht, sie schloss ihren Bericht und nachdem sie einen Moment gewartet hatte, sagte sie:

„Ein herrliches Wetter, nicht wahr? Ein richtig goldener Herbst."

Und sie vernahm eine Stimme, die sie bisher nicht gekannt hatte, eine sentimentale und verträumte Stimme:

„Es fehlt nur das Röhren der Hirsche."

Vorsichtshalber fragte sie nach:

„Das Röhren der Hirsche?"

Die Ärztin folgte Marias Blick. Auf der äußeren Fensterbank hatten sich einige Baumnadeln angehäuft – die mächtige Lärche streute ihre golden gefärbten Nadeln sogar bis hierher –, ein Marienkäfer krabbelte mühsam darin herum.

„So war das bei uns um diese Jahreszeit. Bei so einem Wetter, besonders wenn es auf Vollmond zuging, hat man oft das Röhren der Hirsche gehört."

Marias Stimme war immer noch weich und tief und die Ärztin fragte sich, welche Stimme wohl ihre normale Stimme war, diese, die sie nun zum ersten Mal hörte, oder jene, die sie kannte. Sie war ergriffen und fürchtete, diese Stimme zum Verschwinden zu bringen, daher schwieg sie, obwohl auch Maria schwieg und erneut aus dem Fenster sah.

„Hier ist es fast so wie dort", sagte sie schließlich. „Eine große Ruhe, eine große Stille. Wenn bloß keine Autos fahren würden", seufzte sie übertrieben. Und dann erklärte sie von selbst, ohne von der Ärztin durch ein Wort oder durch eine Geste dazu gedrängt worden zu sein, nur durch ihr Schweigen ermuntert: „Ich weiß nicht, ob ich Ihnen das schon erzählt habe … Ich kam in einem Forsthaus zur Welt, mitten im Wald, in einer einsamen Gegend, wie man so sagt. Dort bin ich groß geworden. Kindheit, frühe Jugend … Zur Schule waren es sechs Kilometer, zur Kirche zwölf. Ich war nicht oft dort. Ich bin wie eine Wilde aufgewachsen. Tiere, Vögel, Bäume. Ihre Gegenwart, ihre Stimmen …" Sie lachte leise. „Ich war glücklich. Es ist seltsam, aber erst jetzt sehe ich, wie glücklich ich damals war."

„Und Sie meinen, dass es hier fast so ist wie dort?", äußerte sich die Ärztin vorsichtig.

„Ja. Fast genau so. Und manchmal, in der Nacht, sogar ganz genau so. Ich liege mit geschlossenen Augen da, ich höre die Stille und habe den Eindruck, dass ich zu Hause bin. Nein, nicht nur den Eindruck. Ich bin tatsächlich nachts dort. Wirklich. Ich bin dort, ich bin wild, unschuldig und glücklich."

„Warum können Sie nicht hinfahren? Diesen Wald gibt es sicherlich noch, oder?"

„Nein, es gibt ihn nicht mehr. Er wurde gerodet, die Bäume wurden alle gefällt. Um das Forsthaus herum ist jetzt ein großer Kahlschlag. Und in dem Forsthaus selbst leben nun andere Menschen. Fremde, Leute von auswärts."

Die Ärztin hielt sich mit der Frage nach den Eltern und der Familie zurück. Die Erfahrung sagte ihr, dass sie danach nicht fragen dürfe, jetzt noch nicht.

„Ich weiß", sagte Maria, „worum es Ihnen geht. Ich weiß, dass ich nicht für immer hierbleiben kann. Ich bin mir im Klaren darüber, dass ich sowieso schon zu lange hier bin, dass das für Sie vielleicht problematisch ist."

„Eines ist problematisch", entgegnete die Ärztin nach einer Weile. „Nämlich, dass Ihr Mann nichts davon weiß. Unsere Pflicht wäre es gewesen, ihn zu benachrichtigen, aber ich wollte, dass Sie das selbst tun. Erst dann wird alles in Ordnung sein. Bitte haben Sie Verständnis dafür. Noch ein paar Tage und Ihr Mann fängt an, Sie zu suchen. Vielleicht durch eine Behörde, die dazu berechtigt ist. Dann könnte der Chefarzt Scherereien bekommen. Warum schreiben Sie Ihrem Mann nicht ein paar Worte? Ich bin da und da, es hat sich gezeigt, dass ich etwas Erholung brauche, etwas Abstand vom Alltag. Und wenn schreiben zu schwierig ist, dann reicht es, dass Sie Ihren Mann anrufen und es ihm sagen. Er wird es bestimmt verstehen, er wird bestimmt nicht darauf dringen, dass Sie zurückkommen. Und dann können Sie noch eine Zeit lang bei uns bleiben."

„Wirklich?" Der Blick ihrer grauen Augen ruhte auf dem Gesicht der Ärztin, er war voller Hoffnung, aber auch misstrauisch.

„Selbstverständlich. Doktor Jakubowski ist sicherlich einverstanden. Wenn nur Ihr Mann benachrichtigt wird."

Ein Schweigen trat ein, es währte lange, zu lange. Die Ärztin ergriff die auf der Tischkante ruhenden Hände Marias. Sie waren kalt.

„Im Ernst, Maria, rufen Sie bitte Ihren Mann an. Wenn es Ihnen allein schwerfällt, kann ich zuerst sprechen und dann kommen Sie an den Apparat."

Die Geste erwies sich als überflüssig. Maria lehnte sich zurück, um ihre Hände zu befreien.

„Hier gibt es doch gar kein Telefon", sagte sie, ohne der Ärztin in die Augen zu sehen. „Was mir übrigens sehr recht ist."

„In meinem Sprechzimmer gibt es ein Telefon."

„Ach ja? Da gehe ich nicht hin!", rief sie und fügte sogleich hinzu, schon ruhiger und in einem erklärenden Ton: „Dort ist es zu laut."

„Zu laut?" Die Ärztin senkte unwillkürlich die Stimme. „Aber, Maria … Bei mir? In meinem Sprechzimmer?"

„Überall. Schon unterwegs ist Lärm zu hören, Musik, Radio!"

„Wir können auch zu mir fahren, zu mir nach Hause", schlug die Ärztin vor.

In diesem Moment, in diesem Moment erst wurde ihr bewusst, dass sie an all den Tagen, an denen sie zum Plaudern zu ihrer befreundeten Patientin gegangen war, nie das Radio hatte bei ihr spielen hören. Kein einziges Mal.

Maria bestand darauf, ihn laut vorzulesen. Es war ein normaler Brief, das heißt, es war so ein Brief, den Menschen an ihre Lieben schreiben, wenn sie ihnen verbergen wollen, dass sie von ihrer Krankheit wissen. Er war von einem guten, verständnisvollen Ehemann verfasst worden, der zwar etwas getroffen war von der sich hinziehenden Abwesenheit seiner Frau, aber, weil er sie liebte und nur ihr Bestes im Sinn hatte, sich mit dieser für ihn unangenehmen Situation abfand. Der Mann berichtete von alltäglichen Dingen, er beschrieb die Kämpfe mit den Kochtöpfen, wobei er voller Stolz seine Siege mitteilte und über seine Niederlagen spottete, all das mit Humor, damit sie nicht etwa auf den Gedanken kam, dass er sich über die Unannehmlichkeiten des Strohwitwerdaseins beklage, dass er ihr Vorwürfe mache. Maria las den Brief mit einem Lächeln und der Ärztin, die etwas Sorge hatte, wie wohl der erste Kontakt nach längerer Zeit ausgehen würde, schien es schon, dass die Prüfung erfolgreich verlaufen sei, als der Brief plötzlich zu Boden glitt und Maria nach hinten, gegen die Lehne des Sessels fiel. Unter den zusammengekniffenen Lidern bewegten sich ihre Augäpfel schnell und heftig hin und her.

„Maria, was hast du denn?", rief die Ärztin, aber sie bekam weder eine Antwort noch irgendein Zeichen, ob ihre Frage gehört und verstanden worden war. Da hob sie den Brief auf und überflog die letzten Zeilen, die Maria nicht vorgelesen hatte:

„Als ich den Brief schon beendet hatte, schaltete ich das Radio ein. Und durch eine seltsame Fügung, ich glaube, dass es Vorsehung war, vernahm ich plötzlich ein Musikstück. Du weißt, welches, du errätst es, nicht wahr? Das von unserer Hochzeit. Das hat mir Mut gemacht. Ich habe das als ein Zeichen gewertet, als eine Botschaft, als eine Bestätigung für uns beide, für das, was uns verbindet. Daher dieses Postskriptum. Unser Zuhause ist ohne dich leer und kalt. Der ehrwürdige Franz Schubert hat uns damals über die Schwelle geleitet mit seinem *Ave Maria*. Altmodisch ist es und rührselig, aber ewig lebendig. Ich grüße dich mit diesem Musikstück, meine Liebe. *Ave Maria*."

Die Ärztin setzte sich auf die Armlehne des Sessels und mit einer leichten Berührung ihrer Finger beruhigte sie Marias zitternde Augäpfel. Und als diese die Lider hob, fragte sie leise und sanft:

„Was ist mit dir, Maria?"

Und sie vernahm ein ersticktes Flüstern:

„Du siehst doch selbst, dass man es mit ihm nicht aushalten kann, es geht einfach nicht! Er hat mich fast zu Tode gequält, er hat mich an den Rand des Wahnsinns gebracht."

„Mit diesem Musikstück?", fragte die Ärztin noch leiser, als hätte sie Angst vor dem, was sie sagte.

Maria brach in Tränen aus. Die Ärztin nahm einen Stuhl, setzte sich neben sie und strich ihr schweigend übers Haar. Aber das Schluchzen hörte nicht auf. Die nächsten Worte, die sie weinend und schluckend hervorbrachte, waren kaum zu verstehen:

„Dieses Musikstück! Niemand weiß … was für … ein Musikstück … Er … auch du nicht … niemand weiß. Es kann nicht …"

Mit zitternden Fingern fasste Maria nach den Händen der Ärztin und begann, sie zu küssen.

„Rette mich! Halte ihn fern!"

Der Griff ihrer heißen Hände war sehr fest. Die Ärztin versuchte nicht, sich daraus zu befreien, sie machte nicht die geringsten Anstalten, diesem Anfall von Hysterie oder vielleicht nur von Unbeherrschtheit Einhalt zu gebieten. Sie wartete, bis das Schluchzen verstummte, bis der Druck der Finger auf ihren Händen allmählich nachließ und sich ganz gelockert hatte. Dann erst sagte sie:

„Er weiß es doch nicht. Wenn er wüsste, dass dich das quält, würde er damit aufhören, dann würde er sich bemühen …" Sie geriet ins Stottern, als sie Marias plötzliches Lachen hörte, das immerhin seltsam war nach dem noch nicht ganz verklungenen verzweifelten Weinen, hell, fast fröhlich, auf unnormale Art normal.

„Wenn er es wüsste … Ach, Joanna … Es scheint so einfach zu sein, nicht wahr? Man muss es ihm bloß sagen und dann ist das Problem erledigt. So denkst du, stimmt's?"

„Glaubst du denn, dass er dich absichtlich quält?"

„Nein. Ich glaube nur, dass es keinen Ausweg gibt. Denn er wird nicht seinen Beruf wechseln. Wie könnte ich auch so etwas verlangen? Und was würde das bringen? Noch ein oder zwei Jahre voller Qual, bloß, dass es dann eine Qual für uns beide wäre. Und am Ende würde ich doch hier landen, so oder so. In einem dieser Pavillons. Jetzt ist eine Rettung noch möglich. Für mich und auch für ihn. Mein Fortgehen schiebt nur … ja, schiebt die Gefahr nur auf, denn beseitigt ist sie damit nicht. Sie ist", Maria senkte die Stimme, „unvermeidbar. Sie wird kommen – früher oder später. Sie muss kommen. Von selbst, ohne Karols Zutun. Die Welt ist voller Klänge. Die ganze Welt. Jeder Winkel. Es gibt auf der Erde keinen Ort, wo …" Ihr Gesicht verzerrte sich plötzlich, mit einer panischen Bewegung hielt sie sich die Ohren zu. „Schmeiß das Radio raus!", schrie sie. „Es spielt! Es spielt!"

Die Ärztin hielt sich nun nicht mehr zurück, sie streichelte Marias Gesicht und das Schreien hörte auf. Allein ihre Augen, aufgerissen und starr, mit stark geweiteten Pupillen, die in stummem Grauen auf sie gerichtet waren, schrien noch. Und so küsste sie diese armen, gequälten Augen.

„Entschuldige bitte, ich musste das tun", sagte sie und räusperte sich, um eine plötzliche Heiserkeit loszuwerden. „Es spielt nichts. Du hörst doch, dass nichts spielt. Kein Radio, keine Musik. Nur der Regen trommelt gegen die Dachrinnen. Wirklich. Komm, dann wirst du sehen, dass es bloß der Regen ist."

Sie zog die völlig willenlose Maria aus dem Sessel hoch und führte sie ans Fenster. Im Park lag die Dämmerung, ein grauer Schleier, durchwirkt mit den helleren Fäden des Regens, unter dem sich die letzten Blätter von den Zweigen lösten und herabfielen. Die Welt da draußen ließ sich mit Milliarden Klängen vernehmen, mit Rauschen, Rascheln, Platschen, Schmatzen, Glucksen, in diese monotone Musik mischten sich schärfere Töne, das plötzliche Pfeifen des Windes, das Trommeln der Regentropfen gegen die Scheibe, als ob jemand eine Handvoll Kies dagegen geworfen hätte.

„In eurem Forsthaus gab es wohl keine Dachrinnen?", sagte die Ärztin lächelnd, sie hielt immer noch Marias Schultern umfasst.

„Nein", erwiderte sie.

Über ihre Wangen liefen Tränen, die weder von Schluchzern noch von Seufzern begleitet waren. Die Tränen flossen in Strömen aus ihren Augen und fielen auf den Hals und auf das Dekolleté und nässten den Ausschnitt der Bluse. Die Ärztin betrachtete dieses lautlose Weinen eine Weile, bevor sie in ihre Kitteltasche griff. Sie holte ein Röhrchen hervor und schüttete zwei Tabletten heraus.

„Weißt du was?", sagte sie. „Die schlucken wir beide jetzt. Eine du, eine ich. Mir tut das auch gut, meinst du nicht?"

„Verehrter Karol!
Schweren Herzens schreibe ich Ihnen. Es ist nicht so gekommen, wie ich dachte, als ich Sie damals zum Tor begleitet habe. Ich kann Sie leider nicht darum bitten, Maria abzuholen, und auch nicht, sie zu besuchen. Momentan kann ich nur sagen, womit ihre Zwangsvorstellung zu tun hat (denn ich glaube immer noch, dass es sich um eine Zwangsvorstellung handelt und nicht um eine Psychose). Nämlich mit Musik. Da bin ich mir ganz sicher. Ich habe das bei der Gelegenheit herausgefunden, als ich Maria Ihren Brief übergeben habe. Sie hat ihn mit Freude entgegengenommen, sie hat ihn mit einem zufriedenen Lächeln gelesen und alles wäre gut gewesen, wenn nicht das Postskriptum gewesen wäre (Sie erwähnen darin das *Ave Maria* von Schubert). Das hat bei Maria einen Anfall ausgelöst, den ich gezwungen war (zum ersten Mal, seitdem sie hier ist), auf eine Weise zu behandeln, die in der Psychiatrie vorgesehen ist, indem ich ihr nämlich ein Beruhigungsmittel gegeben habe. Das alles ist vor zwei Tagen geschehen. Ich bin die Nacht über bei Maria geblieben, um sie nicht allein zu lassen, allein mit dem Radioapparat, aus dem (wie ihr schien) Musik kam. In dieser Nacht habe ich erfahren, dass sie, als sie ihr Zuhause verlassen hat, nicht vor Ihnen geflohen ist, sondern vor der Musik. Nun ist sie ruhig und verhält sich normal (das Radio habe ich inzwischen aus ihrem Zimmer entfernen lassen), schläft ohne Schlafmittel und macht sich daran, Ihnen einen Brief zu schreiben. Schon vorher habe ich versucht, sie dazu zu bewegen, ich konnte aber nicht allzu sehr darauf beharren. Jetzt hat sie selbst den Entschluss gefasst, nach dieser schweren Nacht, die dem Anfall folgte. Ich habe sie zu nichts gedrängt und Sie sollten das auch nicht tun. Schreiben Sie ihr aber bitte, oft und in so einem Ton wie in Ihrem ersten Brief, bloß ohne Anspielungen auf Musik. Ich würde Sie gerne treffen, vielleicht können Sie mir helfen, zur Ursache von Marias Trauma vorzudringen. Wenn wir diese Ursache kennen, ließe sich die Zwangsvorstellung vielleicht, wenn auch nicht beseitigen, so doch wenigstens lindern.
    Bitte seien Sie guten Mutes. Viele Grüße

Joanna Krotoska"

„Geliebter Karol! Die unschätzbare Joanna, die, abgesehen davon, dass sie ein außergewöhnlicher Mensch ist, auch Ärztin der Psychiatrie ist und, wie ich finde, eine gute Ärztin, hat mir geraten, dir zu schreiben, dir alles zu schreiben: warum ich weggefahren bin, warum ich nicht zurückkomme und warum ich nicht weiß, ob ich je zurückkommen werde.

Und wie sollte ich nicht auf meinen Schutzengel hören? Also schreibe ich dir. Ich schreibe und vernichte das, was ich geschrieben habe, und schreibe erneut und vernichte es wieder. Das hier ist schon der x-te Brief und ich bin mir nicht sicher, ob ich ihn abschicken werde, denn es ist nicht leicht, etwas auszusprechen, das so viele Jahre verschwiegen wurde, das eigentlich hätte gesagt werden sollen, bevor für uns in der Sankt-Anna-Kirche das *Ave Maria* gespielt wurde. Aber damals habe ich nicht gewusst, dass es von Bedeutung ist, dass es irgendwann von Bedeutung sein wird. Ich habe genauso gelebt wie du, bis zu dem Tag, an dem es sich gegen mich gewendet hat und mich seitdem hartnäckig und unerbittlich verfolgt.

In deinem lieben und guten Brief, in dem du davon berichtest, du Armer, wie du mit den Kochtöpfen kämpfst, die die unbegreifliche Neigung haben, das Essen anbrennen zu lassen, hast du am Ende Worte geschrieben, derentwegen ich beinahe vom Gärtnerhäuschen in einen der Pavillons umgezogen wäre. Ich schreibe offen darüber, denn ich weiß, dass du es weißt. Du weißt, dass mit mir nicht alles in Ordnung ist. Joanna hat mir gesagt, du bist darüber unterrichtet, dass mein Aufenthalt hier nicht das ist, was du dir wünschst, nämlich ein mehrtägiger Erholungsurlaub der nervlich angeschlagenen Ehefrau bei einer Freundin. Aber er ist auch nicht das, was er werden könnte, was er werden kann und wogegen ich mich, unterstützt von Joanna, mit allen Kräften zur Wehr setze. Du hast in deinem Postskriptum von der Botschaft geschrieben, die dir aus dem eingeschalteten Radio zukam, und als ich das las, hätte ich fast den Verstand verloren. Denn für mich war das auch eine Botschaft, bloß eine andere. Eine ganz, ganz andere.

Denn was weißt du schon über Musik, Karol? Was kannst du darüber wissen, du, der Kenner, der Historiker, der Liebhaber? Weißt du, wie das ist, wenn die Augen sich in Mäuse verwandeln? Zwei Mäuse, die in einem sehr kleinen, sehr engen Käfig gefangen sind, dem sich etwas nähert, wovor sie die größte Angst haben. Zwei Mäuse, die von Todesschweiß bedeckt sind und in diesem Käfig hin und her rennen und sich dabei die Haut an seinem Gitter aufschürfen. Was weißt du schon wirklich über Musik, du, der Musikwissenschaftler und Experte?

Du hattest die Angewohnheit, beim Kaffee nach dem Mittagessen vor deine großartige Schallplattensammlung zu treten, auf die du zu Recht stolz bist. Du standst da und sahst versonnen ein Regalbrett nach dem anderen durch und schließlich sagtest du: ‚Jetzt hören wir uns etwas an. Jetzt gönnen wir uns ein eigenes Konzert, nur für uns beide.' Du liebtest diese Konzerte zu Hause. Du liebtest sie vor allem in meiner Gesellschaft. Du hast nie ohne mich angefangen. Ich hatte keine Chance, ihnen zu entgehen. Die Trödelei in der Küche beim Geschirrspülen hat nichts genützt. Du hast immer geduldig gewartet, bis ich fertig war, und dann musste ich kommen. Ich musste. Kommen und zuhören. Du hast alles getan, um mich musikalisch zu bilden. Vom ersten Moment an, als du mich auf dem Gang der Staatlichen Musikhochschule trafst, mich, die ich mich schämte, weil ich so wenig wusste und weil mir die elementarsten Kenntnisse für das Studium fehlten. Du hast damals jene Worte zu mir gesagt, um derentwillen ich dich sofort geliebt habe: ‚Deshalb müssen Sie sich keine Sorgen machen, Kenntnisse kann man sich aneignen, eine Stimme nicht. Und die Stimme haben Sie.' Vom ersten Augenblick an warst du mein Lehrer – und bist es geblieben. Bis zu deinem letzten Brief, den ich dir nicht übel nehme. Wie ich dir auch sonst nichts übel nehme. Auch diese nachmittäglichen Hauskonzerte nicht. Du hast ja nichts geahnt. Das ist meine, allein meine Schuld. Ich hätte es dir sagen sollen. Manchmal wolltest du mir eine besondere Freude machen und hast aus dem Regal eine Platte herausgezogen, die du aus dem Ausland mitgebracht hast und die ein Vermögen gekostet hatte. Darauf war die Aufnahme eines Werkes, das ich für das schönste auf der Welt hielt. Du sagtest lächelnd (und dabei hast du mich ein wenig nachgeäfft): ‚Und nun Tomaso Albinoni und die auf der Welt schönste *Sonate für Violine und Orgel*.' Die konnte ich bis zu einem bestimmten Zeitpunkt ununterbrochen hören. Bis zu einem bestimmten Zeitpunkt. Bis zu dem Tag, als es geschah. Dieses Unbegreifliche mit meinen Augen. Als sie sich in Mäuse verwandelten. In zwei Mäuse, eingesperrt in einen Käfig und fast sterbend vor Angst vor dem, was kam, was sich näherte, entsetzlich und grauenvoll wie der Totenkopf auf den Mützen der SS-Männer. Aber du hast nicht gewusst, dass das geschah. Du hast den Schallplattenspieler angestellt und dabei nicht gesehen, was mit mir, mit meinen Augen passierte. Du hast zugehört. Du hast die *Sonate für Violine und Orgel* gehört, in der – bitte lach nicht – keine Orgel spielte. Natürlich nicht. Denn wie sollte dort eine Orgel hinkommen? Es gab nur die Geige und die beiden vor Angst verrückten Mäuse, die sie sahen. Almas Geige, dunkel und im Tageslicht glänzend, das durch das kleine Fenster in die Sauna hereinfiel.

Du weißt nicht, wovon ich spreche? Sicher, woher sollst du es auch wissen? Habe ich dir je von Alma erzählt? Von Alma, die meine Lehrerin war, bevor du mein Lehrer wurdest? Du bist zu jung, als dass du von ihr hättest hören können – obwohl, als Musikhistoriker müsstest du ihrem Namen eigentlich begegnet sein. Unsere Primadonna A. S. … Aber nein … Das kann ich dir nicht erzählen. Ich bringe alles durcheinander und dann zerreiße ich diesen Brief bestimmt wieder, weil ich nicht fähig bin, die Fakten in eine logische Reihenfolge zu bringen. Und dabei ist in mir ein geradezu schreckliches, furchtbares Bedürfnis nach Ordnung, Klarheit, Überschaubarkeit. So wie niemals zuvor. Ist auch das ein Zeichen dafür, dass mein Verstand gestört ist, dass er sich nach etwas sehnt, was ihm fehlt?

Ach, Karol, wie oft vermisse ich dich, wie sehr wünsche ich mir, dass du bei mir bist, klug, gütig, fürsorglich, so wie in den ersten glücklichen Jahren unserer Ehe. Aber nein, es ist nicht möglich, dass wir zusammen sind, es ist nicht möglich. Du hast das bei dir, du hast das in dir, was mich umbringt, und weil ich dich liebe und niemanden außer dir habe, muss ich vor dir fliehen. Oder mit mir ein Ende machen. Wenn ich all das hätte voraussehen können, hätte ich es damals schon getan. Damals, als jene Welt unterging, die Alma, Tadeusz, Ennis Schwester und Millionen und Abermillionen Menschen auf dem Gewissen hat. Aber Tadeusz hat mir befohlen zu leben. So, als ob das alles nicht gewesen wäre. Sich lossagen von den Toten und leben. Ach, richtig, du weißt nicht, wer Tadeusz war. Du weißt nichts …

Alma … Erinnerst du dich, wie neugierig dich anfangs meine Bekanntschaft mit unserer Primadonna A. S. gemacht hat? Denn sie war es, die mir das Empfehlungsschreiben ans Konservatorium mitgegeben hat, mit der Bitte, meinen Gesang zu prüfen. Du wolltest wissen, wo sie mich gehört hatte. Und dich stellte die rasch erfundene Lügengeschichte zufrieden, dass das im Chor unserer bescheidenen, aber wegen ihres Alters hoch geschätzten Dorfkirche war, die sie auf der Durchreise zu Auftritten in der Woiwodschaftshauptstadt besichtigte. Du hast das sogar deinen Kollegen erzählt, mit einer sympathischen Prahlsucht, denn diese Tatsache – meintest du – sei es wert, weiterverbreitet zu werden, was mich mit Entsetzen erfüllte, durfte doch diese nicht wahrheitsgemäße Version der großen Sängerin auf keinen Fall zu Ohren kommen. Denn so hatte es sich nicht zugetragen, mein geliebter Karol.

Einige Monate nach dem Ende des Krieges habe ich, ohne mich anzukündigen, ohne mich durch einen Brief anzumelden, an ihrer Wohnungstür geklingelt. Der Aufwartung, die mich abwimmeln wollte, teilte ich mit, dass mich Alma R. schicke. Das solle sie der Dame des Hauses sagen, mehr nicht, nur diesen Namen. Alma R. Und so kam es, dass ich mich vor dem Angesicht der Primadonna wiederfand. Verwundert über mein Aussehen und über meine Kleidung, staunte sie noch mehr, als sie hörte, wo und unter welchen Umständen ich jene berühmte Virtuosin kennen gelernt hatte. Und als ich ihr erzählte, wie und warum Alma gestorben war, weinte sie echte Tränen. ‚Du sagst also, dass sie sich an mich erinnert hat?', fragte sie. Und so führte ich auch noch aus, auf welche Weise es zu der Erinnerung an sie gekommen war.

Ich war in dem Lagerorchester, das von Alma einige Monate lang dirigiert wurde, bevor sie starb. Sie gab mir manchmal Ratschläge, denn als Sängerin war ich noch sehr unerfahren. Sie wusste, dass ich Polin bin, und eines Tages, als es mir gelang, etwas genau so darzubieten, wie sie sich das vorstellte, erwähnte sie den Namen einer weltberühmten polnischen Vokalistin und sagte, dass das die einzige Person sei, der sie, Alma, meine Stimme und meine Ausbildung anvertrauen würde. Das war der Name von A. S. ‚Wenn du hier rauskommst, und du kommst bestimmt hier raus, du bist ja keine Jüdin, dann geh zu ihr und sag ihr, dass dich Alma R. schickt.' Ich setzte also noch eins drauf, indem ich eigenmächtig diese Botschaft von der anderen Seite des Lebens hinzufügte. Die großartige Sängerin, zugleich ein großartiger Mensch, war ergriffen. Sie nahm am Klavier Platz. ‚Kannst du mir etwas vorsingen?', fragte sie.

Den weiteren Verlauf der Geschichte kennst du. Aber Alma … Alma war Teil der Vorgeschichte, Teil einer Welt, die in ihrer entsetzlichen Entartung, Deformierung und Unwirklichkeit so real war wie der Tod. In dem Moment, in dem deine Hand die schwarze, elegante Scheibe in Bewegung setzte und in der vertrauten, nach Kaffee duftenden Stille des Zimmers die ersten Töne der Geige, klar wie Nachtigallengesang, erklangen, bekam auch jene Welt eine Stimme – durch eine einzigartige, ihr eigentümliche Geräuschkulisse, die in die *Sonate* von Albinoni eindrang und sie durchsetzte mit Hundegebell, Schreien, Pfiffen und Schüssen. Ich konnte mich nicht davor schützen.

Es war wieder Abend im Lager, Rauch, Geruch von verbrannten menschlichen Körpern hing zwischen den Baracken, ich bat an der Tür des Orchesterblocks mit dem vereinbarten Klopfzeichen um

Einlass. Der Holzriegel wurde widerwillig zurückgeschoben und die Torwache, verschreckt wie immer, ließ mich ein und führte mich zu einem kleinen Raum, der ‚Bude‘ genannt wurde. Ohne den Kopf von den Noten zu heben, fragte Alma: ‚Bist du das, Kindchen?‘ Ich antwortete, dass ich es sei und dass ich etwas Besonderes mitgebracht hätte, eine Milchsuppe, von mir in der Küche organisiert. Eigentlich hätte ich sie für mich selbst bekommen, aber ich könne auch eine gewöhnliche Suppe essen, Hauptsache, es sei eine große Portion, ihr aber tue doch der Magen davon weh.

Ihre großen, wie eine Waldquelle dunklen und glänzenden Augen blitzten begierig auf, aber ihre Hände griffen nicht nach dem Gefäß, sie lagen ruhig und vornehm auf dem Papier, auf dem in seltsamen Zeichen, Strichen und Punkten die Musik eingefangen war, etwas Immaterielles, für das ich meine Zulage Wurst und die kleinen Säckchen mit Zucker und überhaupt alles, was ich ergattern konnte, hergegeben hätte, sogar die Dinge, die ich von Tadeusz bekam. Sie schwieg eine Weile, als lausche sie auf die Geräusche draußen, schließlich sagte sie: ‚Ist im Lager etwas los? Denn es sind Schreie und Schüsse zu hören.‘ Das sagte sie immer, sogar wenn Stille herrschte und die Schornsteine nicht rauchten. Aber heute war wirklich irgendetwas los und ich musste Alma beruhigen und entgegnete daher, dass das nur an der Rampe sei und uns also nicht betreffe. Da wandte sie mir ihr Gesicht zu, das von kurzen, schwarzen Haaren umrahmt war, und sah mich eine Weile mit ihren wunderschönen Augen an. ‚Ja, dich betrifft das nicht‘, bestätigte sie. Ich erwiderte, sie betreffe das ebenfalls nicht. Sie sei doch kein gewöhnlicher Häftling. Hätten sie hier etwa noch so jemanden wie sie? Sie habe nicht aufgehört, die zu sein, die sie war. Sie nicht. Ihr Ruhm sei ihr gefolgt, bis in dieses Tal Joschafat, er hafte ihr an und schütze sie wie ein mächtiger Schutzschild.

Sie lächelte. War es meine etwas gestelzte Rede, die sie belustigte, oder mein gebrochenes Deutsch, in dem ich jene erhabenen Gedanken über den mächtigen Schutzschild des Ruhms auszudrücken versuchte? Wahrscheinlich Letzteres, denn sie ließ eine Übersetzerin aus dem Block kommen. ‚Sie hat das Tal Joschafat erwähnt. Frag sie, woher sie das kennt.‘ Diese Frage erstaunte wiederum mich: ‚Woher? Aus der Kirche, aus meiner Religion, versteht sich.‘

Und erneut war in ihren Augen die Spur eines Lächelns. ‚Aus *deiner* Religion? Bist du dir da sicher?‘ Und sogleich erlosch das Licht in ihren Augen. ‚Du irrst dich, das hier ist nicht das Tal Joschafat, sondern ein Schlachthof, in dem Menschen geschlachtet werden.‘

Also wiederholte ich, was ich schon gesagt hatte: dass sie nicht daran denken solle, es betreffe sie wirklich nicht. Und dieser Transport, der gerade ausgeladen werde, sei gut bestückt. Die aus den Blocks in der Nähe des Stacheldrahtzauns hätten Fässer mit Lebensmitteln gesehen. Viele Fässer. Etwas davon werde bestimmt fürs Lager abfallen. Die Küche der SS könne nicht alles verbrauchen, die könnten nicht alles verschlingen, die würden sonst daran ersticken. Man müsse daran denken, was davon den Lebenden bleibt, nur daran müsse man denken. Den Toten und denen, die bald sterben werden, würden unsere Gedanken sowieso nicht helfen.

So habe ich mit ihr gesprochen, während meine Augen die Umdrehungen der schwarzen Scheibe verfolgten und mein Ohr, mein äußeres Ohr, die Musik und deine Worte vernahm, Karol, die du von Zeit zu Zeit von dir gabst:

‚Das ist eine großartige Phrase, nicht wahr? Und denk dir nur: Dieser Mensch hat seine ersten gedruckten Werke mit *dilettante veneto*, venezianischer Dilettant, unterzeichnet. Was sagst du dazu?'

Und als ich nicht antwortete, fragtest du: ‚Hörst du überhaupt zu, Maria?'

Also nickte ich hastig mit dem Kopf und schloss die Augen, um damit zu verstehen zu geben, dass ich völlig in der Flut dieser Töne versunken war, aber mein inneres Ohr vernahm mit immer größerer Unruhe den auf der Rampe anschwellenden Lärm, der bis zum Orchesterblock drang und Alma so sehr verängstigte. Um dem Einhalt zu gebieten, wickelte ich das Gefäß aus dem Lappen, stellte es vor sie auf den Tisch und ermunterte sie zum Essen: Das sei wirklich eine ausgezeichnete Suppe, so eine wie in der Freiheit. Mit echter Milch gemacht, nicht mit Büchsenmilch. Die werde täglich gebracht, sozusagen direkt von der Kuh, von einem Bauernhof in Babice. Sie sei für die Kinder vorgesehen, aber die Küchen-Kapo behalte immer ein paar Liter für sich und koche sich daraus eine Milchsuppe. Heute habe sie mir diese Portion gegeben. Es sei sogar Zucker drin. Ich hätte die Gunst der Kapo. Mein Freund habe sie ein bisschen bearbeitet. Und deshalb litte ich keinen Hunger. Und durch mich könne auch sie, die Frau Dirigentin, sich etwas besser ernähren.

Da besann sich Alma. Gierig griff sie nach dem Topf. Während sie aß, sagte sie: ‚Am Sonntag wird in der Sauna ein Konzert stattfinden. Hast du die Möglichkeit, dorthin zu kommen?' Ich antwortete, dass das für mich nichts Neues sei, in die Sauna zu gehen. Wir würden doch da zum Baden hingeschickt, mein Kommando sogar alle zwei Wochen. Aber Alma winkte ungeduldig ab. ‚Es geht nicht ums

Baden, sondern um ein Konzert. Um ein großes Konzert, bei dem der Lagerführer und die Oberaufseherin anwesend sein werden und von den Häftlingen die Prominenten. Wenn du zu denen gehörst, kannst du kommen und zuhören, wie ich bei einem öffentlichen Konzert spiele.' Ich verstand nicht genau, was sie meinte. Ich gehörte nicht zu den Prominenten, aber ich erwog schon die Möglichkeiten, wie ich bei diesem Auftritt dabei sein könnte. Irritiert durch mein Schweigen, fragte Alma: ,Warst du je in einem Konzert, mein Kind? Weißt du überhaupt, was das ist?' Das ärgerte mich. Was dachte sie sich eigentlich? Ich gab meiner Empörung Ausdruck: Ich sei zwar in einem Forsthaus aufgewachsen, mitten im Wald, wo man kein Radio kannte, und an Instrumenten, die Töne von sich gaben und Musik machten, hätte ich nur das Harmonium in unserer uralten, aus Lärchenholz gezimmerten kleinen Kirche gehört, aber was ein Konzert sei, das wisse ich. Vor allem aus Büchern. Außerdem hätte ich, als ich zwölf Jahre alt war, eine Kapelle gehört, die eine Pilgerschar begleitete. Und nun, seitdem ich hier sei und die Gelegenheit hätte, an den Sonntagnachmittagen das Orchester zu hören, das am Lagertor spielte, damit die Blockführer sich nicht langweilten und damit es denen, die ins Gas gingen, leichter war, wisse ich wahrhaftig schon, was ein Konzert sei. Ich wisse es wirklich.

Alma schob den Topf mit der Suppe plötzlich zurück und hielt sich die Ohren zu. ,Ach, Maria, sag das nicht! Sag nicht, dass du das wirklich weißt! Das kann ich nicht hören! Ich verbiete dir, so zu sprechen!' Ich beteuerte eifrig, dass ich es nicht mehr tun würde. Sie solle bloß schnell essen. Bald sei Lagersperre, wie immer, wenn die Gaskammern in Betrieb seien, und ich würde doch gerne noch ... ,Etwas hören, nicht wahr?', fauchte sie. Also sagte ich ebenfalls boshaft: Was sie sich eigentlich denke? Ich hätte diese Suppe auch selbst essen oder gegen wärmere Kleidung tauschen können, die sich unter der Häftlingskleidung tragen lässt. Es sei immerhin schon kalt. Aber ich hätte ihr die Suppe gebracht und sie für etwas hergegeben, das mich nicht wärmt und mir auch keine Kraft gibt, etwas, das so lang dauert, wie es dauert, und von dem dann nichts bleibt, rein gar nichts ... ,Ja, ja, hab schon verstanden', antwortete sie bereits etwas friedlicher. ,Du musst mich nicht daran erinnern. Spiele ich dir nicht jedes Mal etwas vor, wenn du kommst? Und heute wollte ich dir auch etwas vorspielen, nämlich das hier ...' Sie zögerte und ich warf schnell ein: ,Etwas Ruhiges, wie der Sonnenuntergang im Wald.' ,Der Sonnenuntergang im Wald?', wiederholte sie nachdenklich. ,Ich kenne etwas noch Ruhigeres. Wasser in einer Lagune.' Das gefiel mir sehr.

Besonders dieses Wort: Lagune. Es klang schön und war aufregend, weil eine vielversprechende Fremdheit darin mitschwang. Also bat ich Alma, dass sie etwas spielen möge, was wie dieses Wasser war. Und sie solle nicht bei jedem Geräusch, das von der Rampe komme, derart zittern. Dafür gebe es keinen Grund. Sie würden genauso schießen wie auch sonst immer, wenn sie die Menschen ins Gas treiben. Und die, die eine Kugel abkriegen, hätten es doch besser. Das sei besser, als zu ersticken. Darauf sagte sie: ‚Du hast Recht, du musst nicht so viel reden, ich weiß selber, dass du Recht hast. Sie schießen wie sonst immer. Und ich spiele dir jetzt etwas vor, was du noch nie gehört hast. Eine Passage aus einem Stück von Albinoni.‘ Und sie spielte den Geigenpart, die Passage, in der die Melodie höher und höher steigt, geradezu ekstatisch, himmlisch.

In dem Moment sagtest du:

‚Weißt du, dass der große Johann Sebastian Bach bis zu einem gewissen Grad unter dem Einfluss dieses *musico di violino* stand, wie sich Albinoni wenig später nannte? Beachte nur, nicht mehr *dilettante veneto*, sondern *musico di violino*. Ist das nicht rührend? Bach wurde also von ihm inspiriert. Man hat festgestellt, dass einige von Albinonis Werken von Bach bearbeitet wurden.‘

Alma setzte die Geige ab, mit einer Bewegung, die ich später viele, viele Male bei großartigen Virtuosen gesehen habe, wenn sie den anderen Instrumenten die Stimme überließen. ‚Nun folgt das Orgelsolo‘, sagte sie, ‚das klingt mehr oder weniger so.‘ Sie versuchte, es zu summen, brach jedoch gleich ab und schüttelte den Kopf über das klägliche Ergebnis ihrer Bemühung. ‚Das kann dir keinen Eindruck vermitteln von der Orgel …‘ Orgel? Das Wort war mir nicht fremd, die Töne aber konnte ich mir nicht vorstellen. Das erriet Alma natürlich. ‚Weißt du nicht, was eine Orgel ist? Kennst du dieses Instrument nicht?‘ Es war mir unangenehm, dass ich eingestehen musste, eine Orgel weder je gesehen noch gehört zu haben. Sie nickte mitleidig. ‚Nun ja, hier gibt es keine Orgel, also kann ich dir nicht zeigen …‘ Ich ärgerte mich ein bisschen, denn mir schien, dass sie mich zum Narren hielt: ‚Was meinen Sie mit *hier*? Wenn es hier keine Orgel gibt, dann gibt es überhaupt keine Orgeln! Nirgendwo!‘ Jetzt war sie verärgert: ‚Aber natürlich gibt es Orgeln, das kann ich dir versichern! Nicht nur in Konzertsälen! In jeder Kathedrale, sogar in jeder größeren Kirche! Du bist doch in die Kirche gegangen, das hast du selbst gesagt, also müsstest du wissen, dass in den Kirchen, besonders in den katholischen, während des Gottesdienstes eine Orgel spielt.‘ Die letzten Worte sagte sie mit leiser und schwacher Stimme.

Ich dachte, dass sie mich nun gleich wegschicken würde. Die Suppe hatte sie gegessen, sie hatte ein paar Takte gespielt und jetzt würde sie mich so schnell wie möglich loswerden wollen. Vielleicht deshalb, weil ich mit ihr stritt? Also beschloss ich, die Wogen zu glätten und sie zu besänftigen, um noch ein bisschen hierbleiben zu können, in ihrer Gegenwart, in der Nähe dieses magischen Instruments, das in ihren Händen zum Leben erwachte wie ein singender Vogel. Ich gestand ihr, dass ich gestern vor der Sauna gewesen war, als dort die Probe des Orchesters stattfand. Die Kapo habe mich zweimal fortgejagt, aber ich sei immer wieder zurückgekommen und es sei mir gelungen, ihr Geigenspiel zu hören. Und sogar, sie zu sehen, durch das kleine Fenster zu sehen, wie sie spielte. Und wie ich sie so angesehen hätte, sei mir in den Sinn gekommen, dass sie spiele, als stünde sie vor Gottes Thron. Aber warum eigentlich? Die hier seien nicht Gott, ganz bestimmt nicht. Wozu also spiele sie so?

Mit einem Seufzer schüttelte sie den Kopf. ‚Du bist ein Kind, Maria. Du bist ein Kind, das nichts versteht. Nirgendwo habe ich so gespielt wie hier, wie vor denen hier. In den größten Konzertsälen in Wien, Brüssel oder Paris nicht. Nirgendwo, niemals.‘

Wieder hielt sie mich in Schach, indem sie mir Dinge erzählte, die ich nicht überprüfen konnte, die jenseits meines Erfahrungshorizontes, außerhalb meines Kenntnisbereiches lagen. Und alles nur deshalb, um nicht die Geige in die Hand nehmen zu müssen. Sie war gemein, denn sie verweigerte mir etwas, für das ich bezahlt hatte. Ich zuckte verächtlich und zweifelnd mit den Achseln: Konzertsäle? Was das denn schon wieder sei? Vielleicht so etwas wie Orgeln? Von denen habe sie auch gesagt, dass es sie gibt, obwohl sie in Wirklichkeit niemand gesehen hat.

Und während ich so redete, bemerkte ich, dass ich sie getroffen hatte, dass sie bis ins Mark erschüttert war. Sie begann, mit dem Kopf zu zittern und ihre kurzen, spröden Haare, durchzogen von silbernen Fäden, welche an glitzerndes Engelshaar am Weihnachtsbaum erinnerten, funkelten im Licht der schwachen Glühbirne wie ein Feuerwerk. Entmutigt sagte sie: ‚Ich weiß es nicht, ich weiß es selbst nicht. Immer öfter scheint mir, dass außer dem, was hier ist, nichts jemals irgendwo war, dass nur das hier schon immer existiert hat und existieren wird …‘ Plötzlich und mit einer ungeheuren Heftigkeit widersprach sie sich selbst: ‚Nein, nein! Wenn ich es nicht weiß, dann nur deshalb, weil sie etwas mit meinem Kopf gemacht haben, mit meinem Gehirn, deshalb wahrscheinlich!‘

Natürlich hätte ich das erwarten können, ich hätte ahnen können, wie das endet. Immer, wenn sie sich vor der Antwort drücken wollte, wenn sie es vermeiden wollte, der Wahrheit ins Auge zu sehen, berief sie sich auf diese Experimente. Ich sagte ihr das – mit entsprechender Ironie. Sie übertönte mich: ‚Wenn diese Experimente nicht wären, dann wüsste ich es! Ohne die Spur eines Zweifels wüsste ich es und würde es laut herausschreien, so laut wie nur möglich, dass es all das gab! Ja, dass es das gab!' Ich kicherte mit komödiantischer Übertreibung: ‚Aber Sie wissen es nicht.' Sie herrschte mich an: ‚Ich weiß es nicht?! Aber *sie* weiß es!' Sie griff nach der Geige und strich mit dem Bogen über die Saiten, wobei sie die gleichen Töne der *Sonate* hervorbrachte wie zuvor, aber als ich in diese Musik eintauchen wollte, die so lieblich war wie eine Lagune bei Sonnenuntergang, als ich weich einsinken wollte, mich ins Zuhören vertiefen wollte, wechselte sie plötzlich zu einer der Melodien, die in der Sauna gespielt wurden und die bei der Oberaufseherin und beim Lagerführer und Konsorten beliebt waren, Arien, Arietten und Csárdás von Monti, Lotti und Kálmán, und schuf daraus eine überaus gelungene Mischung, ein konzentriertes Potpourri *à la manière hitlérienne*, wie ich heute sagen würde, voller Energie, Geistes- und Körperkraft, einen Cocktail der Macht.

‚Achte auf dieses Leitmotiv, Maria, es ist so voller Ruhe', das war die Fortsetzung deines Kommentars, denn du warst immer noch bei der *Sonate für Violine und Orgel* und hörtest das Potpourri nicht, das Alma improvisierte.

Sie spielte leidenschaftlich und verzweifelt, um zu beweisen, und zwar sicherlich eher sich selbst als mir, dass nicht alles hier begonnen hatte und somit auch nicht alles hier enden würde. In dem grausamen Wunsch, dieser Beweis möge sich hinziehen, so lange wie möglich, rief ich, dass ihr Erinnerungsvermögen beeinträchtigt sei und dass man sich auf ihre Aussagen nicht verlassen könne. Ich habe aber wohl etwas übertrieben, denn Alma legte die Geige beiseite. Mit zorniger Verachtung rief sie: ‚Mein Gehirn ist beschädigt, aber nicht meine Hände. Meine Finger haben nicht das Gedächtnis verloren. Mit ihnen haben sie nichts gemacht. Nur mit dem Gehirn. Sie waren großzügig. Sie haben mir die Finger gelassen. Sie haben mir eine Chance gegeben.' Ich spottete: ‚Um sich auf der Geige das Leben zu erspielen? Als ich klein war, hat meine Mutter mir aus der Heiligen Schrift vorgelesen. Wenn ihr die Märchen und die heimischen Sagen über Geister, Gespenster und Feen ausgingen, griff sie auf die Erzählungen der Bibel zurück. Eine davon, die Geschichte von Daniel, der in die Löwengrube geworfen wurde, hat mich sehr bewegt. Sie sagen die Wahrheit, wenn Sie behaupten, dass Sie hier spielen wie niemals und nirgendwo vorher. Ich begreife das. Dieser Daniel hat inmitten der Raubtiere bestimmt Lieder zum Herrn gesungen so wie niemals und nirgendwo vorher. Deshalb haben die Tiere ihn verschont. Sie haben sich ihm demütig zu Füßen gelegt. Sie haben ihn nicht angerührt, weil er gesungen hat. Und ich verstehe sie. Ich hätte es auch so gemacht, wenn ich so eine wilde, blutrünstige Bestie wäre … Ich verstehe sie sehr gut, diese Löwen.' In diesem Moment lachte Alma unerwartet los, wie manchmal, wenn sie aus meinem Mund etwas vernahm, was sie verblüffte. Sie zerzauste mir mit ihrer Hand die Haare. ‚Ich habe gewusst, dass du eine von denen bist, die die biblischen Löwen verstehen. Deshalb tauchst du mit dieser Suppe hier auf, mit einem Stück Margarine, mit einem Apfel oder sogar, wie es einmal vorgekommen ist, mit einer Tomate. Du bist hungrig nach Musik, so wie andere hungrig nach Brot sind.' Ich widersprach nicht, im Gegenteil. Sollte sie ruhig wissen, warum ich mich so bemühte. Umsonst würde sie mir bestimmt nicht vorspielen. Hier machte keiner irgendwas umsonst. Ich war eine ziemlich alte Nummer, ich wusste, wovon ich sprach. ‚Reichen dir die Konzerte am Lagertor nicht?', fragte sie sanft. ‚Nein', erwiderte ich. Ich wolle die Stücke hören, die sie für die da nicht spielt. Solche, wie das Stück heute, für Geige und Orgel, die nicht vorhanden ist. Das sind andere Stücke als die sonst. Sie sind ruhig wie das Wasser in einer Lagune.

Sie setzte sich mir gegenüber und sah mich eine Weile an, ihre wunderschönen Augen glänzten. ‚Weißt du, mein Kind, was wir machen? Komm abends, dann, wenn ich übe. Ich muss dann nicht heimlich spielen und die Lautstärke dämpfen, zu üben ist mir schließlich erlaubt, ich muss es sogar. Ja, komm. Du setzt dich in die Baracke und dann kannst du zuhören. Das werden private Konzerte sein für die, die mir am nächsten stehen. Für die, die nicht vergessen wollen, wer sie waren. An diesen Abenden werden wir zu uns selbst zurückkehren, zu uns, wie wir früher waren. Wir werden zueinander nicht du sagen. Wir werden Damen sein.'

Das klang zu schön. Ich musste auf der Hut sein, damit ich nicht, nachdem ich so viel erhalten hatte, später alles wieder loswerden würde. Also fragte ich, was sie dafür wolle. Denn ich bekäme keine Päckchen. Es gebe niemanden, der mir welche schicken könnte. Meine Eltern seien auf der Stelle umgebracht worden, als man uns mitnahm, andere Verwandte hätte ich nicht … Sie protestierte heftig und wohl auch aufrichtig: ‚Red keinen Blödsinn, Maria! Sage ich was von Päckchen? Sogar für eine Portion Brot, dieses normale Brot von hier, spiele ich dir was vor, so was wie dieses Wasser in der Lagune. Was denn? Du gibst es mir nicht?' Ich sagte, dass es mit dem Brot am schwierigsten sei. Ich konnte mich doch nicht gleich mit allem, was sie wollte, einverstanden erklären, denn dann würde sie den Preis erhöhen und am Ende käme heraus, dass ich mir das nicht würde leisten können, was sie mir so großzügig anbot.

Alma war enttäuscht und fast den Tränen nahe: ,Das ist schwierig für dich? Ist das möglich? Du bist doch schon so lange hier und hast verlässliche Beziehungen. Das hast du selbst gesagt. Du hast diesen Freund, der so viel für dich tut.' Sie wurde nachdenklich und sagte schließlich sehnsüchtig: ,Ich weiß nicht, wie es ist, hier jemanden zu haben, aber ich kann mir vorstellen, dass das viel mehr, sehr viel mehr bedeutet als in der Freiheit. Erzähl mir etwas über ihn, ja?', bat sie. Es rührte mich, dass sie das Feilschen, das Festlegen des Preises vergessen hatte, dass sie meinen Freund erwähnte. Ich sagte, dass er den schönen polnischen Namen Tadeusz habe und dass er für mich … Sie unterbrach mich: ,Erlaube mal, der Name ist schön, aber nicht polnisch.' Wieder gestand sie mir etwas nicht zu. Vorhin das Tal Joschafat, jetzt Tadeusz. Aber ich wollte nicht streiten. Sie konnte ja *Pan Tadeusz* nicht kennen, sie konnte nicht wissen, dass unser Nationaldichter seinem Helden nicht diesen Namen gegeben hätte, wenn er nicht polnisch gewesen wäre. Sie wollte ebenfalls nicht streiten. Versöhnlich sagte sie: ,Der Name ist sehr alt, älter als dein Volk. Er ist mit dem Christentum nach Polen gekommen. Aber wenn du ihn für polnisch hältst, soll er polnisch sein.'

Ach, Karol, das, was ich hörte, war so außergewöhnlich. Alles, was mit Alma zusammenhing, war außergewöhnlich. Nicht nur ihre Musik, auch ihre Worte, ihre Augen, ihre Hände, ihr Kopf … Dieser Kopf, an dem Experimente vorgenommen worden waren. Weißt du, als ich mich daran gemacht habe, diesen Brief an dich zu schreiben, diesen Brief, der mein Weggehen erklären soll, habe ich einen Plan für die einzelnen Kapitel entworfen, so wie das vermutlich Schriftsteller tun. Im ersten Kapitel sollte es um Alma gehen, im zweiten um Tadeusz, im dritten um Enni und ihre Schwester. Aber nun habe ich die Themen schon vermischt, ich habe von Tadeusz erzählt, ohne die Sache mit unseren oder – besser gesagt – deinen nachmittäglichen Konzerten zu Ende gebracht zu haben, also gut, ich bleibe bei dieser Methode, ich werde dir von ihm erzählen mit den Worten, die für Alma vorgesehen waren und die durch deine nachmittäglichen Konzerte immer noch lebendig sind, auch wenn sie gemäß Tadeusz' Gebot aus dem Gedächtnis hätten gelöscht werden, verworfen, vergessen werden sollen, so wie alles, was mit jenem Teil des Lebens, was mit dem Konzentrationslager zu tun hatte.

Entschuldige, Karol, dass ich mit einer Feststellung beginne, die dir sicherlich banal vorkommen wird, wie allen, die nicht dort gewesen sind, die jedoch für uns Häftlinge das oberste Gebot war, die grundlegende Wahrheit in unserem Überlebenskodex. Überleben, und zwar in jeglichem Sinne, nicht nur im physischen, konnte man dort nur durch die Liebe. Die Liebe und alle ihre Erscheinungsformen: Brüderlichkeit, Freundschaft, Barmherzigkeit. Ob man das Objekt oder das Subjekt der Liebe war, ob man geliebt wurde oder liebte, eine Person oder mehrere und in welchem Maße, das spielte keine Rolle. Die Liebe an sich bewahrte das Menschliche im Menschen. Deshalb war sie streng verboten. Jede Form der Liebe, nicht nur die sexuelle. Auch die familiäre Liebe. Der gefährlichste Widersacher der Ordnung im Lager war die Liebe. Sie erinnerte die zu einem viehischen Dasein, zu einem allmählichen Sterben in absoluter Verzweiflung verurteilten Menschen an das göttliche Moment in ihnen und machte sie durch ihre heimliche Freude stark gegen das Grauen des kommenden Tages, sie füllte die Augen derjenigen, die ihre Peiniger ansahen, mit Stolz: Ihr habt nie etwas Ähnliches gefühlt, ihr werdet nie etwas Ähnliches fühlen, ihr könnt uns umbringen, das aber könnt ihr uns nicht nehmen, dafür seid ihr zu schwach, zu klein. Die Liebe – die verborgene, ewig sprudelnde Quelle der Kraft.

Tadeusz war meine Rettung. Heute, nach so vielen Jahren in einer Welt, in der es ihn nicht mehr gibt, weiß ich nicht, ob diese Liebe arm oder reich war, klug oder dumm, ich weiß nicht, ob er mich geliebt hat, ob er mich geliebt hat im Sinne dieses Wortes, wie er hier, in dieser Welt gilt, nicht in jener Welt, in jenem mit Stacheldraht umgebenen Jammertal, wo die Liebe sich nicht auf körperlicher Ebene erfüllen konnte, ob er, dieser reife Mann, dieser gebildete, erfahrene Mensch, mich überhaupt lieben konnte, mich, dieses ungehobelte und wilde junge Ding. Und ich weiß auch nicht, ob er, wenn er überlebt hätte, bei mir geblieben wäre. Ich weiß es nicht. In seinem letzten Brief, den er schrieb, ohne vorauszuahnen oder vielleicht doch vorausahnend, dass dieser sein Vermächtnis sein würde, war ein seltsamer Gedanke enthalten, ein bewegender Ratschlag, nämlich dass wir, wenn wir aus dieser Todesfabrik mit dem Leben davonkommen würden, alles vergessen müssten, was sich mit dieser Zeit unseres irdischen Daseins, mit diesem Ort der Erdkugel verband, das Böse wie das Gute, dass wir uns von allen

Erinnerungen lossagen, die Toten und auch die Lebenden aus unserem Gedächtnis löschen müssten. Ich weiß also heute nicht, unter dem Gesichtspunkt dieser letzten Empfehlung betrachtet, welcher Art jenes Gefühl war, mit dem er mich bedachte. Vielleicht war es nicht die Liebe eines Mannes zu einer Frau, sondern eine allumfassende Barmherzigkeit, ein großes Mitleid, das Ähnlichkeit mit der Liebe hat und das ihm befahl, mich auf diese und keine andere Weise zu retten. Damals, als ich Alma von Tadeusz erzählte, habe ich mich mit derartigen Fragen nicht beschäftigt. Ich wusste nur, und das war über alle Zweifel erhaben, dass er meine Rettung war.

Und eben das wollte ich ihr anvertrauen, aber ich habe wahrscheinlich zu pathetisch begonnen, denn sie wurde ungeduldig. ‚Ich weiß, ich weiß, was er für dich ist! Er nimmt durch Geschenke die Kapo für dich ein, er schützt dich vor Schikanen, er schickt dir gute Sachen zum Essen. Deshalb sage ich ja, dass diese Portion Brot für dich überhaupt kein hoher Preis ist', stieß sie hervor. Sie kränkte mich, sie verletzte mich sehr, so wie ich sie zuvor damit gekränkt hatte, dass ich ihr geistige Schwäche vorgehalten hatte. Also brüllte ich, ja, ich brüllte, dass es nicht darum gehe, sie solle nicht alles aufs Fressen reduzieren! Jedem das Seine, aber für sie gehöre sich so etwas nicht!

Die erschrockene Übersetzerin zischte, dass ich mir zu viel herausnehme, und sie erhob sich sogar und zeigte sich bereit, mich aus der Baracke hinauszuführen. Alma gab aber nicht die Erlaubnis dazu. Sie saß da, die Ellbogen auf den mit Noten bedeckten Tisch gestützt, das Gesicht in den Händen haltend. Die halb geschlossenen Lider waren braun und ich dachte, dass bestimmt ihre schwarzen Augen durch die dünne Haut hindurchschimmerten. ‚Entschuldige bitte, das hätte ich nicht sagen sollen', flüsterte sie und mit einem Wink schickte sie die Übersetzerin weg. Hätte auch ich gehen sollen? Ich tat es nicht. Im Raum herrschte Schweigen, das durch das leise Stimmengewirr, welches aus der Baracke kam, noch stärker hervortrat.

Ja, hier ging es zivilisiert zu, die Blockälteste hob nie den Stock und wurde nie laut, der Stubendienst klaute nicht die Rationen, vielleicht gab es auch keine Ratten und Wanzen? In so einem Block zu leben, bedeutete, wieder ein Mensch zu sein, neu geboren zu werden. Die hier konnten höflich miteinander umgehen, mussten nicht mit neidischen Blicken die Schöpfkelle beäugen, die in die Schüssel der Kameradin mehr Eintopf hineinfüllte, mussten sich nicht schnell mit einem gerade erstandenen Paar Socken oder Handschuhen verstecken. Die hier konnten Menschen sein. Damen, wie Alma gesagt hatte, die immer noch, das Gesicht in die Hände gestützt, dasaß und meine Anwesenheit vergessen hatte oder vorgab, sie vergessen zu haben, vielleicht, um mich auf diese Weise zum Gehen zu zwingen und sie allein zu lassen? Aber ich wollte nicht gehen. Und das hatte in dem Moment schon gar nichts mehr mit der Musik zu tun. Oder womöglich doch, allerdings mit einer anderen Musik, mit der, die in mir erklang, jedes Mal, wenn ich das im Ausschnitt versteckte Papierröllchen berührte. Das wollte ich Alma sagen, nur ihr, niemandem sonst. Daher kümmerte es mich nicht, dass ich ihre Ruhe störte. Ich entschuldigte mich bei ihr dafür, dass ich so aufbrausend gewesen war. Sie solle mir erlauben, mich zu erklären, vielleicht würde sie mir dann verzeihen. Und ich zog aus dem Ausschnitt das aus einem Notizheft stammende, kleine Blatt Papier hervor, das an den Faltstellen schon eingerissen war. ‚Sehen Sie, wertvoller als die Lebensmittelsendungen sind die Briefe von ihm.' Sie sah mich an. ‚Briefe? Ich habe nicht gewusst, dass es erlaubt ist, von einem Lager ins andere Briefe zu schicken.' Ich erläuterte ihr, dass dies keine offiziellen Briefe seien, sondern Kassiber. Die seien geheim und selbstverständlich verboten. So wie auch alle anderen Kontakte. Ich faltete das Blatt auseinander und hielt es ihr unter die Nase. Sie las das erste Wort: Mariechen. ‚Er nennt dich Mariechen?', fragte sie und in ihren Augen erschien erneut jener Glanz von vorhin. ‚Das ist hübsch.' Und vor Glück und Stolz über diesen durchgeschwitzten und kaum lesbaren Papierfetzen brachte ich ein Geständnis über die Lippen: ‚Diese Briefe sind wie das, was Sie spielen. Wie ein Sonnenuntergang im Wald oder das Wasser in jener Lagune. Ich kann sie auswendig, ganz genau, Wort für Wort. Beim Appell, wenn es so schwerfällt, stehen zu bleiben, berühre ich die Stelle auf meiner Brust, da, wo dieses Blatt ist, und die Schwäche verlässt mich. Ich sage mir diese Worte vor und schon denke ich nicht mehr an das Stehen, ich spüre es nicht mehr. Begreifen Sie, was das für eine Kraft ist? Andere sprechen Gebete, ich spreche diese Worte. Andere hören die Stimme Jesu, ich höre seine Stimme, die ich in Wirklichkeit nur einmal gehört habe. Ich höre seine Briefe. Auf diesem Blatt hat er mir Folgendes geschrieben:

‚Mariechen, heute hat unser Kommando im Wald Gräben gegraben. Die Heide blüht. Die ganze Zeit habe ich daran gedacht, dass ich dich, wenn wir hier rauskommen, zu einem Berg bringe, den ich kenne, wo die Heide bis zu den Knien hoch wächst und so dicht ist wie Klee. Wir werden dorthin gehen und uns in die Heide legen und zuhören, wie sie flüstert, und ich werde dir dieses Flüstern übersetzen.'

Das habe ich heute bekommen. Zusammen damit.' Ich zeigte ihr einen kleinen Zweig Heidekraut. Sie nahm ihn vorsichtig in die Hand und sah die lilafarbenen glockenförmigen Blüten mit einem Ausdruck von Ungläubigkeit und Verzückung an.

,Ich verstehe. Deshalb wolltest du Musik hören, die wie ein Sonnenuntergang im Wald ist', sagte sie leise. Ich gab zu: ,Ja, ich wollte diese Heide hören.' Ich sah begierig auf den glänzenden Gegenstand, der sich in Reichweite von Almas Arm befand, welcher regungslos dalag, als ob er gelähmt sei. Auf mein ungestilltes Verlangen reagierte Alma mit einer auf einmal kühlen und abweisenden Stimme. ,Heute gibt es nichts mehr. Gleich ist Lagersperre. Es kann eine Kontrolle stattfinden. Bitte komm morgen wieder. Und bring eine Ration Brot mit. Na gut, es kann auch eine halbe Ration sein und irgendwas dazu.' Ihre Unnachgiebigkeit verbitterte mich. ,Wenn er wüsste, was ich mit seinem Brot mache, wofür ich es hergebe …' ,Oh, das ist ein sehr günstiger Preis, Maria. Sucht kostet eben.' Sie lachte unangenehm. Ich wusste nicht, was sie mit Sucht meinte, also schwieg ich und sie fügte hinzu: ,Denn du bist musiksüchtig, Kindchen. So wie der Alkoholiker es nicht ohne Alkohol aushalten kann, der Raucher nicht ohne Tabak, so kannst du es nicht ohne Musik aushalten. Das ist übrigens erstaunlich. Wie ist es eigentlich dazu gekommen, da du doch in deinem Forsthaus noch nicht einmal ein Radio hattest?' Also sagte ich ihr, wie es dazu gekommen war. Dass es hier geschehen sei. Und damit hatte ich Erfolg, ich machte Eindruck. ,Hier?', wiederholte sie irgendwie ängstlich. Ich bejahte und erzählte genauer, wie es dazu gekommen war.

,Das ist an dem Tag geschehen, an dem ich zum ersten Mal durch das Lagertor ging. Im Stammlager, Auschwitz I genannt. Das Lager hier gab es damals noch nicht. Die Rampe auch nicht. Unser Transport kam an dem normalen Bahnhof an, das war eine kleine Station, so wie die Stationen, an denen man immer ausstieg, wenn man in die Ferien fuhr. Nur dass uns diesmal nicht Verwandte empfingen, nicht der Großvater mit dem grauen Pferdchen an der Deichsel und auch nicht die Leitung der Ferienkolonie, sondern sie, mit hechelnden Schäferhunden an der Leine. Und sie stellten uns in Fünferreihen auf.' ,Fass dich kurz, Kindchen, ich habe schreckliche Kopfschmerzen', stöhnte Alma. Aber als ich Anstalten machte, zu gehen, hielt sie mich zurück: ,Nein, nein, du sollst mir doch erzählen, wie es gekommen ist, dass …' Also ging ich sofort zu dem über, was sie interessierte:

‚Als unser Transport, bereits umgezogen und verwandelt, auf die Zuteilung der Nummern wartete, kam durch die andere Tür die nächste Gruppe in die Sauna. Die war ganz ohne Kleidung, völlig nackt. Das waren alles junge Frauen. Eine von ihnen schrie, dass sie keine Prostituierte sei, dass sie kein Recht hätten, sie so zu behandeln, dass sie Sängerin sei, Künstlerin, dass die Menschheit Künstler achte, auch die Deutschen hätten sie immer geachtet … Da befahl der Lagerführer ihr, zu beweisen, dass sie wirklich eine Sängerin sei. Sie solle etwas singen, bitte sehr. Und sie sang. So, wie sie dort stand, nackt, mit unter dem Bauch verschränkten Armen. ‚War das Enni?', frage Alma kaum hörbar. ‚Ja, Enni. Und das hat sie ihnen vorgesungen.' Bevor Alma einschreiten konnte, stellte ich mich so hin, wie Enni vor einigen Monaten dagestanden hatte, und sang das, was sie gesungen hatte: *Lippen schweigen, 's flüstern Geigen: Hab mich lieb*. Alma, die sich sofort die Ohren zugehalten hatte, nahm ihre Hände wieder weg. ‚Oh Gott, du hast eine Stimme …', flüsterte sie erstaunt. ‚Und du singst auf Deutsch? Durch welches Wunder das denn?' Ich erwiderte, ohne jegliches Wunder, ganz normal, könne man denn anders als auf Deutsch singen? ‚Natürlich, ja!', schrie sie. Also schrie auch ich, dass das nicht wahr sei, dass sie lüge, dass sie schon wieder lüge, dass sie immer lüge, sie halte mich für eine Wilde und mache sich lustig über mich, ich aber sänge so, wie die ganze Welt singe! Und ich setzte an der Stelle fort, an der sie mich unterbrochen hatte: *Jeder Druck der Hände deutlich mir's beschrieb …* In diesem Moment waren in der Nähe Trillerpfeifen und Hundegebell zu hören, die verschreckte Torwache stürzte herein. ‚Frau Alma, sie könnten hierherkommen.' Alma legte ihre Hand auf meinen Mund. ‚Sei still, um Gottes willen! Wenn sie in den Block kommen, was sage ich ihnen dann? Wie soll ich deine Anwesenheit erklären? Du gehörst nicht zum Orchester.' Seelenruhig nahm ich ihre Hand weg. ‚Wozu diese Panik? Sie sagen ihnen einfach, dass ich dazugehöre. Oder dass ich dazugehören werde. Dass Sie mich prüfen oder dass Sie mich vorbereiten, oh ja, am besten so. Sie sagen, Sie geben mir gerade Gesangsunterricht.' Alma trat einen Schritt zurück, strich sich mit der Hand über die Stirn, als würde sie sich den Schweiß wegwischen. ‚Singen? Du würdest gerne singen? Hier, Maria? Hier?' Ich fragte: ‚Und Sie? Sie können hier spielen?' ‚Ich habe nichts zu verlieren. Aber du … Du bist siebzehn Jahre alt und das Leben liegt noch vor dir. Du darfst hier nicht singen, wenn du eine andere Chance hast zu überleben. Das darfst du nicht!' Sie schüttelte mich und sprach weiter so, aber ich wollte den Sinn ihrer Worte nicht erfassen, ich wollte das überhaupt nicht hören, ich verstand, dass sie versuchte, mich loszuwerden, mich abzuwimmeln, weil sie im Orchester genug Sängerinnen hatte und weil sie jeden Tag gezwungen war, diejenigen wegzuschicken, die, wie sie es ausgedrückt hatte, keine andere Chance hatten zu überleben. Also flehte ich sie an und versprach, ihr alles zu geben, was ich bekam, nicht nur Brot, sondern auch Margarine und Wurst und andere zusätzliche Sachen, die ich ergattern konnte, wenn ich nur zu ihnen gehören dürfte, eine von ihnen sein dürfte, inmitten der Instrumente sein, sie hören, sie mit meinem Gesang begleiten dürfte. Das ist mein Leben, nur das, sie soll mir von keinem anderen Leben erzählen, das irgendwo irgendwann auf mich wartet! Das interessiert mich nicht, das geht mich nichts an. Musik ist mein Leben und die Musik ist hier, in diesem Block, hier, wo sie ist, bei ihr, in ihr. Sie soll sie mir nicht verwehren, sie soll mich Bittstellerin nicht abweisen, sie soll mich zum Altar vorlassen! – Und ich setzte mich durch, ich überzeugte sie. Alma sagte: ‚Genug. Es reicht.' Dann klopfte sie mit den Fingerspitzen auf die Noten, die auf dem Tisch lagen. ‚Wenn du das hier kannst, dann vielleicht. Wer weiß?'

Als ich mich heimlich aus dem Block schlich, spielte Almas Geige, spielten alle Streicher, alle Instrumente des Orchesters des Frauenlagers und auch die Orgel, die es nicht gab, die es nirgends gab, wenn es sie hier nicht gab, alle Orchester von allen Lagern spielten mir einen Triumphmarsch, eine Siegeshymne.

Und da sagtest du: ‚Und hier wieder dasselbe Leitmotiv, jetzt bloß leiser, ruhiger. Wie ein Mensch, der stürmische Zeiten in seinem Leben überstanden hat.'"

Er war nicht mehr so besorgt, wie er es nach dem ersten Gespräch eine Zeit lang gewesen war. Die Unruhe der letzten Tage wurde überlagert von der Müdigkeit infolge der Reise und versetzte seinen Geist in den Zustand einer gesegneten Apathie. Es kümmerte ihn nun wenig, ob er einen Brief von Maria bekommen hatte oder nicht. Und die deutliche Besorgnis der Ärztin auf die Mitteilung hin, dass er keinen bekommen hatte, gab ihm auch nicht zu denken. Eine starke Schläfrigkeit überkam ihn und erstaunt und beschämt stellte er fest, dass es eben so ist: Den Menschen trifft ein Unglück, aber dennoch möchte er schlafen, trinken und essen. Er sah sich im Zimmer um, es war hoch – wie alle Räume in den Wohnungen dieser herrschaftlichen Häuser aus dem 19. Jahrhundert – und trotz der beiden großen Fenster eher dunkel. Hervorgerufen wurde dieser Eindruck wohl durch den abgetretenen Fußboden und die Wände, die dringend einen neuen Anstrich brauchten und mit Bildern und Teppichen behängt waren. Das Zimmer war sehr vollgestellt. Es überwogen Möbel im Louis-Philippe-Stil, eine Wand wurde von Bücherschränken eingenommen, in der Ecke machte sich eine Palme breit, sie war schon keine Zimmerpflanze mehr, sondern ein Baum, in einem Topf von der Größe eines Waschbottichs, weit ausladend stieß sie oben an die Stuckdecke und verbarg mit ihren Zweigen die Wand. In der Mitte der Stuckrosette hing ein Jugendstilkronleuchter, ein echtes Prachtstück an Bronzekunst in Gestalt eines Straußes von Waldglockenblumen, deren Blütenkelche raffinierte Lampenschirme aus buntem Glas waren.

„Solche Wohnungen sieht man jetzt kaum mehr", sagte er, als die Ärztin mit einem Tablett hereinkam.

„In Warschau bestimmt nicht", pflichtete sie bei und faltete ihre Serviette auseinander. „Hier übrigens auch nur mehr in so einem Zustand, wie dem, den Sie sehen. Die Möbel aus fünf Zimmern mussten in zwei passen. Ich musste vieles verkaufen. Damit habe ich mir die Reise auf der Transilvania finanziert." Sie lächelte. „Meine Mutter hat geweint. Besonders leidgetan hat es ihr um den Sekretär."

„Ich kann sie verstehen. Mir hätte es auch leidgetan", sagte er, um irgendetwas zu sagen.

„Mir nicht. Ich hänge nicht an Dingen."

Sie schob ihm die Zigaretten hin und steckte sich selbst eine an.

„Ich bin Psychiaterin und wissen Sie, wie Psychiater enden? Sie wissen es, bitte tun Sie nicht so, als ob Sie es nicht wüssten. Alle wissen es. Was kümmern mich also die Dinge, selbst die allerschönsten? Reisen, das ist etwas anderes. Das, was man gesehen hat, nimmt man mit. Überallhin. Auch in die Gummizelle."

Er schwieg. Er wusste nicht, was er antworten sollte. Er war verlegen. Und zugleich war er beunruhigt durch diese offen und sogar ostentativ bekundete Gleichgültigkeit gegenüber der drohenden Gefahr. Was wollte sie erreichen? Wollte sie ihm zu verstehen geben, dass es eine gewöhnliche, beinahe normale Sache sei, sich jenseits der Normalität zu befinden? Dass man darüber ganz ruhig und mit einem Lächeln sprechen könne?

Er glaubte nicht, dass Maria so ein Fall war. In ihm herrschte die tiefe, unbewusste Überzeugung, dass diese Art von Krankheit sie nicht betraf. Ihre plötzliche Abreise von Zuhause, das war eine Laune, eine unberechenbare, grausame Laune, aber sie bewies noch keine psychische Störung. Vielleicht wollte sie ihn für irgendein Vergehen bestrafen, das er sich hatte zuschulden kommen lassen, natürlich unabsichtlich, aber immerhin doch. Joanna hatte ihn gebeten, er möge in den Briefen an seine Frau nicht über Musik schreiben. Auf diesem Gebiet war also die Ursache des Traumas zu suchen.

War er zu oft weggefahren, hatte er sie zu oft allein gelassen? Oder war Maria einfach nur eifersüchtig auf die Musik? Das wäre eine völlig banale Sache, wie sie häufig bei Ehepaaren vorkommt, wenn der Mann seinen Beruf nicht bloß als Möglichkeit zum Geldverdienen betrachtet. In ihrer Beziehung aber war das nicht denkbar. Auf der anderen Seite jedoch würde das am ehesten Marias Schweigen erklären. Sie konnte ihre Gefühle nicht offenbaren, wollte sie sich nicht zu den ihnen beiden bekannten Kleingeistern zählen, für die sie nur Mitleid übrighatte.

Aber, in Gottes Namen, irgendein Ausweg musste sich doch finden lassen. Und würde sich gewiss auch finden lassen, wenn er Maria sehen könnte. Wenn Joanna es nicht verbieten würde. Bis jetzt war er folgsam gewesen und hatte sich an das Verbot gehalten. Immer öfter aber erfassten ihn Ungeduld und Zorn. Er begann zu glauben, dass die Ärztin ihn in die Irre führen wollte. Nun war er also gekommen, sie hatte ihm nämlich in ihrem letzten Brief geschrieben, dass sie mit ihm persönlich sprechen müsse. Aber er dachte nicht daran, sich ihren Ratschlägen zu fügen. Als er ankam, hatte er beschlossen, nicht nur Widerspruch gegen jegliche Unterstellungen hinsichtlich des gesundheitlichen Zustands seiner Frau zu leisten, sondern auch – mit Zustimmung der Ärztin oder ohne – zum Sanatorium zu fahren, sich mit Maria zu treffen und sie mit nach Hause zu nehmen. Sie war ja keine Patientin, also musste er auch niemanden um Erlaubnis fragen. Sie war keine Patientin. Diese Tatsache sprach für sich.

Es gab wahrscheinlich, es musste sie geben, objektive Tests, auf deren Grundlage darüber entschieden wurde, ob jemands Reaktionen und Verhalten von dem abwichen, was psychische Normalität genannt wird. Drei Wochen aber waren ein ausreichender Zeitraum, um das zu erkennen, um eine Diagnose zu stellen, um den Verlauf der Behandlung festzulegen. Wenn Maria also weiterhin im Gärtnerhäuschen wohnte, ohne ärztliche Aufsicht und Betreuung, allein …

Plötzlich kam ihm ein absurder Gedanke: Sie hatte hier jemanden. Einen Moment lang wusste er nicht, wie ihm geschah, wo er war, wie er hierhergeraten war. Er sah das Deck der Transilvania und Joanna im Kreis einiger Männer. Ja, das war diese Ärzteclique, mit der sie die Reise unternommen hatte. Er hatte alle kennen gelernt, aber er konnte sich an niemanden erinnern. War nicht einer dieser Männer ein Kollege von Joanna aus ihrem Krankenhaus gewesen? Warum diese Flucht ausgerechnet zu ihr, warum bei ihr die Suche nach Rettung? Auf einmal erschien ihm alles völlig klar. Und abscheulich. Wenn Maria Hilfe brauchte, hätte sie auch in Warschau genug Ärzte dieses Fachgebiets finden können.

Umständlich und pedantisch drückte er im Aschenbecher seine Zigarette aus und achtete darauf, dass seine Hand dabei nicht zitterte. Die Ärztin, die in dem großen Ledersessel noch zarter und kleiner wirkte, kam ihm in diesem Moment wie eine teuflische Kupplerin vor. Warum schwieg sie? Suchte sie nach Worten, um ihm das mitzuteilen, was er soeben erst geistesblitzartig selbst erraten hatte? *Maria kehrt nicht zu Ihnen zurück. Nicht weil sie krank ist, sondern weil sie jemanden kennen gelernt hat ...* Er streckte die Hand nach dem Zeitungsstapel aus, der auf einem niedrigen Tischchen unter einer Lampe lag, und nahm das oberste Blatt.

„Ist das diese neue Wochenzeitung?", fragte er, bedacht darauf, dass er seine Aufregung nicht verriet. „Ich habe sie noch nicht gesehen."

Es schien, dass er sie aus ihren Gedanken gerissen hatte, denn sie antwortete nicht sofort.

„Ja. Sie ist anstelle des *Przegląd Kulturalny* entstanden."

„Ist sie genauso gut?"

Sie zuckte ein wenig mit den Achseln.

„Irgendetwas muss man lesen."

Er bemerkte, dass er sie überrumpelt hatte, begann aber trotzdem oder vielleicht gerade deshalb, die Zeitschrift durchzublättern. Da stand die Ärztin auf, holte aus der Schublade des Schreibtisches ein Notizbuch heraus und kehrte zu ihrem Platz zurück.

„Man könnte meinen, dass Sie sich aus Warschau nur deshalb hierherbemüht haben, um von mir Informationen über die Zeitschrift *Kultura* zu bekommen", sagte sie eher scherzhaft als ironisch.

Er ignorierte ihre Bemerkung. Er beschloss, auf der Hut zu sein, es ihr nicht leicht zu machen, sich nicht provozieren zu lassen. Der Gedanke an seine Frau, die in dem abgeschiedenen Gärtnerhäuschen vielleicht eine romantische Affäre hatte, brachte ihn durcheinander.

„Ich habe mir erlaubt, Sie um dieses Treffen zu bitten", die Ärztin sah in ihr Notizbuch, „weil mir einige Elemente fehlen, um eine Diagnose stellen zu können."

„Oh, es gibt also schon eine Diagnose?", sagte er.

„Erstaunt Sie das?" Sie sah ihn ohne zu lächeln an.

Er hielt sich mit einer Antwort zurück. Und so fuhr sie nach einer Weile fort:

„Ich habe Sie eingangs gefragt, ob Sie von Ihrer Frau einen Brief oder Briefe bekommen haben. Sie haben das verneint."

„Hätte ich welche bekommen sollen? Heißt das, Sie wissen, dass sie abgeschickt wurden?"

„Ich weiß, dass sie geschrieben wurden. Vor ein paar Tagen habe ich Maria gefragt, ob sie will, dass ich sie zur Post bringe. Ich spreche über Briefe, denn ich habe mehrere Umschläge mit Ihrer Adresse gesehen. Sie hat mir geantwortet, dass sie sie selbst zum Briefkasten bringen wird. Das hat mich etwas gewundert, denn sie geht nie so weit fort. Und vor allem wagt sie sich bei ihren Spaziergängen nicht bis zum Hauptgebäude, wo sich der Briefkasten befindet."

„Hat sie Angst davor?", fragte er entgegen seinem Vorsatz, sich möglichst zurückzuhalten.

„Sie hat Angst vor dem, von dem ich Ihnen schon in meinen Briefen berichtet habe. Vor Geräuschen."

„Vor Geräuschen? Sie haben ganz konkret über Musik geschrieben, nicht über Geräusche im Allgemeinen."

„Ich kann das momentan noch nicht eingrenzen, ich habe noch nicht genug Beobachtungsmaterial. Vor einigen Tagen habe ich Maria zu einer Uhrzeit besucht, zu der im Radio immer eine Lesung gesendet wird. Während ich mich mit ihr unterhielt, habe ich scheinbar beiläufig den Apparat eingeschaltet. Sie hat nicht protestiert. Und als ich mich dann bei ihr entschuldigen wollte, unterbrach sie mich und dankte mir. Sie liebe Prus und sie habe die Sendung mit großem Vergnügen gehört."

„Sie haben mir doch geschrieben, dass der Radioapparat aus ihrem Zimmer entfernt worden sei", erinnerte er.

„Ja, an dem Tag, als sie diesen Anfall hatte. Später jedoch bat sie mich, ihn zurückzubringen. Sie wollte mir beweisen, dass ihr keine Gefahr mehr drohe."

„Und wenn in dieser Lesung von Musik die Rede gewesen wäre?", spöttelte er. „Wäre das nicht ein ärztlicher Kunstfehler gewesen?"

Sie ignorierte die Stichelei.

„Natürlich, es bestand ein gewisses Risiko", gab sie ernst zu. „Ich denke, das nächste Experiment sollte so aussehen: Maria einen Text zu lesen geben, in dem es um Musik geht."

„Um was zu erreichen? Vielleicht um zu beweisen, dass sie nur bei meinen musikalischen Ausführungen einen Anfall bekommt? Oder mehr noch? Dass sie allein bei der Erwähnung meines Namens wahnsinnig wird?"

Sie sah ihn eine längere Zeit an, bevor sie sagte:

„Ich bitte Sie, wir können so nicht miteinander reden. Verstehen Sie das nicht?"

Er schwieg. Er war blass und sah krank aus.

Sie beugte sich über das Tischchen zu ihm.

„Karol, wessen beschuldigen Sie mich?"

Er antwortete nicht, er sah sie nicht an.

„Denn Sie beschuldigen mich einer Sache, nicht wahr? Warum sind Sie nicht ehrlich?"

Schließlich hob er den Kopf.

„Sind Sie denn ehrlich mit mir?", fragte er.

„Natürlich", entgegnete sie sofort. „Selbstverständlich. Woher dieses Misstrauen? Ist es meine Schuld, dass Ihre Frau zu mir gekommen ist? Was hätte ich machen sollen? Sie wegschicken? Nun, sagen Sie selbst."

„Entschuldigung", brachte er mit Mühe heraus. „Bitte schenken Sie dem keine Beachtung. Ich bin in einem miserablen Zustand, das ist alles. So miserabel, dass ich", er versuchte zu lächeln, „dass ich auch schon einer Ihrer Patienten sein könnte." Und sogleich fügte er hinzu, um einem eventuellen erzwungenen Interesse an seiner Person zuvorzukommen: „Sie denken also, dass Maria mir geschrieben hat?"

„Ja, bestimmt. Ich habe einen kleinen Stapel beschriebener Briefbögen gesehen."

„Und Sie wissen garantiert, dass die an mich gerichtet waren?"

„Ja, natürlich. Sie hat es mir gesagt."

„Warum sind Sie sich so sicher, dass Maria die Wahrheit gesagt hat?"

„Sie hat Vertrauen zu mir. Sie muss mich nicht belügen."

„Selbstverständlich. Wenn Sie darauf bestehen, dass sie schreibt, dann schreibt sie. Um des lieben Friedens willen. Es liegt ihr, glaube ich, sehr an einem guten Verhältnis zu Ihnen." Erneut mischte sich ein unangenehmer Tonfall in seine Stimme. „Sie hat sich schließlich mit ihrem Problem zu Ihnen begeben, mit ihrer echten oder eingebildeten Krankheit. Nicht zu mir. In Ihre Hände hat sie ihr weiteres Schicksal gelegt. Also schreibt sie. Vielleicht denkt sie sogar dabei an mich, wendet sich an mich. Aber mit der Absicht, diese Briefe auch zu verschicken? Das ist wohl Nebensache! Vielleicht ist wichtiger als die Frage, ob ich diese Briefe je lese, die Tatsache, dass sie sie schreibt?"

„Endlich fangen wir an, uns zu verstehen. Das Schreiben – an Sie oder an irgendjemand anderen – zwingt sie zur Selbstreflexion und das ist bei der Behandlung einer Psychose entscheidend."

Er reagierte nicht auf ihr Lob, es war ihm nicht recht. Sein Verdacht, für einen Moment beiseitegeschoben, meldete sich wieder mit Herzklopfen und Schweiß im Nacken. Um diesen Verdacht loszuwerden, musste er, ob er wollte oder nicht, die Möglichkeit einer Krankheit akzeptieren.

„Na gut, kehren wir zu Ihrer Hypothese zurück. Sie haben eben das Wort Psychose in den Mund genommen …"

„Ja. Es könnte sich darum handeln. Um eine manisch-depressive Psychose", gab sie zu. „Ich habe diese Diagnose jedoch noch nicht gestellt. Ich bin damit vorsichtig. Doktor Jakubowski übrigens auch."

„Also, sagen wir, eine Phobie an der Grenze zur Psychose. Eine Musikphobie. Meine Frau geht nicht aus dem Haus, sie nähert sich keinem Ort, an dem sie Musik hören könnte. Das ist das Ergebnis Ihrer bisherigen Beobachtungen, ja?"

„Ja."

„Sie wollten mit mir sprechen, um zusätzliche Informationen zu bekommen, die Ihnen helfen könnten, den richtigen Weg auf der Suche nach der Ursache einzuschlagen. Also, ich stehe zu Ihren Diensten. Ich gebe Ihnen ein Beispiel für den Umstand des Vorhandenseins oder des Nichtvorhandenseins des von Ihnen angedeuteten Verfolgungswahns. Am Vorabend meiner Abreise nach Katowice, wo ich einen Vortrag halten sollte, waren wir zu einem Konzert in der Philharmonie. Das war einer unserer regulären wöchentlichen Konzertbesuche. Ja, meine verehrte Joanna, wir sind Musikliebhaber. Es war ein Konzert, auf das wir seit langem gewartet hatten. Haydn, zwei Sinfonien und das Violinkonzert Nr. 4 in G-Dur. Es hatte sich so gefügt, dass unsere Bekannten – eigentlich fast Freunde – aus Łódź gekommen waren, und wir sind zusammen in dieses Konzert gegangen. Mit allen Tricks hatte ich es geschafft, für die beiden zwei zusätzliche Karten zu besorgen …"

Er brach auf einmal ab, als ob er den Faden verloren hätte. Die Ärztin beobachtete ihn und sein intensives Nachdenken, es war so intensiv, dass man hätte meinen können, er habe ihre Anwesenheit vergessen. Er rang mit etwas, mit irgendeiner Überlegung, mit einer Entdeckung oder einer Erinnerung, deren Bedeutung ihm damals verborgen, nicht erkennbar und unverständlich geblieben war. Schließlich murmelte er, gleichsam sich selbst antwortend und auf dieses plötzliche Nachdenken reagierend:

„Aber das hat nichts zu sagen, das hat sich öfter ereignet." Und wieder kam er ins Grübeln.

„Was hat sich öfter ereignet?", fragte sie nach einer Weile.

„In der Pause fühlte sich Maria schwach und bat darum, dass wir nach Hause gehen. Aber das ist ihr schon vorher manchmal passiert, dass sie Atemnot bekam. Seitdem sie krank gewesen war, hatte sie diese Beschwerden. Auf dem Heimweg besprachen wir das Konzert und die musikalische Darbietung. Wir waren uns nicht einig in der Beurteilung des Solisten und seiner Interpretation und nachdem wir zu Hause angelangt waren, hörten wir uns die Einspielung an, die ich in meiner Sammlung habe. Dann gingen wir schlafen, in bester Stimmung, denn diese momentane Schwäche, die Maria in der Philharmonie erfasst hatte, war vergangen."

„Und am nächsten Morgen sind Sie weggefahren?"

„Ja."

„Wann sind Sie zurückgekommen?"

„Am darauffolgenden Tag, am Sonntag. Normalerweise komme ich am gleichen Tag zurück, aber weil das ein Samstag war, habe ich für den Zug am Abend keine Platzkarte mehr gekriegt. Also bin ich nachts gefahren."

„Und als Sie zurückkamen, haben Sie nur einen Brief vorgefunden. Das bedeutet, dass Maria am selben Tag weggefahren ist wie Sie. Am Tag nach dem Konzert."

„Ja, aber da gibt es keinen Zusammenhang, überhaupt keinen! Es kann keinen geben! Diese Schwächeanfälle, diese Atemnot gehen auf eine Krankheit vor drei Jahren zurück, das habe ich Ihnen doch schon gesagt!"

„Bitte regen Sie sich nicht auf. Es scheint mir, dass wir bei etwas Wichtigem sind. Wir müssen das gründlich prüfen. Dieses Konzert scheint mir ein Schlüssel zu sein. Das ist eine wesentliche Information."

Sie dachte nach und währenddessen fing sie an, das Notizbuch durchzublättern, aber sie tat es mechanisch, ohne ihre Aufzeichnungen zu lesen. Sie versuchte, sie sich bei dem Konzert vorzustellen: Karol, die Freunde – oder fast Freunde – und sie, Maria. Vor allem Maria. Sie versuchte, sich ein Bild von ihr zu machen, wie sie zuhörte. Wie sah sie dabei aus? Hatte sie die Augen geschlossen?

Stützte sie den Kopf auf? Beobachtete sie die Hände des Solisten? In welchem Moment machte sie diese schützende Bewegung und hielt sich die Ohren zu? Hat sie es überhaupt getan? Oder vielleicht doch nicht?

„Sie haben gesagt, dass Sie auf dem Heimweg und nachdem Sie zu Hause waren, über die Interpretation diskutiert haben. Wie war das? Sie haben den Solisten kritisiert und Maria hat ihn verteidigt? Oder umgekehrt? Oder war es eventuell so: Sie haben Ihre Ansicht dargelegt und Maria hat nur zugehört und nichts gesagt?"

„Warum", entgegnete er nach einer Weile, sichtlich getroffen und erregt, „nehmen Sie an, dass nur ich gesprochen habe?"

„Ich nehme gar nichts an. Ich frage nur. Sie sind der Experte, also haben Sie zu diesem Thema mehr zu sagen als Maria."

„Da irren Sie sich." Er sah sie mit unwillkürlicher Heiterkeit an. „Meine Frau ist auch Expertin. Sie hat immerhin ein abgeschlossenes Musikstudium. Ich sehe, dass Sie das überrascht."

„Nicht ganz", berichtigte sie. „Ich weiß von Doktor Jakubowski, dass Sie beide vom gleichen Fach sind. Ich habe aber nicht vermutet, dass Maria weiterhin beruflich mit Musik zu tun hat. Ich habe das nie von ihr gehört."

„Ja", gab er zögernd zu, „über dieses Thema spricht sie nicht gern. Zumindest seit einer bestimmten Zeit nicht mehr."

„Sehen Sie. Maria und ich haben über alles Mögliche geredet. Über Literatur, Malerei, Geschichte, sogar über Archäologie. Aber nie über Musik. Das gibt mir zu denken. Allmählich fange ich an zu verstehen ..."

Sie sagte jedoch nicht, was sie anfing zu verstehen und er fragte nicht danach. Die Unruhe, die ihn vorhin erfasst hatte, als er sich an Marias plötzlichen Schwächeanfall in der Philharmonie erinnerte, wurde immer stärker. In dieser übersehenen und unterschätzten Tatsache lag vielleicht das Geheimnis verborgen, warum sie fortgegangen war.

„Als wir uns auf der Transilvania kennen gelernt haben", begann die Ärztin erneut, „hat sich Maria mir als Hausfrau vorgestellt. Folgendes hat sie von sich gesagt, erinnern Sie sich? ‚Ich bin Hausfrau, ich herrsche über Putzlappen, Kochtöpfe und Bohnermaschinen ...'"

„Ja, ich erinnere mich daran", sagte er finster. „Immer hat sie mich damit geärgert, auf eine ziemlich unangenehme Art, sie wusste nämlich, dass mich das stört. Niemand hat so sehr wie ich es bedauert, dass sie ihren Beruf aufgegeben hat, niemand hat derart sehnsüchtig wie ich auf ihre Rückkehr auf die Bühne gewartet."

Nach einem Moment des Überlegens, der auch Zögern bedeuten konnte, erklärte er: „Maria ist Sängerin."

Sie fühlte sich geblendet, es war wie in einer Nacht, die durch einen Blitz zerrissen und deren Dunkelheit danach noch dichter, deren Schwarz noch undurchdringlicher wird. Sie musste sich überwinden, um die schwierigste von allen bisherigen Fragen zu stellen:

„Sie tritt nicht auf?"

„Nein, seit drei Jahren nicht mehr. Maria ist beurlaubt. Jedenfalls nennt sie das so", fügte er recht hilflos und traurig hinzu.

„Und vorher?"

„Vorher … Nach Beendigung des Studiums, sofort nach der Abschlussprüfung bekam sie ein Engagement an der Oper. Sie hatte noch Angebote von zwei weiteren Häusern, aber sie hat dieses Angebot angenommen. Auf mein Zureden hin. Die Hauptstadt ist nun mal die Hauptstadt. Aber ich habe wohl auf das falsche Pferd gesetzt. Sie wissen, wie es bei uns ist, nicht immer, ja vielleicht sogar selten entscheidet die Qualifikation über die Vergabe der Rollen."

Er sprach langsam und mit Pausen, so als ob er jetzt erst, gezwungen von der einfachen Frage der Ärztin, versuchte, sich eine Meinung zu bilden über das Drama von vor drei Jahren.

„Jedenfalls wurde Maria irgendwie immer abseits gehalten, sie haben ihr nicht mal die kleinste Nebenrolle gegeben. Man hätte denken können, es war jemandem daran gelegen, dass das Publikum ihre Stimme nicht hörte, von der in Fachkreisen gesagt wurde, sie sei außergewöhnlich, ein Urteil, das sie seit der Musikhochschule begleitete. Aber dann erhielt sie schließlich ein beachtliches Angebot: die Rolle der Gilda in *Rigoletto*. Das Glück kam jedoch in einem sehr ungünstigen Moment. Maria war gerade aus dem Krankenhaus entlassen worden. Zwei Monate vorher war sie mit dem Absatz an einem abgelaufenen Teppich in einem Gang der Oper hängen geblieben und die Treppe runtergefallen. Daraufhin hatte sie eine Fehlgeburt, im vierten Monat. Sie war ernstlich krank und kam nur allmählich wieder zu Kräften. Danach, vielleicht um sie zu entschädigen, wurde ihr die Rolle der Tochter von Rigoletto angeboten. Möglicherweise hat man insgeheim damit gerechnet, dass sie das Angebot nicht annehmen würde. Und das wäre sicherlich auch geschehen, wenn sie nicht so ausgezehrt gewesen wäre, nicht so begierig auf das Singen. Ich kann mir nicht verzeihen, dass ich sie nicht überzeugen konnte, auf die Rolle zu verzichten. Ich hätte mehr Entschlossenheit zeigen sollen. Maria war in schlechter Verfassung, sowohl physisch als auch psychisch. Ich habe gesehen, wie sehr sie sich abmühen musste, als sie die Rolle lernte, wie sehr sie mit dieser Musik und mit sich selbst gerungen hat. So manches Mal schleuderte sie die Noten durch die Gegend und rief dabei, dass sie das nie, niemals wird singen können. Aber als ich ihr sagte, dass sie jetzt noch abspringen könne, geriet sie in Panik. Wenn sie das mache, dann würden sie ihr nie mehr irgendeine Rolle geben. Dann sei sie am Ende. Diese Ansicht gab den Ausschlag. Sie sang die Gilda. Einer der Kritiker, der einräumte, dass er die Fähigkeiten der Sängerin kannte, äußerte seine Enttäuschung mit den folgenden Worten: ‚Sie sang gleichsam widerwillig, mit zugeschnürter Kehle.' Von allen Rezensionen hat diese sie – wie ich mich erinnere – am meisten geschmerzt. Sie weinte und nahm Beruhigungsmittel. Eines Tages hat sie mir plötzlich mitgeteilt, dass sie nicht mehr an der Oper arbeiten werde. Sie bat um Krankenurlaub und erhielt ihn. Ich hatte nichts dagegen, ich war der Meinung, dass sie das Richtige tat. Umso mehr als sie allmählich zu sich kam, ihren Seelenfrieden fand und wieder besserer Stimmung war. Ich widersprach auch nicht, als sie den Wunsch äußerte, den Krankenurlaub auf ein Jahr zu verlängern. Ihre Beweggründe erschienen mir berechtigt: Sie wollte sich erholen, ihr inneres Gleichgewicht wiedererlangen und in Ruhe überlegen, wie es weitergehen sollte. Vielleicht sollte sie es mit eigenen Auftritten probieren? Denn bei den bestehenden Verhältnissen könne sie von der Oper nicht viel erwarten. So eine Chance wie die, die sie hatte, würde sich nicht noch einmal bieten. Unabhängig davon sehe sie sich gar nicht in der Rolle einer Operndiva. Sie könnte sich ein eigenes Repertoire zulegen, Lieder oder Konzerte singen. Ihre Überlegungen klangen überzeugend, was hätte ich dagegenhalten können? Unruhe erfasste mich erst später, als die Pause sich auf drei Jahre ausgedehnt hatte." Er schwieg, um nach einem Moment des Nachdenkens mit einem Achselzucken hinzuzufügen: „Das ist alles."

„Maria hat mit einem Mal das Singen aufgegeben?", fragte die Ärztin.

„Ich habe nicht gesagt, dass sie es aufgegeben hat. Anfangs hat sie sich tatsächlich nicht ans Klavier begeben. Das hat aber nicht länger als einen Monat gedauert. Dann hat sie wieder mit dem Üben begonnen. Von allein, ohne Ermunterung oder Zureden meinerseits."

„Haben Sie sie singen hören?"

Er empörte sich:

„Was wollen Sie damit sagen? Selbstverständlich habe ich sie gehört."

„Hat sie oft geübt?"

„Das weiß ich nicht. Ich habe nicht mitgezählt, aber … ein paar Mal …"

„Ein paar Mal pro Woche oder pro Monat oder pro Jahr?"

„Ein paar Mal habe ich es mitbekommen, was nicht heißt, dass … Schauen Sie, ich bin doch nur selten am Vormittag zu Hause."

„Und Maria hatte die Angewohnheit, am Vormittag zu üben."

„Ja, natürlich. Wie die meisten Sänger."

„Und wenn Sie nach Hause kamen, hat sie Ihnen davon erzählt?"

„Ja, selbstverständlich. Sie hat mir auch oft verraten, was sie gesungen hat."

„Sie hat gewusst, dass Sie sich Sorgen machen um ihre Stimme, darum, dass sie sie vernachlässigen könnte."

„Ja, ich habe mir Sorgen gemacht", entgegnete er missmutig, als reagiere er auf einen versteckten Vorwurf. „Von Anfang an, vom ersten Moment an, als ich ihre Stimme hörte. Wenn Sie wüssten, was das für eine Stimme war!" Seine Lippen zitterten, also presste er sie zusammen und verharrte so, das Gesicht zu einer Grimasse verzogen, die an ein zurückgehaltenes Lachen erinnerte. Schließlich überwand er sich und sagte: „Ich hoffe, dass Sie diese Stimme irgendwann hören werden."

„Das hoffe ich auch", erwiderte sie schnell und inbrünstig. „Ich wäre glücklich, überglücklich, wenn …"

Erst in diesem Moment erfasste ihn Entsetzen. Diese inbrünstigen Worte, die einem Gebet glichen, das man spricht, wenn alles andere nicht hilft, klangen völlig ratlos. Er hatte Angst, die Augen zu heben, um im Gesicht der Ärztin nicht ihr Urteil lesen zu müssen. Sie sah ihn ebenfalls nicht an. Sie saßen sich gegenüber, den Blick auf den Teppich gesenkt, sprachlos vor Kummer.

Es regnete und schneite im Wechsel und der Wind wehte noch immer so stark wie vor einigen Stunden, als er das Hotel an diesem dunklen Novembermorgen verlassen hatte. Er stand an eine Buche gelehnt, deren stahlfarbenen Stamm er am Rücken mit einer stählernen Kälte spürte, vor sich hatte er eine Gruppe Schneebeerbüsche, die voller weißer Kügelchen waren und auf denen die Vögel hin und her hüpften. Es war unnötig, dass er sich hier aufhielt. Schon gestern, als er die Ärztin verlassen hatte, wusste er, dass es nicht nur gemein war, Maria einer Affäre zu verdächtigen, sondern auch dumm. Trotzdem wollte er diesen Verdacht nicht aufgeben. Nach der Nacht, die er in Abschnitten verbracht hatte, von einem Alptraum zum nächsten, hatte er dicht umringt in einer frühen, mit Arbeitern besetzten Straßenbahn gestanden und war bereit gewesen zu beten, dass das Produkt seiner von Eifersucht befallenen Fantasie sich als Wahrheit herausstellen möge. Wenn er bloß hätte beten können … Aber er konnte es nicht, deshalb dachte er nur: besser das als irgendetwas anderes …

Doch er wusste, dass es das nicht war. Schon gestern, bevor er Joannas Wohnung verlassen hatte, wusste er es. Nicht ein anderer Mann nahm ihm seine Frau weg, sondern etwas viel Schlimmeres: eine Krankheit. Und die war nicht erst seit kurzem in ihr gegenwärtig. Sondern wahrscheinlich schon seit drei Jahren, seit der Premiere von *Rigoletto* oder – wer weiß – vielleicht noch früher. Wie oft hatte er gehört, dass Maria, die Noten von sich schleudernd, rief: „Nein, ich kann das nicht singen, ich bin nicht imstande, ich schaffe das nicht." Ihn beunruhigte ihr Kampf mit der Rolle, die Schwierigkeiten, die sie seiner Meinung nach übertrieb, aber er schrieb das ihrem schlechten Gesundheitszustand, einer auf den Krankenhausaufenthalt zurückzuführenden Neurose zu. Sie hatte es noch nicht geschafft, sich von dem Schock zu erholen und den Verlust des ungeborenen Kindes zu überwinden. Denn das war für sie ein großes Unglück. Hatte sie nach einem Jahr, als sie ihm eine weitere Verlängerung des Krankenurlaubs ankündigte, nicht gesagt, dass sie diese Katastrophe nur bewältigen könne, indem sie ein Kind zur Welt bringt? „Ich bin dreißig Jahre alt, ich kann es nicht hinauszögern. Das ist wichtiger als das Singen, als die Karriere, das ist das Wichtigste von allem. Meine Stimme nimmt mir niemand weg. Wenn ich singen soll, werde ich singen." Dieses „Wenn", damals nicht bemerkt, hatte nun eine unverkennbare, furchtbare Bedeutung erhalten. Ebenso wie die Traumbilder lassen sich die Zeichen unserer Alltagssprache oftmals nicht entschlüsseln und verstehen. Wenn er ihrer damaligen Entscheidung etwas mehr Aufmerksamkeit geschenkt hätte, hätte ihm dieser Sinneswandel zu denken geben müssen, hatte Maria am Anfang der Ehe doch auf Mutterschaft verzichtet, ja, sie hatte geradezu Angst davor gehabt und behauptet, dass sie dafür später Zeit haben werde und dass nun ihr vorrangiges Bedürfnis die Kunst, der Gesang sei … Eine andere Sache war die, ob er, wenn er diesen Sinneswandel bemerkt hätte, imstande gewesen wäre, die richtigen Schlüsse daraus zu ziehen, und ob er, wenn ihm das gelungen wäre, dann fähig gewesen wäre, dem Wachsen des gefährlichen Keims der Krankheit entgegenzuwirken. So nachdenkend versuchte er, gleichzeitig in seiner Vorstellung an der anderen Version der Ursache für Marias Fortgehen festzuhalten, was nichts anderes war als die Bemühung, das kleinere Übel dem größeren Übel vorzuziehen. Er hatte sich zu Fuß in Richtung des von der Straßenbahnhaltestelle aus zu sehenden, auf einer Anhöhe liegenden Krankenhausgebäudes begeben und sich seiner Einbildung überlassen, die Maria in den Armen eines Mannes in weißem Arztkittel zeigte, wobei er sich wunderte, dass er weder die gestrige Eifersucht noch Schmerz empfand, sondern lediglich Erleichterung.

Nun stand er zwischen der riesigen Buche und den Schneebeerbüschen, hinter denen er, selbst unbemerkt, den Weg sehen konnte, der zum Gärtnerhäuschen führte, sowie die Eingangstür und ein ihm direkt gegenüberliegendes Fenster, das zur Hälfte mit einer Scheibengardine zugehängt war, sicherlich das Küchenfenster. Die Minuten vergingen, niemand tauchte in der Nähe auf, auch Joanna nicht. Das Häuschen sah verlassen und unbewohnt aus. War Maria überhaupt je hier gewesen? Vielleicht befand sie sich doch im Hauptpavillon? Was wusste er denn wirklich?

Wieder dachte er an ein Gebet, aber er kannte keines, noch nicht einmal das einfachste. An wen hätte er es auch richten sollen? Er gehörte nicht zu den schlichten Gemütern, die wussten, zu wem und wie man betet, wie man Trost und Hilfe – wenn schon nicht finden, so doch wenigstens – suchen konnte. Er wusste es nicht und beneidete sie. Vor ihm lag der Park, sepiafarben mit weißen Einsprengseln, was an mit Maiglöckchen bewachsene Lichtungen erinnerte, und während er so schaute, fragte er sich, wie es kam, dass der Schnee sich an der einen Stelle hielt und an der anderen schmolz. Er wiederholte die Frage ein ums andere Mal und verwarf sie dann, ohne weiter über eine Erklärung nachzusinnen. Er stand doch nicht deshalb hier auf der kleinen Erhebung bei den mächtigen Wurzeln der Buche, wenige Zentimeter über einer Pfütze aus eisigem Matsch. Die Frage, die er sich stellen sollte, lautete: Wie sollte es weitergehen? Mit aller Willensanstrengung zwang er sich, dieser Frage nicht auszuweichen, eine Antwort zu finden und sie bis zum Ende durchzudenken. Wie also sollte es weitergehen? Maria würde zurückkehren. Das verstand sich von selbst. Sie würde geheilt oder zumindest behandelt werden. Diese Art von Psychose konnte man in den Griff bekommen.

Auf einmal rührte er sich und beugte sich vor. Die Gardine am Fenster wurde zurückgeschoben, zuerst zu der einen Seite, dann zu der anderen. Schließlich wurde von der gleichen Hand das Oberlicht geöffnet. Seine Augen verschleierten sich – oder war es die Brille, die beschlug –, aber dennoch sah und erkannte er Maria. Einen Moment lang blieb sie am Fenster stehen, als ob sie nach dem Wetter schauen wollte, dann zog sie sich in die Tiefe des Zimmers zurück. Er sah noch ihre Silhouette, offenbar hantierte sie am Herd, machte Kaffee oder Tee … Er musste sich zurückhalten, um nicht hinzulaufen und an die Tür zu klopfen. Seine Maria. Wenn er im Leben etwas Sinnvolles, etwas Wertvolles getan hatte, dann ihretwegen und für sie.

Denn wer war er, bevor er sie kennen gelernt hatte? Ein Spezialist für Töne in ihrer ganzen Vielfalt und in ihrem ganzen Reichtum – aber abgesehen davon? War das genug, um sich als des Lebens würdig zu erweisen? Wodurch zeichnete er sich aus, wodurch hinterließ er seine Spur, wodurch drückte er seinen Stempel auf? Er war dreiunddreißig Jahre alt, als er sie kennen lernte, alt genug, um schon etwas Bestimmtes zu sein. Und? War er das?

Andere hatten Schlachten hinter sich, an allen Fronten Europas, hatten Verletzungen, bleibende Schäden, Partisanenkampf oder Gefängnis und Lager erlitten, sie waren Helden oder gebrochene Seelen, auf jeden Fall hatten sie eine Vorstellung von sich selbst und waren reich an Wissen über den Menschen – aber er? Er hatte den Krieg sogar in relativem Wohlstand überlebt, dank der Vorräte und dem Unternehmergeist seiner Mutter, halbwegs ruhig hatte sie nämlich – auch im eigenen Interesse – alle seine Versuche vereitelt, sich der Untergrundbewegung anzuschließen, indem sie sagte, dass das nichts für ihn sei, er habe doch nie beim Militär gedient, er sei nicht geschaffen für das Schießen mit einer Waffe (als ob jemand dafür geschaffen sei!), der Feind werde ihn töten, bevor er ihm den geringsten Schaden werde zufügen können. Kontakte zu Frauen erschwerte sie ihm ebenfalls, aus heimlicher Angst, er könne an eine Widerstandskämpferin geraten, und redete ihm ganz und gar überzeugend ein, dass nun nicht die Zeit für Liebe und derlei Dinge sei, da sich alles auflöse, da der Krieg Familien auseinanderreiße und selbst Säuglinge ins Lager kämen. Und so überlebte er, persönlich durch nichts betroffen, sich durch nichts auszeichnend, aber sich auch nichts zuschulden kommen lassend, niemanden liebend und niemanden hassend (noch nicht einmal die Deutschen hasste er), dafür jedoch mit einem soliden, dank seiner Absonderung von der Welt erworbenen Wissen, um das ihn so manch ein hoch angesehener Gelehrter beneiden konnte. Aber zugleich war in ihm eine seelische Leere, ein Mangel an Selbstbejahung und ein starkes Verlangen danach. Die Jugend hatte er hinter sich, er hatte sie durchlebt, ohne die dafür charakteristischen starken Gefühle, ohne Liebe oder Leidenschaft zu erfahren. Angehalten zu ständiger Selbstkontrolle, dazu, alles der Überprüfung durch den Verstand zu unterziehen, konnte er sich nicht, auch als die Schonzeit vorbei war, auf eine andere Denkweise umstellen. Er übertraf seine Altersgenossen durch die Weite seines geistigen Horizonts, durch seine geradezu enzyklopädische Gelehrsamkeit, aber er war ihnen unterlegen in jenen Bereichen des Lebens, die er öfter insgeheim als die wahren Bereiche bezeichnete, in der Erfahrung des Guten und des Bösen und vor allem in der Sphäre der Gefühle, die er nicht kannte, die er noch nicht einmal ahnte. Aus den Werken der Literatur und der Musik wusste er von den Entzückungen, von den Freuden und Qualen der Liebe, von der Wut der Leidenschaft, vom Wahnsinn der Eifersucht, er konnte über die Form diskutieren, in der der Künstler diese für das Leben des Menschen treibenden Kräfte ausdrückte, dem Inhalt gegenüber aber blieb er kühl und gleichgültig, denn derlei Empfindungen waren ihm fremd. Erst Maria …

Auch damals war es Herbst, aber etwas früher im Jahr, Ende September oder Anfang Oktober … Es war ein regnerischer Tag und in der Musikhochschule brannte Licht, obwohl es noch nicht später Nachmittag war. Er sah sie im Gang und war erstaunt über ihre äußere Erscheinung. Nicht über ihre Schönheit, sondern über ihre Erscheinung. Obwohl man sich in den Jahren nach dem Krieg kleidete, wie man konnte und mit dem, was man hatte, musste ihre Aufmachung ein Schmunzeln hervorrufen. Das waschblaufarbene Kleid aus Seide hatte einen eckigen Ausschnitt und bestand aus einem eng anliegenden Oberteil, Puffärmeln und einem üppig gefalteten Rock. Solche Kreationen sah man in amerikanischen Filmen aus den Zwanzigerjahren, irgendeine großzügige ältere Dame hatte das Kleid bestimmt aus der hintersten Ecke ihres Garderobenschranks hervorgeholt und in einem UNRRA-Paket an das arme Europa geschickt in der edlen Hoffnung, dieses Modell vom Anfang des Jahrhunderts könnte einer jungen Frau für den Fünfuhrtee dienlich sein. Unterdessen trug die junge Frau auf der jenseitigen Erdhalbkugel, weil sie nichts anderes hatte, das Kleid im Alltag und da der europäische unfreundliche Sommer sich von Tag zu Tag in einen späten Herbst verwandelte, zog sie ein Männersakko darüber, der Fasson nach zu urteilen sicherlich auch aus einem Paket, und dazu hatte sie Schuhe an, die man sich besser nicht genauer ansah, wenn darin die Füße einer Frau steckten und nicht die von Charlie Chaplin.

Was er, sensibel wie er war, auch nicht tat, als er sie kurzerhand im Gang ansprach.

Denn er sprach sie tatsächlich an. Ohne zu verstehen, ohne zu wissen, warum. Vielleicht deshalb, weil sie so ging, als ob sie irgendwohin eilte oder vor irgendetwas davonlief, oder weil er sich dieses seltsame Geschöpf, das an diesem Ort wie ein Wesen von einem anderen Stern wirkte, gründlicher anschauen wollte, weil er erfahren wollte, woher es kam und was es hier suchte. Jedenfalls fragte er sie genau das: ob sie etwas suche und, wenn ja, ob er ihr vielleicht helfen könne. Und sie blieb stehen, nach vorne gebeugt, als ob sie gleich weiterlaufen wollte, und antwortete, ja, irgendwo hier soll sie sich in einem Saal zum Vorsingen melden, aber sie werde nicht hingehen, das habe keinen Sinn, in der theoretischen Prüfung habe sie auf keine einzige Frage antworten können, sie habe die Fragen noch nicht einmal verstanden, sie wisse nichts, sie könne nichts, warum also soll sie hier weiter herumalbern, sie werde zum Vorsingen nicht antreten. Er entgegnete darauf, wenn sie trotz des miserablen Ergebnisses zum Vorsingen gebeten worden sei, dann habe sich der Kreis der Professoren offenbar dabei irgendetwas gedacht und sie müsse ihm die Chance geben, sich eine umfassende Meinung bilden zu können. Denn wenn sich herausstellte, dass ihre Stimme etwas wert sei, dann könne sie die theoretischen Kenntnisse nachholen.

Sie hörte sofort auf ihn, als hätte es nur das gebraucht, so ein ruhiges und sachliches Zureden, und sie ließ sich in den Saal führen, wo das Vorsingen stattfand. Er sah die Verwunderung der versammelten Professoren, die gleiche Verwunderung, die er selbst bei ihrem Anblick empfunden hatte. Ihn erfassten Mitleid und Angst um sie und vor dem, was nun folgen würde. Und es folgte etwas Merkwürdiges, etwas, das in diesem Saal noch nie zu vernehmen gewesen war. Auf die Frage, was sie singen wolle, nannte sie die Arie des Rigoletto aus dem Vokalquartett im dritten Akt. Die Mitglieder der Prüfungskommission sahen sich gegenseitig an. Die Professorin, die die Prüflinge am Klavier begleitete, bemerkte vorsichtig, dass das eine Partie für eine Männerstimme sei. Worauf sie zu hören bekam, dass das doch wohl egal sei, ob Männerstimme oder nicht. Diese Arie kenne sie und die wolle sie singen. „Heißt das, dass Sie nichts für eine Frauenstimme kennen? Zum Beispiel die Arie der Gilda oder der Maddalena?" Die begleitende Professorin wollte sich versichern oder vielleicht dem Prüfling helfen, indem sie auf ein weniger gewagtes Unterfangen hinwies. Aber Maria teilte ihr mit, dass sie in diesem Fall alle Arien aus dem Quartett singen werde.

Was die am Klavier sitzende Professorin vollends verwirrte. „Alle Stimmen aus dem Quartett? Wie ist das zu verstehen? Sowohl die Männerstimmen als auch die Frauenstimmen?" Da stand jemand vom Tisch auf und flüsterte der Professorin etwas ins Ohr. „Ach so", sagte sie und nickte. Es dauerte noch einen Moment, bevor man ihr die Noten brachte. Die Mitglieder der Prüfungskommission sprachen leise miteinander, von Zeit zu Zeit sahen sie die seltsame Kandidatin an, die in ihrem lächerlichen Kleid neben dem Klavier stand und ihren abwesenden und fernen Blick auf eine Stelle über ihren Köpfen gerichtet hatte.

Die ersten Akkorde erklangen und da huschte der Blick der jungen Frau über die Versammelten, fand ihn an der Tür stehend und verharrte auf ihm mit dem Ausdruck einer Frage oder Bitte. Er fühlte in seiner Brust eine Wärme aufsteigen und lächelte ihr ermunternd zu. Sie setzte sicher und fehlerlos ein. Und bevor die erste Phrase verklungen war, wurde es still im Saal. Weder Husten noch Papierrascheln noch Stuhlknarren waren zu vernehmen. Diese Stimme elektrisierte die Zuhörer. Sie war kraftvoll und zart zugleich, mit einem ganz eigenen Vibrato, brillant und schillernd und versetzte die Anwesenden in eine Stimmung, die an hypnotische Trance grenzte. Sie verstanden nicht, was mit ihnen geschah, was hier passierte, womit sie es zu tun hatten. Die junge Frau sang alle Rollen des Quartetts, soweit sie sich nicht überlagerten, und zeigte dabei nicht nur den Umfang, sondern auch die Geschmeidigkeit ihrer Stimme und mit welcher Leichtigkeit sie vom Forte ins leiseste Piano wechseln konnte.

Das war verblüffend und außergewöhnlich. Die begleitende Professorin, die vor eine schwierige Aufgabe gestellt worden war, hatte sich ein-, zweimal verspielt, was die Sängerin aber nicht störte, sie schien das Instrument gar nicht zu brauchen, sie sang und verkörperte den Herzog, Gilda, Maddalena und Rigoletto – und keiner aus diesem ehrwürdigen Kreis hatte vorher jemals, nicht nur in diesem Saal, sondern überhaupt im Leben, etwas derart Dramatisches gehört wie dieses Quartett für Sopran, Mezzosopran, Tenor und Bariton, dargeboten von einer einzigen Frauenstimme.

So fing es an. An jenem Tag, das erste Mal nach so vielen Jahren, spürte er, dass er lebte. Und zugleich stellte er sich die Frage: Wie, wozu, für wen oder wofür lebte er? Für die Musik? Hatte er etwas für sie getan? Er besaß Wissen über die Musik und gab es an andere weiter. Reichte das, um sein Dasein als Mensch auf Erden zu rechtfertigen? Durch die redliche Ausübung seines Berufs einer höheren Idee dienen – das hatte er sich auf die Fahne geschrieben. Eigentlich hatte seine Mutter es für ihn getan, noch in der Zeit, als seine Altersgenossen die erlernten Berufe aufgegeben und einen anderen Beruf gewählt hatten: den des Soldaten.

„Was hätte es uns, dem polnischen Volk, der polnischen Kultur gebracht, wenn sich Mickiewicz den Aufständischen angeschlossen hätte und umgekommen wäre? Wenn Chopin, als er in Wien vom Aufstand erfuhr, anstatt seine Reise nach Paris fortzusetzen, nach Warschau zurückgekehrt wäre und auf einer der Barrikaden in Wola, Olszynka Grochowska oder bei Ostrołęka gefallen wäre? Wenn Słowacki, wenn Krasiński … Es gäbe keine romantische polnische Dichtung, es gäbe die Musik nicht, die nun auf der ganzen Welt bekannt ist, während die Helden, die gekämpft haben, sogar die größten unter ihnen, fast niemand von uns kennt. Und was für einen Nutzen haben wir davon", das sagte sie dann schon nach dem Krieg, „dass Krzysztof Baczyński zur Waffe gegriffen hat? Zusammen mit ihm starb durch eine deutsche Kugel die große Hoffnung der zeitgenössischen Poesie."

So argumentierte sie und diesen Überlegungen ließ sich kaum etwas entgegensetzen. Vielleicht nur, dass er kein solches Genie war wie jene Männer. Eigentlich hätte er, hätten solche wie er den Baczyńskis und Gajcys und all den anderen die Waffe aus der Hand nehmen und sie wegschicken und ihnen sagen sollen, dass die Nachwelt sie brauche. Er hatte es nicht getan. Er hatte überhaupt nichts Gutes getan. Zwar auch nichts Böses, aber das war kein Freispruch. Die Waagschalen seines Lebens waren leer, sowohl die Schale des Bösen als auch die Schale des Guten. Nun zitterten sie. Maria.

Sie unterstützen. Diese großartige Stimme, die Leidenschaft des Singens, die wahre und ewige Kunst fördern. Auf diese Weise würde er Rechtfertigung erlangen. Er hatte überlebt, Bessere aber als er waren umgekommen. Deshalb also hatte er überlebt. Um ihr zu dienen. Darin sah er seine Mission. Aber nicht, weil er sie liebte. Lange Zeit war er weit davon entfernt. Zu vieles trennte sie. Nicht nur das, was in seinen Kreisen Kinderstube genannt wurde, nicht nur der Unterschied hinsichtlich des Wissensstands, der bei ihr so gering war, dass er sich manchmal fragte, wer ihr wohl das Abitur abgenommen hatte, sondern vor allem ihr Verhältnis zum Leben, zur Welt, das eine geradezu völlige Entfremdung verriet. Menschen waren ihr egal. Sie zuckte kaum mit den Achseln auf die Nachricht hin, dass jemand gestorben war, unter die Straßenbahn geraten war oder sich das Bein gebrochen hatte. Sie war ungesellig. Und einsam.

Sie hatte weder Freunde noch Freundinnen, noch nicht einmal Bekannte. Auch keine Familie oder Verwandten. Und sie schien keine Vergangenheit zu haben. Sie schien gestern geboren worden zu sein, geschaffen wie Eva, gleich in der fertigen Gestalt, so, wie er sie kennen gelernt hatte, in dem hellblauen Taftkleid unter dem Sakko und in den Charlie-Chaplin-Schuhen. Die Frage nach ihren Eltern beantwortete sie mit einem Satz: Sie seien von den deutschen Besatzern erschossen worden.

Sie hatte also niemanden. Was nicht das Schlimmste sei, wie sie sagte, als er sie seiner Mutter vorstellen wollte. Dank dessen könne er sich ihre Herkunft ausdenken, wie es ihm gefalle, sogar eine habsburgische Prinzessin aus einer illegitimen Verbindung könne er aus ihr machen. Denn damals, nach drei Jahren Erziehung, war sie schon eine Dame, wie die Heldin in *My Fair Lady*, und konnte auf Französisch, Englisch und Deutsch lesen und versprach zudem eine große Sängerin zu werden.

Aber am Anfang war es nicht Liebe, die sein Interesse für sie weckte. War es ihre Schönheit? Er kannte schönere Frauen. Sie hatte außergewöhnliche Augen, grau und leuchtend, von perlmuttfarbenem Glanz, aber das bemerkte und schätzte man erst, wenn man sie genauer ansah, wenn man mit ihr zusammen war, mit ihr Umgang hatte. Dann wurden die Unregelmäßigkeiten ihrer Gesichtszüge, die man auf den ersten Blick eben bloß als Unregelmäßigkeiten wahrnahm, reizvoll und sogar anziehend, sie harmonisierten mit ihren Augen, ihrer Stimme, ihrem Charakter und mit allem, was ihre Besonderheit ausmachte. Es dauerte jedoch einige Zeit, bis er ihre Schönheit entdeckte. Anfangs fand er sie nicht hübsch. Er suchte keine körperliche Nähe. Er war ihr geistiger Führer, ihr Vormund, ihr Lehrer. Die Liebe kam erst später. Und sie war sicherlich inspiriert durch die Liebe zur Kunst und basierte auf Bewunderung. Aber sie war auch gekennzeichnet durch Hingabe, durch die altruistische Bereitschaft, sich selbst für einen anderen Menschen aufzuopfern, den man für außergewöhnlich hielt. Er hatte endlich ein Ziel gefunden, und was für eines, er scheute keine Mühe, damit dieses Naturtalent zur Entfaltung kam, damit diese großartige Stimme in vollem Glanz erstrahlte.

Und nun wusste er: Das ist das Ende. Maria würde nicht mehr singen. Er schaute auf das Fenster, gegen das der Regen peitschte, und wiederholte: Ende, Schluss, vorbei. Er war eigentlich nicht überrascht. Niedergeschlagen ja, aber nicht überrascht. Seit langem fürchtete er sich vor etwas, aber er wollte sich nicht eingestehen, was es war. Er war bereits beunruhigt gewesen, als sie nach einem Jahr Pause nicht den Wunsch äußerte, auf die Bühne zurückzukehren. Er verbarg seine Besorgnis nicht. Er fühlte sich verantwortlich. Aber sie beschwichtigte ihn. Ihr Talent werde keinen Schaden erleiden, wenn sie sich noch ein bisschen Zeit nähme. Dieses Sich-Zeit-Nehmen schien ihr Vergnügen zu bereiten. Sie beschäftigte sich mit der Einrichtung der Wohnung, mit dem Kochen und hatte an den ihr früher lästigen Haushaltstätigkeiten viel Freude. „Reicht dir keine Ehefrau? Musst du eine Sängerin haben?", wimmelte sie scherzend sein sehr vorsichtiges und dezentes Zureden zu ihrer eigenen Idee – allein aufzutreten – ab. Er würde für sie ein Repertoire zusammenstellen, das sie liebte, sie sollte nichts singen müssen, was ihr nicht gefiel. Denn es wurde ihm allmählich klar, dass die Krise während der Proben zu *Rigoletto* begonnen hatte. Ganz deutlich, als wäre es gestern gewesen, hatte er den Nachmittag vor Augen, als sie von der Oper mit der Neuigkeit zurückkam, dass sie die Rolle der Gilda übernehmen sollte. Fröhlich rief er: „*Rigoletto!* Schon wieder! Das muss ein Zeichen sein!" „Wahrscheinlich ist es eines", stimmte sie freudlos zu, mehr noch: mit einem finsteren und irgendwie ängstlichen Blick. Dieses Zeichen war das Zeichen ihrer Krankheit. Wenn er es damals hätte entziffern können … Vielleicht hätte er etwas tun können, um den Weg ins Unglück zu versperren?

Die Scheibe wurde dunkel und dann erschien hinter ihr ein Schatten. Maria stand am Fenster und sah in den Park hinaus. In der Hand hielt sie eine Tasse, die sie von Zeit zu Zeit zum Mund führte. Ihm war, als blicke sie in seine Richtung, als schaue sie ihn an. Er spürte in seinen Augen etwas Heißes, das ihre Gestalt hinter der Scheibe, an der der Regen herablief, zusätzlich verwischte. Er zwinkerte, damit es verging, und beobachtete das Fenster, bis die Gardine wieder vorgezogen wurde. Auf einmal empfand er einen heftigen Schmerz in der Brust. Er beugte sich zurück und lehnte sich an den Baum. Ein Schwarm Vögel, aufgeschreckt durch seine plötzliche Bewegung, flog geräuschvoll von den Schneebeerbüschen auf. Er dachte, dass er zum ersten Mal Meisen sah, die so klein waren wie ein Finger, und rutschte am Stamm hinunter, um sich hinzusetzen. Da sagte jemand leise:

„Gehen wir, Karol."

Er erkannte Joannas Stimme. Er fand noch so viel Kraft, um aufzustehen und ihr zu folgen. Er fühlte nichts außer der Eiseskälte in seinen Füßen.

„Meine Liebste! Ich schreibe dir, ohne zu wissen, ob du das lesen wirst, ob du das lesen willst. Aber auf diese Weise habe ich den Eindruck, dass du da bist. Wirklich. Du sitzt mir gegenüber und häkelst (was du in letzter Zeit gern getan hast) oder machst dir Notizen aus dem *Alltagsleben der Römer* und ich störe dich, weil ich gerade einen Brief bekommen habe, dessen Inhalt ich dir sofort mitteilen muss. Denn die Angelegenheit ist wichtig und verdient Aufmerksamkeit. Ich habe dir doch mal von meinem Freund aus der Schulzeit erzählt, der vor dem Krieg mit seinen Eltern nach Kanada ausgewandert ist. Sein Vater war Forstingenieur und wurde dorthin von einem Institut für Dendrologie – oder so was in der Art – eingeladen, um bei Forschungsarbeiten mitzuwirken, und dank dessen waren er und seine Familie von all dem nicht betroffen, was sich in Europa ereignete. Nach dem Krieg schrieb mir Michał (so heißt mein Freund) und er schickte mir eine Zeit lang sogar Päckchen. Dann wurde der Kontakt lockerer. Aus Gründen, die dir bekannt sind, habe ich es vorgezogen, keine enge Verbindung zu jemandem im Ausland zu haben, besonders da es sich nicht um einen Verwandten handelte. Nun hat Michał, bestimmt informiert darüber, was bei uns geschieht, es gewagt, sich erneut zu melden. Und weißt du, was er vorschlägt? Dass ich zu ihm kommen soll, für ein halbes Jahr oder länger. Natürlich mit dir. Er hat zwei Häuser, eines in der Stadt, das andere auf dem Land, und dann gibt es noch ein drittes Haus, in dem sein Vater wohnt, und zwar (hör nur, hör nur!) in einem dichten Wald, in dem es nach Harz riecht so wie im Wald bei Arkady Fiedler. Meinst du nicht, dass wir über diesen Vorschlag nachdenken sollten? Stell dir bloß vor: Sich derart vollständig vom Alltag losreißen, wäre das nicht eine günstige Gelegenheit? Warum sollten wir das nicht tun? Dem steht nichts im Wege, oder? Du bist beurlaubt und ich kann mir ein halbes Jahr freinehmen, vielleicht sogar länger. So eine Reise, das ist eine Belebung, eine Erneuerung des Daseins. Ich sehe uns beide im Flugzeug, das über ein grünes Meer undurchdringlicher Wälder fliegt, und dann im Haus dieses alten Herrn, den ich kenne, denn ich war oft in den Sommerferien in seiner Försterei … Versuch auch du, dir das vorzustellen, meine Liebste. Ich möchte so gerne diese Reise mit dir machen. Denn natürlich würde ich sie nur gemeinsam mit dir antreten. Ohne dich ist sie nicht denkbar. So wie auch mein Leben ohne dich nicht denkbar ist. Du bist alles für mich. Nicht deine Stimme, nicht dein Talent, nicht dein Ruhm. Du bist alles. Ich möchte, dass du das weißt. Und auch, dass ich dich nicht verlasse, selbst wenn du mich verlassen hast.

Joanna hat mir gestern am Telefon gesagt, dass du dich gut fühlst, dass du immer längere Spaziergänge unternimmst und sogar nach Neuigkeiten von mir fragst. Was können das für Neuigkeiten sein? Ich lese viel und seitdem ich diesen Brief von Michał bekommen habe, beschäftige ich mich mit Englisch. Mit Französisch hätte ich keine Probleme, ich habe die Sprache, obwohl ich sie zehn Jahre nicht verwendet habe, nicht vergessen. Aber an meinem Englisch muss ich arbeiten. Wie schön wäre es, wenn du hier wärst, wenn wir zusammen lernen könnten. Ich würde dir mit Französisch helfen und du mir mit Englisch ... Aber mach dir keine Sorgen, wenn du noch nicht zurückkehren kannst. Ich werde geduldig warten, bis du kommst. Das wird dann ein großer Festtag, ein großer Glückstag für mich sein. Ich küsse dich. In Liebe dein Karol."

„Mein Liebster! Joanna hat mir mitgeteilt, dass ein Brief von dir gekommen ist, und mich gefragt, ob ich ihn lesen möchte. Anfangs wollte ich es nicht, ich hatte Angst vor etwas, vielleicht davor, dass du mich aufforderst zurückzukommen, davor, dass du traurig bist und dass deine Gefühle verletzt sind, ich weiß es nicht ... Ich habe Joanna gebeten, sie möge den Brief zuerst allein durchlesen. Das hat sie getan und ihn mir dann gegeben und gesagt, dass ich mich mit seinem Inhalt vertraut machen soll. Also habe ich den Brief gelesen, auch wenn ich dabei durch meine Tränen behindert wurde.

Du bist so gütig, indem du das alles schreibst, was du schreibst. Gütig und großherzig. Ja, widersprich nicht, das ist Großherzigkeit deinerseits. Eine Reise? Nach Kanada? Ich weiß nicht, ich weiß nicht ... Ich würde gerne. Ich würde gerne ja sagen, aber ich kann nicht. Irgendetwas reicht mir nicht, um ja zu sagen, irgendetwas fehlt mir. Mut? Oder vielleicht nur Lust? Ich weiß es nicht, auch das weiß ich nicht. Überhaupt weiß ich zurzeit viele Dinge nicht. Und vor allem weiß ich nicht, wie es weitergehen soll, was ich machen, wie ich leben soll. Wenn das so bleibt ... Aber nein, das bleibt nicht so. Eines Tages werde ich aufwachen und es wissen. Ganz bestimmt. Dann gebe ich die freiwillig gewählte Abgeschiedenheit auf und fahre zu dir, sofort. Aber ich muss es wissen, denn ohne das ...

Das Häuschen, in dem ich wohne, meine gesegnete Zufluchtsstätte, befindet sich in einer Art Wald. Vielleicht nicht so wie das Haus deines alten Försters in Kanada, aber dennoch inmitten eines großen, alten Parks mit hundert Jahre alten Bäumen, weit weg von irgendwelchen Gebäuden. Im Umkreis von zweihundert Metern gibt es keine Häuser, also kann man kein Radio hören und keine anderen ähnlichen Errungenschaften der Zivilisation, auch mit einem tragbaren Gerät gelangt niemand hierher, denn das Gelände ist eingezäunt. Nur der Wind rauscht in den Bäumen oder der Regen, manchmal hört man Vögel, die jetzt in ganzen Scharen aufgetaucht sind, irgendwelche mir völlig unbekannte Arten, winzige Meisen fliegen wie Funken von den Berberitzen zu den Schneebeeren und machen dabei einen ziemlichen Radau und auch die Grillen zirpen in ihren Löchern, wenn der Tag sonnig ist, aber sonst ist nichts, nur die Stille der Natur, die Stille des Herbstes, und so verschwinden allmählich in mir die Erinnerungen an andere Töne und Klänge und sogar die Erinnerungen an deine musikalischen Vorführungen verlieren die Schärfe ihrer Konturen und tun nicht mehr weh. Dank dessen kann ich schreiben und versuchen, dir zu erklären, was mit mir geschehen ist und warum es geschehen ist. Wenn du davon früher gewusst hättest, hätte es vielleicht eine Rettung für mich gegeben und auch für dich. Aber du hast es nicht gewusst. Ich habe es übrigens auch nicht gewusst, während der vielen schönen Jahre mit dir habe ich nicht gewusst, was in mir vorhanden ist, in mir existiert und auf den rechten Moment wartet, um sich zu zeigen. Wenn ich die Rolle in *Rigoletto* nicht angenommen hätte, wäre vielleicht bis heute alles gut. Aber ich wollte nicht auf dich hören, ich habe die Rolle angenommen und habe dieses geheimnisvolle Etwas herausgefordert, das begraben und erdrückt war unter dem schweren Stein des Vergessens und das doch einen Weg nach draußen gesucht hat, wie ein Gespenst, das zum Licht des Lebens drängt.

Mein Liebster! Du sagst: das meisterhafte Quartett *Bella figlia dell'amore* aus *Rigoletto*. So bezeichnest du es. Und nie, wenn du darüber gesprochen hast, hast du die Attribute ‚genial‘, ‚meisterhaft‘, ‚bravourös‘ ausgelassen. Dieses Quartett, mit dem ich den Kreis der Professoren überzeugt habe, als sie mir beinahe den Zugang zur Musik verwehren wollten. Den Zugang zum Leben, wie mir damals schien, denn ich hatte Tadeusz' Vermächtnis vergessen, ich dachte nicht mehr daran, als ich dem Klang von Almas Geige folgte, ja, Almas Geige, denn durch den Aufenthalt im Lager ist es so gekommen, dass jede Geige an jedem Ort der Welt für mich Almas Geige ist und für immer sein wird. Du hast dieses Quartett oft gespielt, Karol, in deiner Schallplattensammlung befindet es sich in dem Fach mit den ausgewählten Werken, jenen Werken, zu denen du am häufigsten greifst. Du liebst es, nehme ich an, auch aus dem Grund, weil wir uns gewissermaßen dadurch kennen gelernt haben und ein Ehepaar wurden. Aber nicht nur deshalb, das weiß ich natürlich. Vor allem schätzt du es als Fachmann aufgrund seiner musikalischen Qualität. Du bestaunst die Melodieführung, du bewunderst die harmonische Vielstimmigkeit, du genießt die meisterliche Verteilung der Kontrapunkte. Das alles weckt in dir Achtung, Begeisterung, sogar Rührung. Denn bei Künstlern ist es immer die Form, und nicht der Inhalt, die solche Gefühle hervorruft. Du hast für dieses Werk schon früher geschwärmt, bevor du es mit mir und meiner verzweifelten Darbietung vor der Prüfungskommission in Verbindung gebracht hast. Du bist ein Künstler, Karol, ein Künstler und ein Kenner. Aber du bist blind. Ja, mein Lieber, blind. Doch nicht nur du. Auch die anderen sind blind. Die ganze Welt, die Verdis Meisterwerk hört und voller Bewunderung flüstert, dass es genial ist, versteht nicht, was sie sagt und warum, sie sieht das Wesentliche nicht. Sicherlich, diese Blindheit ist ein Segen, deshalb habe ich nie versucht, dir die Augen zu öffnen. Ich habe geschwiegen und in diesem Quartett etwas anderes gehört als du, ich kenne die Wahrheit, die du und die Welt, die ihr das Werk ehrfürchtig bewundert, nicht kennt. Denn wie soll die Welt diese Wahrheit kennen, da sie doch nicht dort gewesen ist, wo sie ihren Ursprung hat? Um die Wahrheit zu kennen, hat man dieses Werk dort hören müssen. Andernfalls irrt man. Und spricht von der Form, von der genialen Form. Aber was ist hier die Form? Sogar der Inhalt – die Auseinandersetzung um die Tochter des unglücklichen Hofnarren des Herzogs –, dieser Inhalt, der die Form stützt, ist eine Tarnung. Ist konventionell und opernhaft. Denn den wahren Inhalt dieses Quartetts, Karol, den einzig wirklichen Inhalt haben vier Frauen geschaffen, mit ihrer Angst, ihrer Verzweiflung, ihrem Wahnsinn. Ich war unter ihnen, ich war eine von ihnen.

Das war nicht im Palast in Mantua und auch nicht auf der Bühne der Scala, sondern in der Sauna, also im Badehaus des Frauenlagers in Birkenau, das von Zeit zu Zeit die Funktion eines Konzertsaals erfüllte. Es war ein Konzert am Sonntagvormittag, eine musikalische Matinee. Dieses Konzert unterschied sich insofern von den anderen Konzerten, als außer dem Lagerführer auch der Lagerkommandant es mit seiner Anwesenheit beehren sollte. Das wurde uns einige Tage vorher mitgeteilt. Die Oberaufseherin wollte mit den Fortschritten prahlen, die das Orchester unter der Leitung der von ihr ausfindig gemachten und höchstpersönlich aus den

Kellern des Versuchsblocks herausgeholten weltberühmten Geigenvirtuosin Alma R. erzielt hatte. Davon sollte ein Werk aus dem ernsten Repertoire zeugen. Damit es nicht schon wieder nur Lehár und Kálmán im Wechsel mit Strauss und Monti gab, die bis zum Abwinken gespielt wurden. Ein Werk, das der Lagerkommandant von seinem hervorragenden Männerorchester noch nicht gehört hatte, das Quartett aus dem dritten Akt von *Rigoletto*. Warum gerade dieses Quartett? Weil die Oberaufseherin die Noten dafür besorgen konnte. Also zauberte Alma ein bisschen und schrieb das Quartett für Frauenstimmen um. Erinnerst du dich, wie verblüfft ich war, als die Professorin mich während der Prüfung fragte, ob ich nicht etwas für eine Frauenstimme kenne? Ich habe bis dahin nicht gewusst, dass das, was ich singen wollte, keine Frauenrolle war. Woher sollte ich das auch wissen? Rigoletto fing in meinem Leben erst dort an zu existieren, in dem Moment, als Alma sagte: ‚Dir, Maria, geben wir die Rolle des Rigoletto. Schauen wir mal, was daraus wird.' Wir mussten dieses Quartett perfekt beherrschen. Besonders ich. Ich durfte Alma nicht enttäuschen, durfte mich nicht als Amateurin unter all den professionellen Sängerinnen zeigen. Wenn ich schon nicht besser sein konnte als sie, dann durfte ich auf keinen Fall schlechter sein. Das war mein erster Soloauftritt und von ihm hing meine Zukunft im Orchester ab.

Der Beginn des Konzerts war auf elf Uhr angesetzt. Eine Stunde vor dem Abmarsch zur Sauna scheuchte uns Alma zu noch einer Probe. Auch ihr lag daran, das Können des von ihr geleiteten Ensembles zu beweisen. Wir hatten gut und sicher begonnen, als auf einmal heftig an die Tür getrommelt wurde. Wie auch sonst unterbrachen wir unseren Gesang nicht, nur die Torwache beeilte sich zu öffnen. Es war aber keiner von den SS-Leuten. In der Tür stand eine vertraute Gestalt, die Meldegängerin vom Krankenrevier. Wir alle sahen sie, außer Alma, die vor dem Dirigentenpult stand. Enni, die die Gilda sang, verstummte. Da klopfte Alma mit dem Taktstock auf das Pult. ‚Enni, konzentrier dich!' Aber Enni rannte zur Tür. ‚Meine Schwester? Was ist mit meiner Schwester?', fragte sie. Die Antwort errieten wir, bevor sie erteilt wurde, am Gesicht der Meldegängerin: ‚Block fünfundzwanzig.' Ennis Heulen, das wie das Jaulen eines verletzten Hundes klang, ließ den Gesang in unseren Kehlen stocken. In der plötzlich eingetretenen Stille waren nur die sich entfernenden Schritte der Frau aus dem Krankenrevier und unsere Atemzüge zu hören. Enni saß an der Stelle, an der sie die Nachricht empfangen hatte, auf dem Ziegelfußboden und hielt sich den Bauch wie ein

Mensch, der von Leibschmerzen geplagt wird. Sprachlos starrten wir Alma an, die schließlich, nach einem Moment, der uns wie eine Ewigkeit vorkam, zu Enni ging und sie hochzog. ‚Enni …', begann sie, aber mehr sagte sie nicht. Enni sah sie an und rannte dann zum Ausgang. ‚Wohin willst du?', schrie Alma. Aber zum Glück schaffte die Torwache es, die Tür zu schließen, und stand da und verwehrte Enni den Zugriff zum Riegel.

Karol, ich werde mich nicht bemühen zu beschreiben, was geschah, bis wir Enni gebändigt hatten. Das lässt sich nicht in Worte fassen. Das ließe sich wohl nur durch Musik ausdrücken, wenn man eine neue musikalische Sprache erfinden würde. Denn wir haben sie gebändigt. Nein, nicht physisch, obwohl auch das, bis zu einem gewissen Grad, indem wir sie nämlich von der Torwache wegzogen, auf die sie sich in einem Wutanfall gestürzt hatte. Wir haben sie psychisch überwältigt, indem wir sie erpresst haben.

Wir mussten das tun. Wir hatten keine andere Wahl. Wie hätten wir dieses Quartett ohne Enni singen sollen? Es gab doch keine Zweitbesetzung. Wenn sie Alma nicht zur Rückkehr in den Versuchsblock verdammen wollte und das Orchester nicht zur Aufteilung in die Feldkommandos oder vielleicht sogar in die Strafkompanie, dann musste sie mit uns in die Sauna gehen. Wenigstens das. Wenn sie erst einmal dort war, konnte sie eine plötzliche Heiserkeit vortäuschen oder was sie nur wollte, aber erscheinen musste sie. Doch wer weiß? Wenn die Oberaufseherin etwas früher käme, dann wagte Alma es vielleicht, ihr Ennis Kummer darzulegen. Und alle zusammen klammerten wir uns an diese Vorstellung, verlogen und heimtückisch. Oder es wäre noch besser, riefen wir durcheinander, wenn Enni, bevor die Angelegenheit vorgebracht wird, der Oberaufseherin vorsingt und sie mit ihrer wunderbaren Stimme wie mit einer Trumpfkarte besticht. Enni reagierte auf unsere Vorschläge mit eisernem Schweigen. Alma schwieg ebenfalls. Uns erfasste Entsetzen. Was würde mit uns, was würde mit dem Orchesterkommando geschehen, wenn sich Enni nicht überzeugen ließ? Es gelang uns jedoch schließlich, sie in die Sauna zu bringen. Die Instrumente wurden schon verteilt und gestimmt, als Alma zu Enni sagte: ‚Du weißt, wie gut ich dich verstehe. Niemand versteht dich so gut wie ich.' Sie wollte Enni umarmen, aber die schob sie von sich. ‚Erwarte von mir nicht, dass ich das tue, ich kann es nicht', sagte sie mit heiserer Stimme. Und zwischen den beiden begann ein Gespräch, begleitet vom chaotischen Lärm des Stimmens der Instrumente, in den sich einzelne Melodien des Werkes mischten, das wir gleich aufführen sollten, und ich hörte das alles mit zusammengepresstem Herzen, voller Angst auch um mein Schicksal und ahnte nicht, dass von da an für immer dieses Gespräch für mich den Inhalt des Quartetts *Bella figlia dell'amore* ausmachen würde. ‚Wie soll ich das der Oberaufseherin erklären?', fragte Alma. ‚Meine Schwester ist zum Tode verurteilt worden. Sie ist fünfzehn Jahre alt und vollkommen unschuldig.' Alma führte die Hände an die Schläfen, um sie dagegen zu drücken, wie immer, wenn sie ihre schrecklichen Kopfschmerzen bekam. ‚Niemand versteht dich so gut wie ich. Aber du musst wissen, wo wir sind', fuhr sie fort. ‚In der Hölle. Und in der Hölle singt man nicht. Niemand sollte in der Hölle singen!', rief Enni. Da sagte Alma: ‚Hör zu, Enni. Der Lagerkommandant kommt. Wir werden ihn bitten. Ich bitte ihn oder du. Vielleicht befiehlt er, sie freizulassen.' Enni schwieg mit geschlossenen Augen, den Kopf in die Hände gestützt. ‚Mich haben sie doch auch aus Block zehn herausgelassen', warf Alma ein und Enni schaute sie an. Ihr Blick war nun schon wacher. ‚Nimm all deine Kraft zusammen, dieser Auftritt ist eine Chance für dich.' Und ohne Ennis Antwort abzuwarten, gab sie dem Orchester ein Zeichen: ‚Bitte üben.'

Also begann das Orchester sofort und spielte eifrig, denn es war besser, nicht daran teilzuhaben, auch wenn zu hören war, was da stattfand und was der Librettist für die Szene im Haus des Banditen Sparafucile nicht vorgesehen hatte. Denn es ging hier nicht um das Leben des Herzogs oder der unglücklichen Gilda und auch nicht um das Leben von Ennis Schwester oder um ihr eigenes Leben, sondern um das Leben des gesamten Kommandos, es ging um das Frauenorchester des Konzentrationslagers Birkenau. ‚Du musst singen, Enni.' ‚Ich kann nicht, es geht nicht, ich kann es nicht.' ‚Der Lagerkommandant wird anwesend sein, das ist deine Chance, versteh doch, das ist eine Chance für dich.' ‚Meine Kehle ist wie zugeschnürt.' ‚Entspann sie. Er liebt Gesang.' ‚Und er wird sie nicht vergasen lassen?' ‚Vielleicht nicht, versuch es. Du kannst sie retten.' ‚Sie ist in Block fünfundzwanzig, nichts kann sie retten.' ‚Bringt sie zur Vernunft!', forderte uns Alma auf. ‚Um Gottes willen, bringt sie zur Vernunft!'

Es war halb elf, eine halbe Stunde trennte uns vom Beginn des Konzerts. Eine nach der anderen flehten wir Enni an, wobei wir die falsche Hoffnung beschworen, dass der durch den Gesang gerührte Lagerkommandant ihrer Schwester das Leben schenken werde. ‚Er hat die Macht dazu, versuch es.' Enni stürzte zu Boden und schrie: ‚Block fünfundzwanzig, sie ist in Block fünfundzwanzig!' Wir zogen sie hoch. ‚Solange sie dort ist, lebt sie.' ‚Wer dort hinkommt, ist nicht mehr lebendig. Hört ihr das? Das ist der Lastwagen.'

Plötzlich wurde alles still, auch die Instrumente verstummten. Es war nichts zu hören.

‚Heute ist Sonntag. Die wollen auch Sonntag haben.' ‚Beim Morden gibt es keinen Sonntag.' ‚Bringt sie zur Vernunft, bringt sie endlich zur Vernunft', bat Alma leise und hatte dabei immer noch die Hände an die Schläfen gepresst. ‚Heute kommt kein Lastwagen. Oder erst am Nachmittag. Der Lagerkommandant aber wird gleich hier sein. Du schaffst es.'

Alma schaute auf ihre Uhr, nur sie allein durfte eine Uhr tragen. ‚In zwanzig Minuten.' ‚In zwanzig Minuten ...', wiederholte Enni. Sie sah uns an, als sei sie gerade erwacht. Sie sagte ganz ruhig – und diese Ruhe war schrecklich: ‚Ich möchte bei ihr sein. Ich kann nicht anders. Ich darf sie nicht im Stich lassen, versteh das doch, Alma, sie ist meine Schwester, sie ist mein kleines Schwesterchen.' ‚Bringt sie zur Vernunft! Maria, bring du sie zur Vernunft', rief Alma. ‚Enni, du erreichst dadurch nichts, wenn du zu ihr gehst. Aber wenn du so singst, dass du dem Lagerkommandanten auffällst, dann fragt er dich, woher du kommst, wie alt du bist, was für eine Ausbildung du hast. Das geschieht manchmal, du weißt es doch selbst. Als du hierhergekommen bist, hast du auch Interesse geweckt, als Einzige unter all den Neuzugängen mit ihren hervorragenden Stimmen.' Enni sah mich an, als würde ich ihr ein Märchen erzählen. ‚Du warst dabei? Und du erinnerst dich daran?' ‚Ja, ich war dabei. Und ich erinnere mich daran.' ‚Maria', warf Alma rasch ein, ‚du singst deine Partie nicht so, wie du sollst, sondern piano, pianissimo, verstehst du? Damit man Enni hört. Der Lagerkommandant schätzt Musiker, die Solisten im Männerorchester erhalten spezielle Rationen. Wenn Enni seine Aufmerksamkeit erregt, könnte ihre Bitte erhört werden, ja, es wird bestimmt so kommen, also Schluss jetzt mit der Verzweiflung, es ist noch nicht die Zeit zum Verzweifeln, noch kann man etwas tun ...'

Enni ergriff Almas Hand und küsste sie. ‚Danke, Alma. Man kann nur eines tun. Zu ihr gehen. Denk nur, denkt doch nur, sie ist dort allein. Und sie hört den Lastwagen. Und hat Angst, Todesangst. Wisst ihr nicht, was das für eine Angst ist? Ich weiß es. Ich will zu ihr gehen, damit sie weniger Angst hat.'

Da rief jemand von hinten, aus der Reihe der Schlagzeuge: ‚Das kannst du immer noch tun! Aber zuerst versuch, sie zu retten!' Andere mischten sich ein: ‚Vielleicht erweichst du den Lagerkommandanten, rührst in ihm den Menschen.' ‚Er liebt es, seine Allmacht zu beweisen.' ‚Er liebt es, sich großmütig zu zeigen. Du musst diese Saite in ihm zum Klingen bringen.'

Und das Orchester fing aus eigenem Antrieb, ohne ein Zeichen von Alma, erneut an zu spielen. Alma fasste Enni an den Schultern und drehte sie zu sich. ‚Schau mich an, Enni. An meinem Gehirn wurden Experimente durchgeführt. Spritzen, Impfungen, Transplantationen, ich weiß nicht genau, was, wochenlang war ich nicht bei Bewusstsein. Ich sollte bei dieser Tortur sterben. Aber ich lebe. Ich lebe, weil ich spiele. Dein Instrument ist deine Stimme. Du wirst deine Schwester retten. Wenn dein Part kommt, singst du ihn so, wie man singt, spielt und tanzt, wenn es ums Leben geht. Und wenn du fertig bist, wirfst du dich dem Lagerkommandanten zu Füßen und bittest für deine Schwester. Mach es so, ich werde dich nicht daran hindern, keiner wird dich daran hindern.'

Enni schwieg, dann räusperte sie sich auf einmal und sang die Tonleiter. Wir hielten den Atem an. ‚Gut, ich werde singen.' Sie stimmte wieder an und das Orchester beeilte sich, sie zu begleiten. ‚Piano, piano', beschwichtigte Alma. Enni brach ab und richtete ihre leeren Augen auf sie. ‚Ja, ich werde singen', wiederholte Enni und wir spürten anstelle von Erleichterung eine noch größere Furcht. ‚Ich werde singen und während er andächtig zuhört, werde ich zu ihm hingehen und ihm in die Fresse spucken.'

Es herrschte zunächst Stille und dann brach ein Tumult los: ‚Sie ist verrückt geworden!' ‚Werft sie raus! Schickt sie zurück in den Block!' ‚Sie hat den Verstand verloren! Sie will uns alle zugrunde richten!' ‚Bringt sie weg von hier! Soll sie doch zu ihrer Schwester gehen!'

Enni hörte es nicht. Sie lief zu den Stühlen für das Publikum. ‚Hier wird er sitzen. Um den Bauch den Gürtel geschnallt. Und das Holster. Darin die Pistole. Singend nähere ich mich, komme ganz nahe. Ich falle auf die Knie wie in einer großen Szene, entreiße ihm die Pistole, spüre sie in der Hand. Einmal eine Waffe in der Hand spüren! Eine Waffe, eine Waffe, eine Waffe!', schrie sie wie von Sinnen, sie sah nichts und niemanden.

Wir stürzten hinzu und umzingelten sie. ‚Idiotin! Das ist keine Operette!' ‚Und auch keine Oper, Enni! Auf dieser Bühne tötet ein Schuss!' ‚Willst du uns umbringen? Mit welchem Recht?' Jemand schubste sie. Sie fiel auf einen Stuhl. Und kam zu sich. Sie klapperte mit den Zähnen. Sie jammerte mit dünner Stimme: ‚Sie ist fünfzehn Jahre alt. Und sie hat Angst. Sie hat so schreckliche Angst.' ‚Na, dann geh zu ihr! Wer hält dich hier fest?' ‚Verschwinde! Aber mach hier keine Mätzchen!' ‚Du hast kein Recht, uns in das mit hineinzuziehen, uns in Gefahr zu bringen!'

Enni richtete sich auf. Sie zitterte nicht mehr. Sie klopfte sich das Kleid ab und warf uns verachtungsvoll zu: ‚Euch erwartet dasselbe, ihr Dummköpfe! Heute oder morgen!' Hände erhoben sich gegen sie, aber Alma schlug mit dem Taktstock nach ihnen. ‚Auf eure Plätze!', rief sie.

Die Oberaufseherin kam als Gastgeberin früher. Sie war empört, als ihr mitgeteilt wurde, Enni habe eine Angina, und ging nicht auf Almas Vorschlag ein, die Premiere des Quartetts zu verschieben. Der Lagerkommandant sei gespannt darauf und wolle nichts anderes hören. Enni solle singen und sich gefälligst bemühen. Im Orchester sei kein Platz für Sängerinnen mit einer Angina. Der Versuch, Enni den Auftritt zu ersparen, schlug also fehl. Die Ungewissheit darüber, was im nächsten Moment passieren würde, lähmte uns. Wir standen eng nebeneinander, Schulter an Schulter, um die geringste Bewegung von Enni zu spüren und sie zu verhindern. Uns wurde abwechselnd heiß und kalt, wir konnten kaum atmen, die Kehle war wie zugeschnürt. Die ersten Klänge des Orchesters, die ersten Vokalphrasen waren verzerrt, wie eine Karikatur. Ich hatte sie direkt vor mir, sie, für die wir sangen. Das ironische Lächeln des Lagerkommandanten, die gerunzelten Augenbrauen der Oberaufseherin. Was war los? Gestern im Block hatte das anders geklungen. Alma klopfte auf das Dirigentenpult. ‚Ihr könnt es doch', sagte sie mit Nachdruck auf Deutsch. ‚Ihr könnt es doch …' Ihre Augen, die von jenen nicht gesehen wurden, flehten. Sie hob die Hände und verharrte so einen Moment lang, länger als sonst, womit sie uns zwingen wollte, uns zu konzentrieren und uns zu beherrschen.

Ich strengte mich an, meine Stimme klang nun sicherer und reiner. Almas Blick dankte mir: Ja. Darum geht es. So muss es sein. Ich nahm den Ton auf und gab ihn an die anderen weiter. Ich fühlte mich wie die erste Geige. Ohne den Blick von Almas Händen, von ihrem Gesicht zu wenden, sang ich berauscht und wie entrückt und ich hatte Ennis Tragödie vergessen und die Gefahr, die dem Orchester drohte. Aber als Enni an die Reihe kam, als ihr Part begann, gab mir Alma mit den Augen ein Zeichen: piano, piano … Und dann fiel mir alles wieder ein … Ich lehnte meine Schulter an Ennis Schulter, die wie in Trance sang. Es gab keine Spur mehr von der eben noch vorhandenen Heiserkeit, ihre Stimme war klangvoll und ergreifend schön.

Da spürte ich, dass etwas mit meinen Augen geschah. Etwas Seltsames. Dass sie herausspringen wollten, aus den Augenhöhlen fliehen wollten wie Tiere aus einem Käfig. Dass meine Augen wie Tiere waren. Wie Mäuse oder etwas Ähnliches. Instinktiv hielt ich die Hände davor, damit die anderen es nicht bemerkten. Als ich meine Hände wegnahm, sah ich, wie die schluchzende Enni aus der Sauna geführt wurde, das Orchester spielte einen bravourösen Csárdás und meine Augen waren wieder Augen.

Das ist mir nie mehr passiert. Der Schock dauerte nicht lang, verging und so etwas kam dann nie mehr vor. Ich habe das Orchester nicht verlassen. Warum hätte ich das auch tun sollen? Wenn Enni dabeiblieb … Denn sie blieb dabei. Dieses Gesetz herrschte in jener Welt: Man musste leben, auch wenn das das Schlimmste war, auch wenn die Liebsten, die Nächsten starben, auch wenn das Leben jeden Sinn verloren hatte. Meine Eltern waren bereits tot und daher fühlte ich mich ruhig. Hatte ich doch, so meinte ich aufgrund eines nicht näher erklärbaren, naiven Gerechtigkeitssinns, das mir irgendwo zugedachte Maß an Unglück erreicht und durfte nun vertrauensvoll in die Zukunft blicken. Umso mehr als diese sich so vielversprechend ankündigte … Ein Dasein in der Sphäre der Musik. Wem noch wurde etwas derart Erhebendes zuteil? Wer an diesem verfluchten Ort, der für Millionen das Ende von allem, den Verfall jeglicher Werte bedeutete, fand einen vorher nicht gekannten, vorher nicht einmal geahnten und mit nichts zu vergleichenden Schatz? Die Musik und dazu die Liebe, die ich dort ebenfalls kennen lernte, diese zwei Leidenschaften vermischten sich, bestärkten sich, ergänzten sich.

Verstehst du, wie reich ich dort war? Reich und glücklich. Ja, ich war glücklich. Kennst du den Ausdruck Todsünde? Das ist eine ihrer zahlreichen, im Katechismus nicht berücksichtigten Formen: reich sein inmitten von Armen, satt sein inmitten von Hungrigen, angezogen sein inmitten von Nackten, glücklich sein inmitten von Verzweifelten, erhaben sein inmitten von Erniedrigten. Denn ich war erhaben eben durch mein Glück.

Und ich habe gesungen. Von morgens bis abends und auch in der Nacht. Die Musik erfüllte meine Träume. Und morgens weckte mich der aufregende Gedanke, dass bald die Probe beginnt und dass diese Probe ein paar Stunden dauern wird, vielleicht auch länger, wenn Alma nicht ihre schreckliche Migräne bekommt. Meine einzige Sorge war, dass die Probe zu kurz sein könnte. Ich hatte ein ständiges Verlangen danach, zu lernen, belehrt zu werden, zu wiederholen, mich zu verbessern, mich zu perfektionieren. Ich fühlte mich als Einzige aus dem ganzen Ensemble nie müde, hatte nie das Bedürfnis, mich auszuruhen. Ich übte beharrlich und gehörte bald zu den Solistinnen. Zusammen mit dem Orchester trat ich bei den Konzerten in der Sauna auf und bei den anderen Konzerten, denen beim Lagertor, die für die Menschen vorgesehen waren, für die bestimmt waren, die in den Tod gingen. Diese Konzerte waren aber nicht traurig oder wenigstens ernst, ganz im Gegenteil! Ach, Lehár, Kálmán, Strauss – wenn ihr gewusst hättet! Wenn ihr geahnt hättet, wem und unter welchen Umständen eure *Zigeunerbarone*, *Csárdásfürstinnen* und *lustigen Witwen* dienen würden!

Gleich hinter dem Lagertor, wo unsere Bühne war und wo oft mit erhobenen Händen Häftlinge knieten, die für irgendein Vergehen bestraft wurden, befand sich die Rampe. Du weißt, welche. Die gibt es nur einmal auf der Welt. Am Ende des Gleises war eine Absperrung in Form von zwei Kreuzen, die ein totes Gleis kennzeichnet und die man auf allen Bahnhöfen sehen kann. Bloß dass diese Station, an der kein Name zu lesen war, und dieses Gleis nirgendwo ihresgleichen hatten. Hierher wurden sie gebracht.

Die Lokomotive rollte langsam herein, leise schnaufend und von dichtem Dampf umgeben, dahinter die Waggons, Güterwagen, manchmal auch Personenwagen, Pullmanwagen, mit Schildern, auf denen nicht Auschwitz stand, sondern ein Zielort, den niemand kannte. So also wurden sie bis fast vor die Eingänge der Krematorien transportiert. Sie stiegen aus und achteten sorgfältig auf ihr Gepäck, das ihnen kurz darauf abgenommen wurde. Der Zug fuhr weg, jetzt schnell, als würde er von diesem Vorhof des Todes fliehen, und sie blieben auf dem im Frühling und Sommer grünen, mit Gras bewachsenen Bahnsteig stehen und betrachteten die Baracken hinter dem Stacheldrahtzaun in der Annahme, dass sie darin künftig leben würden. Und dann, schon ohne Habe, gingen sie Richtung Krematorium und kamen ihm immer näher und näher. Manchmal, wenn der Transport umfangreich war, dauerte das den ganzen Tag. Und wir spielten. Wir spielten und sangen. Alma, Enni, ich und alle anderen, das ganze Orchester. Wir spielten, damit es denen beim Lagertor fröhlicher zumute war. So habe ich es mir damals eingeredet: dass es für sie mit dieser Musik leichter ist. Dass ich, indem ich singe, ihnen helfe bei der Überquerung der am schwersten zu überwindenden Grenze, der Grenze zwischen Leben und Tod. Im Übrigen ist das nicht die Wahrheit. So habe ich damals nicht gedacht, denn ich habe mich überhaupt nicht mit dem moralischen

Aspekt meines Gesangs und meiner Anwesenheit beim Lagertor beschäftigt. Dieses Problem existierte für mich nicht. Es existierten bloß Almas schwingende Hände, ihre schweren Lider, die sich so vielsagend schlossen, der Schatten eines Lächelns auf ihren Wangen oder das Runzeln ihrer Augenbrauen. Es existierte die Musik und sonst nichts. So war es, bis Alma starb. Danach veränderte sich etwas in mir. Ich fing an, diese Menschen auf der Rampe zu sehen, ihren Weg zum Krematorium zu verfolgen, ihn mir in Erinnerung zu rufen wie in der Kindheit den Kreuzweg Jesu Christi. Ich fing an, über sie nachzudenken.

Dort, auf der nun stillen, mit Gras bewachsenen Rampe, in dieser längst vergangenen Zeit liegt die Ursache dafür, dass ich von zu Hause weggegangen bin, dass ich dich, meinen einzigen, meinen besten Freund verlassen habe. Bei unserem letzten gemeinsamen Konzertbesuch in der Philharmonie ist das passiert, wovor ich mich seit Jahren gefürchtet habe. Genauer gesagt seit der Premiere von *Rigoletto*, bei der meine Gilda, die ich unter solchen Qualen gesungen habe, derart schwach ausgefallen war. Ich wollte nicht in dieses Konzert gehen. Ich habe mich dagegen gesträubt, vielleicht kannst du dich entsinnen. Ich habe gewusst, wie nah der Moment ist, in dem diese verrückten Mäuse entweder das Gitter des Käfigs durchbrechen oder tot umfallen werden. Ich habe eine Ausrede gesucht, um nicht mitkommen zu müssen, ich habe gesagt, dass ich mich nicht wohlfühle. Du hast aber nicht lockergelassen. Du hast mir sogar geraten, dass ich etwas einnehmen soll, damit es mir besser geht. Du hattest ja deine Freunde eingeladen und wolltest, dass auch ich ihnen Gesellschaft leiste. Es war dir so sehr daran gelegen, dass es für mich kein Zurück gab.

Und die Gefahr, die mir drohte, war nicht abzuwenden. Ich kann mich heute nicht mehr daran erinnern, was bei dem Konzert gespielt wurde, ich habe es ja auch damals nicht wahrgenommen, ich habe nämlich versucht, die Musik nicht zu hören, mit meiner ganzen Willenskraft habe ich mich darauf konzentriert, mich von ihr abzuschotten, mich ihr gegenüber taub zu stellen. Ich wusste zwar, dass weder Lehár noch Strauss noch Kálmán gegeben wurden, nicht gegeben werden konnten, keine dieser Melodien, die sonntagnachmittags am Tor des Frauenlagers in Birkenau erklangen.

Und trotzdem fingen sie an zu gehen. So wie früher. In großer Zahl. Sie rückten durch den Saal vor wie einst auf dem Weg hinter dem Stacheldrahtzaun, der zum Krematorium führte. Hunderte, Tausende. Sie gingen und gingen, endlos. Männer, Alte, Frauen,

Kinder. Und sie schauten nicht auf die Bühne, auf diese grandiose Bühne der Philharmonie, wo das Orchester in bester Besetzung spielte, sondern ins Publikum. Sie schauten auf mich. Als ob ich auf einem Podium stünde und derart emporgehoben alle überragte. Und sie sorgten dafür, dass ich wieder dort war, auf jener Bühne. Auf der einen Seite des Stacheldrahtzauns. Und sie gingen auf der anderen Seite, wo das Gleis mit dem grünen Bahnsteig war. Sie gingen auf diesem Bahnsteig, auf diesem Weg, an dessen Ende vier Schornsteine standen. Die Schornsteine rauchten noch nicht und so rochen die Menschen den Brandgeruch nicht, diesen typischen Geruch von verbranntem Fleisch und Knochen, sie wussten nicht, was das für Schornsteine waren. Sie sahen das Orchester hinter dem Stacheldrahtzaun, sie hörten die Musik und meinen Gesang: *Nur nicht aus Liebe weinen ...* Sie lächelten. Sie winkten. Sie klatschten. Einige riefen Bravo. Auf ihren Gesichtern zeichnete sich Erleichterung ab. Ihnen gefiel mein Gesang. Sie fassten Mut. Denn wenn man hier sang, dann bedeutete das, dass man leben konnte. Sie hoben die Köpfe. Sie beschleunigten ihre Schritte. Sie wollten so schnell wie möglich hinter den Stacheldrahtzaun gelangen. Sie gingen und gingen. Um zu sterben. Und ich sang, um zu leben. Und sie gingen, um zu ... Und ich ... Und sie ... Und ich ... Um zu leben! Ich habe ihnen geholfen zu sterben, damit ich selbst nicht starb!

Ich musste mich von ihnen befreien, Karol. Und also auch von dir, von deinen musikalischen Vorführungen, von der Musik. Um leben zu können. Hier, wo ich bin, gibt es keine Musik. Stille ist die richtige Therapie für mich. Die Therapie, die mir Tadeusz in seinem letzten Brief empfohlen hat. Und die ich vergessen oder missachtet habe. Hier gibt es keine Musik. Und meine Augen sind Augen und keine vor Angst verrückt gewordenen Tiere. Oder ist es, weil du nicht hier bist? Und wenn ja, wie geht es dann weiter mit mir, mit uns? Wer kann uns das sagen? Joanna bestimmt nicht und auch nicht Doktor Jakubowski. Gibt es jemanden, der uns das sagen kann?"

„Liebe Maria! Das ist schon die siebte Woche und von dir erfahre ich nur durch Joanna. Warum? Warum erlaubst du mir nicht, dass ich dich sehe oder wenigstens höre? Kannst du dich wirklich nicht zu einem Telefonat durchringen, mir nicht ein paar Worte sagen oder schreiben? Mir wäre leichter, wenn ich direkt von dir eine Nachricht erhalten würde. Man kann viel ertragen, wenn man weiß, warum einem etwas auferlegt wurde. Aber ich weiß es nicht.

Ich weiß nichts. Ich weiß nicht, warum du von zu Hause weggegangen bist, warum du nicht zurückkommst, warum du dich nicht
meldest, warum du dir bei dieser Depression nicht helfen lässt.
Wieso das alles, warum? Ich stelle Vermutungen an, während ich
den Grund dafür suche oder wenigstens irgendeinen Anhaltspunkt.
Ich kann keinen Makel an unserer Ehe finden, ich kann bei mir
keine Schuld entdecken. Ich gehe unser gemeinsames Leben Tag
für Tag durch, von dem Augenblick an, als ich dich in dem dunklen Gang der Musikhochschule getroffen habe, bis zu den letzten
gemeinsamen Momenten, als wir nach dem Konzert nach Hause
zurückgekehrt sind.

Mein Gedächtnis ist schwach. Mir fällt nichts ein, was ich als
Zeichen werten könnte, als Vorboten für das, was dann passiert ist.
Ist es möglich, dass es nichts Derartiges gab? Zu keiner Zeit? Hilf
mir, Maria! Allmählich glaube ich, dass ich allein meiner Blindheit
das einstige Glück mit dir zu verdanken habe. Und auch das jetzige
Unglück. Warum hast du zugelassen, dass ich blind war? Und warum bist du ohne ein Wort der Erklärung fortgegangen? Falls ich
tatsächlich blind war, dann möchte ich es um Gottes willen wissen.
Ich habe ein Recht, es zu wissen. Joanna hat mir geraten, ich soll in
meinen Briefen an dich nicht über Musik schreiben, denn sie meint,
dass du eine Phobie hast, die damit zusammenhängt … Ich bin bereit, das zu beherzigen, nicht nur jetzt, sondern selbstverständlich
auch in der Zukunft. Ich kann verstehen, dass du seit der Zeit an
der Oper ein Trauma hast. Wenn ich irgendwie dazu beigetragen
habe, dann sag es mir. Ich bitte dich, fang an zu sprechen. Damit ich
weiß, wie ich mich weiter verhalten soll, wie ich Fehler vermeiden
kann. Ich kann mir nämlich nicht vorstellen, dass es für immer so
bleiben soll. Du bist der Sinn meines Lebens. Bitte nimm mir diesen
Sinn nicht weg, nimm dich mir nicht weg. Dein Karol."

„Als Alma starb … Sie starb nämlich. Trotz der Immunität, die ihr
die Geige verlieh. Eines Morgens stand sie nicht zum Appell auf.
Das waren diesmal nicht nur ihre schrecklichen Kopfschmerzen,
sie hatte auch hohes Fieber. Sie wurde ins Revier gebracht und drei
Tage später wurde ein Totenschein ausgestellt, darauf stand als To-
desursache Hirnhautentzündung. Sie war gestorben. Sie war nicht
mehr da. Die Musik hat sie nicht unsterblich gemacht, hat ihr Leben
nicht um so viel verlängert, dass sie den Untergang des stachel-
drahtumzäunten Imperiums erleben konnte. Wer war sie gewesen,

welcher Sache hatte ich bis zur Selbstaufgabe, bis zum Selbstverrat gedient, welcher Schimäre hatte ich meine Seele überlassen? Alma war nicht mehr da. Meine Begeisterung schwand, wurde von Tag zu Tag geringer, erschreckend schnell, und in dem Maße, in dem sie erlosch, kamen Fragen auf, die mir das Herz zusammenpressten und es abwechselnd feuerheiß und eiskalt werden ließen. Fragen nach denen, die hinter dem Stacheldrahtzaun gegangen waren.

Wie haben sie mich von dort aus gesehen, von ihrem letzten Weg aus? Welche Rolle hatte ich in ihren Augen? Ich konnte nicht mehr schlafen. Die Nächte verbrachte ich mit Lauschen, ob nicht ein Zug sich näherte. Denn nur bei den Transporten, die tagsüber eintrafen, spielten wir zum Marsch ins Krematorium auf. Die nächtlichen Transporte starben ohne Ouvertüren. Wenn also ein Transport in der Nacht ankam, blieb es am nächsten Tag ruhig. Bloß nicht beim Stacheldrahtzaun singen, dieser Gedanke beherrschte mich. Ein- oder zweimal konnte ich mich irgendwie davor drücken. Sonia, die nach Alma nun den Taktstock schwang, glaubte sofort an meine Halsschmerzen. Sie hatte genügend Sängerinnen, mich mochte sie nicht besonders und sie wäre gerne überhaupt das ganze Orchester losgeworden. Wenn sie gekonnt hätte, hätte sie wahrscheinlich das gesamte Ensemble ausgewechselt, das Almas Großartigkeit in Erinnerung behielt. Trotzdem war ich nicht darauf erpicht, ihr diese Aufgabe zu erleichtern. Es fiel mir schwer, auf die Annehmlichkeiten zu verzichten, die man hatte, wenn man zum Orchester gehörte. Außerdem lebte in der Baracke noch Almas Geist. Wie oft habe ich den Eindruck gehabt, sie sei anwesend! Besonders, wenn ich etwas fehlerhaft oder ungenau ausführte, dann sah ich ihren Blick unter den halb geschlossenen Lidern, der mich ermahnte: ,So nicht, mein Kind, so nicht.' Almas Geige, die in Sonias Händen ein ihrer Seele beraubtes, totes Stück Holz war, erzählte mir, wenn sie reglos auf dem Tisch lag, von ihr und es kam vor, dass sie sich in Alma verwandelte, ja, es genügte, die Geige anzusehen, damit ich in den Schatten, die sich auf der Politur abzeichneten, den Umriss von Almas Kopf und ihre Augen entdeckte, diese dunklen, tiefen, leuchtenden Augen. Als ich einmal so dastand und vor mich hinstarrte, ertappte mich Sonia. ,Was machst du da? Betest du zu der Geige?', spottete sie. Ich erwiderte nichts. Vielleicht hatte ich wirklich gebetet.

Mein lieber Karol, vor mir liegt dein erster Brief, in dem du an unsere Trauung und an das *Ave Maria* erinnerst und der bei mir diesen furchtbaren Anfall von Augenzittern auslöste, welcher Joanna so erschreckt hat. Ich habe diesen Brief aufbewahrt, ich lese ihn immer wieder durch, aber eine derartige Attacke ist nicht mehr vorgekommen. Ich bin ruhig. Du siehst also, dass es mir besser geht. Möglicherweise deshalb, weil ich mich zur Aufdeckung der Ursache meiner – sagen wir – Abnormität durchgerungen habe? Oder verhält es sich genau umgekehrt? Kann ich darüber schreiben, weil ich mich bis zu einem gewissen Grad davon befreit habe? Oder ist es noch anders? Befreie ich mich davon, indem ich schreibe?

Nicht viel bleibt mir, um diese Beichte zu beenden. Das Schwierigste habe ich hinter mir. Das, was vor mir liegt, wird bloß noch traurig sein. Dieser Teil meines Geständnisses soll die Überschrift ‚Tadeusz‘ tragen. Der Mensch, der mich für wert hielt, gerettet zu werden. Und der mich gerettet hat. Obwohl Alma fehlte, obwohl die Musik ihren Glanz verloren hatte und obwohl der Gesang nur noch Arbeit war, wenn auch eine leichtere Arbeit als andere, war ich weiterhin glücklich und reich. Ich hatte noch Tadeusz. Zwar nicht ihn selbst. Aber seine Briefe. Er arbeitete in einem Kommando innerhalb des Lagers und genauso wie ich verließ er das Lager nicht. Wir hatten also keine Möglichkeit, uns zu treffen oder uns wenigstens aus der Ferne zu sehen.

Und ich muss bekennen, dass ich mir das nicht gewünscht habe. Ein Treffen erwartete uns irgendwann, später, anderswo. Wenn wir hier herauskamen. Ein Treffen und alles andere zwischen uns sollte sich in einer freien Welt ereignen, die nicht verdorben war durch Verbrechen, Angst und Erniedrigung. So hatte er es beschlossen und so betrachtete er das, was uns verband und uns in der Zukunft verbinden sollte. Und weil er in dieser Zukunft ohne Stacheldraht einen Platz für mich neben sich vorgesehen hatte, habe ich all dem zugestimmt mit freudigem Einverständnis, mit großer Dankbarkeit und mit demütiger Hochachtung vor seiner Weisheit, seinem Edelmut und seiner Kraft, mit der er mich so großzügig durch seine Briefe bedachte. Um mit diesen Briefen nicht erwischt zu werden, musste ich sie vernichten. Aber vorher lernte ich sie auswendig, wie Gebete, wie Gedichte. Denn sie waren für mich Dekalog, Hymne, Poesie. Durch sie lebte ich, trotz des täglichen Alptraums, außerhalb der Wirklichkeit, gestärkt durch meine Gefühle, die sich nun, nachdem die Leidenschaft für die Musik erloschen war, auf Tadeusz konzentrierten. Sein Name führte mich durch die Zeit der Gefangenschaft, mit ihm verging jegliche Angst und Furcht, von ihm übernahm ich Worte wie Fackeln, die mir in der Dunkelheit den Weg leuchteten. Worte, die ich später, Gott möge es mir verzeihen, vergessen habe. Ich habe sie aus meinem Gedächtnis entfernt, gelöscht, bevor die Zeit dies tun konnte. Die Lebenden halten selten den Toten die Treue, das ist wahr. Manchmal aber fordern die Toten ihr Recht.

Vielleicht wäre mein Dasein anders verlaufen, wenn ich das Orchester damals, als ich nicht mehr an die Musik glaubte, verlassen hätte. Aber Tadeusz riet mir, im Orchester zu bleiben. Das Ende sei eine Frage von Monaten und im Orchester hätte ich eine größere Chance zu überleben als in irgendeinem anderen Kommando. Also müsse ich noch ein wenig durchhalten, um einem Transport nach Deutschland zu entgehen, denn sie begännen schon damit, die Polen wegzubringen, damit sie zum Zeitpunkt der Befreiung nicht in ihrer Heimat sind. Auf diese Weise beruhigte er meine Zweifel, die mich nach Almas Tod erfassten. Erst in seinem letzten Brief äußerte er sich anders darüber.

Ich will dir einen Abschnitt daraus zitieren. Es sind lediglich Bruchstücke, Satzfetzen. Ich habe nicht nur die Worte vergessen, sondern auch die Botschaft dieses Vermächtnisses. Ja, Vermächtnis. Wenn ich sie nicht vergessen hätte, wären wir uns nie begegnet, Karol, wäre ich nie in deiner Hochschule erschienen, um die Aufnahmeprüfung abzulegen, wäre ich nicht bei der Musik geblieben. Nun hat das Vergessen aufgehört, diese Botschaft in den Tiefen gefangen zu halten, hat sie an die Oberfläche des Bewusstseins befördert, so wie das Meer eine Flasche mit einer darin aufbewahrten Nachricht ans Ufer spült. Und weißt du, wann? Als ich dein Postskriptum zum *Ave Maria* gelesen habe. An diesem Tag, in dieser Nacht und während der darauffolgenden Tage und Nächte habe ich die Botschaft rekonstruiert, sie aus dem Nichtsein herausgeholt wie die kaum lesbaren Zeilen eines Textes auf einem vom Meersalz zerfressenen Blatt Papier. Ich will sie dir so wortgetreu wie möglich zitieren, denn in ihr liegt der Schlüssel. Der Schlüssel zu dem, was mit mir geschehen ist, und sicherlich auch zu dem, was uns erwartet. Ich vertraue darauf, dass du verstehen wirst. Und dass du wissen wirst, was zu tun ist. Alles, was ich tun kann, ist, mich auf dich zu verlassen. Eines ist sicher: Ich werde nie mehr singen. Aber was alles andere betrifft … Hör zu, das sind diese Fragmente:

… ich werde es einfordern, so lange einfordern, Mariechen, bis du sagst, dass du dich nicht schuldig fühlst.

Du bist nicht schuldig, in nichts. Du bist es nicht, du bist es nicht, du bist es nicht. In keinerlei Hinsicht. Welcher Richter, sei es ein menschlicher oder göttlicher, würde dich verurteilen …

… dass du beim Stacheldrahtzaun gesungen hast? Und wenn du nicht gesungen hättest, hätten sie dann überlebt? Wenn Alma nicht dirigiert hätte, wenn das Orchester nicht gespielt hätte, wären sie nicht …

… täuschen? Wir alle helfen, sie zu täuschen. Wir rufen ihnen, wenn sie dorthin gehen, nicht zu, wohin sie gehen. Wir treten ihnen unter die Augen als Lebende und wenn sie uns sehen, denken sie, dass man hier leben kann, dass es doch gelingt …

… wenn ich doch nur wenigstens einen Augenblick bei dir sein könnte …

… dieses Ungetüm, das sich in deinem Gehirn festgesetzt hat und es auffrisst …

Ave Maria … Der Kapo holte einen Musiker aus dem Orchester heraus und dieser, anstatt …

… als wäre er in seinem von Kletterrosen umrankten Häuschen …

… ich schreibe Ave Maria darunter und fühle mich, als ob ich dir vor dem Altar schwöre. Ich flüstere Ave. Zu dir, Mariechen, dieses Ave …

… dass Alma gestorben ist? Sie haben sie in Block zehn infiziert, darum. Die Geige hat sie nicht im Stich gelassen. Du hast gesehen, wie andere hier gestorben sind und wie dagegen ihr Tod war. Fast wie zu Hause. Mit Ärzten am Kopfende des Bettes und von treuen Menschen umgeben. In einem mit Bettwäsche bezogenen Bett. So ein Tod ist doch etwas anderes als in der Gaskammer oder unter dem Knüppel des Kapos. Das ist dieser Geige, ihrer Musik …

… dieses *Ave Maria* ist so unsinnig schön hier und ich muss an das denken, was du schreibst, was du seit einer gewissen Zeit in jedem Brief wiederholst, nämlich dass die Musik von hier stammt …

… von diesen Worten wird einem kalt …

… Mariechen, Mariechen, Mariechen …

… vielleicht kommen wir doch hier raus. Und wenn wir hier rauskommen, werden wir ohne Musik leben können. Wir werden sie hinter uns lassen, so wie alles, was von hier stammt. Auch wenn es irgendeinen Wert haben sollte. Wir werden alles von hier hinter uns lassen, mein Liebes. Denn etwas, das von hier stammt, kann nicht rein, kann nicht wertvoll sein …

… und das Gute. Nicht nur das Schlechte, auch das Gute. Wir sagen uns los von den Toten und von den Lebenden und von allem, was von hier ist, von allem …

Wir werden in deinem Forsthaus wohnen ohne Strom und ohne Radio. Ohne Radio, Mariechen. Wir werden vergessen, was Musik ist und wozu sie hier gedient hat. Es wird nichts um uns sein, was

Klänge von sich gibt. Nur der Wald und der Regen in den Zweigen der Bäume und der Wind.

Wir werden das Leben wiedererlangen, wir werden das Leben neu lernen, von vorne anfangen wie Kinder.

... unmöglich. Sag das nicht. Wir werden es wiedererlangen. Wir werden es neu lernen. Wir werden wieder rein und gut sein. Ich schaffe alles, wenn ich es schaffe, hier rauszukommen.

... nein, nein, du musst zu Ende lesen. Wenn nur einer von uns beiden hier rauskommt ...

... dann muss er es genauso machen. Denk daran, Maria, genauso ...

Alles hinter sich lassen, was von hier stammt. Aus dem Gedächtnis löschen. So wie die Musik. Sich von den Lebenden und den Toten lossagen.

... kein Verrat.

Das Gebot des Lebens ...

Sich von den Toten lossagen. Auch wenn zu den Toten einer von uns beiden gehören wird. Lies den Brief zu Ende, du musst ihn zu Ende lesen. Gerade dann, wenn es einen von uns trifft. Gerade dann, Maria, mein Mariechen. Gerade dann.

Du siehst, Karol. Es war nicht möglich. Du weißt es selbst. Ich habe die Musik nicht aufgegeben. Ich war schlau und durchtrieben. Ich habe mir gedacht: Vielleicht gelingt es mir, die Toten loszuwerden, ohne die Musik aufzugeben? Ich wollte sie überlisten, sie hinters Licht führen. Und als ich schließlich begriffen habe, dass sie nicht weichen, dass sie in jedem Ton, in jedem Halbton sind, in jedem Viertelton, in jeder Achtelnote, in jeder Sechzehntel, war es zu spät. Und was nützte es, dass ich selbst damit gebrochen habe? Es gab doch dich – mit deinem Beruf, mit deiner Schallplattensammlung, mit deiner Liebe zur Musik und deinen Konzerten beim Nachmittagskaffee. Alles andere weißt du. Ich konnte mich nicht von ihnen befreien, ohne mich gleichzeitig von dir zu befreien. Nun versuche ich es ..."

Geschrieben im Jahr 1964.

Derselbe Doktor M.

Für Dr. Janusz Mąkowski

„Ich erkenne niemanden wieder", sagte sie.

Sie sah sich immerzu im Saal um, in dem es so voll war wie in einem Wartesaal während der Haupturlaubszeit, jedoch viel lauter, denn die hier Versammelten waren keine zufällig gemeinsam Reisenden, die ansonsten nichts miteinander zu tun hatten. Die Stühle standen dicht beieinander, die Tische waren umringt von Menschen, die noch nicht alt waren, aber auch nicht mehr jung, sie hatten die Köpfe zusammengesteckt, die Gesichter der Frauen waren gerötet, die Augen unruhig und suchend. So wie ihre Augen.

„Ist es denn möglich, dass ich hier niemanden kenne? Und dass mich niemand kennt? Es waren doch so viele Mädchen aus Warschau dabei."

Genau so drückte sie sich aus: „Mädchen". Und ich dachte an Bogna und an meine anderen Nichten und deren Altersgenossinnen. Dieses Wort hätte sie amüsiert. Aber Hanka hatte Recht, wenn sie „Mädchen" sagte. So war es damals dort üblich. „Mädchen!", rief die Blockälteste Gienia laut und klopfte an die Pritschenwände. „Mädchen! Das ganze Lager ist schon auf den Beinen! Los, runter von den Pritschen, um Gottes willen, sonst setzt's was!" Und mit eben diesem Wort begann die Stubenälteste Tosia ihre Exerzitien, um die Moral zu stärken: „Mädchen, in drei Monaten sind wir zu Hause, Amerika hat ein Ultimatum gestellt …"

„Es sind über dreißig Jahre vergangen", bemerkte ich.

„Über dreißig Jahre?" Sie hörte auf, mit ihren Augen den Saal abzusuchen. „Tatsächlich, das stimmt. Aber es kommt einem vor, als sei das alles erst gestern gewesen, so sehr steckt das in einem drin." Wieder streifte sie die am nächsten stehenden Tische mit einem Blick. „Bestimmt erkennt mich deshalb niemand. Obwohl Sie …"

„Ja, ich habe dich sofort erkannt. Ich habe bloß im ersten Moment nicht gewusst, welchem Block ich dich zuordnen soll. Aber auch das ist mir gleich wieder eingefallen."

Das war im Übrigen nicht schwer gewesen. Sie gehörte zu jenem Typ von Frauen, dem die Zeit kaum etwas anhaben kann – sie macht sie weder schöner noch hässlicher. Gewiss, das Gesicht war von Falten und Linien gezeichnet, die einst – trotz des Fehlens von Fettgewebe – nicht vorhanden waren. Und sie war ziemlich dick geworden. Doch weil sie als grobknochige Person nie besonders schlank gewesen war, konnte ich trotz der Zunahme an Körperfülle eine Ähnlichkeit entdecken mit jener, deren Bild ich in der Erinnerung mit dem Namen „Schwester Hanka" verband. Wenn ich sie zufällig irgendwo getroffen hätte, auf der Straße oder im Zug, hätte ich wahrscheinlich einen Moment überlegen müssen, woher ich sie kannte. Hier jedoch, in diesem Klub, musste ich nicht überlegen.

„Ich habe Sie auch wiedererkannt. Sofort. Das heißt, ich habe mir gleich gedacht, dass Sie es sein müssen. Aber ich war mir nicht sicher, ob ich auf Sie zugehen soll", gestand sie.

„Warum?"

„Ich weiß nicht. Das kommt unterschiedlich an", erwiderte sie, ohne mir in die Augen zu sehen. Und dann fügte sie schnell hinzu: „Marylka hat mir geschrieben, dass der Klub jeden Dienstag geöffnet ist und dass viele Leute kommen und dass Sie auch manchmal da sind. Und wenn Sie nicht gekommen wären, dann hätte sie bei Ihnen zu Hause angerufen. Denn die in der Verwaltung, die haben Ihre Telefonnummer …"

„Marylka?"

„Na, die, die mit Ihnen auf derselben Pritsche gelegen hat. Die, der die Flöhe nichts getan haben." Sie lachte. „Na, im Revier. Erinnern Sie sich nicht? Sie waren mit roten Flecken übersät und Marylka lag auf derselben Pritsche, auf demselben Strohsack und hatte bloß zwei, drei kleine Tupfer. Na, wissen Sie jetzt, wen ich meine?"

Ja, nun wusste ich es. Und ich sagte:

„Lass mal gut sein mit dem Sie! Dort haben wir uns doch auch nicht gesiezt, oder?"

„Nein, dort nicht", sagte sie und schwieg dann.

Wieder ließ sie ihren Blick über die Frauen an den Tischen schweifen, sie waren mit Pullovern bekleidet, die die üppigen Busen eng umspannten, sie aßen Krapfen, tranken Tee und unterhielten sich lebhaft, wahrscheinlich tratschten sie. Warum auch nicht?

„Ich weiß nicht …", sagte sie, nachdem sie einen Moment geschwiegen hatte. „Manche mögen es nicht, sodass … sodass sie einen lieber nicht wiedererkennen. Oder vielleicht erkennen sie einen wirklich nicht. Es ist ja so viele Jahre her. Aber Sie, Entschuldigung, du hast dich fast gar nicht verändert."

„Na, hör schon auf!", bat ich. „Oder willst du, dass ich das Kompliment zurückgebe?"

„Uns kann man doch gar nicht vergleichen!", rief sie mit ehrlicher Entrüstung. „Ich bin doch schon eine alte Frau! Und in dem Alter machen zehn Jahre einen Unterschied. Und was für einen!

Aber damals war ich jung. Nicht so jung wie du, du warst ja fast noch ein Kind. Genau das hat Doktor M. über dich gesagt – wirklich –, dass du nach dem Fleckfieber mit deinem dünnen Hals und dem kahlen Kopf ausgesehen hast wie ein Kind. Du erinnerst dich doch an Doktor M.?"

Doktor M.? Die dunkle Tiefe des Raumes, der Block 27 genannt wird. In dieser Dunkelheit bewegt sich im Gang zwischen den Gestellen der Pritschen eine Gestalt mit einem Käppchen auf dem Kopf – unwirklich wie eines der Trugbilder in meinem Fieberwahn. Schon steht die Gestalt neben mir, das Käppchen auf dem runden, irgendwie zu großen Kopf befindet sich in greifbarer Nähe, wenn ich die Kraft hätte, meine Hand zu heben, könnte ich mich überzeugen, dass dies eine Sinnestäuschung ist, aber ich habe die Kraft nicht, also schaue ich nur, schaue und der Kopf steigt immer höher, schon erscheint die gestreifte Häftlingsuniform über dem Rand der Pritsche, in der wir liegen, Kwieta und ich. Und dann ertönt eine Stimme, – unglaublich hier – die Stimme eines Mannes: „Kannst du dich aufrichten?" Ich möchte antworten, ich möchte es so sehr, aber schließlich gebe ich ihm nur mit den Augen ein Zeichen, dass ich es nicht kann. Derweil hebt seine Hand die Decke von meinen Schultern hoch, sie sind infolge der Flohbisse voller roter Flecken. „Saust es dir in den Ohren?" Ich sage ja und finde plötzlich meine Sprache wieder: „Sogar in der Nacht." Der Mann hält eine Weile meine Hand und fühlt meinen Puls, was mir sinnlos erscheint, denn er hat keine Uhr. Als er fertig ist, sagt er: „Du hast Fleckfieber." Das gefällt mir gar nicht. Fleckfieber bedeutet Tod, aber ich lebe. „Ich habe Grippe", sage ich. Und weil er schweigt, wiederhole ich: „Grippe. Das hat Schwester Maria gesagt. Sie weiß Bescheid. Sie ist jeden Tag zu mir gekommen, um meine Temperatur zu messen. Und sie hat gesagt, dass es nur eine Grippe ist." Der Mann mit dem Käppchen zieht mir die Decke über die Schultern. Er schweigt immer noch. Also wiederhole ich abermals, was ich gesagt habe, um ihn zu überzeugen. Er soll Schwester Maria fragen. Sie weiß es am besten und sagt ihm, was das für eine Krankheit ist. Da wendet er sich ab und erwidert, gut, er werde sie fragen. Und ich erblicke Kwietas Augen, blau wie Kornblumen, blauer als sonst, da sie von Augenringen umgeben sind, die bis zu den Wangen reichen, und irgendwie seltsam glänzen, so als ob sie feucht wären, also frage ich: „Wo ist Schwester Maria?" Und sie sagt: „Weiß nicht." Und sieht den Mann mit dem Käppchen an. Da fällt mir das Mittagessen ein. „Holt sie das Mittagessen?", erkundige ich mich. Was der Mann mit dem Käppchen bejaht, um gleich darauf zu fragen, ob ich Appetit habe. Als er hört, dass ich Appetit habe, sagt er: „Das ist gut. Das ist ein Zeichen dafür, dass du gesund wirst." Dann rutscht er von der Pritsche hinunter. Durch das Summen im Kopf hindurch, das jetzt stärker geworden ist, höre ich Kwietas Stimme: „Das ist der Arzt. Es gibt noch einen zweiten, einen jüngeren. Er heißt Janek." Kwieta. Sie war zwanzig Jahre alt, ihr Name licht und heiter wie eine Frühlingswiese, und unter den dichten, schwarzen Wimpern Augen blau wie Kornblumen. Ich erblickte sie in einem der seltenen Momente des Bewusstseins und staunte über ihre Schönheit. Ich habe sie später in meinen Fieberträumen gesucht, habe sie beschworen mit diesem Namen, den ich vernommen hatte, bevor ich gänzlich in das schwarze Nichts gesunken war. Da kannte ich ihre Geschichte schon.

Kwieta … Eine von den sechs Tschechinnen, die einen Tag nach mir in den Block 27 gekommen waren und in meine Koje gezwängt wurden. Wir waren also sieben und lagen nahezu übereinander. In der ersten Nacht übrigens starb eine, danach war es nicht mehr ganz so eng. Sie hatte sich auf dem Lager unruhig und verwirrt hin- und hergeworfen und über die anderen gewälzt, war bald darauf erstarrt und wurde dann über mich und Kwieta gezerrt. Das Letzte, was ich noch wahrnahm, war dieser schwere Körper auf mir, der immer steifer und kälter wurde. Es ging mir gar nicht so schlecht damit, er kühlte mich. Als ich das Bewusstsein wiedererlangte, war die Pritsche leer, luxuriös geräumig und bequem. Nur sie, Kwieta, saß an der gegenüberliegenden Pritschenwand, sie war hübsch trotz des kahlgeschorenen Kopfes, mit den saphirblauen Flammen um die Pupillen in dem abgemagerten, weißen, fast durchsichtigen Gesicht. Ich ließ meinen Blick umherschweifen. Da sagte sie: „Sie sind alle gestorben. Nur wir zwei sind noch übrig." Sie zeigte auf eine Gestalt, die hinter ihr bewegungslos unter einer Decke lag. „Die stirbt auch. Die isst nichts, die trinkt nichts, schon drei Tage lang." Plötzlich weinte sie kurz und ohne Tränen. „Ich halte nicht durch." Ich widersprach kraftlos: „Du hältst durch. Ich war kränker als du." Darauf griff sie in die Ecke, unter den Kopf der Sterbenden und holte ein Stück Brot hervor. „Iss! Der Arzt hat gesagt, dass du ihr Brot und ihre Suppe kriegen sollst." Ich bedeutete ihr mit einer Handbewegung, dass sie es durchbrechen solle, aber sie steckte mir die ganze Scheibe zu. „Ich kann nichts essen", entgegnete sie und zum Beweis, dass sie die Wahrheit sagte, holte sie unter dem Strohsack ein zerdrücktes, unberührtes Stück Brot hervor. „Ich habe kein Fleckfieber und ich habe überhaupt keinen Hunger", erklärte sie. Aber in meinen Ohren klangen diese Worte wie die Feststellung, sie habe keine Lepra. Ich wollte schreien, dass auch ich kein Fleckfieber habe, aber das Brot in der Hand, dieses lehmartige, seltsame Stück Gebäck, geerbt von der sterbenden oder gar schon gestorbenen Tschechin, gebot mir zu schweigen.

Kwieta und Schwester Maria, die an dem gleichen Tag, als ich das Bewusstsein wiedererlangte, aus dem Block verschwand und in den Kellern der Lager-Gestapo mit einer Giftspritze getötet wurde, und Doktor M. … Namen, eingemeißelt ins Gedächtnis wie in einen marmornen Grabstein. Sie hören auf zu existieren in dem Moment, in dem das aufhört, was ich meine Erinnerung nenne. So viel unbeständiger, so viel kurzlebiger, so viel weniger wert als steinerne Tafeln wäre also das menschliche Gedächtnis?

„Kommst du oft hierher?"

Anscheinend hatte sie die Frage wiederholt, denn sie sah mich verlegen an, wie jemand, dem bewusst ist, dass er eine Taktlosigkeit begeht.

„Nein", sagte ich. „Ein- oder zweimal im Jahr."

„Schade, dass es in unserer Stadt keinen solchen Klub gibt. Man könnte dorthin gehen und mit jemandem reden. Ihr kennt euch wohl alle hier?"

„Die, die immer hierherkommen, die kennen sich natürlich. Aber das sind nicht so viele. Die anderen schauen ab und zu mal vorbei. Und es gibt bestimmt auch welche, die gar nicht wissen, dass dieser Klub existiert. Die haben mit der Sache abgeschlossen, als sie aus dem Lager raus waren. Und die haben's wohl richtig gemacht."

„Meinst du wirklich, die haben damit abgeschlossen? Dass sie nicht hierherkommen, bedeutet doch nicht …"

„Ich weiß. Es kann auch das Gegenteil bedeuten."

Auf zweierlei Weise nämlich setzen wir, die vom Lager Betroffenen, uns mit seiner Allgegenwart auseinander: Die einen bewältigen die düstere Erinnerung durch eine oftmalige Rückkehr in die Vergangenheit, indem sie auf ganz gewöhnliche Art darüber sprechen, so wie man über die Ereignisse des gestrigen Tages spricht, indem sie sich mit Menschen von dort verabreden, indem sie an Ehemaligentreffen teilnehmen, indem sie die Orte des Leidens besuchen, indem sie sich Filme anschauen, indem sie sämtliche Publikationen zu diesem Thema lesen, die anderen wiederum vermeiden unter allen Umständen alles, was mit dort in irgendeiner Form zusammenhängt.

„Kennst du hier jemanden?"

„Ein paar Personen kenne ich."

„Es kommt aber niemand an unseren Tisch."

Ihre Stimme klang enttäuscht. Sie hatte wohl erwartet, dass jemand auf uns zukommen würde, dass sie außer mir noch jemanden treffen würde, dass sie jemanden ausfragen, mit jemandem in Kontakt treten könnte. Hätte ich ihr dabei helfen können? Ich gehörte nicht zu denen, die immer hier waren, nicht zu denen, die sich seit Jahren gegenseitig ihre Erlebnisse erzählten, ihre seltsamen Geschichten über die Seltsamkeiten jener Welt dort, unvorstellbar, weder wiederzugeben noch weiterzugeben, die Geschichten über die Grausamkeiten, umso grausamer dadurch, dass sie irrational waren, diese tragikomischen und unfreiwillig grotesken Geschichten.

Die alte Dame dort mit den ebenmäßigen Gesichtszügen und den schönen, nicht gefärbten grauen Haaren erinnerte sich genau an jenen unvergesslichen Sonntag – unvergesslich durch einen Scherz der SS-Männer –, an dem in den Blocks bekannt gegeben wurde, dass diejenigen, die gläubig sind und den Wunsch haben, den Gottesdienst in der Kirche im Städtchen Auschwitz zu besuchen, aufgrund der Gnade des Lagerkommandanten die außerordentliche Gelegenheit dazu haben. Es meldeten sich einige Blocks, mehrheitlich polnische. Die Häftlinge stellten sich in Fünferreihen auf der Lagerstraße auf und dann wurde zum Abmarsch gepfiffen. Es ging aber nur bis kurz hinter das Lagertor. Dort wurde der ganze Zug angehalten und blieb da den gesamten Tag, bis zum Abend. Der Marsch zur Kirche verwandelte sich in einen Generalappell, der mit einer Selektion endete. Die Ausbeute war enorm, denn sogar die Muselmänninnen, die sich normalerweise vor der Arbeit in den Kommandos drückten, hatten sich – getäuscht von der Aussicht, einem Gottesdienst beiwohnen zu können – zum „Antreten" eingefunden. Und wurden auf eine Probe gestellt, die über ihre Kräfte ging. Den ganzen Tag standen sie ohne einen Tropfen warmer Flüssigkeit im Dezemberwind, unter dem schweren Himmel von Auschwitz, von dem ein eiskalter, feiner Regen fiel, vor ihnen die Schornsteine der Krematorien, aus denen kein Rauch aufstieg und die auf Nachschub warteten, der aus eben dieser Selektion kommen sollte … Was für einen Spaß hatten die SS-Männer doch, als sie hin- und herliefen an den vor Kälte starren Reihen. „Na? Gefällt euch die Messe?" Oder: „Ihr wolltet in die Kirche, hier habt ihr sie." Die SS-Aufseherinnen übertrafen sie noch an Spott und Hohn: „In der Kirche kniet man nieder, nicht wahr? Also los, auf die Knie!" Und die Häftlinge, die unter ihrer Aufsicht waren, knieten auf der gefrorenen Erde nieder. Einer der ganz jungen SS-Männer hatte mit diesem Spektakel nicht genug. Er wollte es abwechslungsreicher und unterhaltsamer gestalten. „In der Kirche betet man doch, oder? Dann mal los! Das ist euer letztes Gebet." Und da begann eine Stimme: „Geh zu Jesus, zum Himmelstor." Und bevor der überraschte Witzbold die Wirkung seines Scherzes erfassen konnte, griffen einige andere die Melodie auf: „Allein bei ihm finden wir Trost." Gesungen wurde nicht nur in der Mitte der in Zehnerreihen aufgestellten Kolonne, auch die vorderen Reihen stimmten mit ein: „Er labt uns mit dem Blut seiner Wunden, er ist Vater, Heiland, Herr." Der SS-Mann drehte durch, raste – wahrscheinlich auf Befehl – hin und her und das Lied trieb ihn dabei an: „Höre, Jesu, wir flehen zu dir, erhöre uns, erhöre uns, vollbringe ein Wunder an uns, verwandle diese schreckliche Zeit, oh Jesu, tröste uns." Der Gesang schwoll an, er erklang bis zu den Baracken des Krankenreviers und die singenden Häftlinge hatten – wie die erzählende Person immer betonte – den Eindruck, sie befänden sich tatsächlich in jener Kirche, in die sie nicht gelangt waren und in der allein das ewige Licht in dem roten Lämpchen vor dem großen Altar brannte. Sie beendeten das Lied zwar nicht, es wurde unterbrochen, weil Aufseher samt Wachhunden eintrafen, aber die Stimmung religiöser Erhabenheit durch das Gebet blieb. Und von diesen zweihundert singenden Häftlingen – schloss die etwa siebzigjährige Frau ihre Erzählung – fielen nur wenige der Selektion zum Opfer. Obwohl diese zweihundert so sehr gequält worden waren. Merkwürdig, aber selbst die schon ganz schwachen Häftlinge, fast schon Muselmänninnen, bestanden siegreich die Prüfungen des Laufens, des Robbens, der Kniebeugen, des Froschhüpfens und des Grabenspringens. Einige starben ein paar Tage später, aber nicht im Gas. Einen natürlichen Tod zu sterben im hohen Alter, wenn der Mensch sein Leben gelebt hat, ist am besten, im Kampf zu sterben ist besser als bei einer Hinrichtung, im Elternhaus zu sterben ist besser als im Lager, und wenn es schon im Lager sein muss, dann besser infolge irgendeiner Krankheit und nicht durch das Gas.

Und der ungewöhnlich jung aussehende Mann dort mit dem ovalen Gesicht, der Voltaire'schen Nase und den abstehenden Ohren hatte nur ein Thema. In seinen Erinnerungen dominierte die Rapportschreiberin Katia, eine Prominente aus der ersten, der höchsten Funktionärsgruppe, zudem eine Vertraute der „Vampirin", wie die gefährliche Rapportführerin Drechsler genannt wurde. Katia kam mit dem ersten Transport aus Theresienstadt, auf Tschechisch Terezín, wo sich ein Ghetto-Lager befand, und erklomm, beginnend als Blockälteste, sämtliche Stufen der Lagerkarriere, um schließlich bei der Funktion der Rapportschreiberin anzulangen. Beim Ausmarsch und Einmarsch der Kommandos stand sie neben dem Pult der Aufseherin Drechsler und notierte den Zahlenbestand der Blocks, der von den einzelnen SS-Frauen gemeldet wurde, was manchmal so aussah, als ob diese Herrscherinnen über Leben und Tod Katia Meldung erstatten würden. Mit der Zeit verlieh man ihr die Würden eines besonders privilegierten Häftlings, Würden, zu denen sonst niemand im Lager gelangte, nicht einmal die Lagerälteste, die „Asoziale" Stenia. Als ein solcherart privilegierter Häftling konnte Katia das Lager ohne Begleitung verlassen und sie musste nicht den Davidstern tragen. Also trug sie ihn nicht und im Lager wurde gemunkelt, dass die Deutschen bereit seien, für sie die Rassengesetze zu umgehen und sie in die Reihen der Volksdeutschen oder – wer weiß – sogar der Reichsdeutschen aufzunehmen. Denn Katia hatte blondere Haare und blauere Augen als manch eine der reinrassigen Germaninnen. Dieser Mann also, der damals, als das Schicksal ihn mit Katia zusammenbrachte, keine zwanzig Jahre alt war, saß nun so, dass er die Tür des Klubsaals sehen konnte. Und wenn jemand auftauchte, mit dem er noch nicht geredet hatte, suchte er die Gelegenheit, sich danebenzusetzen und von Katia zu erzählen. Und konkret darüber, wie sie ihm in einer Notsituation geholfen hatte, in der ihm zumindest Prügelstrafe und Strafkompanie drohten. Wenn der Gesprächspartner geduldig war, versuchte der Mann, noch andere Fakten anzuführen, die Katias Ansehen bewahren sollten, das von Leuten beschädigt wurde, die keine Ahnung davon hatten, dass ein Funktionshäftling ebenso viel Gutes wie Böses tun konnte, und wer weiß, ob nicht doch mehr Gutes? Jetzt blickte er begierig in unsere Richtung, es war ihm anzusehen, dass in ihm der Entschluss reifte, zu uns zu kommen und meine Tischnachbarin anzusprechen: „Mir scheint, ich kenne Sie." Der Arme, er saß allein, denn jeder, der ihn kannte, machte einen großen Bogen um ihn. Niemand wollte von Katia hören, die Männer nicht und schon gar nicht die Frauen. Seine treue Erinnerung an sie rührte niemanden.

Jener Herr hingegen, der unweit des Büfetts stand, jener sehr gepflegt gekleidete, große, gut gebaute, attraktive und dazu noch interessante Mann? Das ist der Held, ja vielleicht auch der Urheber eines Scherzes, eines Häftlingsscherzes, von dem im Sommer des Jahres 1944 in allen Männer- und Frauenlagern die Rede war. Er war damals Kapo eines der Facharbeiterkommandos, die, wenn es nötig war, auch auf dem Terrain des Frauenlagers arbeiteten. In diesen Kommandos waren nur alte Hasen. Nummern aus den ersten Transporten, die Dinge erlebt hatten, von denen diejenigen, die ein Jahr später kamen, nicht die geringste Vorstellung hatten. Diese Kommandos, die sich relativ frei innerhalb der großen Postenkette bewegen konnten, hatten mehr Möglichkeiten zum „Organisieren" als andere Kommandos. Davon machten sie natürlich auch Gebrauch. Die SS-Leute kannten sie gut und die Kommandos wiederum kannten die SS-Leute gut. Deshalb war es schwer, sehr schwer sogar, sie bei irgendetwas zu erwischen. Dieses ehrgeizige Ziel hatte sich eine der jüngeren Aufseherinnen gesetzt, die wegen ihrer edlen Gesichtszüge „die schöne Irma" genannt wurde. Sie hielt nichts von weiblicher Zurückhaltung und durchsuchte eigenhändig jene Kommandos, wobei sie die Männer ohne jede Scham abtastete. Einmal, als sie resolut in die Hosentasche des Kapos griff, stieß sie auf keinen Widerstand, die Tasche war unten aufgeschnitten. Sie riss die Hand heraus und mit dem Ausruf „Du altes Schwein!" gab sie dem Häftling eine Ohrfeige. Aber die Kunde von dieser Begebenheit, geschickt kolportiert, gelangte zu den SS-Männern und amüsierte sie sehr. „Die schöne Irma" ließ von da an die Männerkommandos in Ruhe.

Die Blondine dort mit den gefärbten Haaren, die sich mit dem ehemaligen Kapo unterhielt, eine hübsche Frau trotz ihrer fünfzig Jahre, hätte bestimmt – wenn es ans Erinnern gegangen wäre – die folgende Episode zum Besten gegeben, die wichtigste in ihrem Lagerleben und im Prozess der Anpassung ein Wendepunkt, eine paradoxe, absurde Episode: der Tod eines SS-Mannes am Stacheldrahtzaun. Sie sah das aus einer Entfernung von nicht mehr als zwanzig Metern, von dem kleinen Platz aus zwischen der Küche und dem Graben, wo die Häftlinge der Schälküche vom Morgengrauen an Kartoffeln schälten. Es war der Zeitpunkt des Ausmarsches der Kommandos zur Arbeit, auf der Straße zwischen dem Lager A und dem Lager B stand, wie jeden Tag, eine Kompanie von Aufsehern mit Hunden. Zu den Marschklängen zogen die Kommandos zum Lagertor hinaus, die Wachposten schlossen sich den ihnen zugewiesenen Gruppen an. Und plötzlich passierte etwas. Einer der SS-Männer fiel auf die Erde und zuckte, als ob er einen epileptischen Anfall hätte. Aber das war kein epileptischer Anfall. Der SS-Mann hatte sich versehentlich an den Stacheldrahtzaun gelehnt. Jene blonde Frau – damals ein Mädchen – hatte den Moment gesehen, als er den Arm nach hinten beugte. Sie schaffte es nicht, zu schreien, obwohl sie wollte. Ja, tatsächlich, sie wollte ihn warnen! Aber da hatte es ihn schon zu Boden geworfen. Also rief sie jetzt: „Einen Stock! Einen Stock! Jemand muss ihn von dort wegziehen!" Sie sprang sogar auf, als wollte sie ihm selbst zu Hilfe eilen. Da hielt eine Hand sie fest. „Was machst du denn, du Dummkopf?" Das Mädchen begann: „Man kann ihn noch, man kann ihn …" Die Frau ließ sie nicht ausreden: „Soll er doch krepieren! Dann ist's ein Hurensohn weniger!" Und als sie den versteinerten Blick des Mädchens sah, fügte sie hinzu: „Das ist dein Feind!" Und sie beobachtete mit rachsüchtiger Freude die letzten Zuckungen des Aufsehers, der vor den Augen seiner Kameraden jenen Tod starb, der eigentlich für die in den Sträflingsanzügen vorgesehen war. In diesem Moment fand die Verwandlung des Mädchens von einem Menschen in einen Häftling statt, in ein Wesen also, für das ein anderes Wertesystem galt. Die Frau, die ihr dabei zur Seite stand, kam aus den Bergen. Sie war zusammen mit ihren drei Töchtern verhaftet und von der Gestapo in Zakopane gefoltert worden und hatte diese Wandlung früher durchgemacht. „Als ich ihre Worte hörte, dachte ich, dass sie ein Monster ist. Aber ich musste ihr Recht geben und gleichzeitig wusste ich, wie schrecklich es war, dass ich ihr Recht gab", schloss die noch hübsche, blonde Frau, deren Gesicht Zufriedenheit mit dem Leben ausdrückte, ihre Erinnerungen.

War jene Person, die meine Begleiterin auf einer bestimmten Etappe meines Lagerweges war und die ich einst als Schwester Hanka kannte, begierig auf solche Erzählungen? Oder wollte sie vielleicht – wie der treue Ritter Katias – selbst erzählen? Aber wovon? Wovon hätte sie erzählt? Etwa davon, wie sie in einem eigens dafür angefertigten Gürtel einige rohe Kartoffeln aus der Küche geschmuggelt hatte, um sie nachts auf der Feuerstelle des Ofens im Revier zu kochen und mich direkt aus dem verrußten Topf mit diesem verkochten Brei zu füttern? Oder hätte sie vielleicht von etwas völlig anderem erzählt, von dem ich nichts wusste?

Und wenn man von mir etwas hätte erfahren wollen darüber, wie ich diese Zeit erlebt und jene Menschen wahrgenommen habe, worüber und von wem hätte ich erzählt? Gerade erst war der Name des Mannes gefallen, der an einem Dezembermorgen aus der Tiefe des Ganges in Block 27 aufgetaucht war wie ein Traumbild, um mir später zweimal das Leben zu retten und dann zu verschwinden, wobei in meiner Erinnerung der undeutliche und verschwommene Eindruck einer nicht großen, in ihrem dünnen Sträflingsanzug ständig frierenden Gestalt zurückblieb, mit einem zu kleinen Käppchen auf dem Kopf und mit einem breiten, blassen Gesicht. In meinem Gedächtnis existierte dieser Mann eigentlich nur als Name. Er war irgendwo weiter hinten, hinter den viel deutlicheren Gestalten – Kwieta oder Janek, ein ehemaliger Medizinstudent, der ihm zur Hand ging. Wenn ich also die Schatten jener Menschen von dort hätte heraufbeschwören sollen, dann hätte ich über alle anderen gesprochen, aber nicht über ihn.

Zum Beispiel über die sechs Tschechinnen, die mit mir in einer Koje lagen und von denen die letzte, an die ich mich so gut erinnern kann wie an Schwester Maria oder an die Geigerin Zosia oder an andere mir nahe Verstorbene, jenen wunderschönen Namen Kwieta trug und am Leben hätte bleiben sollen. Diese Chance hatte sie dadurch, dass Janek, „der jüngere Doktor", sie zu einer Art Schwesternhelferin machte und die Blockälteste davon überzeugen konnte, sie nicht ins Lager zu überstellen. Mein Gott, wie gut ging es uns zu zweit auf dieser Pritsche, nachdem die letzte Tote, jene, von deren Brot und Suppe ich mich drei Tage lang ernährt hatte, herausgezerrt und nach unten befördert worden war, als ob sie ein Sack sei oder ein Holzklotz oder irgendein anderer toter Gegenstand. Ich schaute nicht hin, um es nicht zu sehen, aber das Geräusch des an die Balken der Pritsche schlagenden Kopfes war zu hören, ich hatte dieses Bild vor meinem inneren Auge, eines der schrecklichsten Bilder unter all den vielen Schrecklichkeiten des Lagers. Ich konnte dem nicht entfliehen und auch nicht – im Gegensatz zu Kwieta – bei dieser besonderen Aktion helfen und den Kopf halten, damit er nicht gegen die Pritschenwand schlug. Ich konnte nur die Decke übers Gesicht ziehen, aus der bei der geringsten Bewegung die mit Blut vollgesaugten Läuse wie Sandkörner herausfielen.

Kwieta … Wie gut ging es uns, bis die nächsten Kranken zu uns kamen! Wir hatten eine riesige Fläche von vier Quadratmetern, unser eigenes Plätzchen, so etwas wie ein Kämmerlein in der Mansarde, unter der mit Raureif bedeckten Dachschräge. Kwieta war den ganzen Tag unten und half den Ärzten beim Behandeln. Sie war nicht krank. Dass sie ins Revier gekommen war, verdankte sie einer befreundeten Gefangenen bei der Aufnahme, die geschickt irgendetwas mit dem Thermometer gepfuscht hatte. Kwieta segnete sie. Sie würde sich nicht während der Arbeit auf den Feldern und bei den

Appellen erkälten. Vielleicht würde sie es schaffen, auf diese Weise den Winter zu überstehen? Und im Frühling würde der Krieg zu Ende sein und sie würde nach Hause zurückkehren, zu den Eltern und zu Milan. Und sie würden heiraten. Abends, wenn es im Block still wurde, erzählte sie mir von ihrem Verlobten, mit begeisterten Worten beschrieb sie mir sein Aussehen. Er hatte dunkle Augen und dunkles, volles, welliges Haar, eine gerade Nase, weiße Zähne und das schönste Lächeln der Welt. Dieses Lächeln liebte sie am meisten. Bevor sie ihn näher kennen lernte, bevor sie beurteilen konnte, wie rechtschaffen, klug und edelmütig er war, liebte sie ihn schon. Wegen dieses Lächelns. Milan und Kwieta. In der schwarzen Nacht des Blocks 27, die voller Jammer, voller Klagen und jäher Schreie war, wiederholte ich diese Namen leise. Sie klangen wie Romeo und Julia. Oder wie die Melodie einer Sommerwiese während meiner Ferien in einem Dorf bei Krakau. Kwieta liebte Milan, Milan liebte Kwieta. Aber er war unendlich weit von ihr entfernt. Auf der anderen Seite des Stacheldrahtzauns. Jenseits mehrerer Grenzen. In England. Wenn über Auschwitz hoch oben in den Wolken das Brummen von Flugzeugen ertönte, sagte Kwieta, dass dies Milan sein könnte. Sie malte sich aus, wie er über das Lager fliegt, Bomben auf das Tor wirft, landet und … Mitten in ihren Träumereien brach sie ab. Sie musste über sich selbst lachen, um sich vor der Verzweiflung zu schützen. Ja, Milan warf Bomben ab, aber das änderte nichts an ihrem Schicksal. Was hätte Milan tun können, selbst wenn er gewusst hätte, wo sie sich befand und wie es hier war? Aber woher sollte er das wissen? Wer hätte das erraten, erahnen können? Sie hatte ja auch keine Ahnung gehabt, bevor sie hierherkam. Kein normaler Mensch konnte sich das vorstellen. Dante, Kafka, Czapek? Deren Visionen waren viel zu vage, sie berücksichtigten weder die Einzelheiten noch die unbeschreibliche Qual der endlosen Strapazen. Die mittelalterlichen Künstler mit ihren Bildern der Hölle kamen vielleicht der Wahrheit am nächsten, wenn sie auf zehn Quadratzentimeter Leinwand einen Haufen zusammengedrängter Körper malten gleich Kaulquappen in kleinen Dorfteichen. Milan würde es nie erfahren. Sie würde es ihm nicht erzählen. Denn er würde es ihr wohl nicht verzeihen, dass sie dieses Grauen ertragen hatte. Stolz war er, ihr Milan, und er selbst wäre, wenn er so hätte leben müssen, in den Stacheldrahtzaun gegangen. Aber sie konnte das nicht, ihr fehlte der Mut dazu. Obwohl sie oft daran dachte, es zu tun. So oft, dass sie dies einmal einem der Ärzte anvertraute, dem jüngeren. Er bezeichnete sie als Dummkopf. „Er stellte sich hin und sagte, dass ich dumm sei", wiederholte sie und lachte dabei und ich nahm in diesem Lachen einen seltsamen Anflug von Freude oder gar von Glück wahr. Immer häufiger berief sie sich auf Janeks Worte, zuerst nannte sie ihn „den jüngeren Doktor", dann „Doktor Janek" und schließlich nur mehr „Janek".

Janek war kein Arzt. Er hatte drei Jahre Medizinstudium hinter sich, als der Krieg ausbrach. Im Lager übernahm er jedoch die Aufgaben eines Arztes. Wenn man die „Terminologie der Freiheit" verwenden würde, könnte man sagen, dass er der Assistent von Doktor M. war und dass er seine praktischen Erfahrungen in diesem speziellen Krankenhaus sammelte, in dem es weder Medikamente noch Sanitäranlagen gab. Er arbeitete – so wie auch sein älterer Kollege – schweigend und konzentriert und er ließ keine der Kranken im Stich, nicht einmal die, für die es keine Rettung gab. Mit heroischer Ruhe behandelte er die stinkenden, eitrigen Entzündungen, bei deren Anblick sich die ihm helfende Kwieta oft übergeben musste. In solchen Fällen wurde sie in ihre Koje geschickt und sie jammerte: „Ich tauge nicht zur Krankenschwester, er hat Recht, ich bin dumm." Einmal sagte er zu ihr: „Mädchen, verschwinde aus diesem Leichenhaus, wenn dir dein Leben lieb ist." Sie verstand nicht, was er meinte. Sie beklagte sich bei mir, dass er sie ins Lager schicken wolle, weil sie keine Hilfe sei. Sie weinte. Er aber hatte bloß Angst um sie. Immer öfter drängte er: „Mädchen, verschwinde von hier, du wirst dich mit dem Fleckfieber anstecken." Wenn er morgens kam, bog er sofort in unseren Gang ein. Ich sah die Erleichterung in seinem Gesicht, wenn er sie nicht in der Koje vorfand. Und wenn sie noch nicht hinuntergeklettert war, fragte er: „Ist alles in Ordnung? Fühlst du dich wohl?" Zu jenen beiden Namen – Kwieta und Milan – fügte ich also einen dritten Namen hinzu: Janek. Er brachte ihr Vitamintabletten mit, die er aus dem SS-Lazarett hatte mitgehen lassen, und zwar trotz der zwei zu passierenden Lagertore und der noch zahlreicheren Durchsuchungen. Er passte auf sie auf wie auf ein Kind: dass sie die Tabletten nahm, dass sie aß, was er für sie ergattert hatte. Aber Kwieta hatte keinen Appetit. Hier, wo alle nach Essen gierten, verspürte sie keinerlei Verlangen danach. Von den vielfältigen Qualen des Lagers kannte sie die eine Qual nicht – die Qual des Hungers. Sie aß, weil Janek darauf bestand, darum bat, es befahl – sie tat es also für ihn, wie ein braves Kind etwas für seine Mutter tut. Nicht selten endete die Überwindung ihres Widerwillens gegen das Essen damit, dass sie sich erbrach. Deshalb gab sie mir oft den Rest ab, den Tränen nahe, weil sie wusste, dass sie damit eine ihr liebe Person traurig machte. „Ich kann nicht essen", jammerte sie mit leiser, kindlicher Stimme. „Ich kann wirklich nicht."

Kwieta … Zart und sanft und mit einer Haut wie Milch und Honig und einem vollen, rosafarbenen Mund und Augen so leuchtend wie der Himmel unter dem Regenbogen. Mit Haaren hätte sie ausgesehen wie der „Frühling" von Botticelli. Und auch ihr Name war frühlingshaft: Kwieta – Blume. Vielleicht dachte Janek wie ich bei ihrem Namen an eine blühende Wiese aus Kindheitstagen? Eines Morgens stand Kwieta nicht auf. Sie schlief, als Janek vor unserer Koje stand. Ich sagte ihm, dass sie schlafe. Und dass sie die morgendliche Ration Flüssigkeit, die „Kaffee" genannt wurde, ausgetrunken und um mehr gebeten habe. Er kletterte nach oben und ergriff ihre Hand. Da hob sie die Lider und flüsterte: „Milan, ich fühle mich krank." Ich erblickte Angst in den Augen des Arztes. Er steckte ihr ein Thermometer unter die Achsel und wartete. „Hat sie in der Nacht fantasiert?", fragte er. Ich erwiderte, nein, ich hätte nichts gehört. „Kwieta", sagte er, „wach auf, Blümchen!" Wieder öffnete sie die Lider. Diesmal lächelte sie: „Wie spät ist es, Herr Doktor? Ich habe verschlafen." Das Fieber war nicht hoch, keine neununddreißig Grad. Aber Kwieta verlor sofort das Bewusstsein. Und man konnte ihr nicht helfen. Die Ärzte aus den übrigen Krankenblocks, zu denen Janek eine vom Stubendienst schickte, sandten ein paar Tabletten Prontosil herüber, etwas anderes hatten sie nicht. Janek brachte einen Becher mit sehr stark gesüßtem Kräutertee und eine Schüssel mit Wasser und beauftragte mich, Kwieta alle paar Minuten einen Löffel des Getränks einzuflößen und ihr kalte Umschläge auf die Stirn zu legen. Bevor er ging, maß er noch einmal ihre Temperatur. Sie war nun höher als neununddreißig Grad. Lange fühlte er ihren Puls, hörte das Herz ab. „Wenn sie bloß bis morgen überlebt, dann …" Er beendete den Satz nicht. Trillerpfeifen ertönten und der Befehl: „Revierkommando, antreten!" Er sagte: „Pass auf sie auf! Gib ihr zu trinken und mach die Umschläge! Auch aufs Herz. Aber sie dürfen nicht zu kalt sein." Er wischte Kwieta noch den Schweiß von der Stirn und sprang dann von der Koje hinunter. Am Abend, nachdem schon zur Lagerruhe gepfiffen worden war, öffnete Kwieta die Augen und sah mich mit klarem Blick an. „Bin ich krank?", fragte sie. Ich sagte, dass sie sich bestimmt erkältet habe, während sie bei den Kranken geholfen hat. Sie habe doch keine ordentlichen Schuhe und die Holzpantinen trage sie an den bloßen Füßen, denn diese Lappen, die könne man doch nicht als Socken bezeichnen. Sie stimmte mit einer Bewegung des Kinns zu.

„Erkältet", wiederholte sie, aber das klang so, dass ich nicht wagte, sie anzusehen. Ich sagte ihr, dass Janek befohlen habe, sie solle den Tee trinken, er sei mit richtigem Zucker gesüßt und Zucker stärke das Herz. Gehorsam öffnete sie den Mund und schluckte die Flüssigkeit. „Er hat Blümchen zu mir gesagt. Was bedeutet das denn?" Ich antwortete: „Kwieta heißt Blume, Blümchen ..." Ihre Augen fingen an zu glänzen. Sie bat mich, ihr noch etwas Tee zu geben. Beruhigt schlief sie ein und ich schlief ebenfalls ein. In der Nacht aber wurde ich wach, weil sie fantasierte, sie rief nach ihrer Mutter und nach ihrem Vater. Sie schrie und stieß meine Hand mit dem Umschlag weg. „Ich bin nicht krank. Ich habe kein Fleckfieber. Du bist es, die Fleckfieber hat." Als Janek erschien, erlangte für einen Moment das Bewusstsein wieder. „Ich komme schon, Herr Doktor." Sie versuchte, sich aufzurichten. Er hielt sie fest, als sie zurücksank, und indem er ihren Kopf auf seiner Schulter abstützte, gab er ihr die Medikamente, die er mitgebracht hatte, irgendwelche Tabletten und Tropfen ... „Du musst wieder zu Kräften kommen, Blümchen, damit du mir helfen kannst", sagte er. Er hielt sie eine Weile in seinem Arm, dann legte er sie vorsichtig auf den schmutzigen Strohsack zurück. Der Tag verlief ziemlich ruhig, Janek schaute oft bei uns vorbei, verabreichte Kwieta die Medikamente, fühlte ihren Puls und gab ihr verschiedene Flüssigkeiten zu trinken, die er mithilfe der Blockältesten beschaffte. Am Ende des Tages brachte er eine Art Kopfkissen, angefertigt aus Deckenfetzen. Und wieder vertraute er die Kranke meiner Obhut an, er ließ ein paar kostbare Tabletten da, die das Fieber senken und das Herz stärken sollten. Er sah nicht voraus, dass Kwieta von niemand anderem als von ihm die Medikamente nehmen wollte. Mein Zureden, meine Bitten, mein Verweisen auf Janek, meine Drohungen, dass ich ihm von ihrem Ungehorsam erzählen würde – all das nützte nichts. Die Tablette, die wertvollste, die – wie der Arzt gesagt hatte – das Herz unterstützen sollte, nahm sie zwar in den Mund, aber sie spuckte sie gleich wieder aus, und zwar so heftig, dass sie auf den Boden fiel. „Du hast Fleckfieber, nicht ich!", schrie sie. Aus dem Wortschwall, den sie von sich gab, konnte ich verstehen, dass sie mich beschuldigte, ich wolle sie mit dem Fleckfieber anstecken, damit sie stirbt und damit Janek sich um mich kümmert und nicht um sie. Gegen Morgen begann sie, sich anzuziehen. „Ich komme schon, Herr Doktor." Ihre Stimme weckte mich aus meinem unruhigen Schlaf. Ich setzte mich auf und erklärte ihr, dass es Nacht sei, dass Janek erst in ein paar Stunden kommen und dass er sich große Sorgen machen werde, wenn er sie nicht in ihrem

Bett vorfinde. Sie verstand nicht, sie reagierte nicht, hastig rutschte sie auf den Knien zur Pritschenwand. Ich fasste sie am Arm und rief die Nachtwache. Zum Glück war die in der Nähe. Sie kletterte nach oben, packte die mit mir ringende Kwieta und indem sie in ihrer Sprache auf sie einredete, brachte sie sie dazu, sich hinzulegen. Dieses Mal war es gelungen, das Schlimmste zu verhindern. Am Morgen erzählte ich dem Arzt von dem gefährlichen Vorfall. „Vielleicht ist es besser, sie nach unten zu legen", sagte er. „Bloß, dass hier oben mehr Luft ist." Er beschloss, die Sache im Laufe des Tages zu entscheiden. Und der Tag gab Anlass zu Hoffnung. Kwieta schlief und als sie aufwachte, versuchte sie, mich anzulächeln und Janek anzulächeln, und sie versicherte ihm, dass sie sich recht gut fühle und dass ihr nichts fehle. „Mir ist nur heiß und ich bin schwach", sagte sie. „Weil du nicht essen willst", scherzte er. Er war guter Dinge. Bevor er wegging, gab er ihr noch irgendein Medikament, das sie, ohne zu widersprechen, einnahm. Also beschloss er, sie bei mir oben auf der Pritsche zu lassen. „Es wird keine Probleme geben. Sie wird diese Nacht schlafen", sagte er. Er irrte sich. Sie schlief nicht einmal eine Stunde. Es spielte noch das Lagerorchester zum Einmarsch der zurückkehrenden Kommandos, als sie plötzlich erwachte. Sie musterte die Koje mit einem verwunderten Blick. „Wer spielt denn da?", flüsterte sie. Ihr Blick ruhte auf mir. Sie fing an zu weinen. „Er braucht mich nicht mehr", sagte sie. „Ich bin ihm keine Hilfe." Ich widersprach und nannte sie einen „Dummkopf", das Wort hatte ihr aus Janeks Mund so gefallen. Und es rief einen Anflug von Lächeln auf ihrem Gesicht hervor. „Er hat immer gesagt, dass ich ein Dummkopf bin." Ohne mich ihr zu nähern, um nicht wie neulich die Angst zu wecken, ich könnte sie mit dem Fleckfieber anstecken, erzählte ich ihr, was Janek alles tat, damit sie wieder gesund werde. Zum Schluss verwendete ich noch ein letztes Argument und sagte ihr, dass er sie liebt. Sie sah mich mit weit geöffneten Augen an, sie hatte nicht verstanden oder sie war nicht sicher, ob sie tatsächlich verstanden hatte. „Liebt?", wiederholte sie. „Wie soll ich das verstehen?" Also suchte ich nach Worten, die eine ähnliche Bedeutung hatten, sogar das deutsche Wort „lieben" verwendete ich – jedoch ohne Erfolg. Sie schaute mich weiterhin mit starren Augen an, sie zwinkerte nicht einmal, bis mir endlich eine Erleuchtung kam und ich mich an einen Ausdruck erinnerte, den man in den Gebirgsdörfern oft hören konnte: leiden mögen. Also sagte ich: „Er mag dich leiden." Und ich sah, wie ihre Lider sich senkten und auf ihrem Gesicht ein glückliches Lächeln erschien. Sie erwiderte nichts mehr. Sie schlief, als der Appell vorbei war, als das Abendessen ausgegeben wurde, als die Nachtruhe begann. Nichts ahnend schlief ich ebenfalls ein und ich muss tief geschlafen haben, denn als ich aufwachte, war sie bereits halb aus der Koje heraus und murmelte ihr „Ich komme schon, Herr Doktor". Ich konnte sie gerade noch am Arm fassen, aber ihre Beine hingen schon über der Pritschenwand und sie rutschte hinunter, obwohl ich meine ganze Kraft aufbot, um ihre Handgelenke festzuhalten, gleichzeitig rief ich nach der Nachtwache. Ich war jedoch zu schwach und sie war stark durch das Fieber, mit dem Ausruf „Herr Doktor, dieses Mädchen schlägt mich!" machte sie sich los und fiel nach unten. Vergeblich rief ich nach der Nachtwache und bat die Kranken auf den unteren Pritschen, ihr aufzuhelfen. Die waren aber entweder bewusstlos oder – wie ich – nicht fähig, sich auf den Beinen zu halten. Also lag Kwieta auf dem mit Exkrementen bedeckten, feuchten Lehmboden bis zum morgendlichen „Kaffeeholen", als die Nachtwache – endlich einmal ausgeschlafen – sie auflas und sie, willenlos und ohnmächtig, in die Koje unter mir legte. Dort fand Janek sie.

Er wusste es schon, er hatte es beim Betreten des Blocks erfahren. Lange untersuchte er sie zusammen mit Doktor M. Gesprächsfetzen drangen an mein Ohr: „Wenn das in der Spritze enthalten wäre …" An diesem Tag verschwand Janek nur für kurze Zeit und nur, wenn es unbedingt nötig war, aus unserem Gang. Alle paar Minuten sah ich seinen über das Pritschenende gebeugten Kopf mit dem Käppchen. Manchmal hörte ich leise gesprochene Worte: „Trink das, mein Kindchen!" Und: „Bitte, Blümchen!" In diesen Momenten wurde sie ruhiger und es kam vor, dass sie für einen kurzen Augenblick das Bewusstsein wiedererlangte. „Herr Doktor", sagte sie, „Herr Janek", und schließlich nur mehr: „Janek". Als er abends, bevor er den Block verließ, ein letztes Mal an ihrer Pritsche stand, sagte sie überraschend laut und deutlich, so als ob sie alle Kraft zusammengenommen hätte, um diese Worte herauszubringen und damit sie verständlich klangen: „Danke, Janek." Dann war es still, entsetzlich still. Von oben, von meiner Koje aus sah ich nur das Käppchen auf dem kahl geschorenen Kopf. Er stand eine Weile regungslos da, dann beugte er sich nach vorn in das Innere der Koje. Ich begriff, dass er sich von ihr verabschiedete. Doktor M. kam. „Wir müssen gehen." Janek folgte ihm ohne ein Wort. Er ging weg, er gab mir keine Anweisungen, er sah nicht einmal zu mir her. Die Frauen auf den unteren Pritschen, die, die bei Bewusstsein waren, sagten später, dass sein Gesicht verzerrt gewesen sei, so wie bei jemandem, der die Tränen zurückhält.

In dieser Nacht schlief ich nicht. Ich lauschte auf die Geräusche aus der Pritsche unter mir, sollte Kwieta nach etwas zu trinken rufen, war ich bereit, den Versuch zu wagen hinunterzuklettern. Ja, jetzt war ich bereit, dies zu tun. Jetzt ja ... Und gestern? Hatte ich ein Recht gehabt, mich so vor diesen zwei Metern Höhe zu fürchten, ich, die ich seit einer Woche kein Fieber mehr hatte? Und dieser Frage folgte eine andere: Hatte ich das Recht gehabt, zu schlafen, anstatt zu wachen? Wenn ich nicht geschlafen hätte ... Ich bemühte mich, für Kwieta zu beten, aber ich konnte nicht. Ich brachte die Verse durcheinander, ich geriet ins Stocken, ich sah Gott in diesem Moment nicht, ich spürte seine Gegenwart nicht und – was noch schlimmer war – ich glaubte nicht an seine Existenz. Aus der Koje unter mir drang Kwietas gedämpfte, fremd klingende Stimme. Ein Strom von Worten ergoss sich ohne Unterlass, darin wiederholten sich Namen, die ich nicht kannte, aber auch solche, die ich kannte: Milan, Janek, sogar meinen Namen hörte ich. Ich verstand nur wenig. Meistens wandte sie sich an Milan, erklärte ihm etwas, überzeugte ihn von etwas. Manchmal konnte ich diesen wirren Reden ein Wort entnehmen, das mir bekannt vorkam – Erdbeeren, Zug, ich hab dich gern, Brombeeren, Himbeeren, Eis ... (Nach dem Krieg schlug ich diese Wörter im Wörterbuch nach und verstand, dass Kwieta in ihrem letzten Traum von einem Wald voller Beeren geträumt hatte.) Schließlich drang durch die Scheibe des kleinen Fensters, das mit einer einen halben Zentimeter dicken Raureifschicht bedeckt war, das schmutzige Grau des Morgens herein. Diese schreckliche Nacht ging zu Ende. In drei Stunden würden die Ärzte kommen. Vielleicht brachten sie ein Medikament mit oder vielleicht würde allein durch Janeks Gegenwart ein Wunder geschehen. Und dann hörte ich sie wieder: „Milan, mein Milan, Milanchen ..." Sie wiederholte den Namen unzählige Male, zärtlich, liebevoll, scherzhaft, bittend, zornig, schließlich wehmütig und mutlos, um ihn am Ende in einem herzzerreißenden Schluchzen zu ertränken, das aus abgrundtiefer Verzweiflung kam. Dann ging das Weinen in Lachen über. Und zwar so plötzlich, dass ich nicht sofort begriff, dass Kwieta lachte. Fröhlich, glucksend, prustend wie ein junges Mädchen, wenn es glücklich ist. „Herr Doktor", in ihrer Stimme schwang ein Ton mit, der sonst nicht darin vorhanden war und der hier unglaublich klang, ein koketter, verführerischer Ton: „Herr Janek, dieses Mädchen hat gesagt, dass Sie ..." Und kurz darauf: „Blümchen ..." Ich hörte dieses glückliche Lachen und schlief ein. Als ich aufwachte – die morgendliche Suppe wurde gerade ausgeteilt –, schwieg Kwieta. Sie lebte nicht mehr.

Diese Geschichte über Kwieta, eine menschliche Blume, die in den Dreck von Birkenau geworfen worden war, hätte ich Hanka erzählen können, wenn sie gern fremde Erinnerungen gehört hätte und wenn sie nicht schon genug gehabt hätte von ihren eigenen Erlebnissen. Wozu hätte sie zu anderen Personen gehen sollen? Ich gehörte zu den Veteraninnen und ich weiß nicht, ob in dem Saal noch so ein paar „alte Nummern" waren wie ich. Aber sollte man überhaupt so lange darüber reden oder nicht besser die ganze Sache auf die Fakten reduzieren? Was würde dann übrig bleiben? „Weißt du, in Block 27 lag eine Tschechin mit mir zusammen in einer Koje, ein hübsches, zwanzigjähriges Mädchen. Sie ist gestorben. Das war in der Zeit, als die Ärzte ins Revier kamen." Das wäre alles gewesen. Also sagte ich, um irgendwie das fehlende Interesse der anderen Klubmitglieder an uns zu begründen:

„Hier hat in der Regel jeder seinen Kreis."

„Letztes Jahr", fuhr Hanka nach einer Weile fort, „habe ich ein paar von unseren Mädchen wiedergesehen. Ich bin zum ersten Mal zu so einem Ehemaligentreffen gefahren. Im Juni, du weißt schon, zum Jahrestag der Gründung des Lagers. Es waren ziemlich viele Leute da. Bloß sind die alle in Auschwitz geblieben. Ich bin als Einzige nach Birkenau rübergegangen. Es war seltsam für mich, allein diesen Weg zurückzulegen, den wir damals in Reihen marschiert sind, auf Kommando, links, zwo, drei, vier, links, links … Vielleicht kam er mir deshalb anders vor?"

„Damals war das ein Kiesweg, jetzt ist er asphaltiert", sagte ich.

„Stimmt! Aber stell dir vor, das habe ich gar nicht bemerkt …"

„Bist du nie barfuß darauf gegangen?"

„Nein. Zum Glück hat mir nie jemand meine Holzschuhe geklaut. Na ja, und ich bin ein paar Monate später gekommen", gab sie nach einer Weile zu, woran mir gelegen war. Also fragte ich:

„Kam es dir auch so weit vor wie damals?"

„Eigentlich noch weiter. Ich weiß nicht, wieso … Vielleicht deshalb, weil ich allein gegangen bin, oder vielleicht, weil ich nun schon weniger Kraft habe? Es war furchtbar heiß, so heiß eben, wie es dort sein kann. Nirgends auf der Welt gibt es wohl so eine Hitze und so eine Kälte wie dort." Sie schwieg eine Zeit lang, als ob sie Zustimmung erwartete, dann fuhr sie fort: „Ein paar Mal wollte ich umkehren, aber irgendetwas trieb mich weiter und dann bin ich doch hingegangen. Ich bin zum Block 24 gegangen."

„Und hast nur den Schornstein vorgefunden. Von dem Ofen, auf dem du gekocht hast."

„Genau. Sonst nichts. Das hat mich traurig gestimmt und mir sind sogar die Tränen gekommen. Denn wenn jemand nachzählen würde, wie viele Frauen dort gestorben sind, auf diesen wenigen Quadratmetern, wie viel Leid ... Und jetzt ist da nichts. Keine Spur mehr von all dem."

„Die Schornsteine sehen aus wie Obelisken. Oder wie Grabsteine."

„Ja, so kann man es sich vorstellen." Ihre Miene hellte sich auf.

„Gott sei Dank ist wenigstens das erhalten geblieben."

„Stimmt, es hätte auch gar nichts zurückbleiben können. Wenn nicht das Museum gegründet worden wäre ..."

„Tja ... Überall hohes Gras, bis zu den Knien. Ich habe einen Moment neben dem Schornstein gestanden, wo ich nachts immer ungeduldig gewartet hatte, bis ich mich mit meinem Topf zur Feuerstelle durchdrängen konnte, und dann – so als ob das gestern gewesen wäre – habe ich alle wieder vor mir gesehen: die Stubenälteste Wanda, Marylka, der die Flöhe nichts anhaben konnten, dich, Doktor M. Und dann habe ich denen ewige Ruhe gewünscht, an die ich mich nicht mehr erinnere." Sie schwieg, um kurz darauf zu fragen: „Haben diese Blocks noch gestanden, als sie euch evakuiert haben? Denn als sie uns 1944 zum Transport aufgeladen haben, da wart ihr doch noch da, oder?"

Wieder musste sie, wie schon zuvor, auf die Antwort warten. Meine Gedanken waren erneut bei Kwieta, Janek und – was merkwürdig war – bei Milan, dem sagenhaften Piloten, der sich wie ein Racheengel über die deutsche Erde erhob, um sie zu zerstören, zu verbrennen, in Schutt und Asche zu legen als Vergeltung für das unterworfene Vaterland und für Kwieta, die auf dem verlausten Strohsack, bedeckt mit einer von Kot verkrusteten Decke, aus dem Abgrund ihrer Erniedrigung seinen Namen gerufen hatte wie den Namen Gottes. Damals in meiner Koje, die geradezu komfortabel war, denn von oben rieselten nicht die Halme des modrigen Strohs herab oder der Unflat der Kranken, habe ich ihn so plastisch vor mir gesehen, so genau, dass noch heute, da mehr als die Hälfte meines Lebens hinter mir liegt, dieses Bild, welches die Fantasie geschaffen hat, lebendiger und deutlicher in meiner Erinnerung ist als die Gesichter der Menschen, die ich nicht nur aus Erzählungen kannte. Milan ...

Wenn ich Kwieta zuhörte, fingerte ich nicht – wie sonst dauernd – in den Achselhöhlen, mit dieser schon automatischen Handbewegung, die man ertastend und erspürend ausführte, um die Läuse aus den Nähten des Hemdes herauszuklauben. Es gab keine Läuse. Es gab den Krakauer Stadtparkring mit dem zauberhaften Rosengarten beim Straszewski-Denkmal, mit den Alleen und kleinen Wegen voller grüner Nischen, die sich in kapriziösen Biegungen verzweigten und dann wieder auf kleinen Plätzen zusammenliefen, wo im Schatten der ausladenden Kastanien, wie unter einem Baldachin, Bänke standen. Im Sommer des Jahres 1939 waren diese Bänke von seltsamen Passanten besetzt: von jungen Männern in sportlicher Kleidung, die an Militäruniformen erinnerte. Sie belagerten die Bänke in ganzen Gruppen, saßen darauf oder standen davor und sprachen miteinander in abgehackten Sätzen. Meistens aber schwiegen sie, als ob sie in eine Art Dämmerzustand versunken wären, oder gingen nervös hin und her. Sie erschienen mir groß, größer als die sonstigen Besucher des Stadtparks, und sie sahen so gut aus wie die Donkosaken, die man aus den damals modernen Filmen über russische Auswanderer kannte. Sie saßen stundenlang da und betrachteten den gleichförmigen, an ihnen vorbeiziehenden Strom von Spaziergängern, unter denen elegante, junge Mütter waren, die die neuesten, mit Spitze ausgekleideten Kinderwagenmodelle vor sich herschoben, ältere Herren mit Nelken im Knopfloch, Bedienstete, die sich unter der Last der Einkäufe beugten, Schüler und Arbeitslose. Manchmal schreckten sie wie aufgescheuchte Vögel hoch und die ganze Schar begab sich zur Potocki-Straße, vor ein Gebäude, das wie ein kleines Schloss aussah. Dort befand sich das tschechoslowakische Konsulat. Sie gingen dorthin, standen einige Minuten da, manchmal sogar eine ganze Stunde, kamen dann in den Stadtpark zurück und setzten sich wieder auf die Bänke.

Eines Tages redete mich einer von ihnen an. Zum ersten Mal vernahm ich die tschechische Sprache. Es war seltsam und gleichzeitig lustig, ihm zuzuhören, denn was er sagte, klang nicht fremd, bekannte Wörter drangen an mein Ohr, aber sie fügten sich nicht in einen sinnvollen Zusammenhang, nicht in Sätze, deren Bedeutung ich hätte sofort erfassen können. Ich musste viel Mühe und Willen aufbringen, um den jungen Mann zu verstehen, der mit mir in dieser bekannten und unbekannten, vertrauten und fremden, kindischen und – vielleicht mir zuliebe – scherzhaften Sprache sprach. Wenn auch nichts in seinem Verhalten darauf hindeutete, dass er scherzen wollte. Er blickte ernst, ja beinahe traurig drein. Und sagte: „Wir sind jetzt Emigranten, ohne Heimat." Das war der erste Satz, den ich verstand. Seine tragische Bedeutung dämpfte das bunte Licht dieses Julitages gleich einer plötzlich aufgetauchten Wolke.

Ich erriet, wie er hierhergeraten war, er und seine Kameraden. Von den vieren, die sich zu mir auf die Bank setzten, war er der hübscheste. Er hatte dunkle Augen und dunkles, volles, sich weich wellendes Haar, eine gerade Nase, einen schön geschwungenen Mund und ebenmäßige, weiße Zähne, die seinem Lächeln einen Glanz verliehen. Er lächelte nämlich zweimal. Das erste Mal, als ich mein Mitgefühl ausdrückte, und das zweite Mal, als ich sagte, dass die Tschechoslowakei nicht aufgehört hat und nie aufhören wird zu existieren. „Solange Tschechen leben, gibt es die Tschechoslowakei", paraphrasierte ich die polnische Nationalhymne. Da bedachte er mich mit einem Lächeln, das den Krakauer Stadtpark wieder hell werden ließ. „Danke", sagte er kurz. Und nach einer Weile fügte er hinzu, dass er und seine Kameraden aus Polen wegfahren und weiter Richtung Westen reisen wollten. Sie warteten hier auf ihre Pässe. Wenn der Krieg mit Deutschland ausbricht, werden sie wieder Soldaten sein. Denn der Krieg sei nicht zu vermeiden. Polen werde dem Krieg auch nicht entgehen, trotz allem. Der Sinn dieses „trotz allem" war für mich sofort klar und eindeutig. Ich war peinlich berührt und schämte mich.

Wie er hieß? Ich weiß es nicht. Seine Kameraden redeten ihn nicht mit Namen an. Aber seit jenen Gesprächen mit Kwieta in der Koje in Auschwitz nannte ich ihn Milan und Kwietas Milan gab ich das Aussehen jenes flüchtigen Bekannten aus dem Stadtpark. Aber das tat ich nicht bewusst. Ich habe einfach sofort, als ich von Kwietas Herzensangelegenheiten erfuhr, ihren geliebten Piloten mit ebendem jungen Tschechen assoziiert, den ich im Krakauer Stadtpark im Sommer 1939 getroffen habe. Und dem Namenlosen habe ich jenen schmeichelnden, mir bis zu diesem Zeitpunkt nicht bekannten und daher umso bezaubernderen Namen gegeben: Milan. Ich habe Kwieta nicht gefragt, wie ihr Verlobter nach England gelangt war. Wenn er Pilot war, konnte er mit einem Flugzeug geflohen sein. Doch dieses Wissen war für mich nicht nötig. Es gefiel mir zu glauben, dass der junge Mann im Krakauer Stadtpark Milan war. Auf diese Weise war ich mit ihrem Schicksal verbunden, mit Kwietas und Milans Schicksal. Ihr Geliebter war eine konkrete Person, ein Mensch aus Fleisch und Blut, den ich gesehen hatte, den ich kannte. Während ich die nächtelang gesponnenen Erzählungen darüber hörte, wie sie ihn kennen gelernt hatte, wie er sie geküsst hatte, wie er das erste Mal zu ihr nach Hause gekommen war, fing auch ich an, von dem Tag zu träumen, an dem wir uns zu dritt begegnen würden. Dann würde ich sagen: Ich kenne Sie.

Und ich würde ihn an den Tag im Krakauer Stadtpark erinnern. Aber da tauchte eine Frage auf: Zu dritt? Und Janek? Doktor Janek? Der jüngere Arzt?

Das wunderbare Geheimnis des Menschseins … Es reichte, dass das Fieber sank, damit in dem von Läusen zerbissenen Klumpen Körper sich eine menschliche Seele regte und die Gedanken in eine andere Richtung gelenkt wurden, in die Zukunft, hin zum Morgen dieser drei: Kwieta, Milan und Janek. Ja, es ging auch um die Zukunft von Janek. Denn er war in Kwietas Leben getreten, als dieses sich in seiner schwärzesten Phase befand, als sie als Letzte von ihren Landsmänninnen starb und niemand bei ihr war, er kam und erleichterte ihr Dasein mit seiner Anwesenheit, seiner Fürsorge und seiner Hingabe, ja vielleicht sogar mit seiner Liebe. Damals glaubte ich nicht, dass Kwieta sterben würde. Dort starb man doch eher an Gleichgültigkeit, Verlassenheit und Einsamkeit als an einer Krankheit. Jemand, der so viel Zuwendung erfuhr, so viel Bemühen wie sie, hatte keinen Grund und auch kein Recht zu sterben. Ihre Krankheit also rief bei mir keine besondere Beunruhigung hervor, unbekümmert und heiter dachte ich mir eine Fortsetzung von Kwietas Geschichte aus. In meinen Träumen kehrte Kwieta nach dem Krieg zu Milan zurück, der von jenseits des Meeres als ruhmreicher Held ins Vaterland heimkam. Einmal jedoch befiel mich ein ängstlicher Gedanke: Und was, wenn Milan nicht zurückkäme? Wenn sein Flugzeug abgestürzt wäre in jenem bösen Land, an dem er seine Vertreibung, seine brutal unterbrochene Liebe und Kwietas Leiden rächen wollte? Das war ziemlich wahrscheinlich, wahrscheinlicher als die Tatsache, dass er aus dem Krieg mit dem Leben davonkommen würde. Man musste auch mit dieser Variante rechnen. Nun ja. Dann würde das geschehen, was in tausenden, in Millionen ähnlicher Geschichten geschieht. Kwieta würde eine Zeit lang um Milan trauern und dann würde sie die Frau von Doktor Janek werden. Ich hingegen würde mich aufmachen, um auf der Welt das Grab jenes jungen Mannes aus dem Krakauer Stadtpark zu suchen, dessen Namen ich durch einen seltsamen Zufall erfahren hatte – drei Jahre nach dem Zusammentreffen, auf einer Pritsche des Vernichtungslagers Birkenau.

Mit solchen Bildern, solchen Träumen waren meine Gedanken beschäftigt in jenem schrecklichen Winter des Jahres 1942, im Vorhof des Todes, in Block 27, einem von hunderten Blocks jenes grauenhaften Gebildes mit dem poetischen Namen Birkenau. Eines habe ich nicht vorausgesehen: dass Kwieta nicht mehr da sein und dass deshalb die Geschichte keine Fortsetzung haben würde. Wie hätte ich das auch voraussehen sollen? Was waren ihre kümmerlichen neununddreißig Grad Fieber gegen meine vierzig, die ich doch überlebt hatte – ohne Aspirin und ohne irgendetwas zu trinken. Aber für sie war das schon zu viel, sie starb innerhalb von knapp drei Tagen. Kwieta ... Seitdem sind sechsunddreißig Jahre vergangen. Wer außer mir erinnert sich noch an sie? Ihre Mutter, falls sie noch nicht tot ist? Ihre Geschwister, falls sie welche hatte? Milan, falls er nicht im Krieg gestorben ist? Doktor Janek? Denn er hat angeblich überlebt. Das hat mir eine Lagerkameradin erzählt, die ich vor einigen Jahren getroffen habe. Sie hatte zur gleichen Zeit wie ich in Block 27 gelegen und konnte sich an Doktor Janek erinnern. Sie hat ihn ein paar Jahre nach dem Krieg auf einer Versammlung des Verbands der ehemaligen politischen Häftlinge gesehen. Er hatte das Studium beendet und war Arzt geworden. Über den älteren der beiden Häftlinge, Doktor M., nach dem ich damals alle Verbandsmitglieder gefragt habe – jeden weiblichen und jeden männlichen Häftling habe ich gefragt –, konnte sie mir nichts sagen.

Schon auf dem Heimweg machte ich mir Vorwürfe, dass ich Hanka zu mir eingeladen hatte. Mein Mann und ich führen ein sehr geregeltes Leben und wir vermeiden unvorhergesehene Gäste. Was eigentlich nicht schwierig ist, denn wir haben gemeinsame Freunde und Bekannte. Eine Ausnahme bilden meine Kameradinnen und Kameraden aus dem Lager. Die gehören ausschließlich zu mir. Sie gehören zu einem Bereich meines Lebens, der – trotz des guten Willens meines Mannes und seiner durch verschiedene Lektüren erworbenen Kenntnisse zu diesem Thema – ein fremder Bereich für ihn geblieben ist. Wenn es vorkam, dass eine der Frauen – denn es waren hauptsächlich Frauen – bei uns zu Hause erschien, dann verzog er sich nach der Begrüßung bald in sein Zimmer. Und ich weiß nicht, ich habe nämlich nie mit ihm darüber gesprochen, ob er das aus Taktgefühl tat, damit uns seine Anwesenheit bei dieser unbegreiflichen Rückkehr in die Vergangenheit nicht störte, oder aus Angst, die sensible Menschen angesichts der Grausamkeit der Welt empfinden. Ich habe ihn nie danach gefragt, vielleicht weil ich wusste, dass ich keine ehrliche Antwort erhalten würde. Über die Zeit, die nicht unsere gemeinsame Zeit war, die jeder von uns allein erlebt hatte, schwiegen wir und keiner von uns beiden brach dieses Schweigen. Ich setzte ihn übrigens nicht oft einer derartigen Konfrontation aus. Ich glaube, dass er das zu schätzen wusste, er ertrug nämlich solche Vorfälle geduldig und anständig und ließ weder mich noch meinen Gast seine Unzufriedenheit spüren.

So war es auch jetzt. Nachdem er Hanka begrüßt hatte, bat er um Entschuldigung dafür, dass er uns nicht Gesellschaft leisten könne. Er arbeite an einer Radiosendung, die er am nächsten Tag abliefern müsse. Aber in dem Moment kam Bogna, und zwar mit ganz besonderem Gebäck, mit dem sie uns sicherlich bewirten wollte.

„Meine Nichte", erklärte ich dem Gast, „sie wohnt bei uns."

Ich bat Hanka in das Zimmer, das uns als Salon diente. Ich nahm eine Flasche selbst gemachten Likör aus dem Schrank und wir setzten uns, sie in einen Sessel, ich aufs Sofa. Trotz meines Protestes hatte sie darauf bestanden, im Flur die Schuhe auszuziehen, und saß nun in Strümpfen da. Ich sah ihre Füße, die beide einen erheblichen Hallux aufwiesen und die sie schamhaft unter dem Sessel versteckte. Sie schwieg erwartungsvoll, vielleicht dachte sie, dass es mir zukam, das Gespräch zu beginnen. Aber mir fiel nichts Passendes ein. Mir war nicht klar, warum ich sie eigentlich nach Hause eingeladen hatte. Dort, in dem Klub, hatte ich in einem bestimmten Moment den Eindruck gehabt, dass ich nahe an etwas Wichtigem dran war, etwas, das ich im weiteren Gespräch erfahren, enthüllen könnte, wenn wir uns nur von dort entfernen, diesem Stimmengewirr entfliehen, diese Menschen nicht mehr sehen würden, deren Gesichter verschleiert waren von einem Dunst wie dem Dampf in einer Sauna, Menschen, die sich im Grunde gegenseitig nicht mochten, die aber gleichzeitig nicht ohneeinander auskommen konnten und mit immerzu suchenden, unruhigen Augen von einem Tisch zum anderen gingen … Aber nachdem ich Hanka zu mir mitgenommen hatte, wusste ich nicht mehr, wozu ich das getan, was ich erwartet hatte. Also fragte ich sie nach ihrem Zuhause, nach ihrem Mann, nach den Kindern, ganz normal, so wie ich jede Bekannte gefragt hätte, die ich monatelang nicht gesehen habe. Aber dann fiel mir ein, dass wir darüber schon gesprochen hatten. Das war mir unangenehm, sie hätte das ja als Mangel an Aufmerksamkeit auffassen können.

„Entschuldige bitte", sagte ich, „Alzheimer, wie du siehst."

„Ach was!", sie widersprach mir höflich. „Du musst dir einfach zu viel merken. Und übrigens, so wie ich dich in Erinnerung habe, warst du immer zerstreut. Ich weiß noch, dass du mich zu einer der Köchinnen geschickt hast, sie war deine Freundin. Mila hieß sie angeblich. Aber beim zweiten Mal hast du gesagt, sie heißt Zosia. Und beim dritten Mal Irka. Da habe ich gedacht, dass du schwindelst.

Dass du diese Freundschaft mit den Köchinnen erfunden hast, damit ich mich mehr um dich bemühe. So wie sich jetzt einige Weiber damit brüsten, irgendwelche Verkäuferinnen zu kennen. Damit sie sich wichtig machen können."

„Du bist aber immerhin mit Kartoffeln zurückgekommen", erinnerte ich sie.

„Ja", lachte sie und die Metallkronen auf ihren Zähnen blitzten. „Aber der Zufall hat mir geholfen. Denn ich habe noch nicht mal daran gedacht, es zu versuchen. Wir standen vor der Küche, die Köchinnen hatten schon damit begonnen, die Kessel herauszutragen, da hörte ich, wie eine rief: ‚Zosia, schreib den fünften von uns auf.' Ich ging zu dieser Zosia und sagte ihr, dass du mich geschickt hast. Sie darauf: ‚Sie lebt also noch?' Daran habe ich gemerkt, dass sie dich kannte, und ich sagte ihr, dass du in meinem Block bist und dass du nach dem Fleckfieber schrecklichen Hunger hast. Sie machte keinerlei Ausflüchte, sie sagte bloß, dass es heute nichts Organisiertes gibt, rohe Kartoffeln könne ich haben, wenn ich die wolle. Oh Gott, es waren fünf Kartoffeln, und zwar ziemlich große! Sie wölbten sich ein wenig an meinem Bauch vor, obwohl ich an der Stelle, wo der Bauch sein sollte, eine Vertiefung hatte. Ich dachte, dass ich damit niemals ins Revier komme, dass mir jeden Moment eine Aufseherin über den Weg läuft oder Leo … Als ich den Block betrat, war ich völlig verschwitzt trotz der eisigen Kälte."

„Und später in der Nacht habe ich gesehen, wie du am Ofen anstandst, um die Kartoffeln zu kochen. Ich hatte Angst, dass ich einschlafe und dass du dann alles alleine isst. Ich konnte kaum den Kopf über der Pritschenwand halten, aber ich habe dich beobachtet. Und mir schien, dass es Morgen wird und dass du nicht zur Herdstelle vorrückst. Schließlich überwältigte mich die Schwäche und ich schlief ein. Es weckte mich der Geruch von gekochten Kartoffeln. Du hast mir einen Löffel voll gegeben und gesagt, dass ich essen soll, aber bloß langsam, denn die Kartoffeln seien heiß, die kämen direkt vom Feuer."

„Dass auch du dich daran erinnerst", sagte sie leise.

„Dieser Brei aus zerkochten Kartoffeln war besser als all die guten Dinge, die ich vorher und hinterher in der Freiheit gegessen habe."

„Zuerst habe ich gedacht, dass ich die Kartoffeln koche und abgieße, aber dann tat es mir leid, das Wasser wegzuschütten. Ich dachte, dass darin bestimmt auch irgendwelche wertvollen Nährstoffe sind. Aber dass du dich daran erinnerst …" Ihre Augen wurden feucht. „Denn ich … Also, irgendwie habe ich gerade das … Erst jetzt …"

„Nach dem ersten Mal habe ich nicht mehr aufgepasst. Ich bin ruhig eingeschlafen mit dem glückseligen Gedanken, dass mich ein leises Klopfen an der Pritschenwand wecken und sich gleich danach ein heißer, verrußter Topf auf meinem Strohsack befinden wird."

Ich schwieg, nachdem ich dies gesagt hatte, obwohl ihr Blick, der fest auf mich gerichtet war, mir zeigte, dass sie auf eine Fortsetzung wartete oder vielleicht auch nur auf irgendein Detail, das sie – durch fremde Augen gesehen – als eine andere Person darstellen würde als die, die sie kannte und die sie vielleicht nicht immer akzeptierte. Es ist nur allzu natürlich, dass wir Selbstbestätigung bei unseren Mitmenschen suchen. Aber obwohl ich dies wusste und ihre Erwartung erriet, konnte ich sie nicht erfüllen. Ich schämte mich für meine Offenheit und befand, es sei nun genug damit, wobei ich zu der verwirrenden Sentenz Zuflucht nahm, dass man über bestimmte Dinge nur sprechen könne, indem man schweigt. Was selbstverständlich eine Ausrede war. Hätte ich ihr denn schweigend einen Beweis liefern können für meine Erinnerung an jene Nächte, in denen jeder Löffel Brei, den sie mir gab, wie ein Löffel Leben war? Aber sie hätte es doch verdient. Sie hätte es verdient, zu wissen, dass sie einmal, in einer schrecklichen Zeit und an einem schrecklichen Ort etwas Gutes getan hat. Vielleicht würde ihr dieses Wissen nützen in den schweren Momenten der Unzufriedenheit, des Abrechnens mit sich selbst. Jedem Menschen, denke ich, könnte sich so ein Wissen als hilfreich erweisen.

Wenn ich gefragt wurde, und ich wurde oft gefragt und noch heute werde ich gefragt, wie es möglich war, dass ich überlebt habe, wie ich ganze drei Jahre überstanden habe, antwortete ich, dass ich Glück gehabt habe. Diese Antwort schien mir die angemessenste zu sein. In jenem Moment – als ich schwieg und Hanka wartete – wurde mir klar, dass dies nur die halbe Wahrheit war. Ich habe dank der Hilfe von Menschen überlebt. In diesem Sinn kann ich von Glück sprechen: Ich hatte das Glück, Menschen zu treffen, die bereit waren zu helfen. Und wenn auch nur mit einem Wort, auch das zählt. Der junge Häftling mit dem Buchstaben P auf dem roten Winkel und der Nummer 77, der im Juni 1942 jenes Feld eggte, auf dem wir mit Hacken die Erdschollen des lehmigen, steinhart gewordenen Bodens zertrümmerten, und der, wenn er vorbeikam, vor sich hin rief, so als würde er es dem Pferd zurufen: „Kopf hoch, nur noch drei Monate!" Und wenn er wieder zurückkam: „In drei

Monaten ist der Krieg zu Ende." Die magische Zahl Drei, die sich schließlich bewahrheitete, auch wenn es nicht Monate waren, sondern Jahre …

Wenn man drei Monate überlebt hatte und weitere drei, wenn man schon zu den alten Häftlingen gehörte, wusste man, was man von solchen Prophezeiungen zu halten hatte, man behandelte sie wie Zauberformeln, wie eine Art Beschwörung – die Befreiung und das Ende des Krieges gehörten in das Reich der Hirngespinste. Aber zu Beginn des Lagerweges war der Glaube an ein baldiges Herauskommen nötig und welch große Rolle hat beim Festhalten an diesem Glauben die Zahl Drei gespielt!

Dann kam Budy, die Strafkompanie, der Abgrund der Hölle von Auschwitz. Und wieder sagte ein anderer Häftling, merkwürdigerweise einer ohne Buchstaben auf dem roten Winkel, der in der Sprache sprach, in der man sonst nur Flüche, Schimpfwörter und Drohungen hörte: „Sei tapfer, du wirst durchhalten!" Und auf meine stumme Verneinung hin: „Schau mich an. Ich bin schon neun Jahre im KZ." Dieser Häftling war ein Deutscher, der Kapo des Männerkommandos, das das Heu, das wir zusammenharkten und zu Haufen aufrichteten, auflud und wegtransportierte. Und es war immer noch das Jahr 1942, Birkenau, Block 27, eine Art Revier, aber außerhalb des Reviers, auf der anderen Seite der Lagerstraße, in der gleichen Reihe wie Block 25, als wäre es dessen Vorzimmer. Das Fleckfieber und Schwester Maria, Frau Maria genannt, die mir, der halb Bewusstlosen, Mehlsuppe einflößte und dabei wiederholte, mehrmals, damit es durch den Nebel der Bewusstlosigkeit drang: „Du hast eine Grippe, nur eine Grippe. Du musst essen, alles essen, was du bekommst, dann wirst du gesund." Also aß ich, ich aß für mich und für die, die nicht essen wollten oder konnten, ich aß alles, was zu mir in die Koje gelangte, bis eines Morgens Frau Maria meine Hand nahm und sagte – und ich habe ihre Worte nicht nur gehört, ich habe sie auch verstanden: „Das Fieber ist anscheinend gesunken." Sie schob mir ein Thermometer unter die Achsel und ging nicht weg und ich wartete zusammen mit ihr und wunderte mich, dass ich ihre Gesichtszüge deutlicher sah, nicht so verschwommen und nicht schwankend wie sonst immer, und dass mir nicht mehr so heiß war wie bisher. Und schließlich fielen die Worte: „Na, siehst du, du hast nur noch 38,6." Da fasste ich nach der Hand, die das Thermometer hielt, und führte sie an den Mund und dabei stammelte ich: „Das heißt, ich werde leben?" Sie tätschelte mir die Wange: „Natürlich wirst du leben, du Dummerchen!"

Und dann verschwand Frau Maria, deren Nachnamen ich nicht kenne, den ich nie erfahren habe. Vergeblich hielt ich von meiner Koje aus nach ihr Ausschau. Kwieta sagte mir, dass Frau Maria in einen anderen Block verlegt worden sei. Ich wusste damals nicht, dass das gelogen war. Dass sie nach Auschwitz I gebracht worden und in der Politischen Abteilung mit einer Phenolspritze getötet worden war. Ich hatte keine Gelegenheit mehr, ihr zu sagen, dass sie ein Engel war, der Schutzengel aus den kindlichen Gebeten, den man bat: „Sei immer bei mir." Nicht oft haben wir Grund zum Dank für das Gute, das uns getan wird, und wenn wir Grund haben, danken wir nicht. Zosia, die Kartoffeln spendete, Mila, die nach dem Abendappell mit einer Kanne Kaffee kam, der mir nur dem Namen nach bekannte Ziutek aus der Männerküche, der Brot und Margarine schickte, Doktor M., der Medikamente brachte … Wissen diese Menschen, dass ihre Taten nicht vergessen worden sind? Vielleicht gab es Momente, in denen dieses Wissen ihnen geholfen hätte zu leben? Wenn es sich also so glücklich gefügt hatte, dass eine von ihnen, die ehemalige Schwester Hanka, hier mit mir, bei mir saß, sollte ich da nicht, in ihre Hände sozusagen, die Beweise der Erinnerung an all jene dort legen und davon erzählen, wie viel ein Mensch einem anderen Menschen verdanken kann? Stattdessen aber hob ich nur das Glas und sagte:

„Auf dein Wohl!"

„Und auch auf deins!", erwiderte sie und nahm einen Schluck. „Das ist aber ein gutes Schnäpschen", fügte sie nach einer Weile hinzu und sah sich im Zimmer um, nun schon etwas forscher. „Schön hast du's hier. Auch wenn das Zimmer nicht groß ist", bemerkte sie.

„Es ist das größte von allen." Ich war froh, dass sie das Thema gewechselt hatte. „Und du? Hast du eine gute Wohnung?"

„Ja, aber erst seit kurzem. Wir konnten endlich tauschen. In der anderen Wohnung war es nämlich sehr eng. Und unkomfortabel. Wir haben sehr darunter gelitten, besonders seitdem mein Mann Invalide geworden war. Ach ja, stimmt, das weißt du ja gar nicht … Mein Mann ist Eisenbahner, er hatte einen Unfall auf den Gleisen. Jetzt bekommt er eine Rente. Eigentlich leben wir nur davon, von seiner Rente, ich arbeite nämlich nicht. Da ich keine Ausbildung habe, könnte ich nur körperliche Arbeit verrichten, aber weil ich hohen Blutdruck habe …"

„Möchtest du nicht als Krankenschwester tätig sein, so wie im Lager?"

„Nun … Dafür braucht man ein Diplom, aber ich … Wenn ich in Warschau gelebt hätte und nicht in der Provinz, dann hätte ich es vielleicht erworben. Aber die Wohnung, in der ich bis zu meiner Verhaftung gelebt hatte, war nach dem Krieg besetzt und in den Ruinen zu hausen, wie das andere gemacht haben, dazu hatte ich nicht die Kraft. Ich habe bei meiner Familie auf dem Land gelebt, dann habe ich geheiratet und bin mit meinem Mann nach Szczecin gezogen. Es ist alles gar nicht so schlecht, bloß mit der einen Rente können wir uns kaum über Wasser halten. Doktor M., zu dem ich manchmal gehe, um mir einen Ratschlag zu holen, hat mir gesagt, dass ich versuchen sollte …"

Ich unterbrach sie.

„Doktor M.?"

„Ja. Weißt du, manchmal, wenn ich mich nicht so gut fühle, gehe ich zu ihm. Und dann reden wir über dies und das. Und da hat er mir von dieser Rente erzählt, die man als ehemaliger Lagerhäftling bekommen kann. Und dass ich ein Anrecht darauf hätte. Und er hat mir empfohlen, mich darum zu bemühen. Aber da in Szczecin niemand genau sagen konnte, wie man das anstellen muss, hat er mir geraten, mich in den Zug zu setzen, ich fahre nämlich ermäßigt, und …"

„Moment, warte mal! Hast du ,Doktor M.' gesagt? Oder habe ich mich verhört?"

Sie sah mich verständnislos an.

„Nein. Warum sollst du dich verhört haben? Doktor M. Ich selbst bin nicht darauf gekommen, mich um diese Rente zu bemühen. Erst als er mir gesagt hat … Was hast du denn? Warum wundert dich das denn so?"

„Nichts, erzähl weiter! Dieser Name erinnert mich an den Mann, den du früher erwähnt hast."

„Ach ja?"

„An diesen Arzt, der ins Revier gekommen ist."

„Ja."

„Was – ja?"

„Du erinnerst dich richtig."

„Willst du etwa sagen, dass …"

„Dass er das ist."

„Dieser Arzt, dein Arzt, der dir geraten hat, dich um diese Rente zu bemühen, und der dort …"

„Das ist derselbe. Doktor M."

Ich war ganz benommen und stotterte:

„Das ist nicht möglich."

Sie war beleidigt.

„Wie? Nicht möglich? Was denkst du denn von mir? Ich soll einen anderen für diesen Mann halten, bei dem ich zwei Monate lang war, Tag für Tag, dem ich bei den Untersuchungen geholfen habe, für den ich Wasser heiß gemacht und gebracht habe, Kranke weggeführt und geholt habe, mit einem Wort: alles gemacht habe, was eine Krankenschwester bei einem Arzt macht? Na ja, mit Ausnahme von Spritzen. Und nicht nur das. Denn als sie ihn mit den Medikamenten am Tor erwischt haben und er erschöpft nach den Nächten im Stehbunker zurückkam, so erschöpft, dass er sich kaum auf den Beinen halten konnte, da habe ich seinen Dienst übernommen, damit er wenigstens für eine halbe Stunde in einer Ecke schlafen und ein bisschen Kraft sammeln konnte vor der nächsten Nacht im Stehbunker. Es waren zehn Nächte, glaube ich. Das ist derselbe Doktor M. Er hat mich auch erkannt. Sofort als er mich gesehen hat, hat er sich an mich erinnert", fügte sie stolz hinzu. „Hätte einen anderen meine Rente interessiert? Er hat jedes Mal, wenn ich mit meinen Beschwerden zu ihm kam, damit angefangen, ob ich schon was unternommen hätte in dieser Angelegenheit."

„Er lebt also."

„Na, ich habe dir doch schon gesagt, dass er mich nach Warschau geschickt hat. Er hat gesagt: ‚Sie bekommen als Ehefrau eines Eisenbahners eine ermäßigte Fahrkarte, bitte fahren Sie. Dort wird man Sie beraten können.'"

„Er ist also in Szczecin", sagte ich, hatte aber dabei die Bedeutung dieser Tatsache gedanklich noch nicht völlig erfasst.

„Ja. Er ist Chefarzt in einer Klinik."

„Beschreib mir, wie er aussieht."

„Er hat sich nicht sehr verändert. Kannst du dich nicht an ihn erinnern?"

Nein. Nur an den Nachnamen konnte ich mich erinnern. Und an das, was sich für mich mit diesem Namen verband. Die Messe etwa in der Kapelle der Muttergottes, Mittlerin der Gnaden, in meiner Siedlung, die meine Mutter bald nach meiner Rückkehr bestellt hatte, damit auch Doktor M. wohlbehalten zurückkehren möge. Ich erinnere mich, dass der Pfarrer, als er die Messe in seinen Kalender eintrug, nach dem Vornamen fragte. Und es war mir so peinlich und ich schämte mich so, dass ich den Vornamen nicht angeben konnte. Nur: Doktor M. Aber das war eigentlich schon viel, wenn man bedenkt, dass die Leute sich dort nicht mit Nachnamen kannten, höchstens wenn sie sich sehr nahestanden. Dann versuchten wir, ihn zu finden. Diese Versuche waren ungeschickt und nicht sehr ausdauernd, weil sie nicht von Erfolg gekrönt waren. Und mit den Jahren verblasste die Erinnerung an sein Aussehen immer mehr. Klein und etwas untersetzt, im verwaschenen Sträflingsanzug, mit kahlem und dadurch etwas zu groß wirkendem Kopf, auf dem das Käppchen kaum sitzen blieb ... Er kam angeblich aus der Nähe von Radom, aus Garbatka oder Pionki. Ich weiß nicht einmal, woher ich diese Information hatte, von ihm selbst sicherlich nicht. Ich erinnerte mich an jeden Satz, den er mit mir gewechselt hat, nie hat er von sich gesprochen. Ich sagte zu Hanka:

„Ob ich mich an ihn erinnern kann? Er hat mir das Leben gerettet!"

„Er hat dir das Leben gerettet?" Sie sah mich mit einer Verwunderung an, in der auch Unglaube lag und ein wenig Empörung. „Doktor M.? Wann war das? Wahrscheinlich, bevor du in den Block 24 gekommen bist?"

„Ja. Zweimal. Das erste Mal in Block 27."

Der Aufruf „Anstellen zum Appell!" zerreißt die Stille, diese eigentümliche, durch die Geräusche menschlichen Leidens laute Stille des Krankenbaus. Wer bei Bewusstsein ist, erstarrt vor Angst – der Appell im Revier, das ist ein Appell des Todes. Der Block verstummt. Für einen Moment ist alles ruhig, nur die Schreie des Stubendienstes sind zu hören: „Los, aufstehen, los!"

Sogleich kommt Bewegung in die Kojen. Bloß die Toten bleiben liegen und die, die bewusstlos sind. Der Rest sucht Rettung. Hastig und in Panik drängen sie sich an die Rückwände der Pritschen, verstecken sich unter den Strohsäcken, vergraben sich in den Fetzen der Decken. Diejenigen, die sich auf den Beinen halten können, verlassen die Kojen, aber nicht, um zum Appell anzutreten. Sie rempeln sich auf der Flucht ins Nirgendwo gegenseitig an, sie werfen einander um und trampeln auf die, die hingefallen sind, sie rennen auf den Gängen des Blocks umher und suchen nach einem Versteck, nach einer Nische in der Mauer wenigstens. Der Ofen ist klein, aber dennoch versucht immer wieder die eine oder andere, sich hineinzuzwängen. Als das alles fehlschlägt, laufen sie zur Tür. Sie stoßen die Torwache um, die den Ausgang bewacht, und rennen vor den Block. In Hemden und mit bloßen Füßen. In den Schnee. Einige besinnen sich und kommen zurück. Andere rennen weiter. Ich sehe sie durchs Fenster. Es ist nicht so wie in den Träumen, da rennt die Menge zum Lagertor, überfällt die Blockführerstube, überwältigt die SS-Männer. Die hier rennen ins Innere des Lagers, als ob sie dort Schutz finden könnten. Und im Block wächst der Tumult, der mit Schemeln bewaffnete Stubendienst wehrt das Gedränge an der Tür ab. „Mädchen, wohin wollt ihr denn?" Das ist die Stimme der Blockältesten. Tonlos und heiser ist sie aus dem Lärm herauszuhören. „Wovor habt ihr denn Angst? Das ist nichts Schlimmes. Nur Entlausung. Ihr müsst keine Angst haben!" Und sie wiederholt mehrere Male laut und deutlich: „Ihr müsst keine Angst haben! Ich bitte euch, hört zu!"

Der Lärm lässt ein wenig nach. „Entlausung?", fragt eine. „Was ist das?"

Die Blockälteste versteht fast so viel Polnisch wie Slowakisch und Deutsch. Sie ist 1942 nach Auschwitz gekommen, mit dem ersten Transport aus Theresienstadt, der tschechischen Stadt Terezín, die als Lebens- und Arbeitsort für die tschechischen Juden vorgesehen war. Während ihres fast einjährigen Auschwitz-Daseins ist sie auch Blockälteste in polnischen Blocks gewesen. Sie übersetzt, bemüht darum, dass sie verstanden wird: „Desinfektion, versteht ihr?" Sie kennt das polnische Wort für Entlausung nicht, denn diese Maßnahme ist neu im Lagerleben, also versucht sie, auf Deutsch dessen Bedeutung wiederzugeben: „Es handelt sich um die Lause."

„Lause?", fragt eine mutig. „Du meinst Läuse?" „Ja", bestätigt die Blockälteste. „Läuse. Und Läuse, das bedeutet Fleckfieber. Versteht ihr? Typhus." „Wenn es um die Läuse geht, wozu dann der Appell?", kommt es aus der Menge. „Dumme Frage!" Die wie die Stimme einer Mutter wohlwollend tadelnde Stimme der Blockältesten beruhigt den erneuten Lärmausbruch. „Ihr müsst in die Sauna. Dort gebt ihr eure Hemden zur Desinfektion ab und dann müsst ihr in den Dampf. Versteht ihr? Sauna, Dampf." „Dampfbad", vermutet eine. „Ja, Dampfbad." Die Blockälteste ist dankbar für diese sprachliche Unterstützung. „Wir machen inzwischen hier erst mal Ordnung. Nun … Wir werden den Block aufräumen, Ordnung machen, versteht ihr? Wir sammeln die ganzen dreckigen Sachen ein, die Decken mit den Läusen und die Strohsäcke und geben sie zur Desinfektion. Also, ich bitte euch, seid vernünftig und stellt euch in Reihen auf!" „Und dann kommen wir wieder hierher?" „Ja, ihr kommt wieder zurück." „Bekommen wir saubere Wäsche?" „Alles. Kleider, Hemden und Jacken." „Und was ist mit den Strohsäcken?" „Es gibt neue Strohsäcke und auch neue Decken."

Die Kranken wechseln Blicke, sie sehen einander fragend an. Das Bedürfnis, die Sehnsucht nach einem Wunder verdeckt die Erinnerung an die bisherigen Erfahrungen.

„Vielleicht geben sie uns Bettlaken?", meldet sich eine schüchterne Stimme, bestimmt ist das ein Neuzugang. „Weiß ich nicht." Die Blockälteste antwortet nicht sofort. „Das kann ich euch nicht sagen, wegen der Bettlaken weiß ich nichts." „Vielleicht noch Kissen dazu?", prustet eine vom Stubendienst und bekommt eine Ohrfeige. Nicht zu fest, aber so, um sie zurechtzuweisen, um beizeiten ihren leichtfertigen Witzen ein Ende zu setzen. „Red keinen Blödsinn! Erzähl keine Dummheiten! Ich sage nur das, was ich genau weiß, was ich nicht weiß, sage ich nicht. Und ich weiß genau, dass es eine Generalentlausung geben soll. Ein Block nach dem anderen wird desinfiziert, um Schluss zu machen mit den Läusen. Die fressen euch ja Tag und Nacht." „Genau!", erhebt sich plötzlich eine zweifelnde Stimme. „Denen liegt schrecklich viel daran, uns Erleichterung zu verschaffen! Furchtbar viel! Wir tun ihnen so leid, dass ihnen sogar hinten die Tränen rauskommen! Ihr dummen Weiber, hört nur auf die da, dann werdet ihr schon sehen …" „Du bist selber dumm!", übertönt die Blockälteste sie. „Es geht nicht um uns, es geht um sie. Sie kommen ja in die Blocks und bewachen die Kommandos. Katia hat gesagt, dass zwei Aufseherinnen schon im Lazarett sind. Mit Fleckfieber."

Dieses Argument, das sich auf die höchste Häftlingsautorität beruft, überzeugt alle. Die zweifelnde Stimme geht im Gewirr der Fragen unter.

„Also, ich bitte euch, Mädchen", fährt die Blockälteste fort, „wer kann, soll antreten." „Und unsere Schüsseln?", erinnert sich eine. „Sollen wir die mitnehmen oder hierlassen?" „Die Schüsseln könnten sie eigentlich auch austauschen", fällt eine andere ein. „Die sind schon ganz verbeult und vom Rost zerfressen." „Wir könnten auch bessere Löffel gebrauchen."

Sie sorgen sich nur noch darum, um die Schüssel und den Löffel, jene Gegenstände, die im Leben eines Häftlings am wertvollsten sind. Die Blockälteste scheint zu überlegen.

„Weiß nicht. Sie haben nicht gesagt, ob ihr die Schüsseln mitnehmen sollt oder nicht. Ich denke, ja. Ein Häftling darf seine Schüssel nie aus der Hand geben."

Ein zustimmendes Murmeln besiegelt den Erfolg der Taktik der Blockältesten. Und als sie hören, dass jede ihre Decke mitnehmen soll, um sich auf dem Weg zur Sauna darin einzuwickeln, sind jegliche Zweifel beseitigt und sie sammeln sich in der Mitte des Blocks und warten auf den Abmarsch. Der sich im Übrigen verzögert. Es war schon „antreten", sie sind schon durchgezählt worden und stehen nun da. Dann setzen sie sich, eine nach der anderen. Sie sind krank und schwach. Das versteht auch die Blockälteste. Sie erlaubt ihnen, in ihre Kojen zurückzukehren, aber sie sollen sich bereithalten und nicht meckern, wenn der Stubendienst wieder zum Antreten ruft. Sie tue das für sie, um sie nicht anzustrengen, sie sollten sich das merken und nachher ihr und dem Stubendienst keine Schwierigkeiten machen.

„Und was wird mit uns?", frage ich eine vom Stubendienst, die an meiner Koje vorbeigeht. Sie antwortet nicht, so als ob sie mich nicht gehört hätte. Das macht mich unruhig. Es ist bekannt, was mit denen geschieht, die etwas nicht können, die nicht arbeiten können, die nicht zum Appell antreten können, die nicht im Rhythmus „links, zwo, drei, vier, links, links" marschieren können … Ich beschließe, mich aufzurichten und aus der Koje zu klettern. Ich muss das alleine schaffen. Kwieta ist nicht da und Frau Maria auch nicht, es ist niemand da, der mir helfen könnte. Ich stütze mich auf die Ellenbogen, dann auf die Handflächen. Ich sitze. Jetzt sehe ich schon aus wie die, die bereits beim „Antreten" waren und sich nun wieder dafür bereithalten. Ich weiß nicht, wie viele Minuten ich in dieser Stellung ausharre. Mich treibt die Angst, dass ich es ein zweites Mal nicht schaffen werde, mich aufzurichten. Im Block jedoch ist es ruhig. Es geschieht nichts. Aus der Pritsche unter mir dringen die Fetzen eines Gesprächs an mein Ohr: „Warum gehen wir nicht?" „Vielleicht ist das mit der Entlausung ein Schwindel?" „Was haben diese Henker jetzt schon wieder vor?" Die Unruhe – der immer anwesende, ständige Begleiter eines Häftlings im Vernichtungslager. In der Koje unter mir liegen Frauen, die schon länger im Lager sind. Ich weiß, dass sie lauschen, während sie reden. Das Brummen eines Lastwagens wäre eine Bestätigung ihres nicht ausgeräumten Verdachts.

Und auf einmal: „Mittag holen!" Die Stimme des Boten aus der Küche kommt einer Entwarnung gleich. Daraufhin verkündet die Blockälteste, dass es heute keine Entlausung mehr geben wird. Der Block 27 ist später dran. Morgen oder übermorgen. Diese Änderung gibt ebenfalls Anlass zu Mutmaßungen. Warum? Was steckt dahinter? „Ich habe gedacht, dass ich heute schon ohne Läuse schlafen werde", beklagt sich weinerlich ein Neuzugang. „Besser mit Läusen schlafen als gar nicht", hört sie als Antwort. „Wieso gar nicht? Was heißt das?"

Die neuen Häftlinge werden im Allgemeinen nicht mit Samthandschuhen angefasst. Man erzählt ihnen vom Ausgang durch den Schornstein, diesen einzigen sicheren Weg in die Freiheit. Sie werden auf brutale Weise aufgeklärt, ohne Rücksicht auf ihre Unerfahrenheit. Die hier aber hat Glück, sie ist an eine mitfühlende Kameradin geraten. „Besser liegen als stehen", antwortet sie. „Glauben Sie, dass sich das bis in die Nacht hinziehen könnte?" Die Neuzugänge erkennt man daran, dass sie alle siezen. Wie in der Freiheit. Sie haben sich noch nicht umgestellt, haben sich die Umgangsformen von dort noch nicht abgewöhnt. „Hier glaubt man nicht, hier weiß man. Man sollte es nie eilig haben. Man weiß, was ist, man weiß nicht, was wird." „Und wenn es besser wird?" „Hier wird selten etwas besser. Merk dir das. Halte dich an das, was ist, denn es kann jederzeit noch schlechter werden." Eine andere Stimme mischt sich in das Gespräch ein. „Ja, aber heute ist wenigstens klar, wie das Wetter ist. Es ist nicht windig und es schneit nicht. Wie wird es morgen sein? Wie sollen wir die zweihundert Meter zur Sauna nur mit einer Decke aushalten?" „Du lässt dir einfach einen Pelzmantel geben", mengt sich eine von den Älteren, Abgebrühteren ein.

So vergeht der Rest des Tages, mit Kommentaren, Erwartungen, ja sogar Träumen. Vielleicht bringen sie uns in das richtige Revier? Dort ist es komfortabel. Die Holzbaracken, auch wenn sie eigentlich für Pferde vorgesehen sind, sind behaglicher als diese Steinhöhlen. Dort ist es wärmer. Ein Ziegelofen verläuft der Länge nach durch die gesamte Baracke und ist wie eine beheizte Bank. Und die Betten sind aus Holz und sehen, obwohl sie ebenfalls mehrstöckig sind, wie Betten aus und nicht wie Sarkophage wie die hier. Und in den Betten liegen höchstens zwei, allerhöchstens drei Kranke. Angeblich ist der Stubendienst einfühlsamer, was die Bedürfnisse der Kranken angeht, menschlicher. Und das Wichtigste ist, dass man dort weiter weg ist von Block 25, für den Block 27 eine Art Vorzimmer ist. Es ist bekannt, dass man hier die Kranken ablädt, die nicht danach aussehen, dass sie gesund werden. Muselmänninnen, die am Ende sind. Dort ist es anders, dort erhält man angeblich sogar Medikamente, irgendwelche zwar, aber immerhin. Und dadurch, dass dort andere Dienst tun, ist es nicht so schwer, Hilfe von außen, von außerhalb des Reviers zu bekommen. Die Torwache lässt manchmal, selbst ohne dass man sie bestechen müsste, einfach aus Barmherzigkeit eine Schwester, Mutter oder Freundin durch, die der ihr nahestehenden Person einen Topf mit Kaffee, ein Stück Handkäse aus der eigenen Ration oder sogar Brot bringt.

Und es kam noch eine Nachricht – und was für eine! Eine Frau vom Gartenkommando, das gemeinsam mit männlichen Häftlingen arbeitete, teilte mit, was sie einem Gespräch zwischen SS-Männern abgelauscht hatte: Amerika habe den Deutschen ein Ultimatum gestellt, sie sollten den Krieg beenden und die annektierten Gebiete zurückgeben, andernfalls werde Amerika gegen Deutschland vorgehen. Eine weitere Neuigkeit, ebenfalls durch die Gärtnerin ins Revier gebracht, zusammen mit einer echten Karotte, besagte, dass der Heilige Vater von Hitler die Befreiung alter und kranker Menschen aus den Lagern gefordert habe. Und dann noch die Meldung über einen Plan, der aufgrund seiner Ausführbarkeit am meisten die Gemüter bewegte: Ab dem nächsten Jahr werden diejenigen männlichen und weiblichen Häftlinge, die nicht wegen politischer Angelegenheiten im Lager sind, bei zivilen Arbeiten eingesetzt, insbesondere in der Landwirtschaft, sie fahren zur Arbeit nach Deutschland, so als ob sie aus freien Stücken fahren würden, als ob sie sich selbst dafür zur Verfügung gestellt hätten. All diese Nachrichten machten im Block die Runde, weckten Hoffnungen, gaben Mut. Durch einen glücklichen Zufall gelangte in den Block 27 auch die Information, dass die Entlausung kein Betrug und keine Falle sei, einige Blocks, in denen die saubersten Kommandos untergebracht waren – etwa die Kommandos der Küche, der Unterkunftskammer, der Effektenkammer, der Bekleidungskammer –, hätten die Entlausung schon hinter sich. Sie war nichts Außergewöhnliches. Während das Kommando bei der Arbeit war, holte der Stubendienst alles aus den Betten heraus und schleppte es zur Sauna, wo sowohl die Kleidung als auch die Decken in Wannen getaucht wurden, die mit einer Lösung angefüllt waren, welche nicht nur die Läuse, sondern auch die Nissen abtöten sollte. Nach der Arbeit kam dann das Kommando in die Sauna, dort wurde es gebadet, bekam desinfizierte Sachen und ließ die eigene Kleidung zurück. Einige der Kommandos, und zwar die privilegierteren, waren angeblich sogar im Dampfbad, welches die Poren, die monatelang nicht mit warmem Wasser in Berührung gekommen und daher mit Dreck verstopft waren, ausgezeichnet reinigte.

Jetzt erst erfasste den Block eine wirkliche Erleichterung, löste sich die in den Tiefen des Bewusstseins verborgene Angst vor einer Selektion endgültig auf. Man fing an, die Stunden bis zu der segensreichen Maßnahme zu zählen, zu rätseln, ob dem Revier ebenfalls das Privileg eines Dampfbades zuteilwerden würde. Die Nacht verlief ruhig, ruhiger als sonst, und am Morgen kamen, wie jeden Tag, die Ärzte. Eigentlich kam nur noch ein Arzt, dessen Vor- und Nachnamen ich damals nicht kannte. Es war der ältere. Der jüngere, jener Medizinstudent Janek, lag mit Fleckfieber in einem der Blocks des Männerreviers. Vielleicht murmelte er Kwietas Namen in seinen Fieberträumen so vor sich hin, wie Kwieta seinen Namen vor sich hin gemurmelt hatte. Der ältere Arzt also begann seine Visite, dieses Mal aber war sie anders als sonst. Die Blockälteste begleitete ihn mit einem Notizbuch in der einen und einem Bleistift in der anderen Hand. An meiner Pritsche sagte der Arzt: „Die schreib auch auf." Bevor ich zu fragen wagte, warum, waren sie schon bei der nächsten Pritsche. Ich hörte nur die Frage der Blockältesten und die Antwort: „Und die?" „Die auch." Ich wollte den Arzt abfangen und legte meinen Kopf ans Ende der Koje, um nicht zu verpassen, wenn er erneut vorbeiging. „Herr Doktor!", rief ich. Es sah zuerst so aus, als ob er nicht stehen bleiben würde, er blieb dann aber doch stehen. „Du wirst ins Revier verlegt", sagte er, noch bevor ich ihm eine Frage stellen konnte. „Nach der Entlausung?" „Nein, vorher." „Wie das denn? Mit all diesen Läusen?" Er erwiderte nichts, er blickte mich bloß an. Der Ausdruck in seinen Augen versetzte mir einen Schlag – darin war nichts als Überdruss.

„Erinnerst du dich an die Generalentlausung?", frage ich.

Hanka stellt das Glas ab, setzt sich im Sessel zurecht.

„Ob ich mich an die Generalentlausung erinnere?"

Die Frage muss ihr mehr als seltsam vorkommen. Auf ihrem Gesicht erscheinen rote Flecken.

„Ich weiß nicht, mit welchem Block du das durchgemacht hast. Denn einige Blocks", sie stockt, sie sucht nach den passenden Worten, „wurden angeblich etwas nachsichtiger behandelt. Das Revier aber nicht. Das Revier ausgerechnet nicht. Bei uns in Block 24 ist nach der Entlausung innerhalb einer Woche die Blockstärke von fünfhundert Kranken auf etwa vierhundert zurückgegangen. Es hat gereicht, dass sie zur Sauna gingen, der nackte Körper nur von einer Decke umhüllt. Und dass sie zwei Stunden im Wind standen. Danach eine kalte Dusche. Und dann wieder warten, auf die Hemden und die neuen Decken. Da waren sie dann schon völlig nackt, denn die alten Lumpen waren in den Wannen. Die bekamen sie in nassem Zustand wieder. Und in diesen nassen Sachen ging es zurück in den Block. In der Nacht hatte ich sechs Tote auf der Stube. Ganz zu schweigen übrigens von den Kranken. Zwei vom Stubendienst bekamen eine Lungenentzündung, die eine hat das nicht überlebt. Und dabei stammte sie wohl aus dem ersten

Transport, war eine von denen, die das schlimmste halbe Jahr überstanden haben. Du weißt es ja selbst. Aber du warst sicher in der Brotkammer und …"

„Nein, damals noch nicht. Ich war in Block 27."

„Wie bitte?"

„In Block 27."

„Und das hast du überlebt? Da hat's doch fast die Hälfte weggefegt. Mehr als bei der Selektion."

„Ja, ich weiß."

„Stimmt, du bist erst nach dem Fleckfieber zu uns gekommen, das Fleckfieber musst du also dort überstanden haben."

„Genau so war es."

„Und wie konnte es dann geschehen, dass …"

„Ich war bei der Entlausung nicht dabei. Der Arzt, der in unseren Block kam, hat die Blockälteste angewiesen, mich direkt in den Block 24 zu verlegen. Zusammen mit ein paar anderen. Die Blockälteste hat uns ans Ende der Kolonne postiert. Diejenigen, die sich auf den Beinen halten konnten, gingen mithilfe des Stubendienstes. Ich und noch zwei andere wurden mit einer Karre gefahren. Die Kolonne hat sich entfernt und wir wurden hierhergebracht. Und so bin ich zu dir gekommen."

Nach einigem Zögern fragt Hanka:

„Dieser Arzt, war das Doktor M.?"

„Ja."

„Und das zweite Mal?"

„Das zweite Mal, das war dann schon bei dir, auf der Stube."

„Bei mir?" Sekundenlanges Schweigen und dann schließlich: „Nun ja … Die Leute sind einem vor den Augen weggestorben, manchmal sind sie wieder auferstanden. Und man hat es nicht gesehen. Das eine nicht und das andere auch nicht."

Vor uns stehen Makronen, gleich bekommen wir Tee, er wird gerade aufgegossen. Bogna hatte meinen Gast wortlos begrüßt, sie hatte keinerlei Interesse an der Mitteilung gezeigt, dass wir uns aus dem Lager kennen.

„Weißt du, woran mich das erinnert?", sagt Hanka nach einer Weile, nachdem sie das Gebäck schweigend probiert hat. „An dein Halwa."

„An mein Halwa?"

„Ja. Erinnerst du dich wirklich nicht?" Sie sieht mich ungläubig an. „Ich habe es von dir bekommen. Zu Ostern. Du hast dabei gescherzt, dass niemand einen Mazurek gebacken hat, also bringst du mir Halwa. Und das hat mir nicht nur besser geschmeckt als der Mazurek, sondern sogar besser als Marzipan. "

Das Wort „Marzipan" öffnet wie ein Schlüssel in meinem Gedächtnis ein Geheimfach, in dem jenes sogenannte Halwa aufbewahrt war, das in Wirklichkeit eine Masse aus zerriebenen, rohen Haferflocken, Margarine und Zucker war, geformt zu Kugeln, Barren und Würfeln. Diese Spezialität namens „Halwa à la KZ" hatte sich bestimmt eine der Köchinnen ausgedacht. Im Magazin der Lagerküche standen ja Säcke mit allen Arten von Grütze, Mehl, Grieß, Haferflocken sowie auch Kartons mit Margarine – Vorräte, die sich angesammelt hatten durch die Reduzierung der Rationen für die Häftlinge und die an die unersättliche Küche der SS weitergegeben wurden. Für die Frauen, die im Magazin arbeiteten, war es Ehrensache, diese Vorräte zu verringern, um wenigstens einen Teil von dem, was den Häftlingen vorenthalten worden war, wiederzubekommen, und so gelangten diese Lebensmittel in die Blocks. Wer die Möglichkeit dazu hatte, kochte, und das, was man roh essen konnte, aß man roh.

Hankas Rührung, ihr Loblied auf das Halwa beschämten mich. Ich konnte mich nur mit Müh und Not beherrschen, sie nicht zu unterbrechen und zu jener außergewöhnlichen Nachricht zurückzukehren, dass Doktor M. lebt. Es gibt einen Ort, an dem man ihn finden kann, man braucht nur in den Zug zu steigen, dann mit der Straßenbahn oder dem Bus zur Klinik zu fahren, dort seinen Namen zu nennen und zu warten, bis er kommt, und dabei würde man versuchen, in jeder Person, die das Behandlungszimmer betritt, jene Gestalt wiederzuerkennen, die zwischen den mehrstöckigen Pritschen herumgegangen ist, unermüdlich, schweigend, ruhig, unbezwingbar und bewundernswert in ihrer heroischen Menschlichkeit.

Als ich einige Jahre nach dem Krieg „Die Pest" las, sah ich Doktor Rieux als einen Menschen in einem grau-blau gestreiften Sträflingsanzug, „Zebrakleidung" genannt, und mit einer ebensolchen Kopfbedeckung, genannt Käppchen. Merkwürdig, dass von allen Werken Camus' gerade dieses, das die meisten Bezüge zu den jüngsten Erfahrungen der Menschheit aufweist, die wenigste Anerkennung unter den Kritikern gefunden hat. Ich schrieb deshalb polemische Briefe an die Redaktionen literarischer Zeitschriften, ließ es aber bald wieder sein. Es gibt zu viele Leute, die ihre Mitmenschen, welche die „Pest" überlebt haben, beschuldigen, sich damit rühmen zu wollen.

In meiner Siedlung wohnt eine Frau, sie war mehrere Jahre Häftling in einem Konzentrationslager. Von ihrem Balkon aus oder wenn sie ihren Hund spazieren führt, verwünscht sie jeden, der an ihr vorbeigeht. Die Bewohner der Siedlung wechseln die Straßenseite, wenn sie von weitem ihre raue, fast männliche Stimme hören. Passanten, die nicht hier wohnen, die von dieser Sache nichts wissen, werden unvermittelt mit Ausdrücken wie „Dieb" oder „Betrüger" beschimpft und flüchten dann erschreckt, wobei sie sich umblicken, um sich zu versichern, dass das Ganze bloß niemand mitgekriegt hat. Nur die Kinder haben Spaß daran. Sie locken den Hund der Unglücklichen, was sie immer ärgert, und dann rennen sie weg mit dem Ausruf: „Oh, die Verrückte!" Nicht jedem Leiden nämlich wird eine Krone zuteil. Unter all den Martyrien sind viele entweiht, andere sind vergessen und müssen auf eine Zeit warten, die ihr die Zeichen der Majestät verleiht.

„Stell dir vor, was mir einmal in den Sinn gekommen ist", sagt Hanka. „Ich habe beschlossen, meinem Mann einen Eindruck von unserem Leckerbissen zu vermitteln, und habe dieses Halwa gemacht. Zum Nachtisch. Natürlich habe ich nichts gesagt, ich habe ihm nicht angekündigt, was er nun essen würde. Ich habe mich so bemüht, wie ich nur konnte. Statt Margarine habe ich echte Rahmbutter verwendet, ich habe einen geriebenen Apfel dazugegeben und obendrauf habe ich ein Sahnehäubchen gesetzt."

Die Erinnerung belustigt sie so sehr, dass sie mit der Erzählung nicht aufhört, als Bogna mit dem Tee hereinkommt.

„Ich warte, bis er probiert. Ich sehe, wie er den ersten Bissen nimmt, wie er ihn im Mund hin- und herschiebt. Ich meine, dass es ihm schmeckt. Er fragt, was das ist. Da sage ich: ‚Genau das, von dem ich dir erzählt habe. Dieses Halwa, das ich zu Ostern bekommen habe, von einer guten Seele.' Er darauf: ‚Halwa? Man merkt, du hast nie Halwa gegessen. Das hier ist was für die Hühner. Außer man stirbt vor Hunger.'"

Vor lauter Lachen hat sie Tränen in den Augen. Ich bemerke Bognas raschen Blick, Verwunderung liegt darin. Bogna hat bestimmt angenommen, dass wir uns an irgendwelche Schrecklichkeiten erinnern, und auf einmal ist hier so eine ungetrübte Heiterkeit …

„Kennen die Damen derlei kulinarische Reinfälle?"

Bogna verteilt die Tassen und stellt die Zuckerdose und das Kännchen mit der Milch hin.

„Ja, so könnte man das auch nennen", sagt sie.

„Genau, Fräulein Bogna." Hanka freut sich sichtlich über ihr Interesse. „Das Halwa habe ich für meinen Mann kurz nach unserer Hochzeit gemacht. Gott sei Dank ist mir nicht vor unserer Hochzeit eingefallen, ihm diese Köstlichkeit zu servieren, denn dann hätte er mich bestimmt sitzen lassen." Und wieder bricht sie in Gelächter aus.

„Ich dachte, dass man Halwa kauft." Bogna versucht ebenfalls zu scherzen.

„Natürlich, aber dort gab's kein richtiges Halwa, also …"

„Ich verstehe, man hat einen Ersatz gemacht."

„Ja, so was in der Art."

„Zumindest damals gab es das nicht", fügt Hanka der Vollständigkeit halber hinzu. „Denn später, als die griechischen Transporte kamen, da …"

„Aus Griechenland?", fragt meine Nichte nach.

„Ja. Extra prima Saloniki." Hanka lacht und dann wird sie traurig. „Die Armen, niemand konnte ihre Sprache und wenn sie zu verstehen geben wollten, woher sie waren, sagten sie: ,Saloniki. Extra, prima.'"

„Die Deutschen haben Griechinnen nach Auschwitz gebracht?" Bogna ist unsicher, sie hat Angst, ihre Unwissenheit zu verraten. „So wie Juden, Polen und Russen?"

„Das waren eigentlich griechische Jüdinnen. Aber sie wurden als Griechinnen bezeichnet. So wie die Jüdinnen aus der Slowakei als Slowakinnen bezeichnet wurden und die Jüdinnen aus Ungarn als Ungarinnen." Hanka ist in ihren Erklärungen genauer als ich. Und eher zu Erklärungen bereit. Sie kehrt im Übrigen schnell zu dem Thema Halwa zurück. „Also, als die griechischen Transporte kamen, gelangte echtes Halwa ins Lager. Die aus ,Kanada' verschoben es."

„Woher? Aus Kanada? Sie verschoben es? Das heißt …", beginnt Bogna, aber sie beendet den Satz nicht.

„Na, ganz einfach. Sie machten klepsi, klepsi."

Bogna erwidert nichts, sie wirft mir bloß einen Blick zu, der mehr sagt als Worte.

„Das ist der Slang von dort", erkläre ich. „Kanada wurde das Kommando genannt, das die Sachen der vergasten Häftlinge sortiert hat. Und klepsi hieß klauen. Ich weiß nicht, aus welcher Sprache das kommt, vielleicht aus dem Griechischen, aber so wurde das eben genannt."

„Aber die beste Sache, die ich dort gegessen habe", mein Gast greift sein Lieblingsthema wieder auf, „das war das Halwa von Ihrer Tante. Sie war auf Schonung und in die Schälküche gekommen. Dort erging es ihr dann besser."

„Entschuldigung, Tante, was bedeutet denn ,auf Schonung'?" Bognas Stimme klingt etwas verärgert. Sie glaubt zu bemerken, dass

wir beiden älteren Damen vor ihr angeben wollen mit einem Wortschatz, der für sie noch unverständlicher ist als für uns die Jugend-
sprache. Also erkläre ich so genau, wie ich kann:

„Das bedeutet, dass der Häftling geschont wurde, er war Re-
konvaleszent. Solche Häftlinge wurden zu leichteren Arbeiten
herangezogen, zu Arbeiten, bei denen man sitzen konnte, in der
Schneiderei, der Strickerei und in der Schälküche, wo das Gemüse geschält wurde."

In Bognas Augen ist Verwunderung.

„Das ist ja human", sagt sie unsicher, aber auch mit einer gewissen Hoffnung.

Ich verstehe ihre Erwartungen, ich akzeptiere ihre Beharrlichkeit.
Es ist ihr gutes Recht, einen Funken Menschlichkeit in dem finden
zu wollen, was unmenschlich war.

„Das könnte man so nennen", entgegne ich, „wenn …"

„Wenn was?" Ihre Stimme ist nicht leise wie sonst immer, man
muss sich überhaupt nicht anstrengen, um ihre Worte zu verstehen.
„Sie hätten doch alle Schwachen vergasen können, man liest ja, sie
hätten das getan."

Ich sehe, es gibt keinen Ausweg, ich muss etwas sagen, was ich
lieber nicht gesagt hätte, weil es mir leidtut um sie und um diesen
Wunsch in ihr, sich von den eindeutigen Urteilen zu entfernen und
wenigstens den Ansatz einer Entschuldigung zu finden.

„Ab 1943 begann die Großindustrie, den KZs Menschen als Ar-
beitskräfte abzukaufen …"

Einen Moment herrscht Stille in unserer kleinen Runde. Es ist
ruhig, gemütlich, die Lampen an der Seite spenden ein mildes Licht,
in diesem Licht wirkt das zarte Gesicht meiner Nichte noch zarter,
noch kleiner, wie das Gesicht eines Kindes. Ich habe eine Vision:
Dieser kleine Kopf, dieser dünne, lange Hals – und darunter der
harte, raue Kragen des Sträflingsanzugs. Ich frage:

„Weißt du vielleicht, was heute im Fernsehen läuft?"

„Nein, weiß ich nicht, ich habe nicht nachgeschaut", sagt sie nach
einer Weile.

„Es läuft nichts Gescheites", beeilt sich Hanka zu versichern und
fängt einen wohlwollenden Blick von Bogna auf.

„Meine Tante erzählt nie davon", sagt sie und ich weiß nicht, ob
das nur eine Feststellung ist oder etwas, was darüber hinausgeht,
ein Vorwurf. „Von vielen Dingen hat man überhaupt keine Ahnung
oder völlig falsche Vorstellungen. Zum Beispiel, dass man irgendwas zubereiten konnte … Also, etwas, das schmeckte."

„Konnte?" Hanka lacht. „Das ist zu viel gesagt. Die eine konnte, die andere nicht … Die meisten konnten davon noch nicht einmal träumen. Ihre Tante auch nicht. Erst als sie in die Schälküche kam, war es für sie leichter, etwas zu organisieren."

„Dort konnte man etwas organisieren?" Bogna wendet sich nun nicht mehr an mich, sondern an Hanka.

„Ja, natürlich. Ohne zu organisieren, Fräulein Bogna, konnte man nicht leben. Wer nicht organisierte, war bald eine Muselmännin, das heißt, bald am Ende. Geschwollene Beine, Durchfall, Schluss."

„Dieser Durchfall? War das dort eine tödliche Krankheit?"

„Ja. Durchfall durch Hunger. Oder Ruhr." Hanka fühlt sich recht wohl in der Rolle der Zeitzeugin.

„Das heißt, das Organisieren hat geholfen?"

„Na, und wie!"

„Aber …" Bogna schaut unsicher in meine Richtung. „Das war wohl eine geheime Organisation?"

Nun sieht auch Hanka mich an, ziemlich ratlos. Ihr ist das Missverständnis bewusst geworden und sie versucht, es aufzuklären.

„Da ging es nicht um Organisation, wie Sie sich das denken. Natürlich, so eine Art von Organisation gab es auch, aber das, wovon ich spreche …" Sie lacht unwillkürlich. „Das, was bei uns organisieren hieß, das war … war …" Mit einem Blick bittet sie mich um Unterstützung, aber dann kriegt sie es allein hin: „Das war auch so ein klepsi, klepsi, aber edler. Denn man hat nicht seinem Kameraden oder seiner Kameradin was unter dem Strohsack weggeklaut oder was von der Ration, wie der Stubendienst es getan hat, sondern zum Beispiel …" Wieder sieht sie mich an, ihr fällt keine passende Erläuterung ein.

Ich aber bin nicht erpicht darauf, ihr zu helfen. Es überkommt mich ein Gefühl des Überdrusses, der Unlust, des Unwillens oder vielleicht all das zusammen, ein Gefühl, das ich aus der Zeit gleich nach dem Krieg kenne, als man nach der Rückkehr aus dem Lager reden und reden und reden musste, immer auf dieselben Fragen antworten musste, erklären, erläutern, darlegen musste, und dabei wusste man von vornherein, dass sich nichts erklären, erläutern, darlegen ließ.

Ich schiebe meinem Gast die Schale mit den Makronen hin.

„Erteil dir noch mal Dispens. Das ist wirklich besser als jenes Halwa. Und nicht so kalorienreich. Ich glaube, der Arzt würde dir verzeihen."

Hanka ist überrascht. Das hat sie nicht erwartet. Schließlich aber greift sie nach einer Makrone. Da sagt Bogna auf einmal:

„Tante, jetzt erinnere ich mich. Heute kommt ein Film mit Gary Cooper im Fernsehen. Irgend so ein Westernklassiker."

Was für ein intelligentes, nettes und vernünftiges Mädchen. Rückkehr auf sicheres Gebiet – das ist es, was sie uns vorschlägt. Uns allen. Ich frage Hanka, ob sie den Film sehen will.

„Wenn du es möchtest …" Sie hat offenbar nichts dagegen, aber als Bogna aufsteht, um den Fernseher einzuschalten, sagt sie: „Einen Augenblick noch … Du hast noch nicht davon erzählt, wie dir Doktor M. zum zweiten Mal das Leben gerettet hat. Das war in Block 24?"

Bogna zieht ihre Hand zurück, die sie schon zum Fernsehapparat ausgestreckt hatte. Sie dreht sich zu mir um.

Der kleine Klumpen Konservenfleisch ist in einen Lappen gewickelt. Ich erinnere mich nicht, wer ihn gebracht hat. Einer von den Jungs. „Das ist von Ziutek aus der Männerküche", sagt er. Und dann noch, dass dieser Ziutek sich weiter um mich kümmern werde. Ich frage nicht, woher dieser mir nicht bekannte Ziutek von mir weiß, warum er gerade mich mit zusätzlichen Lebensmitteln versorgen will. Man fragt schließlich nicht, wenn Wunder geschehen, warum sie geschehen. Und ich erinnere mich nicht … Nun ja, das muss man sich selbst einreden. Ich habe dieses Geschenk nicht mit Hanka geteilt. Ich habe es allein gegessen, sofort, hastig, was mir umso leichter fiel, als Hanka nicht im Block war. Danach bin ich aus der Koje geklettert, zum ersten Mal ohne Hilfe, und habe mich – wie die Rekonvaleszentinnen – an den Ofen gesetzt. Die nächsten Tage brachten weitere Beweise dafür, dass sich jemand um mich kümmerte: eine Portion Brot mit Margarine, ein Handkäse, erstmals sah ich ein ganzes Stück davon, dann wieder Konservenfleisch. Ich bekam plötzlich ziemlich starken Durchfall. Das Fasten, das mir sofort verordnet wurde, und die auf Kohlen gerösteten Brotscheiben brachten keine Linderung. Schleim und Blut, die das Ende ankündigten, zeigten sich schon am dritten Tag. Der Arzt, derselbe, der mich vor der Entlausung bewahrt hatte, sagte: „Du hättest dieses Fleisch nicht essen dürfen." Ich fragte ihn, ob ich sterben werde. Er antwortete: „Ich versuche, ein Medikament mitzubringen. Aber du musst noch ein, zwei Tage durchhalten."

In der darauffolgenden Nacht … Wie lang eine Nacht sein kann, weiß der, dem der Morgen Rettung bringen soll. Wachen mit offenen Augen, damit der Tod einen nicht im Schlaf überrascht. Der Wasserfleck an der Dachschräge hat die Form eines menschlichen Kopfes, die dunkleren Flecken, das sind die Augenhöhlen, die Nase, der Mund. Im bläulichen Licht der Glühbirne lebt das Gesicht, ändert seinen Ausdruck, zeigt ein böses Lächeln oder erstarrt mit aufgerissenem Mund, wie eine antike Theatermaske. Die Anstrengung, nicht die Lider zu schließen, nicht einmal zu blinzeln, und die Überzeugung von der Vergeblichkeit dieser Anstrengung. Ich kann dem Schlaf nicht entrinnen, das geht über meine Kräfte.

Und dann das: Ein Schmerz im Zeh, als würde mit einer Nadel hineingestochen. Eine Ratte. Angelockt durch die Reglosigkeit des Körpers, ist sie zum Fressen gekommen. Der Schrei bleibt mir in der Kehle stecken. Ich zucke mit dem Fuß, erfolglos. Das Tier ist zu schwer. Aber es hat die Bewegung gespürt und ist auf den Strohsack gerutscht. Jetzt schaut es. Die Schnurrhaare sind steif wie Draht, die Augen sehen wie Glasperlen aus. Ein intelligenter, forschender Blick. Die Decke über das Gesicht ziehen. Wenn ich wenigstens das schaffen würde … Da sehe ich, sie geht weg. Sie huscht nicht, wie die Ratten es sonst tun, in blitzschnellen Sprüngen davon, sondern entfernt sich ohne Eile, kauert sich immer wieder hin, bereit, in jedem Moment zurückzukehren. Sobald die Beute sich endgültig nicht mehr bewegt. Die Angst vor dieser Rückkehr ist unmenschlich. Aber darin liegt die Rettung. In der Angst. In dieser nicht enden wollenden Nacht, auch wenn die Nächte im Lager kurz sind, warte ich auf den Gong zum Morgenappell. Hoffnung und Angst. Wenn das Ärztekommando nicht kommt? Oder wenn es ohne diesen einen Menschen kommt, von dem das Leben abhängt? Hoffnung, denn er hat gesagt: „Ich versuche, ein Medikament mitzubringen." Und Angst, denn das heißt: Er muss dieses Medikament bei anderen Häftlingen ergattern, den Ärzten des SS-Lazaretts, die sehr genau kontrolliert werden, und es dann selbst durch zwei Tore bringen, zwei Durchsuchungen bewältigen …

Im Lager herrscht Stille, der Appell dauert noch an. Die Fenster im Dach schimmern blau. Mach dir keine Illusionen, sage ich mir, heute bekommst du dieses Medikament noch nicht, das hier ist nicht die Freiheit, wo man in eine Apotheke geht, anstatt zu warten, überleg lieber, wie du weitere vierundzwanzig Stunden überleben kannst und die Selektion überstehst, falls … Nein, eher nicht, bestimmt nicht jetzt, noch haben sich nicht so viele Kranke angesammelt, die Generalentlausung hat ihnen viel Arbeit erspart, mindestens eine Woche müsste noch Ruhe sein, innerhalb dieser Woche sollte ich, falls ich das Medikament erhalte, wieder zu Kräften kommen. Falls ich das Medikament erhalte … Trillerpfeifen

beenden den Appell. Und wieder Trillerpfeifen, antreten, Arbeits-
formierung, Kommandoformierung, das rhythmische Schlagen der
Trommel, das Orchester marschiert Richtung Lagertor, noch ist die
Melodie zu hören, noch zwei Stunden, noch eineinhalb, ich muss
Schwester Hanka bitten, dass sie Zosia oder Mila fragt, wenn sie die
Kessel zurücktragen, ob sie nicht eine Rote Bete auftreiben könnten
oder etwas anderes, was sich als Rouge verwenden ließe, vielleicht
eine Karotte? Noch eine Stunde, Ende des Ausmarsches, das Orchester kehrt in den Block zurück, Stille.

Stille ringsumher. Auch in mir ist Stille. Nein, wirklich, ich warte
nicht. Mein Mund und mein Hals sind trocken, aber es gibt nichts
zu trinken. Keinen einzigen Tropfen. Höchstens verbranntes Brot,
wenn es welches gibt. Aber es gibt keines. In dieser Nacht ist es
Schwester Hanka nicht gelungen, sich zur Feuerstelle durchzudrän-
gen. Aber vielleicht hat sie es auch gar nicht versucht, weil sie mich
bestrafen will dafür, dass ich das Konservenfleisch allein gegessen
habe? Sie hätte ja von irgendwoher erfahren können, dass ich es
bekommen habe. Ich klammere mich an dieser Idee fest, spinne sie
aus, nur um nicht daran zu denken, was passiert, wenn Doktor M.
nicht kommt. Wenn er aus meinem Leben verschwindet wie Frau
Maria, Kwieta und ihr hingebungsvoller Pfleger Janek. Auf diese
Weise eben verschwinden die Menschen hier.

„Nun, wie geht es dir?" Am Kopfende die vertraute, müde Stimme. Ich öffne die Augen nicht, aus Angst, dass dies ein Trugbild ist,
dass ich träume. Was bedeutet es schon, dass die Pritsche schaukelt
wie immer, wenn sich jemand daran hochzieht? Dasselbe passiert,
wenn die Kranken in den unteren Stockwerken ihre Position ändern
oder wenn Hanka sich hereinbeugt. Aber an meinem Handgelenk
spüre ich den Druck von Fingern, die den Puls fühlen. Und dann erneut Worte: „Wach auf, du bekommst ein Medikament." Sie klingen
so wie andere, uralte Worte: „Lazarus, komm heraus!" Die Hand,
die unter dem zu kurzen Ärmel sichtbar wird, ist blau. Diese Hand
hält einen Löffel mit irgendeiner Flüssigkeit. Ich öffne den Mund
wie zum Empfang der Hostie. Ich schütze mich nicht mehr vor der
Hoffnung. „Du hast dich vom Fleckfieber nicht unterkriegen lassen,
wir sorgen dafür, dass du dich vom Durchfall nicht unterkriegen
lässt." Zunächst bewirken diese Worte, dass ich es glaube, dann,
ständig wiederholt, bestärken sie mich in meinem Glauben.

Im Laufe des Tages erfolgen weitere Visiten und mit jeder Dosis
des Medikaments spüre ich eine zunehmende Erleichterung. Der
Abend dämmert, Zeit für die Männerkommandos, das Frauenla-

ger zu verlassen. Kurz vor dem Abmarsch die letzten Visiten. Die Tropfen gehen in meinen Besitz über. „Vor der Lagerruhe nimmst du sie noch einmal ein und während der Nacht dreimal. Nichts essen und nichts trinken, nur auf Kohlen geröstetes Brot. Du wirst gesund, wenn du es schaffst, nichts zu essen." Ich kann nicht danke sagen und auch nichts anderes. Ich küsse das Fläschchen, als sei es die Hand des Arztes. In dieser Nacht, bevor die graubraune, winterliche Morgendämmerung in die Baracke dringt, weiß ich schon, dass ich leben werde. Im Überschwang der Freude, des Triumphes und der Dankbarkeit, die mein Herz fast zersprengen, warte ich auf Doktor M., um ihm zu sagen … Ich weiß nicht, was, es fallen mir keine anderen Worte ein als die des Lobgesangs „Oh meine Seele, verkünde den Ruhm des Herrn!"

Aber Doktor M. erscheint nicht. Das Männerkommando ist ohne ihn gekommen. Schwester Hanka läuft zum Nachbarblock, wo sie erfährt, dass am Tor eine Durchsuchung stattgefunden hat. Bei Doktor M. war etwas gefunden worden, er war festgehalten und in die Blockführerstube geführt worden. Was erwartete ihn nun? Wenn die Medikamente aus dem SS-Lazarett stammten, dann stand es schlimm um ihn. Wie viel wird er ertragen müssen? Ob er das überleben wird? Schwester Hanka weint. Ich weine auch und denke, dass das gestern hätte passieren können, als er das Medikament für mich bei sich hatte. Wer hat heute wie vorher ich auf die Rettung gewartet und sie nicht erhalten? Und Doktor M.? Was wird mit ihm? Während ich die bitteren Tropfen, die Tropfen des Lebens, schlucke, lege ich das Gelübde ab, dass ich, wenn Doktor M. überlebt …

Jetzt sagt mein Gast, die ehemalige Schwester Hanka: „Warte, du hast noch nicht davon erzählt, wie er dir das zweite Mal das Leben gerettet hat." Sie sagt es in einem Ton, in dem sie über alles andere gesprochen hat. Als ob es keinen Unterschied gäbe zwischen dieser Tatsache und meinem Halwa. Das sollte sie nicht tun, nachdem sie mir mitgeteilt hat, dass er lebt, dass er existiert. Mein Gelübde … Weiß ich wenigstens, was es betraf, welchen Inhalt es hatte? Ich erinnere mich nicht. Ich erinnere mich nur daran, dass ich es an dem Tag abgelegt habe, als er nicht kam und als wir nicht wussten, ob wir ihn je wiedersehen würden.

Zum Glück kam er zurück. Zum Glück war er nicht in die Strafkompanie geschickt worden. Nachts war er im Stehbunker, tagsüber kam er zur Arbeit. Um mich hat er sich nicht mehr gekümmert. Sein Wissen, seine Sorge, seine Zeit und die Medikamente, die er trotz allem weiterhin organisierte und in den Frauenkrankenbau brachte, waren für die nötig, denen es schlechter ging als mir. Denn nicht für einen Tag ließ er das gefährliche Unterfangen sein. So als ob nichts geschehen wäre, als ob er nicht dafür bezahlt hätte mit Nächten, in denen er – zusammen mit vier anderen Männern – in einer Meter mal Meter großen Zelle stand und aufgrund des Sauerstoffmangels fast erstickte, brachte er weiterhin Medikamente, machte Häftlinge gesund.

Doktor M. – diesem Mann verdankte ich mein Leben. Sechsunddreißig Lebensjahre, mal weniger gute, mal gute, manchmal sogar sehr gute. Er hat mir sechsunddreißig Jahre geschenkt. Er hätte das Recht gehabt, mich jetzt zu fragen, was ich damit gemacht habe, wie ich dieses kostbare Geschenk genutzt habe. Hebt das Bewusstsein, dass die Zeit gekommen ist, Rechenschaft abzulegen, nicht die Gegenwart auf und gibt dem Moment eine besondere Bedeutung?

Bogna wandte sich mir zu und fragte:

„Jemand hat dir das Leben gerettet? Dort? Wie? Wer war das?"

Der Fernsehapparat blieb also stumm und anstatt im Wunderland des Wilden Westens waren wir wieder in jener Welt, die kein Regisseur darzustellen vermag und der in Bildern nie jemand gerecht werden kann. Ich erwiderte:

„Ja, dort. Das war ein Arzt. Er brachte ein Medikament mit, ohne das ich nicht gesund geworden wäre."

„Er brachte ein Medikament mit? Das heißt, es gab dort keine Medikamente?"

„Nein, es gab keine Medikamente."

„Das war ein deutscher Arzt …"

„Nein, das war ein Pole."

„Ein Pole? Es wurden Ärzte von außerhalb ins Lager gelassen?"

„Wer hat denn von außerhalb gesagt? Er war ein Häftling, so wie wir."

„Aber, Tante! Ich habe gelesen, dass die männlichen Häftlinge streng von den weiblichen getrennt waren. Also stimmt das nicht?"

„Natürlich stimmt das."

„Aber wie …?"

In dem Innehalten, in dem Nichtbeenden der Frage klang ein Ton mit, den ich aus früheren, kurz nach dem Krieg geführten Gesprächen kannte, ein Ton der Verständnislosigkeit, um nicht zu sagen, des Zweifels. Es war übrigens nicht ausgeschlossen, dass es nur die heute so plötzlich geweckten Erinnerungen waren, die mich für diesen Ton empfindlich machten. Die Frage selbst bereitete mir keine Schwierigkeiten. Sie konnte einfach und sachlich beantwortet werden:

„Das Ärztekommando war eines von mehreren aus Fachleuten bestehenden Kommandos, die zur Arbeit ins Frauenlager kamen. Es gab damals noch zu wenige Ärztinnen, um die Fleckfieberepidemie in den Griff zu bekommen ..."

„Sie wollten sie in den Griff bekommen? Warum? Wenn das doch ein Vernichtungslager war ..."

Wir hatten keine Antwort. Jedenfalls müssen wir so ausgesehen haben, als hätten wir keine, denn Bogna war verlegen, sie fühlte sich schuldig, uns aus Taktlosigkeit in eine unangenehme Situation gebracht zu haben. Ihr Blick wanderte – so wie meiner vor einem Moment – zu dem stummen Fernseher. Ich sagte nichts, in der Überzeugung, dass es so besser sei. Und vernünftiger. Anstatt sich mit der Analyse der Lagerordnung zu beschäftigen und über die Grenzbereiche zu sprechen, die die Möglichkeit boten, das kleinere Übel zu wählen, also zusätzliche, nicht vorgesehene Qualen zu ersparen, was letztendlich zu Überlegungen hinsichtlich der Geheimnisse und Rätsel der deutschen Seele führen würde – war es da nicht sinnvoller, sich spannende Verfolgungsjagden zu Pferde, Duelle auf leeren, von der Mittagssonne aufgeheizten Dorfstraßen und großartige Männer anzuschauen, bei deren Anblick man nicht dachte: Wie hättest du wohl in einem Sträflingsanzug ausgesehen, was wärst du für ein Held gewesen ohne Colt im Gürtel, stattdessen mit einem albernen Käppchen auf dem Kopf und in Holzpantinen? Einmal wenigstens hätte man das nicht gedacht.

„Aber Fräulein Bogna!" Hankas Stimme zitterte vor Empörung. „Wissen Sie, ab wann sie das wollten? Als die Drechsler Fleckfieber bekam und beinahe abgekratzt wäre! Da haben die Deutschen kapiert, dass die Läuse nicht zwischen niederer und höherer Rasse unterscheiden und das Fleckfieber auf den übertragen, der ihnen gerade unterkommt. Dass, wenn es so weitergeht, kein SS-Mann mehr einen Block betreten kann. Und dass so mancher, anstatt an der Front zu fallen, in Auschwitz ins Gras beißt." Plötzlich lachte sie. „Erinnerst du dich an dieses Liedchen über die Drechsler?"

Ich erinnerte mich nicht.

„Wie das denn? Ich erinnere mich daran und du nicht? Das ging so: ‚Die Drechsler ist zwar ein Vampir, doch die Läuse schaden auch ihr.' Du hast das doch auch gesungen. Vampirin deshalb", wandte sich Hanka an Bogna, „weil sie einen vorstehenden Oberkiefer hatte und ihr die Schneidezähne rausstanden. Das ganze Lager hat sie so genannt: Vampirin. Also, die Polinnen, meine ich natürlich."

Aber Bogna interessierte diese Bemerkung nicht. Sie sah mich an.

„Meine Tante hat gesungen?"

„Ja", bestätigte mein Gast eifrig. „Die Kranken haben das gemocht. Am Sonntagvormittag, wenn überall auf der Welt Messen stattfanden, baten sie sie, etwas zu singen, etwas, das im Gottesdienst gesungen wurde. Und dann sang Ihre Tante: ‚Oh Christus, neige dein Schmerzenshaupt mit der Dornenkrone.' Oder das Lied über Birkenau, dieses schreckliche und traurige Lied. Aber abends erinnerte sie sich manchmal auch an andere Lieder, an fröhlichere, an Volkslieder oder Schlager. Am besten gefiel uns das: ‚Zigeuner, du hast mein Herz gestohlen.'" Hanka verlor sich in Träumereien.

„Wie? ‚Zigeuner, du hast mein Herz gestohlen.' Solche Sachen wurden dort gesungen? So wie wir – sagen wir mal – ‚Und es fahren bunte Wagen' singen?"

Hanka lachte so sehr, dass ihr die Tränen in die Augen schossen. Das sonst stets blasse Gesicht meiner Nichte rötete sich, anfangs nur leicht, dann, von Sekunde zu Sekunde, immer stärker.

„Was erheitert Sie denn so?", fragte sie leise, sehr leise.

Trotzdem hörte es Hanka.

„Entschuldigung!" Sie versuchte, sich zu beherrschen. „Aber Sie stellen so komische Fragen."

„Ich stelle komische Fragen? Ist es nicht eher so, dass ihr …"

Sie brach ab, erschrocken über dieses „ihr" und den Tränen nahe, ich hingegen suchte fieberhaft nach Worten, die den Eindruck dieser nicht sehr höflichen Anrede verwischen und die angespannte Situation entschärfen sollten, aber ich fand sie nicht. Da ging die Tür auf und es kam – so wie oft in Theaterstücken – eine neue Person herein. Mein Mann.

„Darf ich mich dazugesellen?", fragte er. „Denn ich merke, dass hier ohne mich was getrunken und gegessen wird."

Und sogleich renkte sich alles wieder ein. Bogna schenkte Tee ein, Hanka reichte die Schale herüber, ich schob das Milchkännchen hin. Die Unstimmigkeiten, von denen unsere Runde eben noch bedroht gewesen war, waren beseitigt.

Reibungslos und ruhig verlief nun unser Gespräch. In der Galerie Zachęta wurde gerade eine Ausstellung von Czesław Rzepiński gezeigt, dessen Bilder mein Mann ehrfürchtig bewunderte. Wir hatten die Ausstellung schon zweimal besucht, jedes Mal hatten wir dabei das Gefühl einer Erleuchtung gehabt. Laterna magica. Dieser Vergleich fiel mir sofort ein, als ich mit jener magischen Atmosphäre, die von innen heraus erstrahlte, in Berührung kam, und ließ mich auch später nicht los, als wir die von der Urgewalt, dem Gewitter, dem Wahnsinn der Farben erfüllten Säle durchschritten. An den Wänden befand sich eine vielfältige Pflanzenwelt – geheimnisvolle Gärten, Berge von Laub, Rasenteppiche, bekannte und unbekannte Blumen und Früchte, echte und erfundene, real greifbare und märchenhaft flüchtige Erscheinungen, fast symbolisch nur, nur die Vorstellung von Früchten und Blumen, aber das alles doch konkret, irdisch, saftig, leuchtend, von einem Glanz erhellt, mitreißend vital und klangvoll wie das Lied des Lebens, wie die Verzauberung durch das Leben, seine Farbenpracht, seine Üppigkeit, seine Freude. Es schäumte über vor Gelbbraun, Orange, Violett, Hellblau, Braun, Rosé, mit Schwarz kontrastiert, um vor unseren Augen zu einer harmonischen Einheit zu verschmelzen. Das ewige Lied des Lebens.

Diesen Gesprächsstoff bot mein unschätzbarer Gatte an, auf seine typische Art, ohne uns etwas aufzudrängen und uns dennoch dahin zu leiten, wohin er wollte. Er fühlte sich in Bezug auf meine junge Nichte zum Kunstführer berufen und hatte ihr vor kurzem den Besuch der Galerie Zachęta empfohlen, jetzt fragte er nach, was ihr besonders ins Auge gefallen sei. Denn mein Mann hatte etwas von einem Pädagogen, im alten, im klassischen Sinn des Wortes, etwas von einem klugen und bedachtsamen geistigen Wegweiser. Und Bogna nahm die Wendung in der Unterhaltung gern auf, ließ sich ein auf dieses Gespräch, bei dem sie sich viel wohler fühlte. Sie redete über die menschlichen Körper, Gestalten und Gesichter, die aus dem Gewirr der Pinselstriche und Farbtupfer auftauchten, flimmernd und doch erkennbar, voller Ausdruck und innerer Wahrheit. Sie erwähnte einen weiblichen Akt aus der Gemäldesammlung von Ochman, dann brachte sie ein Bild in Erinnerung, dessen Titel sie zwar vergessen hatte, aber das sie beschreiben konnte: „Auf einem leicht ansteigenden Hang Getreidegarben zu Haufen zusammengestellt …"

„Nicht zu Haufen, sondern zu Hocken", mischte ich mich ein.

„Das nennt man Hocken?", fragte sie.

„So heißt es dort, wo das Bild gemalt wurde."

„Tante, du weißt also, von welchem Bild ich spreche?"

Ich wusste es natürlich. Das Bild gehörte Freunden von uns. Wenn wir sie besuchten, saß ich immer so, dass ich es sehen konnte.

Dieses Bild faszinierte durch seine verborgene Tragik. Auf einem hellbraunen Stoppelfeld rosagoldene Hocken, Hocken eben und nicht Haufen, in Scharen wie Wachteln auf einem herbstlichen Acker, nach oben verlaufend, in Richtung Himmel, der in einem karminroten Sonnenuntergang erglüht, gleich einem Vorzeichen … Ende des Sommers in den Bergen, wo die Ernte spät stattfindet. Von meinen Freunden habe ich die Geschichte dieses Bildes erfahren. Es wurde Ende August 1939 gemalt.

So unterhielten wir uns nett und tranken dabei den duftenden Tee, als mein Mann plötzlich bemerkte, dass unser Gast nicht in das Gespräch eingebunden war. Er versuchte sogleich, diese Unachtsamkeit gutzumachen.

„Sie kannten sich im Lager?"

Ich bestätigte es. Und im ersten Moment wollte ich ihm die sensationelle Neuigkeit über Doktor M. mitteilen. Dass er überlebt hat und dass er in Szczecin wohnt, von wo meine Bekannte angereist ist. Ich hielt mich aber zurück. Nicht jetzt, später. Es würde Zeit sein, ihm davon zu erzählen. Nun war es besser, bei jenem Thema zu bleiben, bei der Erinnerung an die Säle in der Galerie Zachęta mit der märchenhaften Wirklichkeit der Kunst von Czesław Rzepiński. Ich dachte sogar daran, den Ausstellungskatalog zu suchen und auf diese Weise meinen Gast ins Gespräch miteinzubeziehen, als mein Mann fragte:

„Und ihr habt euch seit dieser Zeit nicht gesehen? Ich kann mich nämlich nicht erinnern, dass Sie uns jemals besucht hätten."

„Es hat sich so gefügt, dass ich in Szczecin wohne", beeilte sich Hanka zu erklären. „Obwohl ich aus Warschau stamme. Aber nach dem Krieg … Sie wissen ja selbst. Ich bin in einer bestimmten Angelegenheit nach Warschau gekommen. Und da habe ich bei unserem Klub vorbeigeschaut. Und ich hatte Glück. Wir haben uns sofort erkannt. Oh Gott, wie ich mich gefreut habe! Ich habe Ihre Frau gesehen und es kam mir vor, als ob es gestern gewesen wäre, dass sie mir das Halwa gebracht hat … Aber …" Sie dachte plötzlich nach. „Vielleicht langweilen Sie unsere Erinnerungen?"

„Warum sollten sie mich langweilen?", erwiderte er höflich. „Ich selbst erinnere mich auch gern. Fräulein Bogna", er hatte die Angewohnheit, sich scherzhaft auf diese altmodische Art an meine Nichte zu wenden, „findet sich vielleicht noch ein wenig Tee für den Herrn Onkel? Und etwas von diesen ausgezeichneten Petits Fours?"

Bogna füllte seine Tasse und brachte eine weitere Portion Makronen.

„Sie wohnen also in Szczecin?", fragte mein Mann. „Schon lange?"

„Fast zwanzig Jahre."

„Ich war dort gleich nach dem Krieg. Mehrere Male. Ich habe die Büchersammlungen unserer Bibliotheken zurückgefordert. Ich glaube, dass es sich in Szczecin recht angenehm leben lässt, nicht wahr? Die Stadt hatte viel Grün ..."

„Hat sie immer noch, und zwar noch mehr", Hanka griff das Thema schnell auf. „Und wie sie gewachsen ist! Wenn man jetzt von einem Stadtteil zum anderen fährt, ist das eine richtige Reise. Fast so wie in Warschau. Ich bin nämlich aus Warschau, wissen Sie. Ich habe in Praga gewohnt. Aber nachdem ich verhaftet wurde, ist dort jemand anders eingezogen. Und der ist nicht mehr ausgezogen, obwohl ich zurückgekommen bin. So also hat man all unser Leid gewürdigt. Ich habe im Lager immer von meiner Wohnung geträumt und ..."

„Bitte!" Bogna unterbrach sie, indem sie ihr die Makronen reichte. „Bitte nehmen Sie sich. Möchten Sie vielleicht noch etwas Tee?"

Im ersten Moment zeichnete sich auf Hankas Gesicht Unmut ab, dann aber erkannte sie, dass sie den Beweis der immerhin höflichen Sorge um den Gast nicht geringschätzen durfte.

„Danke. Ich habe davon schon gegessen, aber sie sind so gut ... Bei Süßem kann ich leider nicht nein sagen. Der Arzt hat mir geraten, auf Süßes zu verzichten, aber ich habe nicht genug Willenskraft. Manchmal habe ich ein solches Verlangen nach Zucker ..." Sie suchte nach einem entsprechenden Vergleich und fand ihn: „Genauso wie im Lager, wo gesüßter Kaffee wie Ambrosia war."

„Diese Makronen enthalten kaum Zucker. Ich habe das Rezept von einer Dame bekommen, die Diabetes hat. Ich kann es Ihnen geben. Es ist ganz einfach."

„Sie sind ausgezeichnet. Sehr lecker", erwiderte Hanka und überging stillschweigend die Sache mit dem Rezept. „Wenn ich sie mit etwas vergleichen sollte, dann nur mit diesem Halwa, von dem ich ... Mögen Sie Halwa?", wandte sie sich an meinen Mann.

„Halwa?", wiederholte er überrascht. „Ja, natürlich. Früher habe ich das sehr gemocht."

„Dann verstehen Sie vielleicht, dass ich alles mit diesem Halwa vergleiche."

„Nun, in meiner Jugendzeit hat mir das geschmeckt. Später dann ... Ich kann mich nicht erinnern, wann ich zuletzt Halwa gegessen habe ... Und dass es so etwas überhaupt gibt."

„So ein Halwa wie das dort, wie unseres, das haben Sie bestimmt nie gegessen."

„Wenn Sie erlauben, kehren wir zu Szczecin zurück", sagte mein Mann lächelnd. „Bogna, wann warst du da?"

„Vor drei Jahren, glaube ich", entgegnete sie schnell, als hätte sie Angst, man könnte ihr zuvorkommen. „Mir hat die Stadt auch sehr gefallen, im Hinblick auf die Atmosphäre dort. Und die Stimmung am Hafen. Wo wohnen Sie? In der Nähe des Hafens?"

„Ich? Im Stadtteil Dąbie. Aber ich wollte Ihnen von diesem Halwa erzählen", sagte Hanka vorwurfsvoll und Bogna schwieg. „Denn jetzt weiß ich schon, dass Ihre Frau Ihnen nicht davon erzählt hat."

„Weil meine Tante nichts erzählt. Sie tischt das den Leuten nicht auf, egal ob sie wollen oder nicht …"

„Bogna", bat ich.

„Ich weiß, dass sie das nicht tut", stimmte Hanka zu, sie war nicht beleidigt. „Ich weiß, dass sie so ist. Ich kenne sie länger als Sie, Fräulein Bogna. Das heißt, ich habe sie früher kennen gelernt."

Ich bemerkte die Blicke, die mein Mann und meine Nichte tauschten. Ich konnte nichts machen.

„Aber manchmal ist es geradezu nötig, etwas zu erzählen. Nun, man muss es einfach, man kann nicht anders."

Mein Mann schwieg. Sein resignierter Blick sagte: Nun gut, wenn man nicht anders kann …

„Als ich nämlich im Revier zum Stubendienst gehörte, da habe ich manchmal die Nachtwache vertreten. Das war besser, als draußen zu schuften, aber man hat genauso gehungert wie dort, vielleicht sogar mehr, denn man bekam keine Zulage."

„Was?" Bognas Stimme klang irgendwie hoch und schrill.

„Es gab eine Zulage für die, die körperlich schwer gearbeitet haben", erklärte ich schnell.

„Und Ihre Frau, als sie schon in der Schälküche war, da …"

„Ich nehme an, das war die Küche."

„In der Schälküche wurden Kartoffeln und Gemüse geschält", mischte ich mich ein.

„Und was hat dieses Halwa damit zu tun?"

„Bogna, erlaube mal!", ermahnte sie mein Mann.

„Aber, Onkel, ich möchte es doch nur wissen. Vielleicht macht man Halwa aus Kartoffeln?"

„Blödsinn", sagte mein Mann und schaute auf seine Uhr. Ich wusste, dass er sich gleich entschuldigen und gehen würde, und ich wünschte mir, das würde sofort geschehen.

„Es wurde aus Margarine, Haferflocken und Zucker gemacht. Das wurde miteinander verrührt und dann roh gegessen."

„Warum? Weil es roh besser geschmeckt hat? Oder vielleicht deshalb, weil es gesünder war? Wie diese Pseudosüßspeisen von Frau Gumowska?"

Meinen Gast erfasste Heiterkeit. Es war zu sehen, dass Hanka sich zu beherrschen versuchte und es nicht konnte. Sie lachte und der üppige Busen unter der Polyesterbluse bebte und wogte. Mein Mann und Bogna schwiegen finster. Ich beschloss, das Gespräch zu unterbrechen, und schlug vor, den Fernseher einzuschalten. Vielleicht gelang es uns noch, Gary Cooper zu sehen. Das war wirklich besser als …

„Entschuldige, Tante, aber lass uns das mit diesem unsäglichen Halwa zu Ende bringen. Wenn sie Haferflocken verteilt haben, dann wohl nicht deshalb, damit die Leute sie roh aßen."

„Die haben sie nicht verteilt. Die waren aus dem Magazin organisiert."

„Und die Margarine und der Zucker?"

„Auch. Zucker hat man überhaupt nicht als Ration bekommen und Margarine zwanzig Gramm täglich. Verstehst du, davon konnte man nichts absparen …"

„Das heißt, dass die, die im Magazin gearbeitet haben, geklaut haben?"

„Klepsi, klepsi." Hanka lächelt Bogna vielsagend an. „Damit hat man sich was eingebrockt, wenn man erwischt wurde, fünfundzwanzig und SK."

Zum Glück wird sie dieses Mal nicht unterbrochen. Fünfundzwanzig und SK gehen unbemerkt durch. Hanka fährt ungehindert fort:

„An Ostern 1943 war ich kurz vorm Zusammenbruch. Manche hatten Päckchen von zu Hause bekommen, ich hatte nichts erhalten. Und keiner gab was ab, noch nicht einmal einen Krümel. Ich konnte nicht einschlafen, ich dachte an österliche Leckereien und vor Hunger krampfte sich mir alles zusammen. Da kam die Torwache und sagte, dass ich rausgehen solle, beim Tor warte jemand auf mich. Ich ging und da stand Ihre Frau. Sie holte aus dem Ausschnitt eine Kugel hervor, die in ein Tüchlein eingewickelt war. Wissen Sie, in den Achselhöhlen, in dieser kleinen Vertiefung, darin konnte man am besten was Organisiertes tragen. Man konnte sogar strammstehen, mit hängenden Armen, wenn man auf einen SS-Mann traf, und das, was dort saß, fiel nicht raus. Sie wickelte das Tuch auf und sagte, dass sie mir etwas Halwa gebracht habe, statt eines Mazureks.“

Hanka lacht wieder, dieses Mal leise, und sieht meinen Mann und Bogna an. Es kommt aber keine Frage.

„Ich habe es probiert und mir traten die Tränen in die Augen. Das war ein einmaliger Geschmack, unbeschreiblich! Halwa! Hier! Nur dass es in einen Lappen eingewickelt war und nicht in Stanniolpapier. Aber es war Halwa, Halwa!“

Dass von den beiden keine Reaktion kommt, verwirrt sie etwas.

„Dass man nicht erkennt, was man isst … Ist das nicht komisch?“

„Sehr komisch“, bestätigt Bogna, ohne auch nur den Anflug eines Lächelns im Gesicht.

„Nicht wahr.“ Hanka sieht sie dankbar an. „Ich wundere mich heute selbst darüber. Für mich war das nämlich Halwa. Richtiges Halwa. Wie das, das ich in der Kolonialwarenhandlung an der Ecke Brzeska- und Ząbkowska-Straße gekauft habe.“

„Du hast also wirklich geglaubt, dass das Halwa war?“, frage ich.

„Ja. Hast du etwa gedacht, dass ich nur so getan habe?“

„Ich habe gedacht, dass du auf einen Scherz mit einem Scherz reagierst.“

„Aber woher! Wenn du es mir nicht gesagt hättest und wenn ich von dir später – als ich schon wusste, was das ist – nicht das Gleiche noch einmal bekommen hätte, wäre ich bis heute davon überzeugt, dass …“

Eine ziemlich lange Zeit schwiegen wir, wir vier, schließlich sagte mein Mann:

„Die Psychologie kennt derartige Fälle von Autosuggestion.“

Dann stand er auf, entschuldigte sich, dass er zu seiner Arbeit zurückkehren müsse, und verließ das Zimmer.

Nach ihm, etwas Unverständliches murmelnd, ging meine Nichte. Den Film hatte sie vergessen.

„Ich befürchte, dass ich deinem Mann ein bisschen … also, irgendwie merkwürdig vorgekommen bin.“

Ich widersprach, aber es klang wohl nicht allzu überzeugend.

„Ich habe so gelacht, aber vielleicht ist das überhaupt nicht lustig?“

„Mach dir nichts draus. Nicht alle finden dasselbe lustig.“

„Vielleicht hast du Recht“, stimmte sie mir nach einer Weile zu, immer noch irgendwie unsicher und verlegen. „Auf jeden Fall freue ich mich, dass ich dich getroffen habe. Das ist wirklich eine große

Freude für mich. Du hast mich wiedererkannt und mich zu dir nach Hause eingeladen. Wir haben uns unterhalten, uns erinnert und sogar gelacht."

„Fährst du heute wieder zurück?"

„Nein, morgen. Am Vormittag muss ich diese Rentensache erledigen. Doktor M. hat mir das geraten, also …"

Sie beendete den Satz nicht und sah mich zögernd an, als ob sie etwas sagen wollte, es sich aber nicht traute. Ich musste ihr entgegenkommen.

„Dieser Arzt, der mir das Medikament gebracht hat, das war auch er."

„Doktor M.?"

„Ja."

„Damals, als du Durchfall hattest?"

„Genau."

„Das habe ich nicht gewusst …"

Sie bemerkt, dass sie ohne Schuhe dasitzt, und schlägt die Hände vors Gesicht mit einer Geste der Bestürzung.

„Schau mal, ich habe in Strümpfen vor deinem Mann gesessen. Was der wohl über deine Bekannten denkt?"

„Das hat er bestimmt gar nicht gesehen", entgegne ich, überzeugt, dass es tatsächlich so ist.

Aus dem Zimmer nebenan kommt laute Musik und verstummt sogleich wieder, Bogna hat es sich offenbar anders überlegt. Hanka holt ihre Schuhe aus dem Flur und zieht sie an. Dabei sagt sie, vornübergebeugt:

„Also hat er wegen dir zehn Nächte im Bunker gestanden."

Ich sage, dass sie sich irrt, was sie empört.

„Na, wie? Er hat das Medikament doch für dich dabeigehabt, oder?"

„Ja, er hat es für mich dabeigehabt und es mir gebracht. Wenn sie ihn da erwischt hätten, an diesem Tag, dann würden wir uns jetzt nicht miteinander unterhalten."

„Nun, das stimmt." Sie fasst sich mit der Hand an die Stirn. „Irgendwie habe ich was durcheinandergebracht."

„Macht nichts. Das hätte auch ebenso gut an jenem Tag passieren können. Wegen mir. Ich hatte bloß mehr Glück als die, die am nächsten Tag gewartet haben."

„Ja, du hast verdammt viel Glück gehabt. Ich erinnere mich daran, dass du mich an jenem Tag gebeten hast, dir aus der Küche eine Rote Bete mitzubringen. Falls es eine Selektion geben würde …"

Die Tür geht leise auf und Bogna erscheint.

„Tante, entschuldige bitte …“

„Du würdest gern den Fernseher anmachen? Bitte sehr. Aber der Film ist wahrscheinlich schon vorbei.“

„Nein, es geht nicht um den Film.“

Sie betritt das Zimmer, bleibt aber neben der Tür stehen.

„Ich wollte bloß noch etwas fragen. Denn der Onkel ist genau in dem Moment hereingekommen, als davon die Rede war, und ich habe es dann nicht erfahren … Ich habe die wichtigste Sache nicht erfahren. Es wurde über …“, sie blickt missmutig zu Hanka, „über alles Mögliche gesprochen, aber über das, was wichtig ist, nicht …“

„Bitte, was willst du wissen?“

„Dieser Arzt, der … nun, der dir das Medikament gebracht hat und …“ Sie stockt.

„Und mir das Leben gerettet hat.“

„Ja, genau. Was ist aus ihm geworden? Lebt er?“

Es schien einfach zu sein: sich in den Zug setzen und fahren. Ohne zu zögern, am nächsten Tag nach Hankas Besuch. Warum habe ich es nicht getan? Der wichtigste Grund war ein äußerlicher – es gab keinen Schlafwagenplatz mehr. Aber was ist schon ein Schlafwagenplatz angesichts des Gebots des Herzens, würde jeder sagen. Und mit vollem Recht. Im Laufe des Tages verschwand indessen das Gefühl der Notwendigkeit dieser Reise, dieser Pilgerfahrt zu Doktor M. oder – genauer gesagt – schwand die Überzeugung, dass dieser Schritt richtig sei. Die Gewissheit verflog und damit auch der Mut.

Denn es stellte sich heraus, dass es dafür Mut brauchte. Eine andere Art von Mut als der, den wir aus dem Alltag kennen oder eher nicht kennen, aber eben auch Mut. Das Heraufbeschwören der Bilder von vor fünfunddreißig Jahren hatte nicht viel gebracht. Jene Wirklichkeit war zweidimensional: Das Gute und das Böse waren wie zwei verfeindete Heere, getrennt durch eine Linie, die sich nicht überschreiten ließ – wie eine tödliche Feuerwand –, sie hatten keinerlei Berührungspunkte, die Verständigung zwischen den Menschen war daher, entgegen und trotz der gegnerischen Befehle, leichter und auch einfacher. Dieser Mann sagte einst, an irgendeinem Tag im Januar des Jahres 1943, an einem Ort, an dem tausende Menschen starben, zu jemandem, der auch sterben sollte, der wusste, dass er sterben würde, wenn kein Wunder geschah: „Ich versuche, ein Medikament mitzubringen.“ Und später: „Du hast dich vom Fleckfieber nicht unterkriegen lassen, wir sorgen dafür, dass du dich vom

Durchfall nicht unterkriegen lässt." Er sagte „du" wie ein Vater zu seiner Tochter, ein Bruder zu seiner Schwester, ein Mann zu seiner Frau. Er sagte zu allen Kranken „du". Es war das schönste, das wertvollste Du meines Lebens. Was würde ich nun hören?

Aber nein, so war es nicht. Alles, was ich hier schreibe, ist der Versuch, meine unerklärliche Willenlosigkeit damals zu rechtfertigen, und zwar schon später, nachdem ich von Hanka die Adresse von Doktor M. erhalten hatte. Bis zu diesem Zeitpunkt lebte ich mit dem Gedanken, dass ich morgen oder übermorgen in den Zug nach Szczecin steigen oder es zumindest schaffen würde, Worte des Dankes zu finden, die wenigstens teilweise wiedergeben sollten, was ich Doktor M. vor dreiunddreißig Jahren sagen wollte, in meinem Namen und im Namen meiner Mutter und meiner Geschwister, damals, als in der Kapelle in unserer Wohnsiedlung eine Messe standfand für die glückliche Heimkehr von Doktor M. Ich verfasste Dankesbriefe, einige pro Tag, um sie sofort wieder zu zerreißen. Einmal überraschte mich Bogna dabei.

„Tante, ich will nachher zur Post gehen und könnte deinen Brief aufgeben. Denn du willst ihn bestimmt als Einschreiben schicken, oder?"

„Meinen Brief?"

„Du hast gestern gesagt, dass du ihn heute abschicken wirst."

„Ja, aber ich bin damit noch nicht fertig."

„Und das hier? Ich sehe doch, dass du was geschrieben hast."

„Nein, das kann ich nicht abschicken."

„Warum denn nicht, Tante? Worauf willst du warten? Du hast doch schon was geschrieben …"

Es war bisher nicht vorgekommen, dass Bogna mich mit einer solchen Entschiedenheit an etwas erinnerte, das entsprach nicht ihrem Charakter. Ich konnte nicht umhin, zuzugeben, dass sie Grund dazu hatte. Und ich musste eine Erklärung für mein Versäumnis finden.

„Ich habe die Adresse nicht, denn Hanka wusste sie nicht auswendig. Sie hat versprochen, sie sofort zu schicken, also muss ich warten."

„Könntest du den Brief nicht an das Krankenhaus adressieren?"

„Ich weiß nicht, an welches Krankenhaus. In Szczecin gibt es sicher ein paar Krankenhäuser."

Bogna überlegte einen Moment.

„Und wenn du den Brief an die Universitätsklinik adressieren würdest? Die Ärzte kennen sich doch untereinander. Auf der Post könnte ich die Adresse herausfinden."

Es gab keinen Ausweg, ich musste die Wahrheit sagen.

„Ich kann diesen Brief nicht schreiben.“

„Du kannst diesen Brief nicht schreiben, Tante?“, wiederholte sie. Ihr Blick ruhte auf dem Schreibtisch, auf dem einige zerknüllte Blätter lagen. „Ist das so schwer?“

„Was denn? Was soll ich denn schreiben?“ Ich schrie fast.

„Na, das ist doch ganz einfach.“

Mich erfasste Zorn. Ich glättete eines der zerknitterten Blätter.

„Etwa so? ‚Sehr geehrter‘ oder ‚Sehr verehrter Herr Doktor M.! Durch einen glücklichen Zufall bin ich nach vielen Jahren auf Ihre Spur gestoßen und ich möchte eilends, wenn auch mit Verspätung, zum Ausdruck bringen …‘ Das ist doch Unsinn!“

„‚Eilends‘ und ‚wenn auch mit Verspätung‘ kannst du weglassen.“

„Gut.“ Ich nahm einen Kugelschreiber und machte mich an den Text, damit Bogna sah, dass ich es wollte, dass ich diesen Brief wirklich schreiben wollte. „‚Ich möchte Ihnen gegenüber meine tiefste Dankbarkeit zum Ausdruck bringen dafür, dass …‘“

„‚Dafür, dass Sie mir das Leben gerettet haben‘“, diktierte sie.

„‚Dafür, dass Sie mir das Leben gerettet haben. Dafür, dass ich lebe, dass ich einen Mann und ein Zuhause habe, ich verdanke Ihnen, der Sie mir ein Medikament gebracht haben …‘ Nein, das ist nicht gut. Du hörst ja selbst, wie das klingt. Ich kann nicht. Ich finde nicht die richtigen Worte, mit denen …“

Bis jetzt hatte Bogna im Türrahmen gestanden. Nun kam sie ins Zimmer, nahm, ohne zu fragen, ob sie es dürfe, die auf dem Schreibtisch liegenden zerknüllten Blätter, glättete sie und las. Danach legte sie die Blätter wortlos zurück. Um sie zu beschwichtigen, sagte ich, dass ich mich am Ende bestimmt doch noch nach Szczecin aufmachen würde. Sie nahm das aber nicht ernst.

„Und wie wäre es, so eine Danksagung in der Zeitung unterzubringen?“, schlug sie schüchtern vor. „Es finden sich in Zeitungen derartige Anzeigen für Ärzte zum Dank, dass sie irgendeine schwierige Operation erfolgreich durchgeführt haben.“

„Meinst du, das ist das Gleiche?“

Unsere Blicke trafen sich, wir sahen uns an, Bogna, die vor einigen Tagen gefragt hatte, ob der Arzt verpflichtet war, die Medikamente zu bringen, und ich, die wusste, was für ein Risiko, was für eine Bedrohung für das eigene Leben damit verbunden war.

„Nein, natürlich nicht“, erwiderte sie. Sie zerknüllte die Briefe sorgfältig, einen nach dem anderen, dann aber sagte sie, die ausgeführte Tätigkeit Lügen strafend, im Tonfall einer inständigen Bitte:

„Also musst du schreiben, Tante. Wirklich, das wird das Beste sein. Ein paar einfache Sätze, die von Herzen kommen. Dass du das nie vergessen hast. Dass du dankbar bist. Und wir alle ebenfalls: der Onkel, ich, die Familie, die Geschwister. Dass die Großmutter immer für den Doktor gebetet hat. Wir schreiben das gemeinsam, einverstanden?"

Sie schob mir einen Stuhl hin. Ich setzte mich und schrieb, sie diktierte. Aber auch diesen Brief schickte ich nicht ab.

Es vergingen zwei Wochen. Zu Hause wurde nicht weiter über die Angelegenheit gesprochen. Nach einigen Tagen hatte nicht nur mein Mann, sondern auch Bogna aufgehört, mich zu fragen, ob ich an Doktor M. geschrieben habe. Ihr Schweigen jedoch zeigte, dass sie die Sache nicht vergessen hatten. Eines Nachmittags stieß mein Mann im Fernsehen auf eine Sendung der Reihe „Zeitzeugen". Die Protagonisten der Sendung waren zwei Häftlinge aus einem kleineren Lager, die einst miteinander befreundet gewesen waren, sich später aber aus den Augen verloren hatten. Gleich nach der Sendung sagte mein Mann:

„Ich kann dir für morgen einen Liege- oder Schlafwagenplatz besorgen."

Zuerst antwortete ich nicht. Er war sich also sicher, dass es geschehen würde, dass es nicht anders kommen konnte, dass der Aufschub nur eine Art Vorbereitungszeit war, die der Pilger braucht, bevor er sich auf die Wallfahrt begibt.

Und auf einmal wusste ich: Ich fahre. Nicht morgen. Heute. Mit Liegewagenplatz oder ohne … Ich werde ihn finden. Nichts einfacher als das. Wenn ich ihn nicht antreffe, werde ich mich in einem Hotel einquartieren und warten und jeden Tag in die Klinik gehen, in der er arbeitet. Das wird ja nicht so ein Warten werden wie das damals auf das Medikament. Ich werde also durchhalten, sogar einige, mehrere Tage. Ich werde warten, notfalls vor der Tür zu seinem Behandlungszimmer, und wenn er keine Zeit haben wird, mich zu empfangen, dann werde ich ihn beim Vorbeigehen aufhalten und ihm sagen … Ich wusste nicht, was ich sagen würde, und ich wollte mir vorher nichts zurechtlegen. Das würde, das sollte von selbst kommen.

„Wirst du ihn wiedererkennen?", fragte mein Mann, als ich mein Reisenecessaire herausholte.

Ich verneinte und hatte dabei ein unangenehmes Gefühl. Wie sollte ich ihn wiedererkennen, nach so vielen Jahren, ohne ihn je anders gesehen zu haben als in der Sträflingskleidung, ohne zu wissen, ob er blondes oder braunes Haar hatte? Das Einzige, woran ich mich erinnern konnte, waren seine blasse Gesichtsfarbe und diese Worte: „Du hast dich vom Fleckfieber nicht unterkriegen lassen …" Ich erinnerte mich an diese Worte, nicht aber an die Stimme, die ich nie in ihrer ganzen Klangfülle gehört hatte.

Ich begann eilig zu packen. Das Wichtigste: meine Medikamente. Und dann hielt ich ein vertrautes Fläschchen in der Hand, ähnlich dem, das ich damals die ganze Nacht in der Hand gehalten hatte. Und plötzlich kamen mir die Tränen.

„Was war das für ein Medikament?" Die Frage meines Mannes war sachlich und irgendwie beruhigend.

„Das waren Tropfen. Sie waren sehr bitter."

„Im Gegensatz zu diesem Halwa."

Diese als Scherz gemeinte Bemerkung war – allem Anschein zum Trotz – sehr passend und sehr nötig. Wir konnten uns nämlich dann schon in Ruhe mit den Butterbroten und der Thermoskanne zu schaffen machen. In dem Augenblick kam Bogna mit einem Brief in der Hand.

„Eilzustellung aus Szczecin", verkündete sie noch in der Tür.

Der Brief war von Hanka, ich riss das Kuvert auf und begann zu lesen, während die beiden dastanden, mich ansahen und aus meinem Gesichtsausdruck den Inhalt des Schreibens zu erraten versuchten. Es waren zuerst ein paar Zeilen über unser Treffen, über diesen unvergesslichen Abend bei uns zu Hause und dann …

„Vor kurzem war ich bei Doktor M., um ihm davon zu berichten, was ich in Warschau erreicht habe, und ihn um seine Adresse zu bitten. Verständlicherweise wollte er wissen, wozu ich die brauche. Ich sagte ihm, für wen ich sie haben wolle, für eine bestimmte Person, eine ehemalige Auschwitz-Gefangene, der er in der Zeit, als er mit dem Ärztekommando ins Frauenlager kam, zweimal das Leben gerettet hat. Ich habe ihm sogar erzählt, unter welchen Umständen. Da habe ich gemerkt, dass er sich nicht erinnern kann. Doktor M. hat mir zugehört, aber er war etwas überrascht. Er erinnert sich nicht. Weder an dich noch an diese Begebenheit."

Ich nahm die Brille ab.

„Was ist passiert?"

Ich reichte ihnen den Brief. Sie überflogen ihn, beide gleichzeitig, mir kam es sehr still in dem Zimmer vor. Dann erklang – seltsam laut – Bognas Stimme:

„Ist das möglich? Sich nicht zu erinnern, dass man jemandem …"

Geschrieben im Jahr 1978.

Glossar

Alma – Das Vorbild ist Alma Rosé, geboren am 3. November 1906 in Wien, weltberühmte Violinvirtuosin, Tochter von Arnold Rosé, dem Konzertmeister der Wiener Oper und Philharmonie und Gründer des „Rosé-Quartetts", und von Justine Mahler, der Schwester des Komponisten Gustav Mahler. Über das Zwischenlager Drancy am 18. Juli 1943 nach Auschwitz gebracht und mit der Nummer 50381 gekennzeichnet, wurde sie im August 1943 Dirigentin des Frauen-Lagerorchesters in Birkenau. Sie starb dort am 4. April 1944.

Asoziale – Im Sprachgebrauch der Nationalsozialisten vermeintlich Arbeitsscheue, zur Gemeinschaft Unfähige aus sozialen Randgruppen, die im KZ (zeitgenössisch: KL) mit einem schwarzen Winkel gekennzeichnet wurden.

Block – Als Block wurden im KZ Auschwitz die durch ihre Funktion gekennzeichneten Gebäude bezeichnet. Bei der Nummerierung der Blocks sind das Stammlager (Auschwitz I) und Birkenau (Auschwitz II) voneinander zu unterscheiden. Der Versuchsblock 10 im Stammlager diente medizinischen Experimenten. Zwischen Block 10 und Block 11, dem Todesblock, befand sich der Hof mit der sogenannten „Schwarzen Wand" für Hinrichtungen. In Block 27 in Birkenau waren die Fleckfieberkranken untergebracht. Der eigentliche Krankenblock war Block 24. Block 25 war in Birkenau der Todesblock.

Eulenspiegel – Die Identität der hier als Rottenführer bezeichneten Person kann nicht mehr nachgewiesen werden. Die Autorin erinnerte sich an den Vornamen „Hans".

Fleckfieber – früher u. a. Hunger- oder Kriegstyphus genannt. Eine bakterielle, durch (Kleider-)Läuse übertragene, meldepflichtige Infektionskrankheit mit charakteristischem, an die Salmonellen-Erkrankung Typhus erinnerndem Hautausschlag.

Kommando – Arbeitsgruppe von Häftlingen. So gab es z. B. das „Magazinkommando" für die Sammlung und Sortierung der jüdischen Hinterlassenschaften in den „Kanada" genannten Effektenkammern. Ein Außenkommando war das „Wasserkommando" zur

Reinigung der den Fischzüchtern und Bauern weggenommenen Teiche im „Interessengebiet Auschwitz".

Muselmänninnen – In der Lagersprache durch Misshandlung und Entbehrung bis auf die Knochen ausgezehrte (hier: weibliche) Häftlinge, deren Denken nur noch auf die Nahrungsaufnahme fixiert war, bevor allmählich Apathie und Agonie einsetzten. Nur wenigen Betroffenen gelang es, diesen Zustand im Lager zu überwinden.

Phenolspritze – Ursprünglich für das NS-„Euthanasie-Programm" entwickelt, war die Injektion von Phenol oder anderen giftigen Substanzen direkt in den Herzmuskel eine der im KZ Auschwitz üblichen individuellen Tötungsmethoden.

Prominente, Älteste, Funktionshäftlinge – Die „Ältesten", aus Häftlingen rekrutiert, waren die Verlängerung der SS-Macht. Die höchsten Funktionen hatten die Lagerälteste und die Rapportschreiberin, die Berichte bezüglich des Personenbestandes des Lagers für die Lagerführung anfertigte. Die Arbeit wurde geleitet durch Häftlinge mit der Funktion „Kapo", die dem Arbeitskommando vorstanden. Eine Kapo-Frau trug auf dem Oberarm eine gelbe Binde mit der Bezeichnung ihrer Funktion, als Helferin hatte sie die „Anweiserin". In jedem Wohnblock gab es eine Blockälteste, die für Disziplin und Ordnung im Block sorgte und die Ausgabe der Nahrungsmittel überwachte. Zur Hilfe unterstand ihr der Stubendienst – Gefangene, die bestimmte Bereiche der Baracke reinigten – und die „Sekretärin", die eine Kartei mit dem Insassinnenbestand des Blocks pflegte. Am Anfang übten Kriminelle und sogenannte Asoziale die Funktionen aus – Deutsche aus dem ersten Transport vom KZ Ravensbrück. Später gab es auch Funktionshäftlinge anderer Herkunft, meistens Jüdinnen und Polinnen, die etwas Deutsch konnten.

Prontosil – Handelsname des Sulfonamids Sulfamidochrysoidin, das seit 1935 erfolgreich gegen bakterielle Erkrankungen eingesetzt wurde, bis der Einsatz von Penicillin zum Standard wurde.

SK – Strafkompanie. Die Frauen-SK von Budy (heute Brzeszcze) wurde aufgrund der in *Die Sängerin* geschilderten Flucht eines Häftlings im Juni 1942 eingerichtet und bestand dort bis April 1943. In dem isolierten Kommando führten gezielter Versorgungsmangel, unerträgliche Zwangsarbeit und schwerste Misshandlungen unter der Willkür des Aufsichtspersonals zu einer besonders hohen Sterblichkeit.

UNRRA-Paket – Die U.N.R.R.A war bis 1947 die Nothilfe- und Wiederaufbauverwaltung der Vereinten Nationen.

Volksdeutsche – Sogenannte ethnische Deutsche, die außerhalb Deutschlands oder Österreichs lebten und keine deutsche Staatsangehörigkeit besaßen, wurden zur Zeit des Nationalsozialismus als Volksdeutsche bezeichnet.

Winkel – Ein in Form eines Dreiecks auf das Oberteil des Häftlingsanzugs aufgenähtes Abzeichen, das, in Farbe und Beschriftung variierend, die Häftlinge nach ihren offiziellen Einweisungsgründen unterteilte. Der rote Winkel kennzeichnete politische Häftlinge, gewöhnliche Kriminelle trugen grüne und sogenannte Asoziale schwarze Winkel. Menschen, die wegen ihrer Homosexualität inhaftiert worden waren, bekamen den rosa Winkel und Polen trugen ein schwarzes „P" auf rotem Dreieck. Zur Arbeit selektierte Juden erhielten ein Abzeichen, das an einen Davidstern erinnerte, indem zwei je nach Umständen unterschiedliche Dreiecke entsprechend übereinandergelegt wurden.

Über die Autorin

Zofia Posmysz, geboren am 23. August 1923 in Krakau, war zum Zeitpunkt des deutschen Überfalls auf Polen Schülerin einer Handelsschule. Um der Zwangsarbeit zu entgehen, akzeptierte sie eine Stelle als Kellnerin in einem deutschen Kasino, begann aber den polnischen Geheimunterricht zu besuchen, wo sie auf Schülerinnen traf, die im Vertrieb der Untergrundpresse aktiv waren. Vermutlich infolge einer Denunziation wurde auch sie am 15. April 1942 verhaftet und nach sechs Wochen im Gefängnis Montelupich Ende Mai 1942 in das Konzentrationslager Auschwitz I verbracht. Aufgrund der Flucht eines Mithäftlings kam ihr Kommando im Juni für zwei Monate zur Strafkompanie in Budy, unter Bedingungen, die viele der Frauen das Leben kostete. Jahrzehnte später behandelte sie diese Episode ihrer Lagerhaft in der Erzählung *Die Sängerin*.

Die folgenden zweieinhalb Jahre in Auschwitz-Birkenau, dem größten deutschen Konzentrations- und Vernichtungslager mit zeitweilig bis zu 100.000 Inhaftierten und über 1,1 Millionen ermordeten Juden und vielen anderen von den deutschen Nationalsozialisten Verfolgten, begannen für Zofia Posmysz mit Krankheiten, die zahllose Häftlinge dahinrafften – eine Erfahrung, die sie in der Erzählung *Derselbe Doktor M.* verarbeitete. Dank ihrer Deutschkenntnisse im Mai 1943 zur Schreiberin „befördert", schöpfte sie wieder Hoffnung. In dieser Zeit lernte sie den polnischen Offizier Tadeusz Paolone-Lisowski kennen, der sie in Buchführung unterweisen sollte. Von Paolone-Lisowski, der wenige Monate später als Widerständler ermordet wurde, berichtete die hochbetagte Zofia Posmysz in dem dokumentarischen Text *Christus von Auschwitz*.

Im Januar 1945, als die Front näher rückte, wurden tausende Häftlinge des KL Auschwitz bei strengem Frost in mehrtägigen „Todesmärschen" nach Deutschland getrieben. Die weiblichen Häftlinge aus Birkenau transportierte man schließlich nach Ravensbrück, wo die entkräfteten Frauen zunächst drei Wochen in einer Art Zelt auf dem nackten Boden schlafen mussten.

Die Befreiung durch die Alliierten erlebte Zofia Posmysz im Ravensbrücker Außenlager Neustadt-Glewe am 2. Mai 1945. Entgegen dem Rat, in den Westen zu wechseln, machte sie sich gemeinsam mit achtzehn anderen Frauen zu Fuß auf den Weg zurück nach Polen und befand sich drei Jahre nach ihrer Verhaftung wieder in ihrer Heimatstadt Krakau. Im Elternhaus traf sie nur die

Mutter und ihren Bruder an; der Vater, ein Bahnangestellter, war im August 1943 vom deutschen Bahnschutz erschossen worden. Erst nach dem Ende der Volksrepublik Polen entstand ihr Bericht *Do wolności, do śmierci, do życia* (In die Freiheit, in den Tod, in das Leben – dt. Titel *Befreiung und Heimkehr*), zu groß schien ihr die Gefahr, den Text nicht durch die Zensur zu bekommen. Da sich die Situation in Krakau für sie als aussichtslos darstellte, zog Zofia Posmysz in das zerstörte Warschau um, in der Absicht, dort eine Arbeit aufzunehmen, die Familie zu unterstützen und ihre Ausbildung fortzusetzen. 1946 bestand sie das Abitur, danach studierte sie Polonistik und half nachts als Korrektorin bei einer Tageszeitung aus. Bereits gegen Ende des Studiums begann sie ihre Tätigkeit in der Literaturredaktion des Polnischen Rundfunks, wo sie bis zu ihrer Pensionierung beschäftigt blieb.

1959 schrieb Zofia Posmysz das Hörspiel *Die Passagierin aus Kabine 45*, das die Weichen für ihre literarische Zukunft stellen sollte. Aufgrund der großen Resonanz wurde der Text kurz darauf für die Fernsehbühne adaptiert und der angesehene Regisseur Andrzej Munk beschloss, den Stoff zu verfilmen. Der Film, wegen Munks tödlichem Verkehrsunfall ein Torso, kam 1963 in die Kinos und erhielt 1964 in Cannes den FIPRESCI-Preis der internationalen Filmkritik. Schon 1962 war *Die Passagierin* als Roman erschienen und nachdem Dmitri Schostakowitsch dessen russische Übersetzung gelesen hatte, empfahl er seinem Freund Mieczysław Weinberg, der seine gesamte Familie in der Shoah verloren hatte, die Komposition der gleichnamigen Oper, für die Alexander Medwedew das Libretto gestaltete. 1968 vollendet, aber von der Sowjetzensur unterdrückt, wurde das Bühnenwerk zwar erst Ende 2006 in Moskau konzertant uraufgeführt, die szenische Erstaufführung während der Bregenzer Festspiele 2010 war jedoch ein künstlerisches Großereignis und bestätigte dabei auch, dass der Roman *Die Passagierin* zu den wichtigsten Büchern dieser Thematik gezählt werden darf. In seiner Schlichtheit zeitlos, nimmt der Text, der eine nicht-jüdische Auschwitz-Erfahrung in den Mittelpunkt stellt, in der Literatur des 20. Jahrhunderts wohl eine Sonderstellung ein und ist durch die über das Dokumentarische hinausgehende literarische Form geeignet, eine größere Leserschaft zu erreichen.

Der umfangreichste und anspruchsvollste Auschwitz-Text von Zofia Posmysz ist das Buch *Ein Urlaub an der Adria*, in dem sie die Beziehung zu ihrer Lager-Freundin Zofia Jachimczak als eine Tragödie in der Tragödie in den Mittelpunkt stellt und ähnlich wie später in *Derselbe Doktor M.* in eine autofiktionale zeitgenössische Rahmenhandlung einfügt.

Zofia Posmysz, Autorin weiterer, hierzulande unbekannter Werke wie *Mikroklima* oder *Der Preis* sowie zahlreicher Hörspiele, Drehbücher und Texte zu Gegenwartsthemen, wurde 2012 unter anderem für ihre langjährige Zusammenarbeit mit der Internationalen Jugendbegegnungsstätte in Oświęcim (Auschwitz) mit dem Bundesverdienstkreuz am Bande ausgezeichnet und erhielt 2013 die Ehrenbürgerschaft der Stadt Oświęcim. Im Jahr 2019 erschien das Buch *Zofia Posmysz. Die Schreiberin. 7566. Auschwitz 1942 – 1945*, in dem die Kunstphilosophin Maria Anna Potocka eine Auswahl der von ihr mit Zofia Posmysz geführten Interviews protokolliert und mit zahlreichen zeitgenössischen Abbildungen illustriert hat. Zusammen mit der beiliegenden Interview-DVD ist diese Publikation das möglicherweise umfassendste Selbstzeugnis Zofia Posmyszs über ihr Leben bis zu ihrer Befreiung und Heimkehr.

Zofia Posmysz verstarb am 8. August 2022 in Oświęcim.

Weitere Bücher

Die Passagierin
Deutsche Übersetzung von Peter Ball
ISBN 978-3-8391-6557-7

Ein Urlaub an der Adria
Deutsche Übersetzung von Hubert Schumann
ISBN 978-3-8391-1070-6

Befreiung und Heimkehr
Deutsche Übersetzung von Sabine Leitner
ISBN 978-3-7357-7970-0

Maria Anna Potocka
Zofia Posmysz
Die Schreiberin
7566
Auschwitz
1942-1945
Deutsche Übersetzung von Andreas Volk
Wallstein Verlag Göttingen ISBN 978-3-8353-3482-3